Von Johanna Lindsey sind
als Heyne-Taschenbücher erschienen:

*Wild wie der Wind* · Band 01/6750
*Die gefangene Braut* · Band 01/6831
*Zärtlicher Sturm* · Band 01/6883
*Das Geheimnis ihrer Liebe* · Band 01/6976
*Wenn die Liebe erwacht* · Band 01/7672
*Herzen in Flammen* · Band 01/7746
*Stürmisches Herz* · Band 01/7843
*Zorn und Zärtlichkeit* · Band 01/6641
*Geheime Leidenschaft* · Band 01/7928
*Lodernde Leidenschaft* · Band 01/8081
*Wildes Herz* · Band 01/8165
*Sklavin des Herzens* · Band 01/8289
*Fesseln der Leidenschaft* · Band 01/8347
*Sturmwind der Zärtlichkeit* · Band 01/8465
*Geheimnis des Verlangens* · Band 01/8660
*Wild wie deine Zärtlichkeit* · Band 01/8790
*Leidenschaft* · Band 01/8911
*Gefangene der Leidenschaft* · Band 01/8851
*Lodernde Träume* · Band 01/9145
*Rebellion des Herzens* · Band 01/9589
*Ungestüm des Herzens* · Band 01/9492

JOHANNA LINDSEY

# HALTE MEIN HERZ

*Roman*

Aus dem Amerikanischen
von Ingel Groeger

Deutsche Erstausgabe

WILHELM HEYNE VERLAG
MÜNCHEN

HEYNE ALLGEMEINE REIHE
Nr. 01/9737

Titel der Originalausgabe
KEEPER OF THE HEART

*Umwelthinweis:*
Dieses Buch wurde auf
chlor- und säurefreiem Papier gedruckt.

7. Auflage

Redaktion: Rainer-Michael Rahn

Printed in Germany 2000
Umschlagillustration: Pino Daeni / Agentur Schlück
Umschlaggestaltung: Atelier Ingrid Schütz, München
Gesamtherstellung: Elsnerdruck, Berlin

ISBN 3-453-09260-0

# 1

Shanelle Ly-San-Ter knallte hart auf die federnde Trainingsmatte; sie landete flach auf dem Rücken, und einen Moment lang blieb ihr die Luft weg. Eins zu null für Corth. Sie hatte ihm gesagt, er sollte sie nicht mit Samthandschuhen anfassen, und der Androide nahm sie beim Wort.

»Warum läßt du den Roboter so was mit dir anstellen?« fragte eine Stimme hinter ihr.

Shanelle kam wieder zu Atem und machte ihrem Ärger in einer Art Knurren Luft. Sie nahm Jadd Ce Moerr diese Bemerkung wirklich übel. Er war einer derjenigen, die mit ihr zusammen den neunmonatigen Lehrgang World Discovery absolviert hatten. Als sie danach ein paar von ihren neuen Freunden spontan zu sich nach Hause einlud, mit ihr zusammen die drei Monate Ferien zu verbringen, die ihnen wirklich zustanden, bevor es ernst wurde mit der Karriere, rechnete sie eigentlich nicht damit, daß einer von den *männlichen* Kadetten ihrer Einladung folgen würde.

Jadd war wie die meisten Absolventen ihrer Abschlußklasse, ausgenommen sie selber, erst achtzehn Jahre alt und, an ihrem Standard gemessen, eher klein – nicht größer als ein männlicher Darash aus der Dienerklasse auf ihrem Heimatplaneten Sha-Ka'an. Aber im Grunde wirkte er einfach jungenhaft, eben weil er relativ klein war und jung dazu. Als ihr Bruder Dalden achtzehn Jahre alt wurde, hätte niemand in Frage gestellt, daß er nun ein ausgewachsener Mann sei. Aber vermutlich lag es an Jadds rotblonden Haaren, seinen grauen Augen und dem Eifer in seinem Gesicht, daß sie nichts anderes als einen Jungen in ihm sehen konnte, noch dazu, wenn er, wie gerade eben, eine von seinen taktlosen Bemerkungen machte.

Sie richtete sich nun auf und warf ihren langen goldblonden Zopf über die Schulter nach hinten, als sie sich mit einem Schwung herumdrehte und den Kystrani-Jüngling mit einem scharfen Blick aus schmalen bernsteinfarbenen Augen musterte. »Corth ist für mich kein Roboter, Herr Ce Moerr, für mich gehört er sozusagen zur Familie.«

Es war nicht schwer zu erkennen, daß er sie zornig gemacht hatte. Diese großen mandelförmigen Augen konnten einen schon beunruhigen, wenn sie sich in dieser Weise verengten. Und Shanelle Ly-San-Ter war keine kleine Frau. Sie war immerhin beinahe so groß wie er, und mit seinen ein Meter achtundsiebzig lag Jadd über der Durchschnittsgröße eines Kystrani. Natürlich war sie selbst nur zur Hälfte, von ihrer Mutter her, Kystrani. Die andere Hälfte war unverfälscht Sha-Ka'ani, und jeder wußte, daß sie zur Kaste der Krieger gehörten.

Aber Shanelle zu verärgern, war das letzte, was Jadd bewirken wollte, aus dem einfachen Grund, weil er schon seit ihrem Abschluß die ganze Zeit versucht hatte, sie dahin zu bringen, ein intimes Verhältnis mit ihm anzufangen. Er hätte es auch gern schon vorher probiert, aber da war es den Studenten nicht erlaubt, untereinander sexuelle Beziehungen aufzunehmen. Und mit Shanelle zusammen in derselben Klasse zu sein, ohne sie berühren zu dürfen, hatte ihn wahnsinnig gemacht. Es machte ihn immer noch wahnsinnig, weil sie sich glatt weigerte, mit ihm zu schlafen, geschweige denn, sich auf eine längerfristige Beziehung mit ihm einzulassen. Aber er konnte nicht aufgeben. Sie war ohne jeden Zweifel die schönste Frau, die er je gesehen hatte.

Jetzt versuchte er, sie versöhnlich zu stimmen, wobei er nicht wirklich wußte, was sie so verärgert hatte, denn der Begriff »Familie« war ihm fremd. Einfach einen Vater und eine Mutter zu haben, so wie sie, das kannte er nicht, obwohl er in dem Teil des Studiums, der sich mit den Verhältnissen befaßte, die möglicherweise auf anderen Planeten anzutreffen waren, einiges gelernt hatte über solche Dinge. Auf Kystran kamen die Kinder aus einer künstlichen Gebärmutter und wurden in Zentren aufgezogen. Auf Sha-Ka'an wurden sie primitiverweise von Frauen geboren.

»Ach, was denn, Shanelle, dein Androide ist doch bloß ein

Roboter. Sogar ich habe gelernt, daß Familien aus lebendigen Personen bestehen«, sagte Jadd.

»Das stimmt, und deshalb hab ich auch gesagt ›sozusagen‹. Aber ›sozusagen‹ ist, was mich betrifft, verdammt dicht dran. Und Corth sieht nicht nur so gut wie lebendig aus; Mutters Simul-II-Computer hat Jahre darauf verwendet, an seinem Programm herumzubasteln, und jetzt denkt er genauso selbständig wie sie. Außerdem ist er schon vom Tag meiner Geburt an mein Beschützer-Kamerad gewesen, so daß er nicht beleidigt ist, wenn man ihn als ›Roboter‹ bezeichnet, aber glaub mir, ich schon.«

»Beschützer«, war eher ein altertümlicher Ausdruck, aber »Kamerad« nicht, und man brauchte doch nur einen Blick auf das ansehnliche Äußere des Androiden zu werfen, um zu sehen, wozu er geschaffen war – um einer Frau zu gefallen. Echte Männer hatten es nicht leicht, mit jemandem von so fabelhaftem Aussehen und Talent zu konkurrieren, und das nahmen die meisten den Amüsiermodellen übel. Dieses hier hatte schwarze Haare und grüne Augen und war, so etwas hatte es noch nie gegeben, ein Meter achtundneunzig groß. Ein Kystrani konnte im allgemeinen bestenfalls eine Größe von einsdreiundachtzig erreichen, und für solche Männer war eine Karriere bei der Sicherheit schon vorprogrammiert. Jadd selbst hätte die erforderliche Größe dafür gerade eben noch gebraucht, aber ihm fehlte das, was man brauchte, um Leute zusammenschlagen zu können, und bei der Sicherheit wurde das von den Männern manchmal verlangt. Er hatte allerdings das Gefühl, daß Shanelle es fertigbringen würde. Ihre Mutter ganz bestimmt. Diese Mutter, Tedra De Arr, war eine Nummer Eins bei der Sicherheit gewesen, und zwar eine von den Top Nummer-Eins-Leuten planetenweit auf Kystran. Sie war außerdem vor etwa zwanzig Jahren zur Nationalheldin geworden, als sie eine Armee von Barbarenkriegern dazu gebracht hatte, Kystran von dem wahnsinnigen Diktator zu befreien, der die Herrschaft über den Planeten an sich gerissen hatte. Einer von diesen Barbaren war Shanelles Vater gewesen.

Jadd glaubte nun zu verstehen, warum Shanelle ihn schon

mehrfach abgewiesen hatte. Sie besaß schließlich einen Roboter, dessen Hauptaufgabe darin bestand, seinem Besitzer Amüsement zu verschaffen. Wie sollte er es mit solcher Perfektion aufnehmen können?

Er betrachtete den Androiden mit ohnmächtiger Wut, obwohl er seine Worte an Shanelle richtete. »Du hättest mir sagen können, daß er dein Kamerad ist. Caris hat erzählt, daß er deiner Mutter gehörte, und deshalb hab ich angenommen, sexuell würde zwischen euch nichts laufen, aber...«

Shanelles leises Lachen unterbrach ihn. Es war melodisch und ansteckend, die Art Lachen, die sogar einem Fremden, der es zufällig im Vorbeigehen hört, ein Lächeln abnötigt. Es nahm seiner wütenden Eifersucht die Spitze, weil es belustigt klang, überhaupt nicht ironisch oder sarkastisch.

»Tut mir leid, Jadd«, sagte sie nach einer Weile, »aber so einen voreiligen Schluß hättest du nicht gezogen, wenn du meinen Vater kennen würdest. Erzähl's ihm, Corth.«

Der Androide antwortete mit ausdrucksloser Stimme: »Der Challen Ly-San-Ter hat mich erst in der Nähe seiner Tochter dulden wollen, nachdem die Martha sich bereit erklärt hat, meine Talente umzuprogrammieren. Jetzt ist Sex bei mir nicht mehr drin.«

»Na, das ist ja echt hart für dich, Corth«, grinste Jadd ungeheuer erleichtert.

»Ich wäre nicht schadenfroh, wenn ich du wäre, Jadd«, gab Shanelle ihrerseits mit einem Grinsen zurück. »Da gab es noch etwas anderes, worauf mein Vater bestanden hat, als er erlaubte, daß Corth mein Beschützer wurde. Corth kann keinen Sex mit mir haben, aber auch kein anderer, bis ich meinem Lebensgefährten übergeben werde. Wenn du das nicht glaubst, dann versuch doch mal, mich anzufassen, wenn Corth in der Nähe ist. Dann kannst du nämlich erleben, was es heißt, in Grund und Boden gestampft zu werden.«

»Aber das – das darf doch nicht wahr sein!« rief Jadd entsetzt. »Es verstößt gegen die Gesetze der Centura-Liga, einen Androiden so zu programmieren, daß er Menschen verletzen kann. Sie sind zu stark, zehnmal stärker, als ein Mann je sein könnte. So ein Angriff könnte tödlich enden!«

»Das stimmt, aber Corth geht nicht so weit zu töten; allerdings würde er statt dessen einen Menschen fürchterlich zurichten. Und das hat mein Vater beabsichtigt, als er diese spezielle Programmierung durchgesetzt hat.«

»Aber das Gesetz...«

»Gilt nicht für Sha-Ka'an, Jadd. Wir sind nicht Mitglied in der Centura-Liga, und mein Vater ist *Shodan* der Stadt Sha-Ka-Ra; er setzt sich über jegliche Konvention hinweg. Außerdem ist das, was Corth mit einem Mann machen könnte, der mich anfaßt, noch milde im Vergleich zu dem, was mein Vater oder mein Bruder tun würden, wenn sie es erführen.« Dann schnitt sie eine Grimasse. »Außer, natürlich, sie fänden den Mann gut. Dann könnte er mich als Lebensgefährtin bekommen.«

Das ließ Jadd relativ kalt, egal, wie barbarisch er das Konzept auch fand. Es war eins von den Dingen, von denen ihre gemeinsame Freundin Caris ihm gesagt hatte, Shanelle hätte sie ihr gegenüber erwähnt. Es war wichtig, daß Shanelles Vater den Mann akzeptierte, der sie bekommen sollte, andernfalls würde er selbst diesen Mann aussuchen, ganz gleich, ob sie damit einverstanden wäre oder nicht.

Die letzte Entscheidung lag bei ihrem Vater. Sie konnte Bewerber vorschlagen, aber von seiner Billigung hing alles ab. Genau deshalb hatte Jadd diesen Abstecher zum Niva-Sternensystem und dem barbarischen Planeten Sha-Ka'an unternommen. Er hatte schon einen Versuch gemacht, Shanelle für sich zu gewinnen; jetzt wollte er ihren Vater um seine Einwilligung bitten. Wenn ihr Vater die Erlaubnis gab, würde sie ihm gehören, ohne daß sie gefragt werden müßte. Sie würde ihm gehören...

»Sie sind genauso leicht zu durchschauen wie Computer-Grundbegriffe, Herr Ce Moerr«, kam eine weibliche Stimme aus dem Intercom an der Wand hinter ihnen. Sie triefte geradezu vor Verachtung. »Sie glauben doch nicht im Ernst, daß ihr Vater sie Ihnen gibt, nur weil Sie ihn drum bitten? Seit Jahren schon haben seine eigenen Krieger sich um sie beworben, aber ohne Erfolg. Wie kommen Sie überhaupt darauf, er könnte einen mickrigen Kystrani bevorzugen, einen, der hinter den Ohren noch nicht trocken ist?«

Jadd wurde über und über rot. Er schämte sich entsetzlich. Bevor er in Shanelles Transportrover gestiegen war, hätte er nie geglaubt, daß man einen Computer hassen konnte. Während der letzten beiden Wochen hatte er bemerkt, daß es wahrhaftig möglich war.

»Ich seh dich dann beim Abendessen, Shanelle«, sagte er steif und stelzte aus dem Trainingsraum.

Shanelle sah ihm nach, als er ging, und schaute dann auf das Intercom an der Wand. »Das war nicht gerade nett, Martha.«

»Ich bin nicht darauf programmiert, nett zu sein, Kindchen. Wie oft mußt du diesem Knaben noch ›nein‹ sagen, bis er den Hinweis kapiert hat? Deine Mutter hätte sich so eine lästige Beharrlichkeit nicht bieten lassen, also warum ausgerechnet du?«

Shanelle seufzte. »Ich bin eben nicht meine Mutter.«

»Natürlich nicht. Du bist verdammt zu weichherzig. Sicher, auch Tedra könnte gelegentlich so sein – nur zeigt sie's keinem , im Gegensatz zu dir.«

»Martha, ich bin nicht in der Stimmung, mir schon wieder eine Vorlesung über meine Fehler anzuhören. Wann gibst du endlich deine Versuche auf, eine zweite Tedra De Arr aus mir zu machen?«

»Und wann wirst du endlich begreifen, daß ich das nicht mal täte, wenn ich's könnte? Außerdem ist es nicht nötig. Du bist ihr schon viel ähnlicher, als du weißt. Du brauchst nur ein bißchen länger, um deine Wünsche anzumelden, aber schließlich schaffst du's doch, sie durchzusetzen.«

Shanelle lachte in sich hinein, als sie mit lässiger Anmut von der Matte aufstand. »Aber ja doch. Deshalb nämlich ist dieser gräßliche Knabe mit uns zusammen unterwegs nach Sha-Ka'an.«

»Du hast nur deshalb die Nase noch nicht voll von ihm, weil du weißt, daß er sich nicht wie ein Krieger das zu nehmen traut, was er haben will. Zweitens hast du so gut wie ich gewußt, daß der Junge deinen Vater um deine Hand bitten will, und du hast beschlossen, es Challen zu überlassen, ihn über die Sitten der Sha-Ka'ani aufzuklären. Er würde dich niemals einem Mann anvertrauen, der dich nicht ebensogut beschützen könnte wie er selber. Und drittens, was der Sache noch näher kommt, bist du ganz aus dem Häuschen, weil es sich erwiesen hat, daß deine Sorge – eine lächerliche zwar, aber darum nicht weniger echt –, Männer, die keine Krieger sind, fänden dich nicht attraktiv, absolut unbegründet ist. Die Zielstrebigkeit des Kleinen bestätigt nur, daß du dir ganz umsonst Sorgen gemacht hast, und deshalb hast du nicht wirklich was dagegen, daß er hier ist.«

Das war ins Schwarze getroffen, und Shanelle starrte wütend auf das Intercom. »Wann, zum Teufel, Martha, hörst du endlich auf, Gedanken zu lesen?«

»Ich brauch keine Gedanken zu lesen, Kindchen«, antwortete Martha selbstgefällig. »Ich neige allerdings dazu, deine Motive zu erraten, sogar bevor sie dir selber bewußt sind.«

Weniger verärgert als einigermaßen bestürzt, fragte Shanelle: »Dann weißt du also, was ich vorhabe?«

»Bin ich nun das absolut unerreichte Beispiel moderner Technologie hier und heute oder nicht?« fragte Martha und schlug ihren Dich-steck-ich-sowieso-in-die-Tasche-Ton an.

Shanelle kam herüber und ließ sich in einen Adaptisessel fallen, wobei sie die Bewegung, mit der er sich ihrer lässigen Körperhaltung anpaßte, kaum zur Kenntnis nahm. Corth trat hinter sie und begann sanft ihre verspannte Nackenmuskulatur zu massieren. Aber die Enttäuschung, die sie empfand, wurde dadurch nicht gemildert.

»Ich kann wohl nicht davon ausgehen, daß du ein einziges Mal darauf verzichtest, dich einzumischen und unser Geheimnis für dich behältst?« fragte Shanelle. Sie hatte wenig Hoffnung auf eine positive Antwort.

Aus dem Intercom kam die perfekte Nachahmung eines glucksenden Lachens. »Ich brauch kein Wort zu sagen. Deine Mutter ist nicht doof. Aber guck doch nicht so verzweifelt. Sie will das, was du willst. Hast du das wirklich noch nicht rausgefunden?«

»Diesmal wird sie's sicher nicht wollen.«

»Wetten, daß? Du bist ihr Baby, Shani, ihr Geschöpf. Bevor sie dich bekam, hat sie überhaupt nicht gewußt, was das bedeutete, und die Gefühle, die bei ihr ausgelöst wurden, haben sie glatt umgehauen. Sie mag deinen Vater aus tiefster Seele lieben, aber trotzdem würde sie dich oder deinen Bruder unbesehen gegen ihn verteidigen. Das nennt man Muttergefühle, und die haben meine Tedra im Sturm übermannt.«

»Das hier ist was anderes.«

»Wie kommst du darauf? Wer hat denn deinen Vater über sechs Monate lang tyrannisiert, bis er erlaubt hat, daß du nach Kystran gehst und die praktische Flugausbildung machst? Wer hat sich denn mit ihm angelegt, ihn totgeredet und schließlich sogar herausgefordert, was damit geendet hat, daß sie ihm einen ganzen Monat lang jeden, auch den geringsten Wunsch erfüllen mußte? Sie hatte ihn schon seit Jahren nicht mehr herausgefordert, weil sie wußte, daß sie ihn nicht schlagen konnte, aber für dich hat sie es noch mal versucht. Und wenn du denkst, sie hätte nicht gewußt, daß die Ausredc, mit der du ihr erklärt hast, warum du fliegen wolltest, ein Haufen Scheiße war, dann hast du falsch gedacht.«

Shanelle wand sich in ihrem Sessel. Jetzt hatte sie doch leichte Schuldgefühle, weil sie ihrer Mutter gegenüber nicht ganz ehrlich gewesen war. »Immerhin doch eine legitime Ausrede«, sagte sie abwehrend.

»Vor fünf Jahren wär sie das vielleicht gewesen«, antwortete Martha geringschätzig. »Aber du weißt, und ich weiß es, und sie auch, daß du schon längst nicht mehr die Aerobusse fliegen willst, mit denen die Krieger aus den Außenbezirken zum Handeltreiben hergebracht werden. Das war mal der Grund, weswegen du es lernen wolltest. Aber jetzt hast du einen anderen. Glaubst du denn, deine Mutter macht sich nicht klar, daß ich dir hätte beibringen können, einen Aerobus zu fliegen, genauso, wie ich dir das ganze Grundwissen beigebracht hab? Du wolltest nach Kystran, weil du lernen willst, Großraumschiffe zu steuern.«

»Kennt sie denn den wirklichen Grund?«

»Sie hat schließlich Augen, oder nicht? Sie hat gesehen, daß du Challens Kriegern aus dem Weg gehst und daß du keinen von ihnen auch nur das kleinste bißchen ermutigst. Sie merkt, daß ihre Anziehungskraft dich in Verwirrung stürzt. Und sie hat auch gesehen, wie du dich in dein Zimmer zurückziehst, sobald es sich herumgesprochen hat, daß eine der Frauen von ihrem Krieger bestraft worden ist. Auf die besondere Weise, auf die ein Krieger seine eigene Frau zu bestrafen pflegt. Sie hat auch gesehen, daß du wochenlang nicht mit deinem Vater sprechen willst, wenn er sie, was selten genug vorkommt, auf diese Weise bestraft.«

In höchster Erregung schoß Shanelle aus ihrem Sessel. »Diese Weise« bedeutete für einen Krieger, seine Frau absolut wild zu machen vor sexuellem Begehren. Die Strafe bestand darin, sie damit, ohne jede Hoffnung auf Erleichterung, allein zu lassen. Und das konnte stundenlang so weitergehen, je nach Schwere der Verfehlung der Frau.

Nur ein Lebensgefährte oder Geliebter verhängte diese Art barbarischer »Disziplinarstrafe«, und daher kannte Shanelle selbst sie noch nicht aus eigener Erfahrung. Aber sie hatte genug Geschichten darüber gehört; wenn Frauen zusammenkamen, um sich zu unterhalten, erfuhr sie, wie demütigend es war, wie sie bettelten und weinten, aber alles umsonst. Es war eine ihrer größten Ängste, eines Tages das gleiche erleben zu müssen, es aber nicht aushalten zu können. Sie hatte mit zu vielen anderen Kulturen Bekanntschaft gemacht, wußte, wie barbarisch dieser Sha-Ka'ani-Brauch tatsächlich war und daß sie, ganz gleich, wie sehr sie ihren Lebensgefährten auch lieben mochte, ihn eines Tages dafür hassen würde. Sie war nicht wie ihre Mutter, die mit ihrem Vater abrechnete, dafür, daß er sie auf diese Weise bestrafte. Ihre Mutter…

»Wie kann er ihr so etwas antun, ausgerechnet ihr!« schrie sie aufgebracht. »Manchmal hasse ich ihn!«

»Nein, das tust du nicht.« Martha lachte glucksend. »Du liebst ihn wahnsinnig, genau wie er dich. Du kannst bloß diesen Teil des Sha-Ka'ani-Lebens nicht akzeptieren, genausowenig, wie deine Mutter es je gekonnt hat.«

»Warum findet sie sich dann damit ab?« wollte Shanelle wissen und fügte mit unsicherer Stimme hinzu: »Er bringt sie zum Weinen, Martha.«

»Aber nicht vor Schmerz, Kindchen, sondern aus reiner Frustration. Hast du noch nie gemerkt, wie leicht verletzlich dein großer, starker Vater ist? Er kommt nicht mehr ungeschoren aus so einem Strafgericht heraus. Zumindest nicht, wenn Tedra nicht dadurch, daß sie eine Niederlage einstecken mußte, darin gehindert wird, es ihm heimzuzahlen.« Derjenige, der einen Kampf verloren hatte, schuldete dafür dem Sieger während einer bestimmten Zeit, die der Niederlage folgte, gewisse Dienste. Meistens war es körperliche Arbeit, es konnte aber auch eine besondere Aufgabe sein. Für ihre Mutter allerdings bedeutete dies, und das war immer so gewesen, unbedingten Gehorsam im Schlafzimmer.

»Heutzutage betrachtet man eine Niederlage wohl als besseren Witz«, meinte Shanelle spöttisch.

»Glaub nur das nicht. Es wird zwar herumgefrotzelt, aber deine Mutter nimmt alle Herausforderungen sehr ernst – eben wegen dieser dummen Sache, die sie Ehre nennt. Andererseits ist sie helle genug, um sich von ihrer Niederlage nicht bremsen zu lassen, wenn sie den Drang hat, ein paar Regeln zu verletzen. Und du hast noch nie erlebt, daß sie Challen noch lange hinterher böse gewesen wäre, oder?«

»Aber sie ist doch eine Sich-1-Frau. Sie kann genausogut austeilen wie einstecken. Ich aber nicht.«

»Das hat dich aber nicht gehindert, es immer wieder zu versuchen«, sagte Martha und gab eine weitere Probe ihres glucksenden Gelächters von sich. »Corth hat mir erzählt, daß du beinahe genausoviel Zeit beim Sicherheitstraining verbracht hast wie beim Flugunterricht.«

Das stimmte. Sobald sie erfahren hatte, daß es Mittel und Wege gab, große Objekte, die sich kaum bewegen ließen, in die Luft zu bringen und wieder herunterzuholen, hatte sie unbedingt herausfinden wollen, wie man es machte. Es kam nur auf den Schwung oder die Schubkraft an und darauf, daß man das Objekt überlistete. Es war ein Sport, der bei den Kystrani Downing genannt wurde, und er war sehr anstrengend, brachte einem aber auch viel. Nur hatte sie nicht genug Zeit gehabt, die Technik vollkommen beherrschen zu lernen. Sie wäre dazu gern noch länger in Kystran geblieben, aber ihre Familie erwartete ihre Rückkehr nach Hause auf den Tag genau.

»'ne Menge wird's mir nützen gegen Krieger«, murrte sie jetzt, aber da war nur wieder dieses Glucksen zu hören, das ihr wirklich allmählich auf die Nerven ging.

»Wie oft hat sie dich heute morgen aufs Kreuz gelegt, Corth?« fragte Martha säuselnd.

»Dreimal, aber ich zähl nicht mit.«

Sogar Shanelle mußte über seine Antwort grinsen. Martha hatte den Androiden vor einigen Jahren mit einem Sinn für Humor ausgestattet, und er äußerte sich zu den unpassendsten Gelegenheiten.

»Das hat nichts zu sagen, Martha, und das weißt du auch. Gegen mich darf er seine Kraft nicht voll gebrauchen, also ist er nicht mit einem Krieger zu vergleichen.«

»Da hast du mich aber drangekriegt«, gab Martha zu. »Das ist zufällig der Grund, weshalb deine Mutter es abgelehnt hat, dir ihren eigenen Kampfstil beizubringen. Sie hatte nämlich das Gefühl, er würde dir nicht bekommen. Aber das konnte dich nicht bremsen, auf eigene Faust zu lernen, nicht wahr?«

»Nein.»

»Und sie hat es nicht daran gehindert, dafür zu sorgen, daß du in einem anderen Kampfstil unterrichtet wirst.«

Shanelle schnitt eine Grimasse und ließ sich wieder in ihren Sessel fallen. »Der einen Dreck wert ist gegen einen Lebensgefährten, den ernsthaft zu verletzen ich mich nie trauen würde? Ich seh ihn schon vor mir, wie er sich kaputtlacht, bevor er mich dann jahrelang bestraft.«

»Na ja, Tedra konnte schließlich nicht wissen, wie du Kriegern gegenüber letztlich empfinden würdest, als sie sich in den Kopf gesetzt hat, daß du deren Handwerk lernen solltest. Du mußtest in der Lage sein, dich selbst zu beschützen, vor allem, nachdem du damals, als du erst zehn warst, bei diesem Überfall entführt worden warst. Dein Vater hat die Sache spielend bewältigt, denn Überfälle waren in Sha-Ka'an an der Tagesordnung, und er wußte, daß er dich wieder auslösen konnte. Aber deine Mutter ist darüber fast verrückt geworden.«

Shanelle wurde an diese schrecklichste Erfahrung in ihrem Leben nicht gern erinnert. Eigentlich hätte es nichts als ein einfacher Überfall sein sollen, bei dem sie nicht wirklich Angst zu haben brauchte. Der Anführer Keedan wollte im Austausch gegen sie nur eine Ladung Gaalisteine haben, die ihm so gut wie sicher waren. Aber einer seiner Krieger mit Namen Hogar war nicht ganz richtig im Kopf gewesen. Hogar machte es Spaß, anderen weh zu tun.

Shanelle war einen ganzen Tag lang mit ihm unterwegs gewesen, und durch den Knebel, den sie im Mund hatte, konnte niemand ihre Schreie hören, als er sie überall, wo er nur hinfassen konnte, in der gemeinsten Weise zwickte und drangsalierte. Es gab nur blaue Flecken, aber das Entsetzen über das, was er tat, und der Schmerz dazu bewirkten, daß sie viermal in Ohnmacht fiel. Und seither war da diese tiefe, irrationale Angst vor Schmerzen.

Aber sie erzählte nie irgend jemandem, was Hogar getan hatte, nicht einmal ihrer Mutter, als sie wohlbehalten wieder zu Hause war. Sie hatte sich zu sehr für ihre eigene Feigheit geschämt, als daß sie die blauen Flecken hätte erwähnen können, die inzwischen verblaßt waren.

Martha wußte allerdings nicht, daß sie unangenehme Erinnerungen geweckt hatte, und verfolgte ihr Argument weiter. »Tedra ist der Gedanke unerträglich, du könntest eines Tages hilflos einem brutalen Typ gegenüberstehen, der entschlossen ist, dich zu nehmen, obwohl Corth zu deinem Schutz immer in deiner Nähe ist. Corth kann dich an sich gut beschützen, aber nicht vor einem Krieger mit seinem Schwert. Der kann wirklich und wahrhaftig Hackfleisch aus ihm machen.«

Shanelle legte eine Hand über ihre Augen, aber das konnte Martha nicht abschrecken. Sie kannte dies alles. Man konnte es nicht von sich weisen. In so vielen Dingen glich sie ihrer Mutter, aber in einem Punkt unterschieden sich die beiden ganz kraß voneinander. Ihre Mutter war eine geborene Kämpferin, sie hatte Körperkraft, und es machte ihr unwahrscheinlichen Spaß, sich mit Männern anzulegen, vor allem mit ihrem Lebensgefährten, obwohl sie nie einen Chance sah, ihn zu schlagen, und das auch wußte. Aber Shanelle hatte keine Lust, mit irgend jemand zu kämpfen, physisch schon überhaupt nicht, aber verbal auch nicht. Die eine Art zu kämpfen verursachte Schmerzen, und die andere war unglaublich frustrierend, denn mit Kriegern konnte man nicht argumentieren. Sie gingen nicht aus sich heraus und ließen sich auch höchst selten überzeugen.

Trotzdem bestand Tedra darauf, daß sie fliegen lernen sollte. Anstatt ihr die eigene Nahkampftechnik beizubringen, die sich auf anderen Welten gut bewährt hatte, aber gegen Barbaren so gut wie nutzlos war, entschied sie, daß Shanelle lernen sollte, mit dem Schwert umzugehen. Für eine Frau auf Sha-Ka'an erschien dies eine ungeheuerliche Vorstellung, denn es war noch ein Sha-Ka'an-Gesetz in Kraft, das Frauen den Umgang mit der Waffe verbot. Tedra aber hatte das nicht hindern können. Zwei Jahre lang mußte sie Challen bearbeiten, bis er schließlich soweit war einzuwilligen. Sie hatte ihn einfach gefragt: »Willst du deine Tochter einem Krieger auf Gedeih und Verderb ausliefern, der mit ihr umspringen kann, wie er will, so einem wie Falder La-Mar-Tel etwa?« Falder war zufällig einer von denen, die Challen nie gemocht hatte und mit dem er auch nicht auskommen konnte. Und damit war die Sache geritzt. Und nachdem Challen den Plan nun mal befürwortete, brauchte Shanelle nichts mehr dazu zu sagen.

Aber Shanelle hatte alle diese Stunden gehaßt. Nichts davon konnte ihr gefallen. Die Angst vor blauen Flecken zu überwinden, wäre ihr vielleicht gelungen; sie besaß genügend Entschlossenheit, und auch die Downing-Übungsstunden hätten das ihre dazu beigetragen, aber damals schaffte sie es nicht. Und noch heute würde sie lieber weglaufen, als ein Schwert in die Hand zu nehmen, und im übrigen lieber ihren Verstand gebrauchen. Sie haßte Auseinandersetzungen, und damit basta. Und die, die sie mit Martha gerade erlebte, war ein Superbeispiel dieser Sorte. Mit einem Simul-II-Computer konnte man nicht diskutieren, man konnte ihn auch nicht überzeugen, genausowenig wie einen Sha-Ka'ani-Krieger. Beide waren ausgesprochen stur und absolut unschlagbar.

»Vielleicht ist das, was du beim Downing gelernt hast, eines Tages mal ganz nützlich...«

»Na, komm schon, sag's nur!« fuhr Shanelle sie an. »Auf einer anderen Welt könnte es nützlich sein. Hier bestimmt nicht.«

»Na ja, aber das hast du gewußt«, antwortete Martha vernünftig.

»Du wolltest es gerade deswegen lernen, weil du nicht länger hier auf unserer Welt leben möchtest.« Shanelle legte nur wieder ihre Hand über die Augen, aber diesmal entrang sich Martha ein Seufzer. »Tedra meinte mehr als einmal, sie würde dir einen Bärendienst erweisen, weil sie dir ihre eigenen Ansichten vermittelt. Du hörst doch nicht, daß andere Sha-Ka'ani-Frauen sich darüber beklagen, daß die Dinge so sind, wie sie sind, oder?«

»Aber sie hat mich nun mal anders erzogen. Und ich weiß, daß auf anderen Planeten die Frauen nicht so behandelt werden wie hier bei uns. Sogar auf Kystran ist es so, daß ein Paar, das in einer Zweierbeziehung lebt, sich ausspricht, wenn es Meinungsverschiedenheiten hat. Wonach derjenige, der im Unrecht ist, schließlich tonnenschwere Schuldgefühle kriegt, was meiner Meinung nach Strafe mehr als genug ist.«

»Hast du dort denn ein männliches Wesen gefunden, mit dem du sexuell gern was anfangen möchtest? Du bist zwanzig Jahre alt, und deine Mutter ist voll und ganz dafür, daß du über Sex selbst entscheidest und ihn dir gönnst, sobald du das Gefühl hast, daß du ihn willst, egal, ob es deinem Vater paßt oder nicht. Also, hast du ihn nun gefunden?«

»Was soll's, du weißt doch sowieso alles«, brummte Shanelle. »Ich will's von dir hören.«

»Na gut, Kindchen, aber es gefällt dir sicher nicht. Kann schon sein, daß du vor Sha-Ka'ani-Männern Angst hast, aber nicht, weil sie so groß sind. Ihre Größe ist ja zufällig das, was du zu schätzen weißt, da bist du genau wie deine Mutter. Dir ist nicht zu helfen. Du bist mit ihnen zusammen groß geworden. Sie sind die einzige Art Männer, an die du gewöhnt bist. Es ist doch so, daß du an einem Mann, der nicht reichlich über einsachtzig groß und doppelt so breit ist wie du, nicht das geringste Interesse hast.«

»Es gibt Hunderte von Planeten, die ich jetzt zu besuchen in der Lage bin, Martha. Willst du mir vielleicht erzählen, daß ich auf all den anderen Welten keinen einzigen Mann auftreiben kann, der ein bißchen größer ist und ein paar mehr Muskeln hat als die anderen?«

»Aber sicher kannst du das. Dann laß uns noch mal genauer betrachten, was dir auf deiner eigenen Welt nicht gefällt: nämlich die Art und Weise, wie die Krieger ihre Frauen behandeln, wenn sie gegen die Regeln verstoßen.«

»Es ist so erniedrigend, wirklich demütigend...«

»Aber absolut schmerzlos«, unterbrach Martha sie. »Es gibt Welten, auf denen Gesetzesbrecher noch hingerichtet werden. Welten, wo sie noch lebenslänglich eingesperrt werden. Welten, wo ihnen die Haut vom Rücken gepeitscht wird. Und einige Welten, wo ausgefeilte Foltermethoden angewandt werden, die nicht die geringste Spur hinterlassen. Und das sind nur ein paar von den kleinen Nettigkeiten, denen du bei der Jagd nach dem idealen Partner begegnen wirst. Im Vergleich dazu kann man das, was die Sha-Ka'ani tun, nur als barmherzig und harmlos betrachten.«

»Es gibt aber auch Welten, die nicht so gewalttätig sind und auch nicht so viele lächerliche Regeln haben.«

»Du bist doch dazu erzogen worden, sie zu achten. Dafür hat Challen gesorgt. Deshalb versteh ich nicht, worüber du dir eigentlich Sorgen machst.«

»Doch, das weißt du, und ich will nicht mehr darüber reden.«

Wie gewöhnlich hörte Martha nur das, was sie hören wollte. »Hast du dich jemals gefragt, warum sich deine Mutter diese Strafen gefallen läßt, vor denen du so entsetzliche Angst hast, die und all die anderen Sachen, mit denen sie immer noch nicht einverstanden ist?«

»Weil sie meinen Vater liebt.«

»Das ist das eine, ja, aber da ist auch noch die Tatsache, daß es ihr glatt die Schuhe ausgezogen hat, als sie ihn das erste Mal sah, und das ist immer noch so, wenn er mit ihr ins

Bett geht. Und wenn man das für den ganzen Rest des Lebens in Aussicht hat, dann lohnt es sich schon, ein paar Dinge in Kauf zu nehmen, die man nicht mag. Und das, was dir nicht gefällt, ist nicht mal so schlimm, wie du dir vorstellst.«

»Es ist nicht nur das«, murmelte Shanelle.

»Wie bitte? Soll das etwa heißen, daß wir die ganze Zeit nur mit dem halben Problem vergeudet haben?«

»Vergiß es, Martha. Wenn du so vieles weißt, dann weißt du auch, was das Hauptproblem ist, und mit deiner ganzen High-Tech-Logik oder Beweisführung kannst du die Tatsache nicht vom Tisch wischen, daß Krieger keine Liebe empfinden. Lust ja, und auch ein gewisses Maß an Fürsorglichkeit für ihre Lebensgefährtinnen, aber sie erleben Liebe nicht so wie Frauen. Und bevor du mir um die Ohren haust, daß mein Vater es sehr wohl tut, will ich dir sagen, daß ich zufällig weiß, wie schwer meine Mutter kämpfen mußte, bis es ihm bewußt wurde und er es zugeben konnte. Und außerdem ist mein Vater eine Ausnahme. Einen Krieger so wie ihn gibt es nicht noch einmal. Sogar mein Bruder gibt zu, daß er nicht versteht, was Vater für Mutter empfindet. Er hat so etwas nie gefühlt, und er ist nur zur Hälfte Sha-Ka'ani.«

Stille. Eine bedrückende Stille. Warum nur wollte sie glauben, Martha könnte diese grelle Wirklichkeit des Sha-Ka'ani-Lebens leugnen? Die letzten zwanzig Jahre lang hatte Martha das Verhalten der Krieger beobachtet und analysiert. Wenn sie Shanelle in diesem Punkt nicht beruhigen konnte, dann, weil es darüber keine Beruhigung gab. Und Shanelle wollte sich nicht lebenslänglich an einen Mann binden, der ihr nur hochkarätigen Sex und ein bißchen Zuneigung bieten würde. Sie wünschte sich das, was ihre Mutter gefunden hatte. Aber auf Sha-Ka'an würde sie es nicht finden.

# 2

»Ich weiß nichts von dir, Shani, aber ich bin so gespannt darauf, deine Welt kennenzulernen, daß ich's kaum erwarten kann.«

Das war Caris auch anzusehen, fand Shanelle, aber sie verstand nicht, warum ihre Freundin so freudig erregt war. Sha-Ka'an war keine Welt, die sie selbst ohne triftigen Grund bereisen würde. Aber sie nahm an, daß ein Besuch dort so verlockend erschien, weil er Durchschnittsbürgern anderer Welten nicht gestattet war.

Caris bestätigte dies, indem sie an Yaris und Ciras Adresse hinzufügte: »Nachdem Shanis Mutter den Planeten zum ersten Mal betreten hatte, war er eine Zeitlang für Touristen zugänglich. Aber ein paar Idioten haben sich nicht an die dortigen Gesetze gehalten und ihn übel zugerichtet. Jetzt verhindert ein dicht schließender Globaler Schutzschild den Zugang zum Planeten. Und nicht mal das technisch höchstentwickelte Raumschiff kann außerhalb des erlaubten Landeplatzes in seine Atmosphäre eintreten. Wenn du landen willst, brauchst du dafür eine Erlaubnis vom Besucherzentrum. Und du solltest mindestens ein Handelsattaché sein oder dich auf eine dringende Notlage berufen können, sonst kannst du's vergessen. Nur die Attachés haben noch Zutritt, aber sogar sie kommen nicht weiter als bis zum Besucherzentrum. Ohne deine Einladung, Shani, hätten wir diese Gelegenheit nie bekommen. Hoffentlich weißt du, wie sehr wir das zu schätzen wissen.«

Shanelle war diese Art Dankbarkeit unangenehm. Alles, was sie getan hatte, war, ein paar von ihren neuen Freunden zu sich nach Hause einzuladen; auf ihre Kosten, denn die Absolventen des Lehrgangs verdienten nicht genügend Tauschgutscheine, um sich den Flug zu anderen Planeten leisten zu können. Ihr dagegen stand ein Transportrover zur Verfügung, ein Raumschiff, das groß genug war, an die tausend Personen bequem unterzubringen. Es brauchte nicht einmal eine Besatzung, denn Martha war in der Lage, das ganze Schiff allein zu fliegen.

Aber Shanelles Einladung galt nur den drei Mädchen, Caris, Yari und Cira. Die beiden jungen Männer, Jadd und Dren Ce Rostt, Yaris erster und einziger Sexpartner, hatten sich selbst eingeladen. Jadd aus Selbstüberschätzung, und Dren fast aus dem gleichen Grund, denn er konnte es nicht ertragen, von Yari getrennt zu sein, weil miteinander zu schlafen eine ganz neue und für sie beide offensichtlich wundervolle Erfahrung war. Sie schienen wirklich unzertrennlich, und in den zwei Wochen seit dem Abflug von Kystran hatten sie jede Menge Spaß gehabt. Das konnte allerdings noch in einem anderen Sinn verstanden werden, denn einer von den Sha-Ka'ani-Ausdrücken für »miteinander schlafen« war »Spaß haben«. Natürlich erregte dies bei Caris und Cira Neid, und beide meinten, sie wollten sich über das erste beste männliche Wesen hermachen, das ihnen nach der Landung über den Weg liefe. Alle beide hatten sie versucht, Jadd für ein bißchen Sex mit der einen und der anderen zu interessieren, aber er wollte, wenn es nicht Shanelle sein konnte, lieber überhaupt niemand. Auch Shanelle war ein wenig neidisch gewesen auf Yaris Glück, aber nicht so sehr wie die beiden anderen Mädchen, da sie nicht wußte, was ihr entging, die beiden anderen aber sehr wohl. Es wurde von jedem Kadetten erwartet, daß er die erste Nacht nach dem Abschluß des Lehrgangs damit verbrachte, seine ersten Erfahrungen mit dem anderen Geschlecht zu machen. Und genau daran hatte sich diese Gruppe gehalten, mit Ausnahme von Shanelle allerdings. Sie war in dieser Nacht mit Garr Ce Bernn zusammengewesen, der gegenwärtig zum dritten Mal für zehn Jahre das Amt des Direktors von Kystran innehatte. Er war es gewesen, der Shanelle Tedra zuliebe in dem World Discovery-Lehrgang unterbrachte, und auch die Aufnahme in das Sicherheitstraining verdankte sie ihm. Er hatte ihr die letzten neun Monate wirklich sehr angenehm und erfreulich gestaltet. Immer, wenn sie sich einsam fühlte, konnte sie ihn besuchen, und dann heiterte er sie mit Geschichten über ihre Mutter auf, denn Garr war Tedras Chef gewesen.

Sie mußte vieles revidieren, vor allem ihre Sicht der Dinge, obwohl Martha, die fast ihr ganzes Leben lang ihre Lehrerin gewesen war, sie auf eine so fortschrittliche Kultur wie die von Kystran vorbereitet hatte. Sie war, für Kystran eine Seltenheit, eine außerweltliche Studentin gewesen, und deshalb mußte sie nicht im Schulungszentrum wohnen wie die anderen. Dadurch ergab es sich, daß sie täglichen Umgang mit erwachsenen Kystrani bekam und feststellen konnte, daß alles, was ihre Mutter und Martha ihr über Kystran erzählt hatten, der Wahrheit entsprach.

Hier dachten die Bürger wirklich anders über das Liebesleben als die Bewohner jeder anderen Welt. »Sex miteinander teilen«, so nannten sie es, und weil sie einigen gesundheitlichen Nutzen darin sahen, war dies Pflicht für alle Bürger, ausgenommen Studenten, denen es bis zum Abschluß verboten war. Es gab Gesetze, die alles regelten, und es war ein wesentlicher Bestandteil ihrer Kultur.

Aber ihre Kultur war nicht Shanelles Kultur.

Unglücklicherweise war ihre eigene Welt ihr ebenso fremd, und deshalb konnte sie so schlecht mit der Tatsache fertig werden, daß sie bei der Wahl ihres Lebensgefährten so wenig zu sagen haben sollte, bei der Wahl eines Mannes, der für den Rest ihres Lebens über sie zu bestimmen hatte, eines Mannes, dem zu gehorchen, den zu respektieren und vermutlich auch zu lieben von ihr erwartet wurde. Eine tolle Chance, dachte sie, aber nicht mehr, wenn er anfinge, sie zu bestrafen.

Der einzige Grund, weswegen man ihr noch keinen Lebensgefährten gegeben hatte, war der, daß Tedra es zu verhindern wußte, indem sie an jedem Krieger, den Challen in Betracht zog, etwas auszusetzen fand. Dann wurde das Flugtraining aktuell, und auch hier ging es nach Tedras Kopf. Aber sie würde den großen Moment nicht viel länger hinauszögern können. Shanelle hatte das Alter, in dem man im allgemeinen daran dachte, eine eigene Familie zu gründen, schon um zwei Jahre überschritten. Es konnte in der Tat so sein, daß sie bei ihrer Rückkehr schon mit einer Entscheidung konfrontiert sein würde.

Sie sollte am besten Martha bitten, mit ihrer Mutter Verbindung aufzunehmen, um es herauszufinden. Möglicherweise würde sie doch nicht mehr nach Hause zurückkehren...

Ach, ihr Sterne, was sollte sie denn tun? Vielleicht hatte ihre Mutter ihr tatsächlich einen schlechten Dienst erwiesen, als sie sie ermutigte, selbständig zu denken. Wenn sie eine andere Mutter gehabt hätte als Tedra, müßte sie sich jetzt nicht mit diesem Problem herumschlagen. Sie wäre statt dessen ganz zufrieden damit, daß ihr Vater über ihre Zukunft entschied, ohne den leisesten Zweifel, daß er die ideale Wahl treffen würde, denn was ihm vor allem anderen am Herzen lag, war ihr Glück. Aber die einfache Wahrheit war eben, daß sie, was das »Sex-miteinander-Teilen« betraf, die Philosophie ihrer Mutter vorzog.

Obwohl Tedra aus der Kystrani-Kultur kam, fand sie nicht alles daran gut, vor allem nicht, daß etwas so Persönliches wie Sexualität von jemand anderem bestimmt wurde. Was ihr allerdings gefiel, war die persönliche Entscheidungsfreiheit, und das war ja auch, was Shanelle wichtig fand. Sie wollte sich selbst entscheiden können, und sie war mehr als bereit dazu. Und mehr als bereit herauszufinden, was Yari so sehr entzückte und was ihre Mutter alle diese Jahre hindurch so glücklich gemacht hatte.

Sie war bereit. Sie hatte nur den Mann noch nicht gefunden, der ihr »die Schuhe ausziehen« konnte, sie wußte ja nicht einmal, wie das wohl sein mochte. Ihre Mutter hatte ihr versichert, daß sie es merken würde, wenn es passierte, und wenn es passierte, sollte sie es in vollen Zügen genießen, wenn es ihr gefiele. Es wäre ihre Entscheidung. Und ihr Vater könnte den Mann nach vollendeter Tatsache billigen oder auch nicht. Ihre Entscheidung hätte sie jedenfalls getroffen. Aber Tedra schien zu glauben, sie würde mit Challens Mißfallen schon fertig werden. Und ihre Tochter rechnete damit, daß es auch so sein würde.

Shanelle wurde wieder in das laufende Gespräch einbezogen, als jemand eine Frage an sie richtete. Sie hatten die letzte Mahlzeit des Tages beendet und waren alle im Aufenthaltsraum versammelt. Shanelle hätte sich gerne schon zurückgezogen, aber ihre Freunde waren zu aufgeregt, um schlafen zu können.

»Wie bitte?«

Caris antwortete: »Cira möchte wissen, ob man ihr wohl erlaubt, ein paar Proben der lokalen Erzeugnisse zu sich zu nehmen, wenn wir angekommen sind.«

»Erzeugnisse?«

»Die Barbaren.«

Shanelle stöhnte innerlich. Sie hätte wirklich zu Bett gehen sollen. Aber sie schenkte ihren Freunden ein kleines Lächeln.

»Die Sha-Ka'ani möchten jetzt, wo sie wissen, welche Bedeutung fortschrittliche Welten diesem Namen beilegen, nicht mehr gern ›Barbaren‹ genannt werden. Und sie sind sowieso keine echten Barbaren, obwohl sie auf den ersten Blick so aussehen. Aber ja, natürlich könnt ihr mit einem Barbaren sexuell was anfangen, wenn er daran interessiert ist. Ihr müßt ihm nur, um Mißverständnisse vorzubeugen, ganz ausdrücklich vorher sagen, daß ihr unter dem Schutz des *Shodan* steht.«

»Was meinst du mit Mißverständnissen?« fragte Cira. »War davon in den Regeln und Gesetzen die Rede, die Martha uns mitgegeben hat?«

»Martha hat euch die allgemeinen Statuten gegeben, die alle Besucher bekommen, aber euer Fall ist, wie ihr schon festgestellt habt, einzigartig. Gewöhnlich sind die einzigen Besucher, denen man erlaubt, das Zentrum zu verlassen, diejenigen, die um eine Audienz beim *Shodan* nachgesucht haben. Wenn er damit einverstanden ist, sie zu empfangen, werden sie von den Sicherheitsleuten des Besucherzentrums zum Palast begleitet. Sie erledigen ihre Geschäfte zügig und werden dann sofort zum Zentrum zurückgebracht. Falls eine Frau dabeisein sollte, dann wird sie unterwegs nicht unbedingt eine Pause einlegen, um sich ein Schäferstündchen mit einem Krieger zu gönnen. Also gibt's keinen Grund, in den Statuten so etwas zu erwähnen.«

Caris' grüne Augen wurden beträchtlich größer. »Meine Sterne, du redest von dieser Anspruchsgeschichte, von der du mir mal erzählt hast, ja?«

»Ich fürchte, schon«, antwortete Shanelle und setzte, an Cira und Yari gewandt, hinzu. »Wenn ein Krieger glaubt, du seist nicht beschützt, oder wenn du keine männliche Begleitung hast, dann hat er das Recht, dich zu nehmen, wenn er möchte, und es gibt nichts, was irgend jemand auf meinem oder auf deinem Planeten dagegen tun kann, wenn er es beschließt. Aber sobald du ihm klar und deutlich sagst, daß du unter dem Schutz eines Kriegers stehst, vergewissert er sich, ob du die Wahrheit sagst, bevor er Anspruch auf dich erhebt.«

»Bist du auch ganz sicher?« fragte Cira.

Shanelle konnte sich vorstellen, daß sie nun nicht mehr so sehr darauf aus waren, die ortsansässigen männlichen Exemplare zu testen, aber sie hatte sie nicht davon abhalten wollen, sich ein bißchen Sha-Ka'ani-Vergnügen zu holen, nur vorsichtig sollten sie sein. »In all diesen Jahren sind nur zwei Frauen jemals beansprucht worden, und die beiden wollten es auch, also hat sich niemand darüber aufgeregt, am wenigsten die beiden Frauen. Und es funktioniert tatsächlich, wenn man erklärt, unter jemandes Schutz zu stehen; denn ein Krieger, der Anspruch auf eine beschützte Frau erhebt, weiß, daß er letztlich mit ihrem Beschützer kämpfen muß, und Krieger kämpfen nicht um Frauen.«

»Warum nicht?« fragte Yari interessiert.

Shanelle ahnte ihre Reaktion mit einer Mischung aus Grauen und Abscheu voraus, wegen ihrer eigenen Gefühle in dieser Angelegenheit. »Jeder x-beliebige Krieger wird dir sagen, daß er nicht weiß, was Eifersucht ist – oder Liebe.«

»Jetzt aber mal halblang, Shani«, sagte Caris ungläubig. »Du hast gesagt, daß dein Vater deine Mutter liebt, und wir alle wissen, daß er ein Krieger ist.«

»Mein Vater ist zufällig eine Ausnahme.« Aber Shanelles Stimme wurde klanglos, als sie hinzufügte: »Man könnte sagen, daß meine Mutter einen schlechten Einfluß auf ihn gehabt hat.«

Caris und Cira lachten, aber Yari warf ein: »Also, ich finde das großartig. Stell dir vor, du hast nie mit Besitzgier oder Eifersucht zu tun.«

»Ist das wirklich so?« fragte Dren mit einer Spur Ärger in der Stimme. Er war kleiner als Shanelle und fast zu zierlich gebaut, aber der hübscheste Junge aus ihrer Klasse... »Du hast doch nicht etwa vorgehabt, selbst einen von diesen Kriegern auszuprobieren, oder?«

Yari grinste und kuschelte sich auf der Adapticouch, auf der sie beide saßen, eng an ihn. Er war klein, aber sie war noch kleiner. Von den Mädchen war tatsächlich keines größer als ein Meter siebenundsechzig, und dadurch fühlte sich Shanelle mit ihrer Größe und ihren üppigeren Formen gelegentlich etwas ungelenk.

»Laß dich nicht anmachen, mein Kerlchen«, sagte die kleine Brünette zu ihm: »Soviel ich weiß, sind diese Krieger einfach viel zu groß für mich. Ich mag meine Haut gern weiß und zart. Keine blauen Flecken.«

»Teufel noch mal, daran hab ich gar nicht gedacht«, stöhnte Cira anklagend.

Shanelle lachte in sich hinein und lehnte sich mit ihrem Glas Anturywein zurück. »Das ist zufällig nichts, worüber du dir Sorgen zu machen brauchst. Es gibt keinen Mann, der mit einer Frau behutsamer umginge als ein Krieger, denn seine Größe und seine Stärke sind ihm immer bewußt. Die Frauen aus der Dienerklasse der Darash sind viel kleiner als du, Cira, und sie beklagen sich nicht.«

»Sind diese Frauen vielleicht so, daß Jadd und ich möglicherweise Lust hätten, was mit ihnen anzufangen?« fragte Dren, um sich zu revanchieren, aber die einzige Reaktion war ein Knuff in den Bauch, den er von Yari bekam.

Shanelle antwortete trotzdem. »Die Frauen der Darash stehen jedem zur Verfügung, der sie benutzen will, und es macht ihnen nichts aus. Ich frage mich manchmal, ob sie überhaupt nein sagen können.«

»Aber du kannst ganz bestimmt nein sagen«, meinte Jadd, als er mit seinem Weinglas herüberkam und sich neben Shanelle auf ihre Couch setzte. »Ich frage mich, ob...«

Er kam nicht dazu, den Satz zu Ende zu bringen. Kaum hatte er sich auf seinen neuen Platz gesetzt, als Corth schon über ihm war, im Begriff, sich auf ihn zu werfen, und nur durch eine blitzschnelle Bewegung konnte Jadd ihm entgehen. Er sprang auf die Füße und brachte sich in Sicherheit, wobei er seinen Wein verschüttete. Von zwei verschiedenen Seiten gleichzeitig betraten nun zwei Reinigungsroboter den riesigen Raum und beseitigten die Spuren des Mißgeschicks, aber niemand nahm Notiz von ihnen. Jadd warf Corth finstere Blicke zu, und Shanelle mußte einfach lachen, sie konnte gar nicht anders. Die anderen starrten Corth an, als hätte er eine Störung im Betriebssystem.

»Warum hat er das denn gemacht, Shani?« fragte Caris schließlich für die anderen mit.

Shanelle konnte nicht antworten vor Lachen. Aber Jadd lachte nicht. »Er ist ihr Beschützer«, sagte er, und so, wie er das Wort aussprach, klang es schmutzig. »Niemand kann sich ihr in seiner Gegenwart sexuell nähern. Man darf sie nicht einmal berühren.«

»Das entspricht nicht ganz der Wahrheit, Mr. Ce Moerr«, fuhr Marthas Stimme dazwischen, was bewies, daß sie das ganze Gespräch mitverfolgt hatte. Ein Wunder, daß sie bis jetzt den Mund gehalten hatte. »Falls Shani den Wunsch haben sollte, mit einem Mann sexuell zusammenzukommen, wird Corth sich nicht dazwischenwerfen. Es könnte sein, daß er ihr sogar aus den Kleidern hilft.«

Shanelle zuckte zusammen. Sie erwog, ihr Weinglas gegen das Steuernull des Intercom zu werfen. »Das war ziemlich plump formuliert, Martha.«

»Du kennst mich doch, Mädchen. Ich drück mich nicht unbedingt gewählt aus, wenn ich verstanden werden will.«

»Herzlichen Dank.«

Martha fing an zu lachen, aber Jadd fragte aufgebracht: »Ich möchte bloß wissen, was für eine Art Beschützer das ist. Ich dachte, er sollte alle Männer von dir fernhalten, Shani!«

Shanelle war wirklich ärgerlich und fuhr ihn an: »Nein, nur die, die schon eine Abfuhr gekriegt haben.«

Jadd lief rot an vor Verlegenheit und gab höhnisch zurück: »Ich bezweifle, daß es das ist, was dein Vater beabsichtigt hat.«

»Da hast du wirklich recht, Jadd«, antwortete Shanelle. »Das ist etwas, was meine Mutter ohne Wissen meines Vaters in die Programmierung von Corth eingegeben hat. Sie ist eben doch eine Kystrani, genau wie du. Sie legt Wert darauf, nein zu sagen, wenn sie nein meint, und ja, wenn sie ja meint.«

»Aber kommt es denn niemals vor, daß du gern ja sagen würdest?«

Das war eine zu persönliche Frage, selbst wenn sie von einem völlig frustrierten Mann gestellt wurde. Jadd bereute sie sofort und sah weg. Er rechnete nicht mit einer Antwort. Shanelle hätte ihm sowieso keine gegeben. Aber Martha, diese aus Metallteilen zusammengesetzte Ketzerin, hegte keine solchen Skrupel.

»Es würde ihr nicht gut bekommen, auf Sha-Ka'an ja zu sagen. Sie ist die Tochter eines Vaters, der im vollen Besitz seiner Kräfte steht: Keiner will ihm seine Stellung als *Shodan* streitig machen, und schon gar keiner wegen einer Frau Ärger mit ihm riskieren. Keiner von den Kriegern, die sie kennen, traut sich in ihre Nähe. Das einzige, was so einem übrig bleibt, ist, an sie zu denken und zu versuchen, ihrem Vater zu beweisen, daß er würdig ist, ihr Lebensgefährte zu werden. Bis dahin wird mit Sex nichts laufen. Sie wagt nicht, gegen die natürliche Ordnung der Dinge zu rebellieren.«

Shanelle hatte keine Lust mehr, dem Intercom Wein ins Schaltpult zu schütten; in Stücke würde sie es schlagen, wahrhaftig. Und sie wußte, was Martha vorhatte. Sie versuchte, sie dazu aufzustacheln, ihre Rechte einzufordern, indem sie ihr zeigte, wie Außenstehende ihre Situation sahen. Und diese anderen betrachteten sie nun mit den unterschiedlichsten Abstufungen des Entsetzens. Das hatte ihr gerade noch gefehlt: deren Anteilnahme noch zusätzlich zu ihrem Selbstmitleid.

»Läuft das wirklich so, Shani?« fragte Caris. »Mußt du tatsächlich schnurstracks eine feste Bindung eingehen, ohne Gelegenheit, den Typ vorher mal auszuprobieren?«

»Den meisten Sha-Ka'ani-Frauen macht das gar nichts aus«, fing Shanelle an, aber da mischte sich Martha schon wieder ein.

»Sie wissen nicht, wie sie das System aushebeln sollen.«

»Die Tradition, Martha, nicht das System, und halt dich, zum Kuckuck, da raus!«

»Aber, Shani, du bist doch zur Hälfte Kystrani«, betonte Cira.

»Das ist richtig«, antwortete Shanelle. »Bequemerweise vergißt sie's, wenn sie ihre Meinung durchsetzen will. Zufällig gibt's noch andere Alternativen, und für eine davon hab ich mich schon entschieden.«

»So zieht sich ein Feigling aus der Affäre«, schnauzte Martha verächtlich. »Was du suchst, kannst du genausogut zu Hause finden. Dazu brauchst du nicht in ein anderes Sternensystem auszuwandern und nebenbei deiner Mutter noch das Herz zu brechen.«

Jetzt war klar, was Shanelle von Anfang an hätte erkennen müssen, Martha war nur eine Leihgabe an sie. Sie gehörte zu allererst und vor allem Tedra, und alles, was sie tat und sagte, galt letzten Endes deren Interessen.

Shanelle seufzte. »Schon gut, Martha, ich will mich umschauen, wirklich gründlich, bis mein Vater seine Entscheidung trifft. Aber wenn ich damit nicht einverstanden sein kann, bin ich weg, und meine Mutter wird mich schon decken.«

»Ich weiß, daß sie das tun wird. Alles, was ich erwarte, ist eine kleine Anstrengung deinerseits, damit es nicht soweit kommt. Und jetzt, wo du einverstanden bist, sie zu unternehmen, hast du meine volle Unterstützung.«

»Na ja, hoffentlich ist dir wenigstens die unerwünschte Folge deiner hinterhältigen Aufstachelei bewußt geworden.«

»Aber sicher. Schwer von Begriff zu sein, kommt in meinem Programm nicht vor.« Und plötzlich verschwand Jadd, der auf der Lehne der Couch gehockt hatte, um nur wenig später ziemlich schockiert wieder aufzutauchen. Marthas Stimme klang nun äußerst behaglich, als sie den jungen Mann ansprach. »Das war nur ein Ausblick auf das, was mit

Ihnen passiert, Mr. Ce Moerr, wenn Sie irgend etwas von dem, was Sie hier heute abend gehört haben, dem Vater einer gewissen Person erzählen. Nur, daß Sie das nächste Mal nicht in Ihre Kabine transferiert werden und wieder zurück, sondern im Weltraum abgesetzt werden.«

Sogar Shanelle beeindruckte diese Drohung. Molekulartransfer war das Mittel, mit dem man vom Raumschiff zur Planetenoberfläche gelangen konnte, ohne landen zu müssen oder ein Fahrzeug für den Transfer zu benutzen. Man konnte damit einen Körper von einem Ort zum andern transferieren, und es dauerte nicht einmal einen Lidschlag lang. Das Transfersystem des Rovers stand unter Marthas Kontrolle.

»Das – das verstößt gegen das Gesetz über die Achtung vor dem Leben«, kam ein entsetztes Flüstern von Jadd.

»Köstlich«, hörte man den Computer glucksen. »Ich bin ein Simul-II, mein Junge. Ich gehorche keinen Gesetzen außer meinen eigenen. Jeder weiß...« Es gab eine lange Pause, und dann, ja, dann kreischte Martha tatsächlich: »Geh verdammt noch mal aus meinem Terminal, Brock!«

Shanelle blinzelte in freudiger Überraschung. Sie hatte nicht gedacht, daß sie schon nahe genug waren, um Kontakt mit Sha-Ka'an aufzunehmen, aber die tiefe männliche Stimme, die nun aus dem Intercom zu hören war, bewies es.

»Nur die Ruhe, Frau«, befahl die Stimme streng. »Ich bin hier, weil Shanelles Eltern mich darum gebeten haben, beide Eltern.«

Mehr als dieses »beide« war nicht notwendig, um Marthas Empörung zu mäßigen, aber das wußte Brock natürlich, und deshalb hatte er es gesagt. Er konnte genauso selbstherrlich und hinterhältig sein wie Martha, aber schließlich war auch er ein selbständig denkender Simul-II-Computer. Und zufällig gehörte er Shanelles Vater, was bedeutete, daß er mit niemandem kompatibel war außer mit Challen. Bis in die jüngste Gegenwart jammerte Martha noch immer darüber, daß sie diejenige gewesen war, die daran mitgearbeitet hatte, ihn zu entwickeln, denn sie hatte Challens Daten beigesteuert. Aber sie hatte es für Tedra getan, weil Tedra Challen mit einem eigenen Simul-II überraschen wollte.

Aber seltsam: Ein Jahr lang ging Challen nicht einmal in die Nähe von Brock. Er wollte einfach nicht, daß etwas so Ultramodernes ihm gehörte. Und dann gab er schließlich nach und fing an, mit dem Computer zu reden. Noch einmal ein Jahr verging über der Auseinandersetzung der beiden um die Vorherrschaft, die gewonnen zu haben jeder der beiden für sich in Anspruch nahm. Aber jetzt kamen sie glänzend miteinander aus. Und in der letzten Zeit hatte Brock, was alle außer Martha amüsierte, versucht, auch über Martha eine Art kriegerliche Gewalt auszuüben, was schlechthin eine Unmöglichkeit war.

Marthas Empörung hätte vielleicht zeitweilig gezügelt werden können, nicht aber ihr Gemecker.

»Sag jetzt, was du zu sagen hast, und dann beweg deinen Blechhintern aus meinem Terminal. Und wenn's dir das nächstemal einfällt, mal reinzugucken bei uns, dann frag, verdammt, lieber vorher um Erlaubnis. Einen Blechkrieger können nämlich die Drähte verschmoren. Martha knurrte tatsächlich.

»Aber, aber«, sagte Shanelle grinsend. »Ich möchte euch beide dran erinnern, daß hier eine begeisterte Zuhörerschaft versammelt ist, die noch nie gehört hat, wie zwei Computer sich fetzen, und, ehrlich gesagt, ihr jagt ihnen echt Angst ein.«

»Wir haben uns nicht gestritten«, beharrte Martha.

»Deine Heiterkeit ist fehl am Platz, Shanelle«, tadelte Brock sanft.

»Das ist wahr.« Shanelle seufzte. »Wenn du kommst, dann aber komplett ausgerüstet, Sicht inklusive. Sag mal, wie lange bist du schon hier bei uns, Brock?«

»Mach dir keine Sorgen, Kindchen«, beruhigte Martha sie. »Er ist ein Schleicher, aber nicht Schleicher genug, um sich ranzumachen, ohne daß ich es sofort merke. Sag jetzt, was du hier zu suchen hast, Brock, und dann hau ab.«

Es gab eine lange Pause, als kämpfe Brock mit sich selber, ob er gehorchen oder Martha darüber belehren sollte, daß es nicht ratsam sei, ihm Anweisungen zu geben. Schließlich wandte er sich an Shanelle.

»Deine Eltern lassen dich grüßen, Kind. Du hast ihnen sehr gefehlt, und sie warten ungeduldig auf deine Ankunft am nächsten Aufgang.«

»Ist meine Mutter da, Brock?« fragte Shanelle gespannt. »Kann ich mit ihr sprechen?«

»Es tut mir leid«, antwortete Brock. »Aber Challen und Tedra sind im Augenblick bei den Wettkämpfen, wo sie bis zu diesem Mondaufgang bleiben wollen.«

»Welche Wettkämpfe?« fragte Martha, noch bevor Shanelle daran dachte, es zu tun. Wenn Martha etwas haßte, dann war es der Umstand, nicht vor allen anderen und vor allem vor Brock, über Neuigkeiten informiert zu sein.

»Krieger aus dem ganzen Land sind nach Sha-Ka-Ra eingeladen worden, um ihr Können zu beweisen. Der Wettkampf hat diesen Aufgang begonnen und wird solange weitergeführt, bis der Sieger über alle feststeht. Natürlich ist es Challen, der in letzter Instanz entscheidet, und deshalb ist seine Anwesenheit, wie übrigens auch die von Tedra, bei jeder einzelnen Disziplin erforderlich. Sonst hätten sie Shanelle am Besucherzentrum abgeholt. Da sie unabkömmlich sind, wird eine Eskorte Shanelle an der Buslandestelle erwarten und zum Pavillon ihrer Eltern im Park bringen.«

»Ach ja, einfach so?« Marthas Stimme klang immer noch gereizt. »Du wirst ja wohl nichts dagegen haben, daß ich mit dem Zentrum abchecke, ob das in Ordnung ist, oder?«

»Frau, du bist mit voller Absicht widerwärtig.« Brock gab sich keine Mühe mehr, seinen Ärger zu verbergen.

»Ach, tatsächlich«, blaffte Martha zurück, um dann ein säuselndes »Auf Wiedersehen, Brock« anzufügen.

Jetzt verbreitete das Intercom Schweigen, was Caris Gelegenheit gab, sich zu Shanelle hinüberzubeugen und zu flüstern: »Glaubt er wirklich, daß sie eine Frau ist?«

Shanelle hätte ihr sagen können, daß es nicht klug sei zu flüstern, wenn ein Simul-II in der Nähe war, aber Martha sorgte schon für unmißverständliche Aufklärung, indem sie antwortete: »Verdammt, genau das tut er, aber er ist eben ein Idiot, dem nicht zu helfen ist.«

Nur klang Martha gar nicht mehr so wütend. Sie klang…

irgendwie stolz, und Shanelle mußte darüber lächeln. »Ich glaube, du magst Brock.«

»Nur, wenn er mal ein kleines bißchen von seiner umfassenden Intelligenz herzeigt, was in letzter Zeit allerdings selten vorkommt. Er ist, sicherlich aus irgendeinem männerspezifischen Grund, ein Barbar reinsten Wassers geworden. Und wenn er dieses herablassende Kriegergeschwätz drauf hat, könnte ich glatt die Wände hochgehen.«

»Aber du kannst doch damit umgehen?« fragte Shanelle.

»'türlich kann ich das«, antwortete Martha mit einem deutlich hörbaren Schnauben.

# 3

Als Shanelle am nächsten Morgen aufwachte, spürte auch sie einiges von der freudigen Erwartung, die ihre Freunde am Abend vorher bewegt hatte, wenn auch aus anderen Gründen. Solange sie nicht an das dachte, was unmittelbar nach ihrer Rückkehr vielleicht geschehen könnte, freute sie sich wirklich darauf, ihre Familie wiederzusehen. Sie hatte sie schrecklich vermißt, auch ihre Freunde, ja, sogar die Dienstboten und ihr geräumiges Zuhause.

In den letzten neun Monaten hatte sie in einer Schachtel von Zimmer gelebt: zumindest war es, verglichen mit dem, was sie gewohnt war, eine Art Schachtel gewesen. Selbstverständlich verstanden sich die Kystrani darauf, auch den kleinsten Raum gut auszunutzen, indem sie mit Hilfe mobiler Wände auf Knopfdruck je nach Bedarf einzelne Bereiche voneinander abtrennten. Auf diese Weise konnte man aus der Fläche eines einzigen Zimmers vier oder fünf machen, wobei alles aus den Wänden geholt werden konnte, sogar Bad und Toilette.

Sie hatte einige schier unglaubliche Dinge gesehen auf Kystran, die aber nicht unglaublicher waren als manches, mit dem sie groß geworden war. Die Sha-Ka'ani mochten modernen Komfort verachten, Tedra aber gewiß nicht, und was auch immer Tedra kaufte, sie kaufte es auch für ihre Tochter.

Sie würde das gleiche auch für ihren Sohn und ihren Lebensgefährten getan haben, aber wie die übrige männliche Bevölkerung weigerten sie sich hartnäckig, Gegenstände anzufassen, die nicht auf ihrer Welt gemacht worden waren oder nicht wenigstens denjenigen sehr stark ähnelten, die auf ihrer Welt hergestellt werden konnten. Mit Ausnahme der Meditech-Einheiten allerdings. Krieger waren schließlich nicht dumm, und Meditech war eins der modernen Wunder, das den schmuddeligen Heilern die Hölle auf den Hals schickte. Es lohnte sich, einen Apparat zu besitzen, der tatsächlich Leben retten konnte, das schon aufgegeben war, und Gewebe wiederherstellen, ohne Narben zu hinterlassen. Fast jede Stadt auf dem Planeten hatte inzwischen mindestens eine Meditech-Einheit; einige, wie Sha-Ka-Ra, hatten mehrere.

»Geh auf und scheine, Kindchen.« Marthas Stimme drang genau in dem Moment in den Raum, als Shanelle sich aufsetzte und durch ihre Bewegung die Luftdecke außer Betrieb setzte. »Ich habe ein längeres Gespräch mit dem Besucherzentrum geführt, und so, wie es aussieht, hat mein guter, alter Kumpel Brock nicht mal die Hälfte von dem erzählt, was hier vorgeht.«

»Das kratzt dich echt auf, um im Jargon der Altvorderen zu reden, hm, altes Mädchen?«

»Mich und Tedra, uns alle beide.« Martha lachte in sich hinein. Aber falls du's nicht gemerkt haben solltest, der gleiche Jargon schlüpft auch aus deinem süßen Mund.«

»Wie sollte es auch anders sein, ich hab euch beiden schließlich mein ganzes Leben lang zugehört? Wovon hat Brock denn gesprochen? Ich nehme an, von den Wettkämpfen?«

»Erraten. Dein Vater hat die Wettkämpfe anscheinend schon einige Monate, bevor er deiner Mutter davon erzählte, geplant. Er hat sie ihr gegenüber erst erwähnt, nachdem ich aufgebrochen war, um dich abzuholen. Aber die Botschafter hatten schon vor Monaten Wind davon bekommen und Zeit gehabt, ihre Heimatplaneten zu informieren für den Fall, daß der eine oder andere daran teilnehmen wollte. Offensichtlich sprechen Wettkämpfe wie diese einen Haufen Leute an, denn das Besucherzentrum ist völlig überlaufen.«

»Aber das würde bedeuten...«

»Wieder erraten, Kindchen. Sha-Ka-Ra ist für Besucher geöffnet worden – zumindest der Park. Für die Dauer der Veranstaltung kann jeder unsre hübsche Stadt besuchen, und sei es auch nur als Zuschauer.«

»Und Vater war einverstanden?«

»Gräßlich, was?«

Shanelle starrte entgeistert auf die Audiovisions-Schaltkonsole, die in der Kabine war, und versuchte, sich die Auswirkungen der Geschichte klarzumachen. Sie kam zu dem Schluß: »Mutter muß ihn dazu überredet haben.«

»Wo er all diese Jahre hindurch unerbittlich dafür gesorgt hat, Besucher von Sha-Ka-Ra fernzuhalten? Wo es seine Idee gewesen ist, das Besucherzentrum praktisch in die Wüste zu setzen, und wo er das noch vor dem ganzen Schlamassel getan hat? Wo die Aerobusse Umwege machen und oberhalb der Atmosphäre einfliegen müssen, damit man sie nicht bemerkt? Und wo doch alle Busstationen möglichst weit außerhalb der City und möglichst unbequem zu erreichen sind?«

»Worauf willst du hinaus, Martha?«

»Deine Mutter hat sicher eine Menge Einfluß, soweit es deinen Vater betrifft, aber nicht, wenn es um das Wohlergehen seiner Sha-Ka'ani geht. Dies hier klingt eher so, als wäre es einem Krieger eingefallen: ein kleiner, eindeutiger Beweis, wer der überlegene Kämpfer ist. Ich frag mich nur, wie es dazu kommen konnte.«

»Du hättest Brock fragen sollen.«

»Der Kretin würd es mir nicht sagen. Er ist leidenschaftlich drauf bedacht, Challens Beweggründe geheimzuhalten. Denn aus welchen fehlgeleiteten Motiven auch immer er mich auf eine Stufe mit jeder x-beliebigen Frau stellt, jetzt glaubt er auch noch, daß es mir nicht zusteht, mich in die Angelegenheiten von Kriegern einzumischen. Er würde auch nie zugeben, daß ich ihm überlegen bin, obwohl jeder Fatzke weiß, daß Intelligenz und Leistungsfähigkeit eines Simul-II-Computers mit steigendem Alter zunehmen, und ich bin nun mal älter als er.«

»Mich brauchst du nicht zu überzeugen, Martha.« Shanelle grinste.

Sie ging zur Sanitärecke hinüber und verschob die Wände, um für sich zu sein. Natürlich hatte dies keine Auswirkung auf das Kommunikationssystem des Rovers, was bedeutete, daß Marthas Stimme ihr überallhin folgen konnte. Und das tat sie.

»Du weißt doch«, sagte Martha eben, »was dieser Wettkampf bedeutet, nicht wahr? Es werden Krieger kommen, die dich nicht kennen. Und angesichts der Tatsache, daß die City für Besucher offen ist, brauchst du dich nicht mal in einem *Chauri* zu zeigen, der dich als Sha-Ka'ani-Frau ausweisen würde. Denn in den Augen der auswärtigen Krieger könntest du selbst ja auch eine Besucherin sein. Das heißt, daß du wie sie überall freien Zutritt hast. Kriegst du mit, was mir durch den Kopf geht, Kindchen?«

»Klar und deutlich, Martha.«

Aber Shanelle war sich schon von allein über diese Auswirkungen im klaren und spürte eine neue Art freudiger Erregung, die nichts mit der Freude, nach Hause zu kommen, zu tun hatte. Dies war wirklich eine günstige Gelegenheit, und sie hatte nicht die Absicht, sie zu verpassen. Aber nicht aus dem Grund, den Martha im Hinterkopf hatte. Wenn so viele Krieger kommen sollten, dann müßten zwangsläufig auch jede Menge männliche Besucher eintreffen, möglicherweise die allererste Elite von anderen Planeten. Nein, nicht nur möglicherweise. Es mußten einfach die besten sein, wenn sie mit Kriegern in Wettbewerb treten wollten. Welche Ersparnis an Zeit und Energie!

Sie mußte nicht zu ihren Planeten reisen, um sie zu finden; sie waren zu ihr gekommen.

»Na?« half Martha nach.

»Vielleicht kann ich auf die Art noch einen Krieger zu probieren kriegen, bevor ich weggehe, damit ich weiß, wovor ich mich davonmachen muß.«

»Das ist die richtige Einstellung.«

»Oder vielleicht finde ich einen Besucher, der mir noch besser gefällt.«

»Nimm die alte Martha ruhig auf den Arm, warum nicht?« spottete der Computer.

»Glaubst du nicht, daß es eine Möglichkeit wäre?«

»Es ist allgemein bekannt, daß die Sha-Ka'ani-Männer allen anderen Humanoiden überlegen sind. Anderswo als hierzulande werden sie weder besser konstruiert noch sehen sie besser aus.«

»Das ist eine faustdicke Lüge, und du weißt es.« Shanelle

lachte. »Jede Welt hat ihre eigenen Prachtexemplare der Männlichkeit, selbst wenn sie eher die Ausnahme von der Regel darstellen.«

»Du hast auf Kystran keinen gefunden, der dich reizen konnte. Aber wie solltest du auch, verwöhnt wie du bist, weil es dir zu Hause an nichts fehlt?«

»Ich war weder lang genug da, Martha, noch bin ich je aus Gallion City herausgekommen, um den übrigen Planeten kennenzulernen.«

»Schon gut, schon gut«, sagte Martha erbittert.

»Es hat keinen Sinn, sich zu streiten, es wird sich schon herausstellen, wer recht hat. Ich werd deine Biodaten überwachen, solange du da unten bist, damit ich genau weiß, wann deine Libido vor Anker geht.«

»Ach, behalt's lieber für dich. Falls es passiert, und ich meine wirklich falls, möchte ich von selbst drauf kommen.«

Der Chef des Besucherzentrums stand bereit, um Shanelle auf ihrem Heimatplaneten willkommen zu heißen. Das verwunderte sie, denn normalerweise blieb er in seinem luxuriösen Büro, außer Tedra oder Challen ließen sich im Zentrum blicken oder erwarteten einen wirklich wichtigen Besucher.

»Willkommen, Miß Ly-San-Ter, herzlich willkommen«, rief er überschwenglich. »Ihre Mutter hat einen Aerobus für Sie gekauft, wirklich ein Glück. Unsre Busse können den Ansturm nicht bewältigen, wegen der Wettkämpfe. Es hat Warteschlangen gegeben, so unglaublich es klingt.«

Alles, was Shanelle hörte, war, daß sie einen Aerobus bekommen hatte, und ihr Lächeln wurde zum Strahlen. »Hat Mutter Ihnen gesagt, daß ich keinen Piloten brauche?«

»Das hat sie erwähnt, ja, das ist ein Glück für uns, da wir zur Zeit keine Piloten erübrigen können. Sie sprach auch davon, daß Sie demnächst vielleicht für uns fliegen könnten.«

»Vielleicht tu ich's.« Shanelle grinste.

»Wenn Sie mir bitte folgen wollen, ich werde Ihre Gäste persönlich durchschleusen, damit es schneller geht.«

Wieder war Shanelle überrascht. »Ja, schön, vielen Dank, Mr. Rampon.«

»Frag ihn doch mal, was er will, Shani«, konnte man Marthas Stimme aus der Höhe ihrer Taille vernehmen, wo die Verbindung zum Computer an Shanelles Gürtel befestigt war.

Shanelle wurde rot, aber längst nicht so sehr wie Mr. Rampon. Er räusperte sich und sagte verlegen: »Zufällig muß ich Sie wirklich um einen kleinen Gefallen bitten. Einer der Großkönige von Century III ist vor einiger Zeit hier angekommen. Wir konnten ihn und seine Gesellschaft zur Busstation unterhalb von Sha-Ka-Ra fliegen, aber der Pilot ist zurückgekommen, um uns mitzuteilen, daß der Bodentransport keine *Hataari* mehr zu vermieten hat, und das, obwohl wir so viele Reittiere zusätzlich hergebracht haben.«

»Heißt das, daß er jetzt an der Haltestelle festsitzt?«

»Genau. Sie wissen ja, daß der Weg von dort in die City nicht gerade kurz ist, und es geht die ganze Zeit bergauf. Eine so hochgeschätzte Persönlichkeit würde nicht in Betracht ziehen, zu Fuß zu gehen, und unsererseits können wir unmöglich etwas Derartiges vorschlagen. Diese Großkönige sind so leicht zu kränken.«

Shanelle stellte sich vor, wie ein würdevoller, übergewichtiger König sich anschickte, die steile, gewundene Straße nach Sha-Ka-Ra hinaufzuschnaufen, und mußte beinahe lachen. »Nein, wir können nicht zulassen, daß er zu Fuß geht.«

»Würde es Ihnen dann nichts ausmachen, seine Gesellschaft dort mitzunehmen?«

»Überhaupt nicht. Auf einem *Hataar* haben bequem zwei oder sogar drei Personen Platz.«

»Ach, was für ein Glück, wir hätten sonst noch mehr Besucher, die an der Bushaltestelle hängenbleiben. Und ich weiß Ihre Hilfe zu schätzen. Ich werde sie als eine persönliche Auszeichnung betrachten.«

Shanelle verlor noch ein paar Worte darüber, daß es kein Problem sei, und ließ ihre Freunde in der Gesellschaft des Verwalters zurück, während sie mit Corth hinausging, um sich ihren Aerobus anzuschauen, der an der Vorderseite des

Gebäudes stand. Sie brauchten mehr als fünf Minuten, um dorthin zu kommen, denn das Hauptgebäude war riesig groß.

Der gesamte Komplex stand auf einem etwa fünf Quadratkilometer großen Gelände, wovon der Airport die Hälfte einnahm. Dort standen dicht an dicht die Raumfahrzeuge aus Dutzenden von anderen Welten. Auf einem anderen, sehr großen Teil der Fläche, befanden sich die Magazine, in denen die Handelsgüter gelagert waren. Dann gab es Wohnungen für die Handelsattachés, zahlreiche Unterkünfte für Sicherheit und Personal und noch mehr Unterbringungsmöglichkeiten für Besucher, die nicht lange blieben. Daneben noch Gebäude für Wartung, Reparatur und Lagerhaltung und alles, was eine im Grunde kleine Stadt brauchte, um zu funktionieren.

»Und trotzdem können sie die paar Leute nicht nach Sha-Ka-Ra raufschaffen«, murmelte Shanelle vor sich hin.

Martha fragte nicht, wovon sie sprach; sie gab auch so ihren Senf dazu. »Dein Vater hat die Bestimmungen wohl in der Weise gelockert, daß Besucher in die City dürfen oder, genauer gesagt, in den Park, aber ich glaube nicht, daß er so weit ginge, die Busse in der City landen zu lassen. Das ist ein Gesetz, das für den ganzen Planeten gilt, nicht nur hier. Sha-Ka-Ra ist die einzige Stadt, in die Fremde überhaupt noch dürfen, und sei es auch nur, um deinen Vater zu besuchen. Sie haben keine Erlaubnis, irgendwo anders hinzufahren.«

»Ich kenne die Gesetze, Martha.«

»Dann hör auf, dich zu beklagen.«

»Ich hab mich nicht beklagt. Ich meine nur, wenn Vater sie schon zu diesen Wettkämpfen hereinläßt, dann kann er es ihnen auch ein bißchen leichter machen hinzukommen.«

»Wann hat er je versucht, es Besuchern leicht zu machen?«

Shanelle lachte. Das stimmte. Sogar bevor man den Planeten für den Tourismus sperren mußte, war Challen mit den Männern aus anderen Welten nicht gut ausgekommen, aber auch nicht schlechter als sonst ein Krieger. Tedra hatte es einmal auf die Formel gebracht: »Die Besucher haben entweder zuviel Angst vor den Kriegern und sind deshalb zu unterwürfig, oder sie sind herablassend, weil sie sie für Barbaren halten, die zivilisiert werden müssen. Eine mittlere Ebene des Umgangs kennen sie nicht.«

Aber man mußte mit ihnen zurechtkommen. Die natürlichen Ressourcen des Planeten waren zu stark gefragt, vor allem Gaalisteine, die sich als so unglaublich starke Energiequellen erwiesen hatten, daß sie das Crysillium verdrängt hatten, was Fernflüge in den Weltraum noch um etwa die Hälfte der Zeit verkürzte.

Die Sha-Ka'ani hatten Gaalisteine unverarbeitet benutzt, nur zu Beleuchtungszwecken. Fortschrittliche Welten besaßen die Technologie, einen einzigen Stein als Energieversorgung für eine ganze Stadt einzusetzen oder ein ganzes Raumschiff von der Größe eines Transportrovers damit zu betreiben. Und die Energie eines Steins war unerschöpflich; sie nahm niemals ab. Kein Wunder, daß energiearme Welten sogar Kriege mit Sha-Ka'an geführt hätten, wenn Gaalisteine nicht gehandelt worden wären. Und die Familie Ly-San-Ter besaß das größte Vorkommen auf dem Planeten, einen halben Berg voll, was sie zu einer der wohlhabendsten Familien innerhalb zweier Sternensysteme machte.

Aber wenn Krieg drohte, dann nicht von äußeren Welten, sondern unmittelbar aus der Heimat selbst. Zu viele Besucher hatten zu häufig die Gesetze mißachtet, indem sie hinreisten, wo sie nicht gern gesehen waren, sich Frauen verschafften, die zu besitzen nicht gestattet war, und die Ressourcen des Planeten räuberisch ausbeuteten, anstatt im Tauschhandel Angebote dafür zu machen. Shanelle war nicht ganz klar, welcher Zwischenfall den Konflikt ausgelöst hatte, denn sie war damals noch zu klein gewesen. Aber sie wußte, daß ein riesiges Heer von berittenen Kriegern sich aus dem östlich gelegenen Land Ba-Har-an nach Sha-Ka'an aufgemacht hatte, auf eine Reise, die mehrere Monate gedauert hatte, weil Ba-Har-an so weit entfernt war. Und es hätte ein ausgedehntes Blutvergießen nach Art der Besucher gegeben, wenn die Verursacher des Zwischenfalls ihnen nicht ausgeliefert und der Planet gesperrt worden wäre.

Natürlich konnte man den Planeten nicht völlig abschotten. Man mußte Kompromisse machen. So wurden außerhalb jeder Stadt und jeder City Aerobusstationen angelegt. Sie waren unauffällig, reine Rufstationen, von denen aus derjenige, der ein Geschäft abzuwickeln hatte, einen Transport-Aerobus anfordern konnte. Die Aerobusse brachten die Sha-Ka'ani-Händler zum Besucherzentrum und auch wieder zurück in ihre Städte. Die Handelsattachés brauchten nicht mehr auf die Suche zu gehen nach dem, was sie haben wollten, sondern mußten nur noch warten und hoffen, daß es ihnen gebracht würde. Es war darum kein Wunder, daß die Ba-Har-ani mit niemandem mehr außerhalb ihres eigenen Landes Handel trieben.

»Hast du davon gewußt, Martha?« fragte Shanella, als sie den nagelneuen, himmelblau glänzenden Transport-Aerobus begutachtete.

»'türlich hab ich das. Tedra hat ihn kurz nach deiner Abreise nach Kystran bestellt. Natürlich war das, bevor sie gemerkt hat, daß für das Zentrum zu fliegen nicht alles war, was du machen wolltest.«

»Das müssen wir nicht noch mal durchkauen. Ich werde eine ernsthafte Anstrengung machen und mich auf die Schnelle verlieben – bevor mein Vater seine Entscheidung trifft und ich nichts mehr zu bestimmen hab.«

»Für den Anfang würde geteilte Lust es auch tun. Schließlich hat Tedra Challen auch nicht sofort geliebt. Bis dahin hat es mindestens eine Woche gedauert.«

# 4

Shanelle landete glatt auf der befestigten Landebahn am Fuß des Mount Raik. Der Aerobus ließ sich traumhaft leicht steuern. Er war viel geräumiger als der einsitzige Fleetwing II, den sie auf Kystran benutzen konnte, aber auf ihrem World Discovery-Lehrgang hatte sie schließlich gelernt, alle die moderneren einmanngesteuerten Raumschiffe, die man im Centura-Sternensystem kannte, zu fliegen. Im Aerobus fanden zwanzig Personen bequem Platz, und es gab im hinteren Teil einen großen Laderaum für Handelswaren.

Shanelle öffnete die Tür und wandte sich dann an ihre Freunde. »Damit wäre der angenehme Teil beendet. Jetzt wird's ziemlich unbequem.«

»Du meinst doch nicht auf diesen Tieren?« fragte Jadd und betrachtete voller Entsetzen die *Hataari,* die am anderen Ende der Landebahn standen.

Shanelle mußte grinsen, als sie seiner Blickrichtung folgte. An diese vierbeinigen Tiere der Sha-Ka'ani mußte man sich wahrhaftig erst gewöhnen. Riesengroß, mit zotteligen Mähnen und langen, breiten Rücken. Aber es waren friedliche Kreaturen und durchaus geeignet, dem Menschen zu dienen.

Aber bevor sie Jadd beruhigen konnte, sagte Caris mit wahrer Ehrfurcht in der Stimme: »Meine Sterne, Shani, so sehen sie also aus!« Sie würdigte die *Hataari* keines Blickes, sondern bestaunte die vier Krieger, die wartend neben ihnen standen. »Ich hab mir schon gedacht, daß sie groß sein müssen, aber nicht so groß.«

»Shani hat mir gesagt, daß sie behutsam umgehen mit Frauen«, erinnerte Cira sie, und ihre eigene Stimme klang erwartungsvoll. »Ich möchte es gern selbst herausfinden.«

»Du mußt möglicherweise damit noch warten«, sagte Yari dazwischen. »Sieht so aus, als sollte es Ärger geben.«

Shanelle sah zum anderen Ende der Landebahn hinüber,

während sie aus dem Aerobus stieg; und tatsächlich, da steuerte eine Gruppe von fünf Männern auf sie zu, von denen keiner ausgesprochen friedfertig wirkte. Der kleine, rundliche Typ, der sie anführte, war sichtlich kurz davor, einen Wutanfall zu bekommen.

Corth schob sich vor Shanelle, um ihr die Sicht auf die herankommende Gruppe zu versperren. Mit seinen ein Meter achtundneunzig, den ledernen *Bracs* eines Kriegers, und dazu dem Schwert – Shanelles Schwert, um genau zu sein – brachte er den kleinen dicken Mann unversehens aus dem Konzept. Aber doch nicht ganz; der Typ kochte noch immer vor Streitlust.

»Geh mir aus dem Weg, Mann«, befahl er Corth. »Ich will mit dem Piloten dieses Busses sprechen.«

Corth rührte sich natürlich nicht von der Stelle, also trat Shanelle neben ihn und sagte: »Das bin ich.«

»Dann will ich Ihnen sagen, junge Frau, daß ich dafür sorgen werde, daß alle die Nieten in Ihrem Zentrum ihren Job verlieren. Wie können Sie es wagen, Seine Eminenz, den Großkönig, auf so schäbige Art zu behandeln! Wissen Sie überhaupt, mit wem Sie es zu tun haben? Das ist doch unerhört...«

Shanelle hatte den Eindruck, daß er sich jetzt zu einer wirklich beeindruckenden Tirade steigern würde, und deshalb unterbrach sie ihn. »Das Besucherzentrum kann nichts dafür, daß so viele Menschen zu den Wettkämpfen gekommen sind und daß es nicht genug *Hataari* gegeben hat, um alle zu befördern. Aber ich bin ja hier, um Ihnen einen Transport anzubieten, wenn Sie es möchten.«

»Na, das klingt ja schon besser«, polterte der Mann. »Dann fliegen Sie uns sofort...«

»Tut mir leid, aber wenn Sie befördert werden wollen, dann wird es auf diesen Tiere hier, den *Hataari*, geschehen. Ich fliege nicht zum Zentrum zurück, und nicht einmal ich kann mit dem Aerobus in der City landen. Haben Sie denn die Gesetze, die auf diesem Planeten gelten, nicht gelesen? Sonst wüßten Sie doch, daß es verboten ist!«

Daraufhin wurde der Mann sichtlich wütend. »Dann sitzen Sie hier genauso fest wie wir, denn wir haben von diesen ungebildeten Wilden schon erfahren, daß diese merkwürdigen Tiere nicht zu mieten sind.«

Jetzt wurde Shanelle ihrerseits ein bißchen zornig. »Diese Männer sind zufällig die Krieger meines Vaters und stehen unter dem Befehl, mich zu ihm zu geleiten. Sie würden also keine *Hataari*, die sie zu meiner Verfügung mitgebracht haben, abgeben, ganz egal, wer Sie, zum Teufel, zu sein behaupten. Und ich verlange, daß Sie sich bei ihnen entschuldigen, sonst...«

»Wie können Sie es wagen, so mit mir zu sprechen! Was fällt Ihnen ein...«

»Um der Sterne willen«, sagte Shanelle angeekelt und wandte sich ab; sie hatte genug davon zu versuchen, sich einem so aufgeblasenen Typ verständlich zu machen.

Nur stand sie jetzt Auge in Auge den vier Kriegern gegenüber, die ruhig an die Gruppe herangetreten waren und nun alle belustigt auf sie herunterschauten. Wahrscheinlich hatten sie den Wortwechsel gehört, und was ihnen so viel Vergnügen bereitete, war die Tatsache, daß sie ihnen zu Hilfe gekommen war. Sie selbst hätten sich nicht beleidigt gefühlt, nicht von jemandem, der wie der rundliche Besucher nicht weiter beachtenswert war.

»Der kleine Mann mit der großen Stimme braucht deine Hilfe, Shanelle«, sagte ihr Lowen, ein braunhaariger Krieger mit Augen, die fast so hell bernsteinfarben waren wie ihre eigenen. »Du kümmerst dich am besten selbst um ihn.«

Sie glaubte, sie würde an die Beförderung erinnert, die sie ihm angeboten hatte, bis sie das Stöhnen hörte. Sie wirbelte herum und erkannte, daß der Besucher wohl versucht haben mußte, sie aufzuhalten, denn Corth hielt die Finger des Dikken in seiner Faust und bog sie nach hinten um, so daß der vor Schmerz in die Knie ging.

»Laß ihn los, Corth.«

Der Mann wurde unverzüglich freigegeben, aber nun hörte man eine andere Stimme in ruhigem Ton befehlen: »An ihrer Kleidung hättest du erkennen können, daß sie Ly-San-Ters Tochter ist. Bitte sie um Entschuldigung, Alrid.«

»Aber Jorran...«

»Entschuldige dich!«

Der kleine Mann, der noch auf den Knien lag, holte zu einer langen Geschichte aus, wie leid es ihm tue, die Tochter des *Shodan* beleidigt zu haben, und daß er verdammt sein wolle, wenn er es nicht ehrlich meinte. Aber Shanelle hörte kaum hin. Sie sah an sich hinunter und versuchte herauszufinden, wieso man von ihrer Kleidung auf ihre Identität schließen konnte. Sie trug nicht den *Chauri*, den alle Sha-Ka'ani-Frauen trugen. Ihr wadenlanger Rock hatte etwa die gleiche Länge wie der *Chauri*, und ihre Bluse war ärmellos, aber damit endete die Ähnlichkeit auch schon. Ihre Kleidung bestand nicht wie Rock und Bluse des *Chauri* aus halb durchsichtigen Tüchern, sondern aus festem, weißen Stoff mit silbern changierendem Glanzeffekt. Sicherlich war er dünn, aber keineswegs durchsichtig. Der Rock war eng; die Bluse fiel locker, zeichnete aber in der Art, wie sie gerafft war, die Konturen ihres Oberkörpers nach und lag in der Taille an, so daß ihre Figur betont wurde. Statt der Sandalen trug sie weiße Stiefel, und ihr Haar war, anstatt lose herunterzuhängen, im Nacken zu einer festen Rolle gedreht.

Natürlich hatte sie ein Teil vergessen, das wie selbstverständlich dazugehörte und weswegen ihr Vater sie, falls sie es nicht trüge, sofort in den Palast zurückschicken würde: den weißen Umhang, den sie über die Schultern nach hinten geworfen hatte, und der unmißverständlich aussagte, daß sie unter dem Schutz des *Shodan* stand. Ein blauer Umhang hätte auch genügt, denn Blau war die Farbe der Familie Ly-San-Ter. Aber keine Sha-Ka'ani-Frau ging ohne Umhang aus dem Haus, denn andernfalls war es möglich, Anspruch auf sie zu erheben.

Das alles aber konnten die Besucher nicht wissen. Es mußte daran liegen, daß sie in der Gruppe die einzige Frau mit Umhang war, und für die anderen, die ihn gleichfalls trugen, war er ein Zeichen der Königswürde. Wie auch immer, sie sah nun den Mann an, der den anderen gezwungen hatte, sich zu entschuldigen.

Es mußte der Großkönig sein. Er war nicht ausgefallener

gekleidet, er wirkte einfach eher königlich und sah übrigens gar nicht schlecht aus mit seinem kurzgeschnittenen blonden Haar, seinen smaragdgrünen Augen und seiner ihrer Ansicht nach idealen Größe von nicht weniger als ein Meter achtundneunzig. Kein Grund zur Beunruhigung.

Sie hatte ihn vorher kaum wahrgenommen, und er hatte sich auch nicht besonders für sie interessiert, bis er herausgefunden hatte, wer sie war. Nun lächelte er ihr zu, und sie fühlte eine seltsame Unruhe im Magen. Sterne, warum reagierten die Leute immer komisch, sobald sie erfuhren, daß sie eine Ly-San-Ter war?

»Man hat mir gesagt, Sie seien schön«, sagte er jetzt und machte eine äußerst knappe Verbeugung, was für einen Mann von königlichem Geblüt wahrscheinlich ein enormes Entgegenkommen bedeutete. »Ich hatte befürchtet, das sei eine Übertreibung, aber ich sehe, daß es eher untertrieben ist.«

Shanelle konnte diese Art Komplimente im Augenblick nicht gebrauchen, und deshalb nötigte sie sich auch keine Antwort ab. »Wenn Sie noch zur City gebracht werden wollen, können Sie drei von unseren *Hataari* haben. Es macht uns nichts aus, ein bißchen zusammenzurücken.«

»Wir nehmen Ihr Angebot gerne an«, antwortete ihr König Jorran, um im gleichen Moment, an seine Männer gewandt, zu bemerken: »Ich werde mit der Prinzessin reiten.«

»Ich bin keine Prinzessin, und sie können leider nicht mit mir reiten. Das würde den Kriegern meines Vaters nicht gefallen.«

»Es freut mich zu erfahren, daß Ihre Tugend so gut beschützt wird«, antwortete er ein wenig gezwungen, weil er zurückgewiesen worden war. »Meine Königin soll unberührt bleiben.«

Ach, ihr lieben Sterne, bloß nicht noch einen Verehrer! Shanelle ging weg, dicht gefolgt von Corth.

»Vergiß es, Mädchen«, sagte Martha besänftigend, um sie daran zu erinnern, daß sie nicht allein war. »Für den da hast du dich ja nur mäßig interessiert.«

»Ich weiß.«

»Wenn sie wissen, wer du bist, besteht außerdem immer

noch die Möglichkeit, daß der Reichtum deiner Familie ihr Interesse weckt oder das Prestige, mit einem mächtigen *Shodan* verbunden zu sein.«

»Das ist mir klar, Martha.«

»Nicht, daß diese Gründe noch ins Gewicht fallen, wenn sie dich erst mal gesehen haben und merken, daß du das eigentliche Juwel bist.«

»Welches Programm fährst du da gerade ab?« fragte Shanelle verärgert. »Stärkt-die-ermatteten-Lebensgeister?«

»Das Thema deprimiert dich immer, und ohne jeden Grund«, jammerte Martha.

»Ich bin nicht anders als irgendeine andere Sha-Ka'ani-Frau, von Kopf bis Fuß glücklich und zufrieden. Es ist wirklich nichts Ungewöhnliches an mir, was dieses lächerliche Gelaber rechtfertigt, das mir geboten wird, sobald die Männer wissen, wer ich bin, Martha.«

»Dann hast du schon länger nicht mehr in den Spiegel geguckt.«

»Ha, wie geistreich. Du hörst doch aber nicht, daß Krieger so einen Mist verbreiten.«

»Nein, sie widmen dir nur die aufrichtigste Art der Anbetung, wenn sie in deiner Nähe sind. Schau mal hinter dich, wenn du meinst, daß ich dich auf den Arm nehme.«

Shanelle drehte sich um und sah, daß alle vier Krieger ihre Augen auf sie gerichtet hielten. »Soll ich dir sagen, was sie denken?« setzte Martha hinzu.

Shanelle wurde rot. »Nein.«

»Willst du mir wirklich erzählen, du wüßtest nicht, daß sie alle dich wollen und daß so ziemlich jeder von ihnen bei deinem Vater nach dir gefragt hat?«

»Du bringst mich echt in miese Stimmung fürs Nachhausekommen, Martha«, murrte Shanelle. »Ich will keinen Krieger. Ich will Liebe. Wenigstens eine Zeitlang möchte ich mit meinem zukünftigen Lebensgefährten auf der gleichen Stufe stehen können. Ich will das, was meine Mutter hat.«

In sanftem Triumph landete Martha ihren Treffer. »Was deine Mutter hat, *ist* ein Krieger.«

## 5

Was deine Mutter hat, ist ein Krieger. Martha ließ Shanelle in Ruhe, als sie die lange Straße entlangritten, die in Windungen nach Sha-Ka-Ra hinaufführte, aber die Worte: »Was deine Mutter hat, ist ein Krieger«, verfolgten sie weiter.

Nun, das war nicht zu bezweifeln, und dieser besondere Krieger, er verstand zu lieben. Aber er war die einzige Ausnahme. Tedra allerdings war da anderer Meinung.

»Es ist ein Irrtum zu glauben, daß Krieger keine Liebe empfinden«, hatte sie Shanelle einmal gesagt. »Sie glauben es nur. Es ist diese verdammte Gelassenheit, auf die sie so stolz sind: *Ein Krieger hat sich in der Hand.* Und das stimmt. Sie schreien niemand an, sie streiten nie, und sie regen sich auch nicht auf wie normale Leute. Es ist so, als hätten sie überhaupt keine Gefühle, aber man weiß, daß sie welche haben. Da ist ihr Humor, ihre Fürsorglichkeit, auch ihre Wut, man muß nur einen Blick dafür haben. Dein Vater konnte seine Gefühle nicht zugeben, bis er glaubte, ich müsse sterben, und da zerriß es ihn fast. Er weinte, Shani. Er schrie zum Himmel. Damals wurde es ihm klar, daß er mich liebte, und mir auch.«

Es war leicht für Tedra, diese Vermutung anzustellen. Sie hatte einen Krieger, der zugab, sie zu lieben. Aber kein anderer Krieger würde das tun. Sogar Challens Freund Tamiron, der seiner Lebensgefährtin sehr zugetan war, hielt eisern daran fest, daß Krieger nicht fähig seien, so stark zu empfinden wie ihre Frauen. Sogar Shanelles Bruder sagte das gleiche. »Frauen erleben die Liebe, aber Krieger nicht. Krieger bieten Schutz und Geborgenheit, nicht mehr, aber auch nicht weniger.« Sie hatte ein Kissen nach ihm geworfen, aber er hatte nicht einmal mit der Wimper gezuckt.

Sie haßte ihre Gelassenheit. Und es war nur logisch, daß jemand, der immer ruhig blieb, kein so hinreißend leidenschaftliches Gefühl wie Liebe empfinden konnte. Sollte sie etwa einen Krieger durch die Hölle zerren, damit er die Ruhe verlor? Und selbst, wenn sie es könnte, würde es etwas nützen?

Nein, in diesem Fall irrte sich Tedra, und Martha machte die Sache auch nicht besser, wenn sie sich wie immer auf Tedras Seite schlug und Shanelle in die falsche Richtung drängte. Natürlich meinte Martha es gut. Sie wußte, daß es Tedra weh tun würde, wenn Shanelle sich auf Dauer außerhalb des Planeten aufhielte. Also würde Martha alles tun, um dies zu verhindern. Aber Shanelle hatte keine Lust, mit dem Kopf gegen die Wand zu rennen, nur um einem Mann ein paar Gefühle abzuringen. Es spielte keine Rolle, daß ihr der Anblick von Kriegern angenehm war und daß ihr auf Anhieb ein halbes Dutzend einfielen, die sie vielleicht würde lieben können, wenn sie es sich denn erlaubte. Sie mochte es nicht einmal versuchen. Sie wollte ihre Energie darauf verwenden, einen Mann zu finden, der normale Gefühle hatte, der sie lieben und dazu stehen würde und der nicht schon von vornherein wußte, wer sie war. Aber es blieb ihr so wenig Zeit…

»Wenn du dich nicht aus dem Abfallhaufen aufrappelst, in den du gefallen bist, glaubt deine Mutter, ich hätte dich tyrannisiert, und zieht den Stecker raus.« Marthas Stimme war in ihre Gedanken eingeflossen.

»Na, hast du das vielleicht nicht getan?« fragte Shanelle mit einem leisen Vorwurf.

»Nicht im geringsten. Man nennt so was *Perlen der Weisheit* absondern. Tyrannisieren, das ist, wenn ich schwere Geschütze auffahre und dir dunkle Ausblicke auf die Zukunft eröffne, etwa auf die zerstörte Familie, eine Tochter, die nicht mehr nach Hause kommen kann, weil sie sich mit ihrem Vater entzweit hat, eine Mutter, die es ihrem Lebensgefährten nie verzeihen wird, daß ihre Tochter nicht mehr nach Hause kommen kann, und einen Vater, der…«

»Ich zieh dir den Stecker raus, du elende Spinnerin!« zischte Shanelle.

»Na, endlich kenn ich dich wieder«, frohlockte Martha. »Hast wieder ein bißchen Farbe ins Gesicht gekriegt. Wurde auch Zeit, oder hast du nicht gemerkt, wo du bist?«

Das hatte sie wirklich nicht, und dabei waren sie inzwischen schon in der Stadt angekommen, dicht vor dem Park. Nur sah man davon nicht mehr viel. Auf den ebenen grünen Rasenflächen reihten sich Pavillons und Zelte jeder Farbe und Größe aneinander. Kampfplätze waren mit Seilen abgegrenzt und wurden von Zuschauern umlagert, die gespannt verfolgten, wie die Wettkämpfer ihre Geschicklichkeit aneinander maßen. Die Kaufleute aus der City hatten Stände aufgebaut, an denen man Essen und Getränke kaufen konnte. Und überall standen *Hataari* in Pferchen. Shanelle sah mehr Krieger an einem einzigen Ort versammelt als je zuvor – aber auch mehr Besucher.

Es war so ungewohnt, in der City Menschen mit anderer Haar- und Augenfarbe zu sehen als der gewöhnlichen, die es in vielen Schattierungen von Goldblond bis Braun gab. Aber jetzt war jede nur denkbare Farbe vertreten, was es leicht machte, die Besucher herauszufinden, obwohl die Männer, vom Ort des Wettkampfs inspiriert, die schwarzledernen *Bracs* der Sha-Ka'ani-Krieger angelegt hatten, zumindest diejenigen, die zum Kampf in der Arena antraten, und manche von ihnen trugen sogar Schwerter.

Shanelle drehte sich nach ihren Freunden um; sie wollte sehen, ob sie nachkamen. Sie konnte es ihnen nicht verdenken, daß sie alle ziemlich kleinlaut wirkten. Den Kystrani mußten die Krieger wie Riesen erscheinen. Im allgemeinen war ein Krieger um die ein Meter achtundneunzig groß, manche kamen auf zwei Meter zehn, und einige auf mehr. Und nun wimmelte es von Hunderten dieser Leute mit bloßem Oberkörper, auf dem die Muskeln spielten.

Caris und Cira hatten möglicherweise schon jetzt Gedanken im Hinterkopf, mit einem von ihnen Sex zu erleben. Shanelle nicht. Sie ließ die vielen Besucher an sich vorüberziehen, die wirklich aussahen wie Krieger, nicht ganz so groß, aber entschieden gut gebaut.

»Hat nicht so lang gebraucht, dein Interesse wachzukitzeln«, gluckste Martha. »Die vielen nackten Oberkörper, hm?«

»Meine Stimmung ist wieder besser, und ich kann den Pavillon meines Vaters schon sehen. Also, tu uns beiden jetzt einen Gefallen und vergiß, daß du eine Stimme hast.«

Eine wohltätige Stille trat ein. Bis hinter ihnen eine andere Stimme zu hören war. »Die Gefühle von Martha sind verletzt worden.«

Verächtlich gab Shanelle zurück: »Damit liegst du aber weit daneben, Corth. Martha lehnt sich zurück und reibt sich die Hände, weil sie meinen Lebensweg schon fertig vorgezeichnet hat und ich bis jetzt noch keinen Umweg gemacht hab.« Kein einziges Wort darüber hinaus würde sie mehr sagen, denn schließlich hörte Martha alles mit und überwachte dazu noch ihre Gefühlsbewegungen mit den Abtastsensoren des Rovers.

»Deine Mutter hat dich gesehen«, sagte Corth als nächstes.

»Wo ist sie?« Aber fast im gleichen Augenblick konnte Shanelle sehen, daß sie wie ein blaues Leuchtfeuer durch die dichte Menge hindurch schnell auf sie zulief.

»O Sterne, ich glaube, gleich muß ich weinen«, flüsterte sie, als sie sich von ihrem *Hataar* gleiten ließ.

»Warte, Shanelle!« befahl Corth.

»Ich kann nicht!« rief sie zurück.

Sie rannte blindlings los und schlängelte sich im Zickzack durch die Menge, und dabei weinte sie. Und dann stand ihre Mutter vor ihr, nahm sie in die Arme und drückte sie voller Rührung fest an sich. Shanelle ließ es sich gern gefallen und drückte sie ihrerseits genauso stark. Sie lachte und weinte zugleich diese dummen Tränen. Es war so wunderbar, wieder in diese Liebe eingebettet zu sein, in der ihr nichts Böses zustoßen konnte, weil ihre Mutter es nicht zulassen würde.

»O, mein Baby, geh nie mehr fort.« Tedra rückte ein wenig von ihr ab und nahm Shanelles Gesicht in ihre Hände. Ihre klaren hellblauen Augen konnten sich nicht sattsehen, so als ob sie nicht mehr damit gerechnet hätte, sie je wiederzusehen.

»Mindestens zwanzigmal war ich beinahe soweit, dich

nach Hause zurückzuschleppen. Ich hab deinen Vater schier verrückt gemacht. Ich bin vor Sorge die Wände hochgegangen.« Dann lachte sie. »Aber jetzt bist du da, und es geht dir gut – es geht dir doch gut, nicht wahr?«

Shanelle lachte auch. »Ja.«

Tedra zog sie noch einmal fest an sich. »Und so soll es auch bleiben. Und du bleibst hier. Nein«, flüsterte sie Shanelle ins Ohr, als sie ihren Widerstand spürte. »Du sollst dir keine Gedanken machen. Wenn ich dich gehen lassen muß, dann tu ich es. Ich will auch Martha im Rover lassen, damit sie dich ausfliegen kann, wenn es nötig sein sollte. Aber ich will alles tun, was in meiner Macht steht, damit es nicht soweit kommt.«

»Auch, wenn ich keinen Sha-Ka'ani will?« fragte Shanelle zögernd.

Mit einem Seufzer richtete sich Tedra wieder auf. »Dann hast du dich also entschieden? Bist du dem Mann, den du haben willst, schon begegnet?«

»Nein.«

»Dann wollen wir uns erst Gedanken um ihn machen, wenn du ihn gefunden hast. Dein Vater ist in dieser Sache gar nicht so engstirnig. Er will genauso wie ich, daß du glücklich wirst. Aber wir reden später darüber, wenn wir mehr Zeit haben.«

Diese Bemerkung erinnerte Shanelle daran, daß sie nicht allein waren, daß sie inmitten einer Menschenmenge auf dem Weg zwischen zwei Arenen standen und den Mittelpunkt des Interesses bildeten. »Warum starren sie uns alle so an?«

Tedra schmunzelte. »Also, das muß man ihm lassen. Corth ist dir auf dem *Hataar*, auf dem ihr gekommen seid, regelrecht hinterhergeprescht und hat dabei ein paar Leute überrannt. Du weißt, daß er dich nicht aus den Augen lassen darf.«

Shanelle schaute über ihre Schulter zurück. Tatsächlich, Corth hatte sie eingeholt und stand jetzt dicht hinter ihnen. »Ich hab nicht mehr dran gedacht.«

»Außerdem kann ich dir versichern«, fuhr Tedra fort, »daß

wir den Leuten eben ein Schauspiel gegeben haben. Hoffentlich kommt es deinem Vater nicht zu Ohren, sonst bin ich selber auch noch dran, weil ich ohne Begleitung weggelaufen bin.«

Jetzt war Shanelle an der Reihe zu grinsen, als sie über die Schulter ihrer Mutter sah und bemerkte, wer auch gerade herangekommen war. »Zu spät.«

Tedra stöhnte auf und meinte: »Verflixt noch mal«, bevor sie eine Blick hinter sich warf und zu ihrer Verteidigung anfügte: »Ich konnte einfach nicht mehr warten, als ich sie erkannt hatte, Challen. Es wäre völlig unrealistisch, so etwas von mir zu erwarten, nachdem sie neun Monate fort war.«

»Erinnere dich doch lieber mal, wer die Idee gehabt hat, sie fortgehen zu lassen«, bemerkte Challen.

»Du hast ja recht, reib's mir nur unter die Nase, warum nicht«, fuhr Tedra ihn an.

»Frau, du bist nahe daran, mich ohne Grund herauszufordern.«

»Tatsächlich?« fragte Tedra erstaunt. »Dann bist du gar nicht ärgerlich auf mich?«

»Nicht, wenn deine Impulsivität verständlich ist. Nun laß sie bitte los, damit ich meine Tochter angemessen begrüßen kann.«

»Angemessen«, bedeutete, sie nicht vor allen Leuten in die Arme zu nehmen, und Challen betrachtete seine Tochter zunächst von Kopf bis Fuß, dann schaute er ihr, wie Tedra vor ihm, prüfend ins Gesicht, das er leicht angehoben hatte. Darauf zog er sie zu ihrem größten Erstaunen an sich und hielt sie in einer überwältigenden Umarmung fest. Challen drückte sie nicht, aber sie fühlte sich in seiner Kraft und Liebe geborgen.

»Deine Mutter hat Sehnsucht nach dir gehabt«, teilte er ihr etwas förmlich, aber nicht ohne innere Bewegung mit.

Sie strahlte ihn an. Bei einem Sha-Ka'ani-Mann mußte man zwischen den Zeilen lesen können. Selten hieß es »ich«, meistens »ein Krieger«, oder in Challens Fall, »deine Mutter«. Aber sie wußte, daß er sich selber damit meinte, und er wußte, daß sie es wußte. Und sein eigenes Lächeln war unglaublich schön.

In der ganzen Zeit, die sie weggewesen war, hatte er sich überhaupt nicht verändert, aber das hatte sie auch nicht erwartet. All die Jahre ihres Lebens hindurch war es ihr nie aufgefallen, daß ihre Eltern langsam älter wurden, weil sie nicht so aussahen, als würden sie älter. Es war allgemein bekannt, daß die Sha-Ka'ani sich gut hielten. Und Tedra, obwohl sie keine Sha-Ka'ani war, verkörperte immer noch mit Leib und Seele die Sich-1-Frau. Sie hatte den Körper, der in manchen Kulturen als tödliche Waffe galt, in allerbester Kondition gehalten. Das galt jedoch nicht in dieser Kultur und nicht für ihren Lebensgefährten, der zwei Meter dreizehn maß und über die Kraft verfügte, die zu so einem großen Körper gehörte.

Shanelle schaute jetzt verschmitzt lachend zu ihrem Vater auf, wobei sie den Kopf in den Nacken legen mußte. »Ich bin so froh, daß ich wieder zu Hause bin. Und ich danke dir, für den Aerobus. Das war eine wundervolle Überraschung.«

»Welcher Aerobus?« fragte ihr Vater.

»Challen, ich glaube, wir sollten jetzt zum Pavillon zurückgehen«, schob Tedra hastig dazwischen.

»Welcher Aerobus?« fragte er noch einmal und schaute auf seine Lebensgefährtin hinunter.

»Na ja, den, den wir ihr gekauft haben. Deshalb haben wir sie doch nach Kystran geschickt; sie sollte ihn fliegen lernen. Sie will etwas Nützliches tun…«

»Etwas, das ihr zukünftiger Lebensgefährte ihr wahrscheinlich nicht erlauben wird«, stellte er gelassen fest. »Hast du eigentlich daran gedacht, als du mich überredet hast, sie nach Kystran gehen zu lassen?«

»Nein, aber offensichtlich du«, murrte Tedra. »Wieso hast du dann deine Zustimmung gegeben?«

Challen legte seine Hand an ihre Wange und lächelte sie unvermittelt an. »Und das fragst du mich. *Chemar*, nach allem, was du getan hast, um mich dazu zu bringen?«

Tedras glühend heiße Wangen paßten glücklicherweise gut zu ihrem blauen *Chauri* und dem dazugehörigen Umhang. Nur er mußte blau oder weiß sein, um anzuzeigen, zu welcher Familie sie gehörte. Aber heute wollte sie Challen eine besondere Ehre damit erweisen, daß sie bis zu den Sandalen hinunter ganz in Blau gekleidet war. Jetzt wünschte sie, sie hätte es nicht getan.

Sie schob energisch seine Hände fort, aber darüber mußte er nur lächeln. Ihre Verlegenheit war eine raffinierte Strafe dafür, daß sie den Bus gekauft hatte, ohne ihn zu fragen. Es war ihr bewußt. Sie kannte ihn zu gut, um es nicht zu wissen. Und sie konnte nur hoffen, daß es ihre einzige Strafe bliebe. Ein Blick auf Shanelle sagte ihr, daß auch sie Bescheid wußte. Verflixt noch mal. Das hatte Shanelle gerade noch gefehlt, noch einmal dran erinnert zu werden, daß es nicht gerade einfach war, mit einem Krieger zurechtzukommen, wo sie doch erst ihre eigenen Erfahrungen machen sollte. Und ihr dann noch zu erzählen, daß ihr zukünftiger Lebensgefährte sie sicherlich nicht fliegen lassen würde... Auf der Stelle hätte sie dafür Challen einen Tritt versetzen können.

»Du weißt nicht, was ihr Lebensgefährte tun wird, oder vielleicht doch?« Ihre Augen hatten sich eine Spur verengt. »Du hast doch nichts beschlossen, ohne mir davon zu erzählen, mein Junge?«

Beide Frauen warteten gespannt auf seine Antwort; Tedra war bereit, in die Luft zu gehen, falls es die verkehrte sein sollte, und Shanelle hatte einfach Angst. Es fing nicht gerade ermutigend an. »Wenn eine Entscheidung getroffen werden muß, Frau, brauchst du nicht vorher davon informiert zu werden. Aber nein, es ist noch nichts entschieden.«

Shanelle seufzte auf. Das war zu nervenaufreibend gewesen. »Vater, ich muß mit dir darüber reden.«

»Das kannst du gerne tun, ich behalte mir allerdings die Entscheidung vor; an dir ist es, sie zu akzeptieren.«

Shanelle biß die Zähne zusammen. »Das weiß ich, aber soll das heißen, daß du meine eigenen Wünsche in dieser Angelegenheit übergehen willst? Und wenn ich die Sache selbst in die Hand nehmen möchte?«

»Dann will ich nur hoffen, daß ich deine Wahl billigen kann.«

Shanelle war verblüfft. »Meinst du das wirklich? Wirst du meine Wahl wirklich in Betracht ziehen?«

»Selbstverständlich, *Kerima*«, antwortete er sanft. »Hast du geglaubt, das würde ich nicht tun?«

Nein, natürlich würde er das tun. Er liebte sie. Er wollte, daß sie glücklich wurde. Aber das Schlüsselwort hieß *wenn*. Wenn er ihre Wahl akzeptierte, dann hatte sie freie Hand. Wenn er sie nicht billigen konnte, würde er seine eigene durchsetzen. Aber das war immer noch besser als das, was sie befürchtet hatte, nämlich daß er sich entscheiden würde, bevor sie selbst jemand gefunden hatte. Dann war die Frage die, ob sie sich damit würde abfinden können.

»Sterne, ihr seid alle fürchterlich deprimierend«, tönte Marthas Stimme in offenkundigem Abscheu dazwischen. »Was ist aus der glücklichen Heimkehr geworden?«

Tedra lachte. Shanelle hatte, als sie die Worte hörte, in der gleichen Weise die Stirn gerunzelt wie Challen.

»Mutter, ich geb dir deinen Computer mit dem größten Vergnügen wieder zurück.«

Aber Tedra winkte ab, als sie die Verbindung von ihrem Gürtel losmachen wollte. »Noch nicht. Du willst sicher deine Freunde noch herumführen, von denen mir Martha letzte Nacht erzählt hat...«

»Sie hat gestern Kontakt mit dir aufgenommen, ohne mir was davon zu sagen?« fragte Shanelle.

»Also, ich weiß nicht, warum sie es dir nicht gesagt hat, jedenfalls haben wir ziemlich lange miteinander geredet. Es beruhigt mich, wenn du außer Corth auch Martha bei dir hast, und deinen Vater sicher auch. Wenn Martha dabei ist, die dich schnell aus der Klemme ziehen kann – nicht, daß ich eine befürchte –, hält es dein Vater auch nicht für notwendig, dir seine Krieger mitzuschicken. Das stimmt doch, Challen?«

Tedra schaute sie immer noch irgendwie bedeutsam an, und endlich hatte Shanelle die unausgesprochene Botschaft verstanden. Sie wollte nicht, daß Challens Krieger ihr auf Schritt und Tritt folgten, nicht heute. Heute war der einzige Tag, an dem sie unerkannt bleiben konnte, aber nicht mit einer ganzen Eskorte, die unterstrich, welche Bedeutung man ihrer Person beimaß. Challen hatte die Frage allerdings nicht einmal gehört. Als er sich die Computerverbindung ansah, war ihm Shanelles Kleidung ins Auge gefallen, und darüber mußte er die Stirn runzeln.

»Sie wird sich zuerst nach Hause begeben, um sich angemessen anzuziehen. Sie sieht aus wie eine Besucherin.«

»Laß ihr doch, verdammt noch mal, ein bißchen Luft«, antwortete Tedra ungeduldig. »Sie ist doch gerade erst angekommen. Und wenn sie wie eine Besucherin aussieht, na, und? Ein Viertel aller Leute hier sind Besucher. Dieses eine Mal macht doch nichts aus, und außerdem trägt sie ja den Umhang, und auf den allein kommt es an. Du willst sicher nicht, daß sie so viel Zeit verschwendet, wo sie doch Besucher hat, um die sie sich kümmern muß?«

»Deine Martha könnte sie transferieren…«

»Du mit deinen Späßen«. schnitt Tedra ihm das Wort ab. »Du würdest sie, ohne daß ein Notfall vorliegt, transferieren lassen, wo du das doch selbst nicht leiden kannst?« Nun sah Challen wirklich zerknirscht aus, und deshalb fügte Tedra hinzu: »Und da sind auch schon ihre Freunde. Du willst deine Tochter doch wegen dieser Kleinigkeit nicht in Verlegenheit bringen, nicht wahr?«

Dafür bekam Tedra einen Wart-nur-bis-nachher-Blick.

Shanelle zog ihren Umhang über den Schultern zurecht, um etwas mehr von ihrer Kleidung zu bedecken, und zumindest, bis sie außer Sichtweite ihres Vaters war, sollte er so bleiben.

»Die Wettkämpfe werden diesen Aufgang und wahrscheinlich noch etliche weitere fortgesetzt«, berichtete er Shanelle. »Du kannst mit deinen Freunden zuschauen, aber Martha muß dich transferieren, wenn du in Schwierigkeiten gerätst mit diesen Kriegern, die dich nicht kennen. Ist das klar, Martha?«

»Kristallklar, großer Kerl.«

Shanelles Freunde waren nun auch da, zusammen mit den Edelleuten von Century III, die überheblich, wie sie waren, Challens Aufmerksamkeit beanspruchten, noch bevor Shanelle damit fertig war, ihre Freunde vorzustellen. Deshalb scheuchte Tedra sie mit einem geflüsterten »Viel Glück, Baby«, einem Augenzwinkern und einem Grinsen davon.

Martha gluckste vor sich hin, als sie gingen. »Meine Tedra war in Topform, wahrhaftig. Ich genieße es, wie sie diesen Krieger mit ihren Reden einzuwickeln versteht.«

»Du hast ihr erzählt, daß ich unerkannt bleiben will, ja?« wagte Shanelle sich vor.

»Sicher doch. Ich hab ihr alles erzählt, Kindchen. Du hast doch gewußt, daß ich das tun würde.«

Shanelles Seufzer war laut und lang. »Also gut, Martha, aber wenn ich's für den Rest des Tages mit dir aushalten soll, dann mach, daß ich dich vergessen kann.«

# 6

»Halt den Mund, Caris«, sagte Shanelle. »Du redest dummes Zeug!«

»Ich kann doch nichts dafür, Shani«, seufzte Caris. »Guck dir doch bloß die Muskeln von diesem Krieger an! Man meint, sie müßten jeden Moment die Haut sprengen.«

Die Muskeln, die Caris so faszinierten, waren allerdings sehr beachtlich, aber bei dem Wettstreit, dem sie zusahen, ging es schließlich um Kraft. Zwei Männer standen einander gegenüber, hielten ihre Hände umklammert und versuchten, sich gegenseitig wegzuschieben und aus dem Gleichgewicht zu bringen. Hinter jedem Wettkämpfer war im Abstand von etwa siebzig Zentimetern im Gras eine Linie markiert, die ihm nur einen geringen Spielraum ließ. Derjenige, der über diese Linie geschoben wurde, galt als Verlierer.

Von dort aus, wo Shanelle und Caris standen, hatten sie die beste Sicht auf den Rücken des Kriegers, der Caris' leidenschaftliche Aufmerksamkeit erregte. Aber Shanelle konnte nichts Außergewöhnliches an ihm finden. Sie wollte lieber die Wettkämpfe für Besucher anschauen, aber Caris hatte sie zuerst hierhergeschleppt.

Dies hier war keine Disziplin für Gäste. Sie hätten gegen die Kraft eines Kriegers einfach keine Chance gehabt, und man erwartete es auch nicht von ihnen. Sie konnten versuchen, gegen Krieger anzutreten, wenn sie mutig genug waren. Aber schließlich gab es für sie spezielle Wettbewerbe in Treffsicherheit, Geschicklichkeit, Schnelligkeit und Beweglichkeit. Die Hauptdisziplin, die die meisten Kampfplätze belegte, war natürlich das Schwertfechten. Hier mußte der Champion alle, die antraten, schlagen. Der Sieger aus der Disziplin für Gäste konnte sich dann entscheiden, ob er danach mit dem Sieger des Schwertfechtens für Krieger kämpfen wollte oder nicht; meistens verzichtete er lieber. So bestand allgemeines Einvernehmen darüber, daß zwei Sieger aus diesen Wettkämpfen hervorgehen konnten. Im Augenblick waren die Ausscheidungskämpfe noch im Gange.

Nur Caris war noch bei Shanelle geblieben und natürlich auch Corth, der sich still und unauffällig verhielt. Cira war mit einem Mann aus Shanelles Eskorte nach Sha-Ka-Ra hinaufgeritten und hatte schon vor ihrer Ankunft geplant, den Tag mit ihm zu verbringen. Jadd wich Dren nicht von der Seite, denn die beiden Männer aus Kystran fühlten sich unter lauter Riesen nicht gerade in ihrem Element. Aber das Schwertfechten übte eine starke Faszination auf sie aus, und so blieben sie mit Yari bei diesen Kampfplätzen.

Caris interessierte sich wirklich nur für Krieger, und deshalb standen sie noch in dem Teil des Parks, in dem es nur wenige Kampfplätze für Besucher gab. Allmählich fing Shanelle an, sich zu langweilen, und so war es kein Wunder, daß sie ihre Augen herumwandern ließ. Zuerst schaute sie zu den Leuten auf der gegenüberliegenden Seite der Arena hinüber, und dann über die aneinandergereihten Zelte hinweg zum Ende des Parks. Ein weißes, das mehr im Vordergrund stand, fiel ihr auf, weil es fast so aussah, wie der Pavillon ihres Vaters, nur in kleinerer Ausführung. So kam es, daß sie immer noch dorthin starrte, als vier Männer aus dem Zelt traten.

Shanelle konnte ihre Gesichtszüge nicht erkennen, dazu waren sie etwas zu weit entfernt, aber trotzdem weckten sie ihr Interesse. Nach ihrer dunklen Haarfarbe zu schließen, mußten sie ganz offensichtlich Gäste sein, und doch erinnerten sie nach Aussehen und Statur an Krieger. O Sterne, von welchem Planeten sie wohl kommen mochten, daß sie so aussahen? Drei von ihnen waren dunkelhaarig wie ihre Mutter, fast schwarz, wie auch die *Zaalskin Bracs*, die sie trugen. Der vierte Mann hatte kastanienbraunes Haar, das fast genauso dunkel wirkte.

Die Männer hielten sich noch eine Weile vor dem Zelt auf und unterhielten sich, bevor sie auseinandergingen; zwei in Richtung auf den vorderen Teil des Parks und zwei dorthin, wo Shanelle stand. Diese beiden hatten genau die richtige Größe und waren, wie sie bei ihrem Näherkommen sehen konnte, jung. Vielleicht fünf oder sechs Jahre älter als sie und sehr gut aussehend, wie sie feststellte, als sie noch dichter herankamen. Sie hielt den Atem an und hoffte, sie würden bei der Arena hier vor ihr stehenbleiben. Und als sie es wirklich taten, vergaß sie das Ausatmen.

O, ihr Sterne des Himmels, wie sah er gut aus, derjenige, von dem sie die Augen nicht abwenden konnte, jetzt, wo sie seine Gesichtszüge erkannte. Dieser hier war nicht nur äußerst ansehnlich, nein, er nahm mit seiner starken Ausstrahlung alle ihre Sinne gefangen. Sein langes schwarzes Haar war sehr dicht und fiel über prächtige Schultern und einen kräftigen Hals. Und seine Haut wirkte einen Schatten dunkler als goldbraun. Brust und Arme waren kräftig und fast breiter als bei einigen der Krieger, die sie kannte. Dazu ein eigenwilliges Kinn, ein harter, entschlossener Mund, eine Nase, die zu diesem Gesicht paßte, und dichte schwarze Augenbrauen, die sich streng zusammenzogen, als er nun wieder mit seinem Begleiter sprach.

Shanelle beobachtete ihn immer noch, als sein Blick sie flüchtig streifte, um dann sofort wieder zu ihr zurückzukehren. Azurblau waren seine Augen, so hell wie der Himmel am Mittag, und verwirrend in ihrer Intensität. Gefühle weckten sie in ihr...

Sie schaute weg und wieder auf die beiden Krieger, die sich in der Arena abmühten. Da machte Marthas Stimme sich bemerkbar. »Wenn ich die Anzeichen recht verstehe, dann hat's dir gerade eben die Schuhe ausgezogen.«

»Sterne, so fühlt sich das also an.« Als ob eine Faust ihren Bauch umklammert hielte – und doch war da kein Schmerz, nur das sonderbarste, herrlichste Wohlgefühl.

Martha lachte glucksend. »Also schön, wo ist er? Dieses unglaubliche Exemplar muß ich mit eigenen Augen sehen.«

Plötzlich wurde Shanelle unsicher und nervös. Martha sollte nicht erfahren, daß er ein Besucher war. Das war so schrecklich wichtig! *Bleib ruhig, um der Sterne willen.* Woher kam bloß dieses Gefühl?

»Bitte noch nicht, Martha. Ich will erst ganz sicher sein, daß es kein Wunschdenken ist.«

»Dein ganzes Nervensystem spielt doch verrückt. Das ist keine Einbildung.«

»Was sagt deine Martha gerade, Shani?« fragte Caris neben ihr.

»Ach, nichts. Was macht dein Krieger?« Im gleichen Augenblick gewann der Mann den Wettkampf, und Caris quietschte vor Entzücken. Shanelle mußte grinsen und spürte, daß ihre Angst allmählich wich.

»Du wirst dich so schnell nicht mit ihm treffen können, wenn er immer weiter gewinnt, außer, es fordert ihn keiner mehr heraus.«

Der Schiedsrichter führte gerade den nächsten Krieger in die Arena, einen zwei Meter zehn großen Mann. Caris runzelte besorgt die Stirn. »Ich will doch aber nicht, daß er verliert.«

»Wenn er in den Ausscheidungskämpfen schon ziemlich weit oben steht, dann ist er, auch wenn er hier verliert, noch nicht aus dem Rennen; er kann in anderen Disziplinen weitermachen.«

Caris hörte nicht mehr auf das, was Shanelle sagte. Sie verfolgte mit großer Spannung das neue Match, das gerade anfing. Shanelle nutzte die Gelegenheit und warf dem schwarzhaarigen Besucher wieder einen verstohlenen Blick zu. Und wieder schaute sie direkt in diese hellen blauen Augen. Sterne, hatte er sie die ganze Zeit über beobachtet? Sie wurde von neuem nervös, aber es gab doch keinen Grund dafür. Sie wollte, daß er sich für sie interessierte. Sie würde nicht den geringsten Widerstand leisten, wenn er herüberkäme, sie bei der Hand packte und mit sich fortzöge. Aber natürlich würde er das nicht tun. Er war als Gast von einem anderen Planeten gekommen. Die meisten von ihnen waren viel zu zivilisiert für so etwas. Was für eine gräßliche Zeitverschwendung!

Viel Zeit hatte sie nämlich nicht. Sie konnte ihm aber auch nicht zu weit entgegenkommen, denn sie wollte ihn nicht verschrecken. Er sollte so stark nach ihr verlangen, daß er zu ihrem Vater ginge, um sie von ihm zu erbitten. Aber sie wußte ja nicht, ob er sie überhaupt wollte. *Du mußt ihn bezir-*

*zen, Shani. Mach, daß er herkommt. Wenn er das Interesse verliert, kannst du immer noch schärfer rangehen.*

Langsam, und diesmal fast widerwillig, zwang sie sich wegzusehen und die Krieger in der Arena zu beobachten. Sie sah zu, wie Caris' Krieger über seine Linie geschoben wurde, und hörte ihre Freundin seufzen.

»Er verliert, aber ich gewinne dabei.« Sie frohlockte beinahe. »Ich glaub, ich geh mal rüber, mich vorstellen und einen Trostpreis anbieten.«

»Nur zu, ich warte hier auf dich.«

»Die macht's richtig«, sagte Martha, als Caris davonlief. »Worauf wartest du eigentlich noch?«

Shanelle blickte kurz zu dem schwarzhaarigen Besucher hinüber und dann ganz schnell wieder weg. Er starrte sie immer noch an. Er hatte keine Miene verzogen. Ihr nicht einmal zugelächelt.

»Ich warte drauf, daß er herkommt.«

»Wir spielen hier doch kein Verstecken, Kindchen«, meinte Martha mit reichlich Erbitterung in der Stimme. »Du willst ihn, also hol ihn dir.«

»Verdammt, Martha, das ist nicht so leicht. Und laß mich machen, bitte.«

Entschlossen wandte sie sich dem nächsten Kampf zu, mit ungeteilter Aufmerksamkeit, ohne einen Blick für den Gast. Wieder gewann der Zwei-Meter-zehn-Krieger mit Leichtigkeit. Er war wirklich eine Art Mammut und würde wahrscheinlich den ganzen Tag so weitermachen.

Warum kam er denn immer noch nicht? Besucher waren doch sonst nicht gerade besonders scheu oder ängstlich. Vielleicht mochte er sie gar nicht. Er fand es vielleicht merkwürdig, daß sie wie eine Sha-Ka'ani-Frau aussah, aber gekleidet war wie eine Besucherin – bis auf den Umhang, den sie trug. War der verdammte Umhang schuld? Glaubte er, sie sei nicht frei? Er könnte ja wenigstens fragen!

Sie schenkte ihm noch einen kurzen Blick. In diesem Augenblick betrat er die Arena. Shanelle riß die Augen auf vor Überraschung. Als sie jäh die Luft anhielt, war Corth auch schon an ihrer Seite.

»Ist was mit dir?«

»Nein, Corth.«

»Du solltest dir eine passendere Antwort einfallen lassen«, sagte Martha drohend.

»Jetzt ist er in die Arena gegangen.«

»Na, das kann ja heiter werden. Kann ich ihn jetzt endlich mal begucken?«

»Nein, noch nicht.«

»Wenn ich dich nicht genau überwachen würde, Shani, dann könnte ich schon sehr mißtrauisch werden.«

»Sei still, Martha.«

Shanelle konnte kaum glauben, daß er es wirklich tat. Der Krieger war mindestens zehn Zentimeter größer als er und auch beträchtlich schwerer. Aber der Besucher ergriff seine Hände, nahm die vorgeschriebene Stellung ein und sah wieder zu Shanelle hinüber. Und da wußte sie, weshalb er zum Kampf antrat. Er wollte sie, tatsächlich, er wollte sie. Sie hatte den Kämpfern zugeschaut, aber sie sollte nur für ihn allein Augen haben, und deshalb kämpfte er nun. Was für eine berückende, eifersüchtige Idee, und wie töricht im Grunde. Er konnte doch nicht gewinnen. Aber sie würde sich an Caris ein Beispiel nehmen und ihn trösten, wenn er verlor.

Das aber tat er jedenfalls nicht sofort. Das Schieben und Drücken begann, und es war großartig, es zu beobachten. Sie war von seiner Kraft überrascht, er war viel muskulöser, als sie erwartet hatte. Ihr Atem ging schneller. Sie merkte, wie sie mitging, während sie den Kampf verfolgte. Und auf einmal wünschte sie so inständig, er sollte gewinnen, daß sie das Gefühl des Sieges schon im voraus zu empfinden schien. Denn hier war der Gast, den ihr Vater billigen konnte. Das größte Hindernis bestand ja darin, daß er von Besuchern nichts wissen wollte, aber denjenigen, der einen Krieger zu besiegen imstande war, mußte er einfach akzeptieren.

Sie sah ihm beschwörend ins Gesicht, und in dem Moment, als ihre Augen sich trafen, machte er eine letzte Kraftanstrengung und gewann tatsächlich. Der bärenstarke Krieger taumelte über seine Linie zurück, ihre Hände lösten sich, und der Besucher stand als Sieger da und schaute Shanelle direkt ins Gesicht.

Sie hopste nicht auf und nieder wie Caris vorhin, sie quietschte auch nicht. Was sie fühlte, spielte sich tief in ihrem Inneren ab. Sie war außer sich vor Begeisterung, und die spiegelte sich in ihrem Lachen wider.

»Ich könnte schwören, du bist eben geküßt worden und hast es unwahrscheinlich genossen, aber ich weiß, daß dich niemand angefaßt hat«, bemerkte Martha, die sich ziemlich neugierig anhörte. »Was bringt dich denn so aus dem Häuschen?«

»Er hat gerade einen Krieger besiegt, Martha.« Und Shanelle war so stolz, als hätte sie selbst es getan.

»Na und?«

»Schon gut, du kannst mal gucken.« Sie hielt das Verbindungsteil zum Computer so, daß die Beobachterin am anderen Ende den triumphierenden Sieger genau ins Visier bekam.

»Shani, du solltest das Ding lieber in die falsche Richtung halten«, sagte Martha eindeutig verärgert: »Das ist kein Krieger.«

»Es ist mir egal, was er ist. Er ist derjenige, welcher. Und jetzt schalt ich dich ab, Martha, ich brauch keine Hilfe vom Spielfeldrand.«

»Mach das ja nicht! Deine Mutter hat das mal gemacht und ist prompt abgeschleppt worden.«

»Und schau mal, wie erfreulich das geendet hat.«

»Shani...«

Marthas Stimme war abgeschaltet, aber Shanelle wußte, daß sie sie mit dem Nahbereichs-Scanner aus dem Rover immer noch überwachen konnte, und so sagte sie entschuldigend: »Tut mir leid, Martha, aber mein Entschluß steht fest.« Sie tätschelte das Gerät an ihrem Gürtel. »Ich melde mich später.«

»Ich glaub, der Mann will was von mir, Shani«, sagte Corth plötzlich.

Der Mann ihrer Wahl fixierte Corth tatsächlich. »Guck weg«, sagte sie zu ihm. »Das heißt, geh weg. Er glaubt, du bist mein Begleiter.«

»Das bin ich doch auch.«

»Du weißt genau, was ich meine. Und hör auf zu grinsen. Das ist kein Spaß. Er ist ein Besucher. Im Gegensatz zu Kriegern werden sie wegen der lächerlichsten Kleinigkeiten eifersüchtig. Und ich möchte nicht, daß unsere Beziehung gleich mit so was anfängt.«

»Vielleicht sollte ich ihm den Gefallen tun«, ließ Corth seinem Humor freien Lauf. »Damit er merkt, daß ich ein Roboter bin«, setzte er hinzu.

Shanelle wußte, daß die Zeit, als Challen mit Eifersucht auf ihn reagierte, in seinem Gedächtnis noch gespeichert war. Auch noch lange nachdem ihr Vater erfahren hatte, daß Corth nur ein Roboter war, hielt seine Eifersucht an. Corth war zehnmal stärker als jeder Mann, sogar ein Krieger. Sie wollte keinesfalls, daß er das dem Besucher bewies, wenn es nicht um einen Wettkampf ging, sondern um sie selbst.

»So, jetzt hast du dein Späßchen gehabt, Corth. Aber der da ist der Mann, den ich kennenlernen will, und ich meine wirklich: ›kennen‹. Also verzieh dich für eine Weile.«

»Du weißt, daß ich das nicht darf, Shani.«

»Dann bleib in Sichtweite, aber so, daß er's nicht merkt. Das kannst du…«

Shanelle verstummte, als ihr klar wurde, daß es zu spät war. Der Besucher bedeutete dem Schiedsrichter, daß er nicht weiterzukämpfen gedachte, und war auf seinen langen Beinen schon unterwegs zu ihr und bei ihr, bevor sie ihre fünf Sinne zusammennehmen konnte. Aber immer noch sah er nur auf Corth.

»Wenn du nicht zum Wettkampf antreten willst, dann können wir anderswohin gehen und die Angelegenheit unter uns regeln.«

Er beherrschte die Sprache der Sha-Ka'ani perfekt, wenn er auch mit einem leichten Akzent sprach, was sich irgendwie angenehm anhörte. Aber Shanelle blieb der Mund offenstehen, als ihr die Herausforderung – denn es war eine – bewußt wurde. Corth allerdings fand die Situation immer noch sehr belustigend.

Er lächelte den Gast an. »Das könnten wir tun, und doch wäre es unnötig. Die Frau hat sich schon entschieden.«

Die hellen blauen Augen wanderten zu Shanelle hinüber, und sogar trotz der tödlichen Verlegenheit, in die sie unversehens gestürzt wurde, wußte sie, daß sie hier Gefühlen begegnete, die sie in solcher Intensität noch nie erlebt hatte. Heiß, wild und – beunruhigend, aber sofort verflogen, als er sich von ihr abwandte und Corth ansah. Sie fragte sich erschüttert, ob alles nur Einbildung gewesen sei. Aber Corth' platte Feststellung war kein Traum.

»Dafür könnt ich dir glatt den Stecker rausziehn«, flüsterte sie, immer noch mit heißen Wangen, ihm zu.

Beide Männer zogen es vor wegzuhören, oder überhörten es, weil sie ganz darin vertieft waren, einander mit den Augen abzuschätzen.

Jetzt fragte der Gast, indem er Corth' Haar betrachtete: »Kommst du aus dem Osten?«

»Nein«, antwortete Corth nur.

»Von diesem Planeten?«

»Ursprünglich nicht.«

Damit erschöpfte sich sein Interesse für Corth, und er wandte seine Aufmerksamkeit wieder Shanelle zu. Es belustigte sie, daß er Corth für einen Krieger hielt, obwohl er weder so auffallend muskulös noch so groß war. Und sie konnte sich unbefangen amüsieren, weil der Blick dieser azurblauen Augen diesmal nicht so verwirrend wirkte, sondern eher beifällig, neugierig und ausgesprochen interessiert.

»Er ist nur dein Begleiter?« fragte er sie.

»Ein Begleiter, aber auch ein Freund und – ein Androide.«

»Ein Androide.«

Er sprach das Wort so aus, als wisse er nicht, was es bedeutete. Aber Shanelle entschied, daß im Augenblick nur ein Sachverhalt geklärt zu werden brauchte. »Er läßt mich mit dir allein, wenn du dich mit mir – unterhalten willst.«

Sie legte so viel unterschwellige Bedeutung in die Worte, daß selbst ein Dummy hätte verstehen können, was sie meinte, aber der Mann nahm ihre Bemerkung wörtlich. »Ich will mehr, als mich mit dir unterhalten.«

Sie mußte also wahrhaftig ganz deutlich werden. Sie grinste. Solange sie es nicht mit einem Krieger zu tun hatte, konnte sie so dreist sein, wie sie wollte.

»Ganz meinerseits«, sagte sie ihm.

Als der Mann sie nun anlächelte, wurde ihr weich in den Knien. Wie war es nur möglich, daß er, indem er nur leicht die Lippen kräuselte, noch attraktiver werden konnte? Mehr tat er nämlich nicht. Er duckte sich unter dem dicken Seil hinweg, das die Kampfbahn abgrenzte und stand nun unmittelbar vor ihr. Seine Größe, so dicht bei ihr, überwältigte sie fast.

Er war höchstens drei oder vier Zentimeter kleiner als ihr Vater, was bedeutete, daß er sie um gut dreißig Zentimeter überragte. Und seine Statur... Ein Körper wie dieser sah einfach phantastisch aus, aber sie wünschte sich, er wäre nicht ganz so groß und stark. Denn das war einer der Gründe, weswegen sie keinen Krieger wollte. Gegen einen Menschen von dieser Größe konnte man sich nicht wehren. Dieser große Jemand war ein Besucher, und das hieß, daß er nicht über die Selbstbeherrschung eines Kriegers verfügte, die diesen daran hinderte, eine Frau, die natürlich viel kleiner war als er, versehentlich oder sonstwie zu verletzen.

Plötzlich wurde ihr bewußt, daß sie, wenn sie die Affäre weitertrieb, möglicherweise unerwünschte Schmerzen würde in Kauf nehmen müssen, wahrscheinlich noch andere als die, die mit dem Verlust ihrer Jungfräulichkeit zu tun hatten. Sterne, warum war ihr das nicht schon früher eingefallen? Aber man brauchte ihn nur anzuschauen: Er sah einfach hervorragend aus! Und er war der, der ihr die Schuhe auszog, daran war nicht zu zweifeln.

Unschlüssig nagte sie an der Unterlippe. Sollte sie sich trotzdem trauen und die Chance wahrnehmen? Ja, verdammt noch mal! Es war so unglaublich schön, daß sie ihn überhaupt und noch dazu so schnell gefunden hatte; daher wollte sie ihr Glück nicht durch Zukunftssorgen belasten. Und selbst wenn er so groß war, mußte das ja nicht bedeuten, daß er nicht behutsam mit ihr umgehen würde.

Sie trat einen Schritt zurück, um ihren Nacken von der Anstrengung zu befreien, an ihm hochschauen zu müssen. Aber er griff nach ihrer Hand und zog sie wieder dicht an sich heran. Und nun, da er ihre Hand hielt, wollte er sie nicht mehr loslassen. Sie hatte nichts gegen seinen Wunsch, sie zu berühren, sie wollte es ja auch. Aber sie konnte sich darüber beklagen, daß er zu dicht bei ihr stand.

»Du mußt mir schon ein bißchen Abstand lassen, wenn du willst, daß ich dich anschauen kann. Sonst hält es mein Nacken nicht mehr lange aus.«

Er brauchte nur einen seiner starken Arme, um sie hochzuheben und an seine Brust zu ziehen. Ein seltsam erregendes Angstgefühl ließ sie über diese draufgängerische Kühnheit erschauern. Aber nun befanden sie sich auf Augenhöhe einander gegenüber, und Shanelle bekam ein anderes Problem. Sterne, es war so wunderbar, so fest an seine Brust gepreßt zu werden, zu schön, um ihn daran zu erinnern, daß sie so hier nicht bleiben konnten. Sie tat es trotzdem.

»So geht's nicht, mein Großer, nicht in aller Öffentlichkeit.« Aber sie wußte eine Kompromiß. »Setz mich wieder ab und laß uns ein wenig Abstand halten. Meine Hand kannst du behalten.«

»Ich heiße Falon Van'yer«, war seine Antwort auf diesen Vorschlag.

»Freut mich zu erfahren, aber du mußt mich wieder runterlassen, wenigstens, solange wir nicht allein sind.«

»Du sagst das, als wolltest du deinen Willen durchsetzen. Geht es meistens nach deinem Kopf?«

Sie merkte, daß er sich darüber amüsierte, und er stellte sie keineswegs wieder auf den Boden.

»Nein, es geht nicht immer so, wie ich will«, gab sie vorsichtig zu. »Aber doch meistens, vor allem, wenn ich meinen gesunden Menschenverstand gebrauche und andere es nicht tun.«

Er lachte, ein tiefes Dröhnen, das sie bis in ihre Zehenspitzen hinunter spürte. »Ich bin es auch gewohnt, daß gemacht wird, was ich will, aber immer. Und ich habe dir gegenüber einen kleinen Vorteil.«

War das vielleicht sein Verständnis von Witz? »Warum so

bescheiden? Einen riesengroßen Vorteil hast du mir gegenüber.« Und dann verengten sich ihre Augen. »Wirst du mich jetzt endlich loslassen, bitte?«

»Nein.«

»Auch dann nicht, wenn es Ärger gibt, weil ein Krieger dich bittet, mich freizugeben? Ich stehe unter jemandes Schutz, Falon Van'yer, und der Umhang, den ich trage, ist bekannt.«

Er hob die andere Hand und befühlte den Umhang auf ihrer Schulter. »Es ist mir bewußt, Frau, obwohl ich wünschte, es wäre anders. Aber du hast dich für eine Weile in meine Obhut begeben, also wird es mit diesen Sha-Ka'ani-Kriegern keine Schwierigkeiten geben.«

Sie hatte keine Lust, ihn darauf hinzuweisen, daß die Krieger, die ihn vielleicht aufhalten würden, die Männer ihres Vaters waren, die sie kannten. Sie wollte nicht, daß er erfuhr, wer sie war, bevor es absolut unvermeidlich schien. In diesem Augenblick gab es nur eine Möglichkeit.

Also machte sie den Vorschlag: »Wie wär's, wenn du mich mal so lange losließest, wie wir brauchen, um von hier abzuhauen?«

»Willst du immer noch deinen Willen haben, obwohl ich dagegen bin? Sollte die Tatsache, daß du dich nicht nach mir richten kannst, Frau, ein Problem für uns werden?«

Shanelle wurde langsam klar, daß dies eine ungeheuer wichtige Frage war. Angenommen sie antwortete mit »ja«, würde er sie dann absetzen und fortgehen? Aber verneinen konnte sie die Frage nicht, denn es könnte tatsächlich eins geben. Vielleicht sollte sie lieber gleich versuchen, klare Verhältnisse zu schaffen.

»Ich würde mir wünschen, wir könnten einander näher kennenlernen. Das heißt aber nicht, daß ich dir gehöre, Falon. Selbst wenn es so wäre, würde ich nicht allem, was du sagst, zustimmen. Ich bin keine Sklavin, die ohne Widerrede gehorcht. Sondern ich habe meine eigene Meinung und meine eigenen Gefühle, die möglicherweise völlig andere sein können als deine. Natürlich kann ich deine Entscheidung akzeptieren, wenn sie vernünftig und gerechtfertigt ist. Aber wenn das nicht der Fall ist, dann darfst du nicht glauben, daß ich den Mund halte. Und jetzt möcht ich wissen, ob es gegen deine Prinzipien verstößt, mal über das nachzudenken, was ich gesagt hab.«

»Habe ich nicht eben allem zugehört, was du zu sagen hattest?« fragte er.

»Doch, das hast du. Und du bist auch nicht gleich abgehauen, als du gemerkt hast, daß ich ein bißchen eigenwillig bin.« Darüber mußte er lächeln, und sie lächelte auch. »Vielleicht würdest du mir jetzt erklären, warum du mich nicht absetzen willst.«

»Weil ich es zu sehr mag, dich so dicht an mir zu fühlen. Weil ich lieber mit jedem Krieger hier kämpfen will, als dieses Gefühl auch nur für einen Augenblick zu verlieren.«

O Sterne, wenn er so argumentierte, dann konnte es nicht mehr lange dauern, bis sie diesen Mann nicht nur begehrte, sondern auch liebte. »Warum hast du das nicht gleich gesagt?«

Er grinste sie an. »Also ist mein Wille jetzt auf einmal annehmbar?«

»Es ist dir gelungen, ihn... zu begründen. Ich habe nie behauptet, ich sei Vernunftgründen nicht zugänglich. Wenn wir uns jetzt ganz schnell davonmachen, können wir die befürchteten Schwierigkeiten vielleicht vermeiden. Ist das Zelt, aus dem du vorhin kamst, vielleicht deins – und frei?«

»Beides, aber ich weiß nicht, ob deine Schamlosigkeit mir gefällt. Wann und wo ich dich nehme, ist meine Entscheidung, und an dir ist es, ihr entgegenzubangen.«

Einen Augenblick starrte sie ihn ungläubig an, dann brach es aus ihr heraus: »Sterne, wo hab ich das bloß schon mal gehört?« Und dann fragte sie mißtrauisch: »Du bist doch nicht etwa aus Sha-Ka'an?«

»Nein – und du auch nicht, das habe ich einen Moment vergessen. Deine Schamlosigkeit ist daher willkommen.«

Sie grinste ihn an und fragte sich, woher er glaubte, daß sie kam, um ihre Direktheit plötzlich in Ordnung zu finden. Aber sie würde ihn in dem Glauben lassen, sie komme von auswärts. Sie wollte ihre Identität nicht verleugnen, wenn sie nicht dazu gezwungen wurde, und je weniger er danach fragte, desto besser. Und es erleichterte sie, die Bestätigung zu haben, daß er kein Krieger war, nachdem er sich anfangs so verdammt danach angehört hatte. Aber das waren kleine Fische, mit denen sie fertig werden konnten, wenn sie das Hauptproblem, miteinanderauszukommen, erst vom Tisch hatten.

Sie war allerdings neugierig genug, um zu fragen: »Unterdrücken Frauen dort, wo du herkommst, ihre sexuellen Wünsche?«

»Sie sind vorsichtiger.«

»Dann solltest du vielleicht woanders wohnen.«

»Das glaube ich nicht.«

Sie seufzte über seine schnelle Antwort. »Warum gehen wir nicht davon aus, daß es für alles einen Auslöser gibt, und belassen es dabei?«

»Wovon sprichst du jetzt?«

»Macht nichts. Jetzt können wir das nicht...«

»Shani!« rief Caris.

»Verdammt noch mal«, brummte Shanelle, dann schaute sie Falon wehmütig an. »Ich werd gerufen. Ich darf wohl nicht annehmen, daß du mich lang genug losläßt, damit ich mit meiner Freundin reden kann?« Statt einer Antwort starrte er sie unverwandt an. »Vielleicht wird dein Arm ja mal müde?« war ihr nächster Versuch.

»Du wiegst doch nichts, *Kerima.*«

Worauf sie eine Grimasse schnitt. »Ich bin ein großes Mädchen, kein kleines. Das paßt eher auf meine Freundin Caris.«

»Das weibliche Wesen, das vorhin bei dir war, ist nur ein Kind.«

»Sie ist kein Kind, sie ist nur klein und...«

Caris war zu ihnen gestoßen und führte ihren Krieger im Schlepptau.

»Shani, ich...« Sie unterbrach sich, als sie Falon bemerkte. »Meine Güte!« Aber dann bekam sie einen Blick für Shanelles besondere Lage und fügte anerkennend hinzu: »Ach, du liebe Güte!«

Shanelle versuchte nicht einmal, das, was sie offensichtlich dachte, zu widerlegen. »Es kann doch unter uns bleiben, nicht wahr, Caris?«

»Wie du willst, aber Yari und Cira freuen sich sicher genauso drüber wie ich. Du hast ja wirklich lang gebraucht, aber jetzt kannst du…«

»Nicht hier, Caris.«

»Natürlich.« Das jüngere Mädchen grinste. »Ich wollte dir nur sagen, daß ich ein paar Stunden beschäftigt bin; Komar hier will mir sein Zelt zeigen.«

»Hast du dran gedacht, ihm zu sagen, daß du unter dem Schutz des *Shodan* stehst?«

Caris schnitt eine Grimasse. »Ehrlich gesagt, hab ich's vergessen.« Sie wandte sich nach dem Krieger um, der ihre Hand hielt. »Macht es einen Unterschied, daß ich beschützt bin?«

»Das verbietet mir, dich für mich zu beanspruchen«, stellte Komar fest.

»Hör nur, wie er weder bestätigt noch bestreitet, daß er die Absicht hatte«, meinte Caris an Shanelle gewandt.

»Auf die Art kann es keine Enttäuschung geben«, antwortete Shanelle.

»Wie rücksichtsvoll. Ich wußte, daß ich diesen Krieger mögen würde. Ich seh dich später, Shani.«

»Weißt du, wo wir uns treffen?«

»Natürlich.«

»Warum trägst du dein Schutzzeichen und sie nicht?« fragte Falon, sobald sie wieder allein waren.

»Ich wußte, daß ich hierherkommen würde, aber Caris hat sich erst in letzter Minute dazu entschlossen…«

»Auch kennst du dich gut aus mit den örtlichen Gepflogenheiten.«

Das war keine Frage, sondern eine Feststellung, und er kam damit der Wahrheit so nahe, daß es ihr unbehaglich wurde. Sie mußte seine Gedanken in eine andere Richtung lenken, und es gab nur einen Weg, das schnell und gründlich zu bewirken. Sie wünschte nur, sie hätte mehr Erfahrung auf diesem Gebiet.

Sie schlug die Augen nieder, um eine Befangenheit anzudeuten, die in Wirklichkeit nur zum Teil gespielt war, und wickelte eine Strähne von seinem Haar um ihren Finger. »Falon, du hast mich schon so lange gehalten« sagte sie sanft, »ist das alles, was du mit mir tun willst?« Dabei sah sie ihn an und gleich wieder weg.

Es überraschte Shanelle, als sie da plötzlich an ihrer Brust spüren konnte, wie heftig sein Herz klopfte. Aber einen Moment später fühlte sie schon, wie ihre Beine aufgehoben wurden und daß sie nun, in seinen Armen geborgen, schnell in Richtung auf das Zelt davongetragen wurde. Sie umklammerte seinen Hals, obwohl es nicht nötig war, denn er hielt sie beschützend fest an sich gedrückt. Sie versuchte nur, ihr Gesicht zu verbergen, damit, wer auch immer sie beobachten mochte, sie nicht erkannte. Das letzte, was sie brauchen konnte, war, daß ein Bekannter hinter ihr herlief.

Eins hatte sie erfahren. Sie hätte vielleicht nicht versuchen sollen, einen Mann, von dem sie so gut wie nichts wußte, sexuell zu provozieren; aber jetzt wußte sie, daß ihre Anziehungskraft auf ihn mindestens genauso stark wirkte wie seine auf sie. Er hatte keine Zeit auf eine Antwort verschwendet. Er wollte es ihr statt dessen zeigen.

# 7

Shanelle hatte sich vorgenommen, nicht zu protestieren, wenn Falon Van'yer sie abschleppte. Weggetragen zu werden kam auf das gleiche heraus, also wehrte sie sich nicht.

Wenn ein Volk fortschrittlich genug war, um von Planet zu Planet reisen zu können, anstatt einfach nur von Stadt zu Stadt, dann hatten seine gesellschaftlichen Umgangsformen üblicherweise einen entsprechend hohen Standard. Auch wenn ein Planet entdeckt und von außen zivilisiert wurde, waren seine Bewohner bemüht, ihren Horizont zu erweitern.

Es gab nur noch wenige Planeten, die, wie Shanelle wußte, auch nach ihrer Entdeckung starr an ihren Traditionen festhielten. Dazu gehörte Century III, das aber trotz seiner fast mittelalterlichen Kultur nun auch in den Weltraum aufbrach. Sha-Ka'ar, das sich vor mehr als dreihundert Jahren aus Sha-Ka'an entwickelt hatte, zählte zu den Planeten, auf denen Frauen nur als Sklavinnen vorkamen. Aber die Männer bereisten andere Welten. Sha-Ka'an gehörte zu den guten Beispielen, allerdings mit einem anderen Unterschied. Es war entdeckt worden, aber das Volk verspürte keinen Wunsch, das übrige Universum kennenzulernen oder von dem zu profitieren, was es zu bieten hatte.

Falon Van'yer, woher er auch kommen mochte, behandelte Shanelle ganz so, als sei er ein Krieger, und sie fing an, sich Sorgen zu machen. Inzwischen waren sie bei seinem weißen Zelt angekommen, und er schob sich mit der Schulter durch den schmalen Eingang und danach durch einen zweiten, der weiter im Inneren des Zelts den vorderen vom hinteren Bereich trennte.

Hier lagen große Kissen verstreut und weiche Felle unterschiedlichster Farbe und Beschaffenheit, und auf einem Stapel davon legte Falon Shanelle nieder. Er war dazu auf die Knie gegangen und blieb auch jetzt noch in dieser Stellung.

Ihr Unbehagen löste eine gewisse Nervosität aus, die aber

vielleicht trotz ihrer anfänglichen Unverfrorenheit schon vorher dagewesen sein konnte. Denn dies hier würde wahrhaftig ihr erstes sexuelles Erlebnis werden. Da mußte man schon mit einer leisen Unruhe rechnen, egal, wie sehr man wünschte, daß es geschehen sollte. Aber so, wie er zur Sache kam, drohte es, zu schnell zu passieren.

Shanelle kam auf die Knie hoch, um ihm direkt ins Gesicht sehen zu können, und hoffte, sie könnte ihn auf diese Weise etwas bremsen. Aber er griff schon nach den Bändern ihres Umhangs. »Könnten wir... wir uns mal über die Gebräuche hier unterhalten?«

»Wie immer du es nennen willst, Frau, wir haben schon damit angefangen.«

»Das hab ich damit nicht gemeint...«

»Eins gefällt mir nicht«, sagte er mit einer Spur Ärger in Miene und Stimme, »deshalb befreien wir dich davon.«

Shanelle sah zu, wie ihr Umhang durch die Öffnung in der Trennwand des Zelts hindurch in den anderen Raum segelte. Sie hatte das Gefühl, etwas klarstellen zu müssen. »Das bedeutet nicht, daß ich nicht mehr beschützt bin.«

»Es ist mir bewußt; trotzdem hat er mich behindert.«

Ihn behindert, wenn in seinen Augen diese wilde, ungezügelte Leidenschaft stand, die sie vorher schon wahrgenommen hatte? Wenn er ihr nun freien Lauf ließ...

Sie wich rein instinktiv zurück, als er jetzt wieder seine Hände nach ihr ausstreckte. Er bemerkte es, ließ sich aber davon nicht abhalten.

Er vergrub die Hände in ihrem Haar, um es zu lösen. »Warum ist Angst in deinen Augen, wenn da vorhin keine war?« fragte er.

»Ich hab keine Angst, Falon, es ist nur – du bist so leidenschaftlich, daß ich fürchte, du könntest die Beherrschung verlieren.«

Als er mit dem Öffnen des Kystrani-Haarbands, das ihr Haar zusammenhielt, nicht zurechtkam, mußte sie seine Hände wegschieben. Sie betätigte den Mechanismus, und ihr Haar floß über ihren Rücken. Er zog eine Strähne über ihre Schulter nach vorn und nahm sie in seine Hände.

»Ich hatte mir nicht vorgestellt«, sagte er wie zu sich selber, als er das Haar an seine Wange hielt, »daß auch dies wunderbar sein würde. Gold hat hier einen so geringen Wert, und doch wird es an dir zu einem kostbaren Schatz.«

Es gefiel Shanelle, daß er das sagte, aber ihr Selbsterhaltungstrieb wurde geweckt, als er sie allmählich an den Haaren zu sich herzog. »Du wirst dich doch beherrschen, ja?«

»Würde es dich beruhigen zu erfahren, daß ich noch nie die Beherrschung verloren habe?«

»Es wäre beruhigend für mich zu wissen, daß diesmal nicht die Gelegenheit ist, bei der es dir zum ersten Mal passiert.«

»Das kann ich nicht beschwören, Frau, ich habe noch nie so empfunden.«

»Wie denn?«

Seine Finger glitten tastend über ihr Gesicht, um zu spüren, wie es sich anfühlte. Sie waren nicht grob, aber auch nicht besonders zart. »Ich habe es schon auf den ersten Blick gewußt: Ich will, daß du mir gehörst.«

Sie war nicht sicher, ob sie ihn verstanden hatte. »Aber du kannst mich doch haben.«

»Ja, jetzt. Und ich bin dankbar, als ich sagen kann, dafür, daß du dich mir hingibst. Aber ich weiß, daß es nur für kurze Zeit sein wird.« Er nahm ihr Gesicht in seine Hände und brachte es näher an seins. »Verstehst du, daß ich das Recht haben will, über dich zu bestimmen? Ich möchte, daß du unter meinem Schutz stehst, nicht unter dem eines anderen. Daß ich keine der mir bekannten Möglichkeiten habe, dich für mich zu gewinnen, ist mir unerträglich.«

Seine Heftigkeit ängstigte und erregte sie zugleich. Dabei wuchs ihr Unbehagen, denn er hörte sich zunehmend so an wie ein Krieger. Sie fragte statt dessen: »Ist das das einzige Problem?«

»Nein«, sagte er ernst, »schon als ich dich zum ersten Mal sah, wollte ich mit dir zusammenkommen, so überwältigend war meine Reaktion auf dich, und sie ist nicht schwächer geworden, *Kerima*, sondern nur noch stärker. Ich kann dir deshalb leider nicht die zärtliche Aufmerksamkeit zuwenden, die ich mir für dich wünsche, aber du sollst keine Angst haben, ich könnte dir weh tun. Ehe das geschähe, würde ich dich lieber verlassen, und ich kann dich jetzt nicht verlassen.«

Ihre Bedenken waren damit nicht ausgeräumt. Gut, ein Mann von normaler Größe konnte sich hinreißen lassen, aber eine andere Sache war es, wenn Falon, der jedes Normalmaß sprengte, so was passierte. Natürlich konnte sich die »zärtliche Aufmerksamkeit«, von der er gesprochen hatte, eher darauf beziehen, daß er gerne mehr Zeit gehabt hätte, um ihr Lust zu bereiten, als darauf, wie er mit ihr umzugehen gedachte. Und was mochte er andererseits wohl unter »weh tun« verstehen? Halbtot liegenlassen, oder was?

Das gab den Ausschlag. Sollte ihre Libido bei seinem Anblick ruhig Bocksprünge machen – und ehrlich gesagt, machte es sie an, daß sein Verlangen nach ihr so stark war –, so müßte sie jedoch wahnsinnig sein, solch ein Risiko einzugehen. Vor allem, nachdem er zugegeben hatte, daß er nicht sicher sei, nicht doch die Beherrschung zu verlieren, und daß er nicht so zartfühlend mit ihr umgehen könne, wie er es sich wünsche. Das stand in krassem Widerspruch zu der Versicherung, er würde ihr nicht weh tun. Und im übrigen paßte es ihr nicht, daß er eindeutig so verdammt kriegermäßig wirkte.

Sie hätte niemals mitkommen sollen, soweit hätte es nicht kommen dürfen. Was sollte sie jetzt machen? Natürlich abhauen, aber möglichst ohne Streit. Und sie glaubte sowieso nicht, daß er sie einfach gehen ließe. Also mußte sie ihn irgendwie austricksen, vielleicht dazu bringen, daß er die Augen zumachte, und in der Zwischenzeit rausschleichen und verschwunden sein, bevor er merkte, daß sie gegangen war.

Und dann fiel ihr ein, daß sie ihre Angst, von der er ja wußte, gut einsetzen konnte. »Ach, Falon, ich glaub, wir sollten ein bißchen warten, nur, bis du etwas ruhiger geworden bist.«

»Ist das ein Scherz?« stöhnte er.

»Schon gut, dann also nicht. Mach deine Augen zu und laß mich einen Augenblick los. Ich will mich selbst ausziehen, damit du mit mir deinen groben Händen nicht die Kleider zerreißt. Wenn ich fertig bin, darfst du aber nicht gleich gucken. Das kann erregend wirken, und ich will nicht, daß du noch leidenschaftlicher wirst, sonst überleb' ich das hier nicht.«

»Glaubst du immer noch, ich könnte dich verletzen?«

»Sicher nicht mit Absicht.«

»Ich will nicht, daß du Angst vor mir hast, Frau.«

Er sagte es so streng, daß sie aus Nervosität beinahe gekichert hätte.

»Dann laß es uns so versuchen, wie ich es mag, ja? Mach schon mal die Augen zu.«

Er tat es und ging zurück in die Hocke, aber sein Gesichtsausdruck war ein Bild gekränkter Ungeduld.

»Ich hätte dir viel lieber die Kleider zerrissen...«

»Das steht nicht zur Debatte.«

»Also, dann beeilst du dich lieber, Frau.«

Das war der beste Rat, den sie je bekommen hatte, und sie fing sofort an, sich rückwärts von ihm wegzubewegen. Aber sie war erst ein paar Meter weit gekommen, als sein Kommando sie aufhielt.

»Sprich mit mir, Frau. Lenk mich ab, sonst male ich mir aus, was du tust.«

Verdammt noch mal. Aber Ablenkung war keine schlechte Idee; falls sie beim Rausschleichen erwischt wurde, war es sicher besser, wenn sie sich herausreden konnte. Außerdem könnte sie vielleicht auch seine in Aufruhr geratenen Gefühle dadurch dämpfen, und er wäre dann ganz vernünftig.

»Mach ich«, sagte sie. »Aber deine Augen müssen geschlossen bleiben.«

»Müssen? Ich halte nichts davon, daß du immer Befehle gibst, Frau.«

Sie kümmerte sich nicht um sein Gebrummel, weil er trotzdem immer noch gehorchte. Sie nahm an, daß er nur der Form halber protestierte.

Um ihn zu besänftigen, sagte sie: »Ich würde mir nicht erlauben, dir Befehle zu geben, Falon. Vorschläge sind eher mein Stil.« Vor allem bei Männern von seiner Größe, dachte sie in einer Mischung aus Furcht und Belustigung. Sie machte wieder einen Schritt rückwärts und sprach mit etwas lauterer Stimme, damit er es nicht merkte. »Wir sollten mal über Namen sprechen und darüber, warum du meinen nicht ein einziges Mal genannt hast. Du hast doch vorhin gehört, wie ich heiße, oder nicht?«

»Ich habe ihn gehört«, schnaufte er, »aber er klingt nicht fraulich.«

Der nächste Schritt führte sie von den Fellen weg. »Das stimmt; deshalb mag meine Mutter ihn, aber mein Vater benutzt ihn nicht. Meine Freunde nennen mich so, aber du – ich glaube, du kannst mich nennen, wie du möchtest.«

»Ich will dich mein nennen.«

Er sagte es schlicht, aber mit Gefühl, und die Worte trafen sie in ihrem Innersten. Sie wollte, er würde sie so nennen können, bevor sie kalte Füße bekam. Wie, wenn er ihr nicht weh tun würde? Wie, wenn sie sich zu sehr von ihren Ängsten beherrschen ließ und deshalb das Beste, was ihr je im Leben begegnen konnte, verpaßte?

Verdammt nochmal, jetzt war sie schon wieder soweit, daß seine Anziehungskraft sie für die Tatsachen blind machte.

Dieser Mann konnte sie mit seinen bloßen Händen zerquetschen, und leider waren seine Gefühle eben verdammt viel zu heftig. Das war bei ihm ganz anders als bei einem Krieger.

»Du bist wohl ziemlich tyrannisch was?« Sie wagte zwei weitere Schritte. »Das ist so ein altmodischer Charakterzug auf den meisten Welten. Wie hieß doch gleich der Planet, von dem du gekommen bist?«

»Das habe ich nicht erzählt. Ist es wichtig, woher ich komme?«

»Nein.« Sie schnappte nach Luft vor Schreck, denn er hatte, während er die Frage stellte, nach ihr gegriffen. »Solange du nicht von hier bist.«

Sie drehte sich um und wollte wegrennen, aber da schrie sie schon auf, denn er hatte sie an den Haaren gepackt, bevor sie auch nur den Durchgang zum vorderen Teil des Zelts erreichen konnte.

»Wo willst du denn hin, Frau?«

Seine Stimme klang nicht ärgerlich, und sie wußte ja, daß es vielleicht besser war, ihn zu überreden, um hier wegzukommen. Aber das Herz schlug ihr bis zum Hals. Sterne, wie sie Auseinandersetzungen haßte!

»Ich – ich habe meine Meinung geändert, Falon.«

Statt einer Antwort hob er sie hoch und trug sie wieder zu dem Lager aus Fellen zurück. Shanelles Angst verwandelte sich in schiere Panik.

»Hast du denn nicht gehört, was ich gesagt hab?« schrie sie.

»Doch«, sagte er, als er sie hinuntergleiten ließ und sich halb über sie legte, »aber ich habe meine Meinung nicht geändert, also ändere deine lieber noch mal. Du wolltest mich haben. Du hast mich ausgesucht, Frau.«

»Das war, bevor du dich so verdammt kriegermäßig aufgeführt hast. Aber als es drauf ankam, da war nichts mehr damit, nicht wahr?« beschuldigte sie ihn. »Du konntest dir keinen Zwang antun. Aber für so viel Leidenschaft bist du einfach zu groß und zu kräftig!«

»Und davor hast du Angst?«

»Jetzt mal Spaß beiseite. Ich reagiere nicht normal auf Schmerzen. Ich werd hysterisch. Und jetzt laß mich aufstehen, Falon Van'yer.«

Er wiegte bedächtig seinen Kopf hin und her. »Es tut mir leid, daß du dich fürchtest, *Kerima,* aber ich habe dir gesagt, daß ich dir nicht weh tun will. Laß mich es dir beweisen.«

»Warte!« mehr konnte sie nicht sagen, denn er war schon dabei herauszufinden, wie praktisch die Kystrani-Kleidung war. Ideal zum schnellen und bequemen Ausziehen. Auf einen Verschluß drücken, an einem Band ziehen, und schon fiel sie von einem ab. Aber so schnell wie unter Falons Händen war sie noch nie vorher aus den Kleidern gekommen. Mit einer Hand hielt er ihr den Mund zu, um ungestört das Entzücken zu genießen, als er mit der anderen die Form ihrer Brüste erkundete, und wie sie auf seine Berührung reagierten. Sie konnte ihn an nichts mehr hindern. Und dann auf einmal... war sie sich gar nicht mehr so sicher, daß sie es überhaupt wollte.

Er tat ihr wirklich nicht weh. Die ganze Heftigkeit seiner Leidenschaft lag in seinem Kuß, der all die überwältigenden Gefühle wieder aufrührte, die sie ganz zu Anfang der Begegnung durchschauert hatten. War es doch falsch gewesen, ihre Feigheit die Oberhand gewinnen zu lassen? Der Mann lieferte den Beweis dafür, daß es auf das Tun ankam, und was er tat, beschwichtigte ihre Angst und ließ sie das, was mit ihr geschah, voller Lust genießen.

In kürzerer Zeit, als sie es für möglich gehalten hätte, wurde ihr Verlangen wieder lebendig, und sie wollte ihn wieder, sie wollte ihn wirklich. Auch die Hoffnung, den Mann gefunden zu haben, den sie als Lebensgefährten akzeptieren konnte, kam wieder. Ihre Angst war nicht völlig verschwunden, aber sie trat zurück hinter ihrer ersten Erfahrung mit der hinreißenden Leidenschaft, die sie überflutete, als Falon ihren Körper erforschte.

Sterne, er brachte sie tatsächlich zum Stöhnen, aber bald nicht mehr nur vor Genuß, sondern auch vor Schmerz. Der Mann hatte einfach zuviel Kraft in seinen Händen, und er wollte sie doch überall berühren. Trotzdem blieb da noch die Lust, die sie unvermindert überschwemmte. Er entdeckte an ihrem Körper Stellen, von denen sie nicht gewußt hatte, daß sie so sinnlich auf Berührung ansprachen. Sein Mund genoß und biß und erregte eine pulsierende Wärme in ihr, die ihren ganzen Körper durchdrang. Und sie wollte mehr davon.

Es blieb in ihr keine Verlegenheit, keine Zurückhaltung, die sie ungeschickt oder schüchtern gemacht hätte. Sie war offen für ihn und seine Initiative; ein Körper, der sich willenlos dem ersten Ansturm der Leidenschaft hingab, eine Marionette in seinen Händen. Und selbst wen er sie hier und da rauh anfaßte, so daß dicht unter der Oberfläche wieder die Angst lauerte, konnte sie es verstehen. Denn sie selbst hatte das Bedürfnis, sich fest an ihn zu pressen und den inneren Aufruhr, der in ihr tobte, dadurch zu beschwichtigen, daß sie ihn noch fester an sich drückte und sogar biß. Ihr Verlangen war so stark, daß sie nicht umhin konnte, ihn schließlich zu bitten, sie zu nehmen.

Sicher es war falsch, ihn wissen zu lassen, wie sehr sie

nach ihrer Vereinigung verlangte. Denn dieses Bewußtsein verursachte bei Falon eine Reaktion, die sie zu vermeiden gehofft hatte. Sein Atem ging heftiger, und seine Hände wurden grob. Ihre Befürchtungen bewahrheiteten sich. Er verlor die Selbstbeherrschung. Nun fühlte sie in seinen Armen mehr Schmerz als Lust, als er sie unter sich bettete. Ihre Rippen schienen zu brechen, es benahm ihr den Atem, und der Schrei, den sie ausstieß, als er in sie eindrang, wurde von seinem Mund erstickt. Dann verlor sie glücklicherweise das Bewußtsein.

# 8

Als Shanelle aus ihrer Bewußtlosigkeit auftauchte und die Augen öffnete, wünschte sie, sie hätte es lieber nicht getan. Denn es war alles Wirklichkeit – Falon und diese Schmerzen. Und sie hatte es noch nicht hinter sich. Sie lag immer noch nackt in seinem Zelt. Aber wenigstens erdrückte er sie nicht mehr mit seinem Gewicht oder verursachte ihr diesen durchdringenden Schmerz mit seinem...

Er lag, seitlich auf den Ellenbogen gestützt, neben ihr und beobachtete sie aufmerksam. Er berührte sie nicht. Wenn er es täte, würde sie wahrscheinlich sofort schreien.

O Sterne, wie konnte sie nur so dumm gewesen sein, sich einem Mann hinzugeben, den sie überhaupt nicht kannte? Daß ihr Körper nach ihm verlangte, war keine Entschuldigung. Er hatte seiner Leidenschaft freien Lauf gelassen, sie in seinen Armen erdrückt und ihr Schmerzen zugefügt. Sie fühlte sich wie zerschlagen, und es wäre kein Wunder, wenn er ihr etwas gebrochen hätte. Vielleicht hatte er sie sogar innerlich verletzt. Der Schmerz war so scharf gewesen, daß sie in Ohnmacht fiel, um ihn nicht ertragen zu müssen. Wenn sie nur daran dachte, daß ihre Hoffnung, er sei der richtige Mann für sie, noch einmal so hell aufgeflammt war! Nun schien ihre Enttäuschung fast so schmerzlich wie das übrige. Sie wußte, daß ein Krieger sie nie in dieser Weise verletzt hätte. Allein schon wegen seiner Körpergröße ging er mit einer Frau immer behutsam um. Nur war Falon eben kein Krieger, und genau dessen Selbstbeherrschung fehlte ihm. Er hatte behauptet, sie zu haben, aber das Gegenteil davon bewiesen. Also kam er, egal wie stark seine Anziehungskraft auch auf sie wirkte, für eine dauerhafte Beziehung nicht in Frage. Aber, ach ihr Sterne, wie schade das war!

Sie mußte hier raus, und zwar schnell, bevor sie aus Enttäuschung zu weinen anfing. Anfangs war sie seiner doch so sicher gewesen, und dann später auch wieder, sicher genug, um sich ihm hinzugeben und das Kennenlernen auf später zu verschieben. Wie sollte sie je im Leben noch einmal einen Mann finden, für den sie so stark empfinden könnte? Und in der kurzen Zeit, die ihr noch blieb, bis sich ihr Vater für einen Bewerber entscheiden würde? Selbst wenn sie es schaffte, einen zu finden, hätte sie dann nicht viel zuviel Angst auszuprobieren, ob er auch zu ihr paßte? Auf ihren Instinkt konnte sie sich ja wohl nicht mehr verlassen.

Mit diesen deprimierenden Gedanken versuchte sie aufzustehen und mußte schon bei der ersten Bewegung stöhnen. Eine breite Hand legte sich auf ihren Oberkörper und drückte sie herunter, bis sie wieder flach auf dem Rücken lag. »Du bleibst liegen, bis die Blutung aufhört.«

Sie wurde blaß. »Blutung?«

»Sicherlich normal für eine Frau beim ersten Mal, aber diese ist etwas zu stark. Du hättest es mir sagen sollen.«

Warum mußte sie rot werden? »Ich versteh nicht, was das für einen Unterschied macht.«

»Ich bin kein wildes Tier«, sagte er vorwurfsvoll.

Darüber konnte man anderer Meinung sein, aber Shanelle sagte nur: »Ich muß gehen.«

Sie versuchte noch einmal aufzustehen, und wieder kam die Hand, die sie zurückhielt und dann auf ihrer Brust liegen blieb.

»Wir werden zuerst miteinander reden«, sagte er.

Sie legte nun ihrerseits einen vorwurfsvollen Ton in ihre Stimme. »Wir hätten *vorher* ein bißchen mehr miteinander reden sollen. Jetzt gibt's nichts mehr zu sagen.«

»Da ist vieles zu besprechen, und du fängst damit an und erzählst mir, warum du mich mit dem Geschenk deiner Jungfräulichkeit bedacht hast.«

Sie war immer noch feuerrot. »Es ist keine große Sache, da, wo ich herkomme.«

Das war nur halb gelogen, denn sie war gerade aus Kystran gekommen, wo Jungfräulichkeit eher als lästige Unbequemlichkeit galt. Meistens wurde sie schmerzlos in einem Meditech beseitigt, bevor eine Frau ihre erste sexuelle Begegnung hatte. Auf Sha-Ka'an sah es anders aus. Hier besaß

Jungfräulichkeit einen hohen Wert, und man erwartete, daß sie dem Lebensgefährten zum Geschenk gemacht wurde.

Das wußte Shanelle, aber sie war schließlich nur zur Hälfte Sha-Ka'ani. Sie hatte gehofft, daß sie ihren Lebensgefährten damit beschenken würde, und nur aus diesem Grund daran festgehalten. Aber sie war auch nicht niedergeschmettert, weil es anders kam. Sie hatte zuviel von der Gelassenheit ihrer Mutter, um sich über die zerrissene Membran, die die starke Blutung verursachte, aufzuregen.

»Ich muß jetzt gehen«, wiederholte sie bestimmt.

»Versuch's nur mal.«

Die Hand auf ihrer Brust bedeutete: *Gib dir keine Mühe.*

»Du kannst mich nicht hier festhalten, Falon.«

»Ich kann es, und ich werde es tun«, stellte er sachlich fest. »Bis deine Angst vergeht und du weißt...«

»Ich hab keine Angst vor dir«, beharrte sie.

»Das ist die Unwahrheit, Frau. Du zitterst unter meiner Hand.«

Shanelle schloß die Augen. Sie versuchte, sich zu entspannen. Wenn es bloß das verdammte Zittern war, dann wollte sie es mit ihrer Willenskraft wegkriegen. Aber die Hand, die auf ihrem Oberkörper lag, störte sie, und sie hatte jetzt wirklich Angst.

»Laß mich dir beweisen, daß du keinen Grund hast, mich zu fürchten«, redete er weiter, »ich werde mich nicht noch einmal schlecht benehmen, das schwöre ich dir.«

Sie musterte ihn mißtrauisch. »Was sagst du da?«

»Wir müssen noch einmal zusammenkommen.«

»Auf... gar keinen Fall!«

Die Panik gab ihr Kraft genug, seine Hand wegzuschieben und sich von ihm fortzubewegen. Aber mit seinem langen Arm konnte er sie bequem erreichen und wieder zu sich heranziehen. Und nun hielt er sie fest an sich gepreßt, gegen diesen harten Körper, der ihr so weh getan hatte, und es gelang ihr nicht, sich zu befreien.

»Nein, bitte, Falon, ich kann nicht. Nicht noch einmal!«

»Sch, *Kerima.* Es muß sein. Aber nicht jetzt. Deine Angst nimmt dir die Kraft.«

Seine Hände streichelten tröstend ihren Rücken. Sein Herzschlag, den sie an ihrer Wange spürte, war regelmäßig. Sie gab den Versuch auf, ihn wegzuschieben. Sie brauchte seinen Trost. Lieber hätte sie ihn von jemand anders bekommen, aber nötig hatte sie ihn.

Es verging einige Zeit, bis sie wieder aufzustehen versuchte. »Falon, ich bin wieder in Ordnung. Und ich muß wirklich weg. Meine Freunde machen sich Sorgen, wenn ich nicht bald auftauche.«

»Du kannst gehen, wenn du versprichst, diesen Mondaufgang zurückzukommen«, sagte er.

»Diese Nacht kann ich nicht. Ich hab schon eine andere...«

»Dann zum neuen Aufgang.«

»Einverstanden«, meinte sie; sie zwang sich, irgend etwas zu sagen, um wegzukommen.

Das war die erlösende Antwort. Er öffnete die Arme und gab sie frei. Aber sobald sie die ersten Schritte machte, kam der Schmerz wieder und erinnerte sie daran, daß sie sich vorsichtig bewegen mußte. Sie hatte gerade ihre Kleider aufgenommen, als Falon sagte: »Ich glaube, du hast nicht vor, Wort zu halten, Frau.«

Ein unter Druck gegebenes Versprechen? Natürlich wollte sie es nicht halten, aber sie wünschte, er hätte es nicht erraten. Verdammt noch mal. Konnte er damit nicht warten, bis sie wieder in den Kleidern war? Dann hätte sie einfach die Beine in die Hand genommen.

Sie wollte nicht darauf antworten, aber das ermutigte ihn zu sagen: »Wenn du nicht zu mir kommst, dann muß ich zu dir kommen. Du kannst dich darauf verlassen.«

Sie drehte sich nach ihm um und schaute ihn an, während Angst sich in ihre Rachegedanken mischte. »Wieso, du hast doch gewußt, daß es nur eine vorübergehende Sache war. Du hast es genau gewußt, sonst hättest du dich nicht darüber beklagt. Es ist zwecklos...«

Ihre Worte verloren sich im Raum. Was sie schließlich durch ihre panische Verwirrung hindurch sah, war der Mann, der dort nackt und völlig entspannt lag und immer noch eine so starke Anziehungskraft auf sie ausübte, daß es ihr den Atem nahm. Sie mußte ihn einfach anstarren – bis es ihr plötzlich bewußt wurde und sie eine scharfe Kehrtwendung machte, wobei sie sich den Schmerz verbiß, den die schnelle Bewegung verursachte.

Gut. Sie brauchte den Schmerz anscheinend, um sich daran zu erinnern, daß er für sie nicht in Frage kam. Aber es schockierte sie, daß sie diese Erinnerung nötig hatte. Es war einfach nicht normal, daß sie ihn nach allem, was sie mit ihm durchgemacht hatte, immer noch so begehrenswert fand. Geradezu gefährlich, fand sie. Der einzige Weg, diese Gefahr zu vermeiden, war, sofort abzuhauen und ihm nie wieder über den Weg zu laufen.

In Rekordgeschwindigkeit war sie wieder in Rock und Bluse, obwohl ihr alles weh tat.

Sie bückte sich gerade nach ihrem Gürtel, als er sie von hinten packte und aufrichtete, um sie gegen seine steinharte Brust zu pressen. Sie konnte nicht weg. Seine Hände hielten ihre Oberarme fest umschlossen, aber es tat nicht weh.

»Ich weiß, daß ich nicht über dich bestimmen kann, aber du mußt verstehen, daß ich das, was ich dir angetan habe und was unverzeihlich ist, wiedergutmachen will. Ich habe dir Angst gemacht vor dem Zusammensein mit einem Mann. Die hast du vorher nicht gehabt, und die muß ich dir wieder nehmen. Du hast mir ein unbezahlbares Geschenk gemacht, und das kann ich nicht damit vergelten, daß ich dich mit deiner Angst allein lasse.«

Seine Stimme, deren Hauch sie an ihrem Ohr spürte, war sanft, aber es schwang eine Entschlossenheit darin mit, die sie noch mehr verängstigte. Mit Ausflüchten war es bei einem Mann wie ihm nicht getan. Man mußte deutlich werden.

»Das tust du auch nicht. Ich hab keine Angst davor, mit einem Mann zusammenzusein«, meinte sie und hoffte, es sei wahr. »Du bist es, vor dem ich mich fürchte. Du bist zu grob für meinen Geschmack, und damit meine ich nicht nur das, was zuletzt passiert ist, sondern das Ganze. Ich hab nicht alles gespürt, weil mich so ungewohnte Gefühle überwältigt haben, aber ich werd's spätestens dann merken, wenn man die blauen Flecken sehen kann.«

»Ich habe geschworen...«

»Ist mir egal«, unterbrach sie ihn und drehte sich um, damit sie ihm direkt ins Gesicht sehen und dadurch ihrer Antwort mehr Gewicht geben konnte. Er ließ es zu, aber seine Hände wechselten nur den Griff an ihren Armen. Das ärgerte sie so, daß sie hinzusetzte: »Du hast die Beherrschung verloren, verdammt noch mal. Das kann jederzeit wieder vorkommen, ob du willst oder nicht.«

Sein Gesicht verfinsterte sich sichtlich. Das hörte er wirklich nicht gern, und sie merkte zu spät, daß sie ihn mit ihrem Fluchen höchstwahrscheinlich beleidigt hatte. Solche Dinge nahmen die Männer manchmal sehr ernst. Aber sein Griff wurde nicht schmerzhaft. Sie wollte auf keinen Fall erleben, wie er sein würde, wen er sich ärgerte, aber das tat er jetzt nicht.

»Einer Frau muß man manches mehrmals zeigen, damit sie weiß, daß es so ist«, meinte er, bevor er sie wieder enger an sich zog.

Und dann fing er wieder an, sie zu küssen. Das hatte sie nicht erwartet, und sie war auch nicht darauf vorbereitet, daß sein Geruch ihr in den Kopf steigen würde und er sie so behutsam in den Armen halten würde. Und der kleine Funke von Begehren wurde wieder angefacht und flackerte auf... Sie stampfte ihn in Gedanken sofort in Grund und Boden und wand sich aus seinen Armen.

»Das ist nicht der Teil, der dir außer Kontrolle geraten ist, Falon. Schau, ich verstehe, daß du's gut mit mir meinst, und weiß es auch zu schätzen, wirklich, aber da ist nichts mehr zu flicken oder zu beweisen. Ich hab dich gewollt, sonst wär ich nicht hier, und ich hoffte, es könnte etwas Dau...« Entsetzt brach sie ab, weil sie sich um ein Haar verraten hätte. Und das, nachdem er davon gesprochen hatte, wie unglücklich es ihn machte, daß er sie nicht auf Dauer haben konnte. Wenn er wüßte, daß er nichts anderes zu tun brauchte, als ihren Vater zu überzeugen, anstatt sie selber... »Aber ich will dich nicht mehr«, fuhr sie schnell fort. »So einfach ist das. Es gibt kein zweites Mal.«

»Ist das dein letztes Wort?«

Würde er doch vielleicht Vernunft annehmen? fragte sie sich. »Ja.«

»Dann sollst du meins hören. Du bleibst trotzdem bis zum nächsten Aufgang hier.«

Sie starrte ihn wortlos an, während sie im Kopf die Folgen überschlug, die diese Bemerkung für sie haben könnte. Dann heulte sie auf: »Du hast ja überhaupt nicht zu gehört!«

»Doch, das habe ich, und was ich höre, ist deine Angst. Du bist diejenige, die nicht zuhört.«

»Wenn du mich noch einmal anfaßt, Falon Van'yer, dann schrei ich mir die Kehle aus dem Hals. Und im nächsten Moment stehen hier alle Krieger, die im Park versammelt sind.«

Aber sie tat nichts dergleichen. Dieser verbohrte Mensch sollte ja nicht unbedingt sterben müssen, nur damit sie gehen konnte. Aber er kam einfach nicht zur Vernunft. Nicht das kleinste bißchen. Er war nicht mal logisch. Er mußte doch wissen, daß er es sich nicht erlauben durfte, sie auch nur für kurze Zeit gegen ihren Willen festzuhalten. Hatte er vergessen, wo er war und welche Gesetze hier galten?

Seine nächsten Worte gaben Antwort auf diese Frage und zeigten, daß es ihm gleichgültig war. »Sollte es notwendig sein, um dich zu kämpfen, Frau, dann will ich es tun.«

Das versetzte sie in Weißglut. »Na, das ist ja das letzte! Kannst du dich nicht ein einziges Mal zivilisiert benehmen? Ausnahmsweise würd ich mir fast wünschen, du wärst ein Krieger, obwohl das die letzte Sorte Mann ist, die ich haben möchte. Aber wenigstens streiten die sich nur um Frauen, wenn's drum geht, sie zu beschützen und... wieso, zum Teufel, mußt du jetzt grinsen?«

»Du hast Temperament.«

Sie starrte ihn wieder nur an. Ihr Temperament amüsierte ihn also. Gab es denn keinen Weg, diesen Mann zu fassen zu kriegen, nicht mal, wenn man wütend wurde?

Shanelle holte tief Luft und versuchte, sachlich zu bleiben. »Du hast dein Vergnügen gehabt, Falon. Warum können wir's nicht dabei belassen?«

»Denkst du, daß ich mir mit deinem bewußtlosen Körper Lust verschafft hätte?«

»Na, hast du das vielleicht nicht?«

»Nein.«

Jetzt hörte er sich so an, als sei er verletzt. Shanelle war entsetzt über seine Antwort. Sie hatte gedacht, er hätte seine Leidenschaft an ihrem Körper ausgetobt. Den Schmerzen nach hätte es so sein können. Er hatte sie also mit seiner Ruhe getäuscht, und darunter lauerte immer noch diese heiße Sinnlichkeit, die nur drauf wartete, mit ihr zum Ziel zu kommen.

»Also schön, dann ist es eben für beide Seiten eine Katastrophe gewesen«, sagte sie und hörte ihrer Stimme wieder die Angst an, aber sie konnte nichts dagegen machten. »Es tut mir leid, Falon, aber ich will das nicht noch mal erleben, nicht mit dir.«

Er störte sich nicht daran. Er warf nur ein: »Du hast zugegeben, daß du mich wolltest. Wenn deine Angst weg ist, willst du mich wieder. Dann werden wir dein erstes Zusammensein mit einem Mann ordentlich zu Ende bringen.«

»Nein, das... werden... werde ich auf keinen Fall. Wenn das noch nicht deutlich genug ist, dann sag ich dir, daß ich mich schlicht und einfach weigere, mit dir noch ein einziges Mal zusammenzukommen, und meine Meinung dazu steht fest. Mir reicht's. Ich hab keine Lust mehr, dir gut zuzureden. Meine Freunde warten auf mich. Ich gehe jetzt.«

»Versuch's nur mal.«

Er sagte es so ruhig, als wisse er nicht, welche Lawine von Unannehmlichkeiten ihn überrollen würde, wenn sie nicht vor Anbruch der Nacht wieder bei ihren Eltern wäre. Ihre Mutter brauchte nur ihr Verbindungsgerät zum Computer zu nehmen und Martha zu fragen, wo sie sei. Martha... Sterne, wie konnte sie Martha nur vergessen haben?

Shanelle beugte sich hinunter und schnappte sich den Gürtel mit dem Verbindungsgerät, bevor Falon sie daran hindern konnte. Dann schaltete sie auf Sprechbetrieb. »Martha hilf mir!«

Eine etwas verzerrte Stimme antwortete: »Jetzt kannst du mich wohl gut gebrauchen, was?«

»Hör auf zu schmollen, das kannst du mir später unter die Nase reiben. Mach was, aber sofort!«

Beim letzten Wort duckte Shanelle sich unter Falons Hand weg. Sie hatte kystrani gesprochen, aber möglicherweise verstand er es. Wie auch immer, er hatte Marthas Stimme gehört und war nicht gerade glücklich darüber. Martha jedenfalls hatte ihren Spaß; man konnte sie glucksen hören.

»Krieger sind anscheinend nicht die einzigen Dickschädel hier«, stellte sie mit behaglicher Genugtuung fest. Sie sprach sha-ka'ani, denn Falon sollte verstehen, was sie sagte.

»Mach ihn ja nicht wütend!« fuhr Shanelle sie an.

»Aber Männer sind so komisch, wenn...«

»Martha, bitte!« Shanelle hatte immer noch zu tun, Falons Hände auszuweichen.

»Schon gut«, sagte Martha widerwillig. »Passen Sie mal auf, Mr. Van'yer, ich bin ein Simul-II-Computer. Sie haben vielleicht noch nichts von mir gehört...«

»Ich kenne Computer.« Falon knurrte beinahe.

Martha antwortete mit der perfekten Nachahmung eines Seufzers: »Und ich hab gedacht, ich könnte hier mal ein bißchen angeben.«

»Mach das Ding aus, Frau«, befahl er Shanelle.

Sie schüttelte den Kopf. Sie wußte, daß er sich ärgerte, weil Martha dazugestoßen war, aber sie hatte keine Ahnung, ob er verstand, was ein Simul-II-Computer zu leisten imstande war, vor allem einer, der ein ganzes Raumschiff befehligte. Es tat ihr fast leid, daß er so enttäuscht wurde, aber nur fast.

»Marthas Stimme abzuschalten, bringt's nicht. Sie ist damit nicht weg, Falon. Sie ist die ganze Zeit bei mir gewesen, weil sie in einem Transportrover installiert ist, und sie kontrolliert alles, auch den Scanner und den Monitor. Das heißt, daß sie mich und was um mich herum vorgeht, hören kann. Dazu kann sie alle unsere Bewegungen verfolgen, auch wenn das Verbindungsgerät abgeschaltet ist.«

»Hat sie gehört...?«

»Alles, mein Großer«, schob Martha sich mit einem Glucksser dazwischen. »Und ich muß gestehen, es hat mich echt beeindruckt. Vor allem, weil man diese barbarische Herrschsucht sonst nur von Kriegern kennt. Sie sind nicht dazu gekommen zu erzählen, woher Sie stammen, aber ich möchte tatsächlich wissen, von welchem Planeten Sie sind, weil ich so eine Ahnung hab, daß es entweder dieser hier ist oder Sha-Ka'ar.«

Es schien Falon in keiner Weise peinlich zu sein, daß ihr Zusammensein vom Computer überwacht worden war, aber Shanelle hoffte, das Martha ihr dafür ein bißchen Privatheit gelassen hatte. Zumindest war sie nicht aus Falons Zelt transferiert worden, als sie das erste Mal weggehen wollte. Sie war rot geworden, aber nicht so verlegen, daß sie nicht mitkriegte, welchen Schluß Martha zog.

Es war ihr unverständlich, daß es ihr nicht selber eingefallen war, denn die Sha-Ka'ari hatten schon öfter ihren Mutterplaneten besucht. Tedra mochte es nicht, daß sie kamen, denn sie verachtete sie für das, was sie vor vielen Jahren ihrem eigenen Planeten angetan hatten. Sie beauftragte Martha dann immer, sie bis zu ihrer Abreise im Auge zu behalten. Aber jetzt, zu den Wettkämpfen, war Martha nicht dagewesen und hatte es nicht tun können. Wenn die Sha-Ka'ari-Krieger auch die Zwei-Meter-Zehn-Marke nicht erreichten, weil sie sich schon seit so vielen Jahren mit Sklaven, sei es von ihrem eigenen Planeten oder denen, die sie eroberten, vermischt hatten, waren sie immer noch außergewöhnlich groß und stark und manchmal eben auch schwarzhaarig und blauäugig.

Shanelle war entsetzt, weil sie wußte, daß ihre Mutter Anfälle bekäme, wenn sie mit einem Sha-Ka'ari-Krieger schliefe, ganz egal ob wissentlich oder nicht. Sie selbst war ziemlich dicht daran, auch welche zu kriegen, denn immerhin waren sie Sklavenhalter, und noch dazu von der schlimmsten Sorte. Zwar gab es auf diesem Planeten auch ein paar Länder, die gefangene Frauen zu Sklavinnen machten, aber das waren nur wenige und solche, die weit von Sha-Ka'an entfernt lagen. Die Frauen des Landes waren frei. Aber auf Sha-Ka'ar waren alle Frauen Sklavinnen.

Mit ihren hellen bernsteinfarbenen Augen funkelte Shanelle ihn vorwurfsvoll an. »Martha hat recht, nicht wahr, Falon? Du kommst von Sha-Ka'ar.«

»Frau, ich habe noch nie auch nur von dem Ort gehört«, antwortete er ziemlich verärgert.

Sie konnte einfach nicht mehr alles, was er erzählte, für bare Münze nehmen. »Martha, was sagt sein Körper?«

»Daß er nicht lügt. Aber ich versteh nicht, worüber *du* dich so aufregst. Das hättest du schließlich herausfinden müssen, bevor du dich mit ihm eingelassen hast.«

Shanelle war so erleichtert, daß sie nur mit einem Seufzer meinte: »Ich glaub, ich hab dich gebeten, die Vorlesung auf später zu verschieben.«

»Nicht jede Bitte…«

»Schon gut, Martha, laß uns das Nächstliegende im Auge behalten, nämlich, wie ich hier rauskomme.«

Auch Martha gelang ein Seufzen. »Wenn du unbedingt willst.« Und an Falons Adresse sagte sie: »Also, die Situation ist die, Mr. Van'yer, daß Shani vergessen hat, einige der interessanteren Techniken zu erwähnen, über die ich im Moment verfüge. Unser Raumschiff ist wie die meisten Transportrover mit Molekulartransfer ausgestattet. Ist Ihnen Transfer zufällig ein Begriff, oder brauchen Sie einen kleine Demonstration?«

Falon schwieg einen Augenblick, wahrscheinlich, weil Marthas Stimme so selbstgefällig klang. »Ich habe von Transfer gehört«, stieß er endlich zwischen den Zähnen hervor.

»Na gut, das spart uns Zeit«, säuselte Martha. »Dann werd ich Ihnen sogar mein Wir-wollen-fair-sein-Programm zeigen und Ihnen die Wahl lassen. In diesem Fall heißt das: Sie lassen Shani sofort hier raus, oder ich transferiere Sie sonstwohin. Und da es in meinem Ermessen steht, was ›sonstwohin‹ bedeutet, können Sie damit rechnen, daß Sie an die zweihundert Kilometer weit vom nächsten Telecom landen. Was darf's also sein?«

Shanelle nagte an ihrer Unterlippe, und Falon schaute zu ihr hin, während er versuchte, zu einer Entscheidung zu kommen. Aber da gab es nichts zu entscheiden. Marthas Wir-wollen-fair-sein-Programm war alles andere als fair. Shanelle würde darauf bestehen müssen, daß er nicht in irgendeiner gottverlassenen Gegend ausgesetzt wurde, wenn er auf stur schaltete und abwartete, ob Martha Ernst machte.

Aber das tat er nicht. Er hörte sich nicht einmal zornig an, als er in Marthas Richtung sagte: »Mir wäre lieber, sie bliebe hier, aber die Frau darf gehen.« Er sah aus, wie einer, der verloren hat, und immer noch schaute er Shanelle mit diesen schönen azurblauen Augen an.

Kein Wunder, daß sie einen Moment unschlüssig war. Kein Mann hatte sie so beeindruckt wie dieser. Sie machte sogar einen Schritt auf ihn zu, aber schon wurde sie von Martha in voller Lautstärke gewarnt.

»Halt, keinen Schritt weiter! Ich hab dich nicht aus dem Schlamassel geholt, damit du dich gleich wieder reinwirfst. Auch wenn er nicht so aussieht: Der Mann ist außer sich vor Wut, gerade jetzt. Komm ja nicht in seine Nähe!«

»Der Computer ist sehr scharfsinnig«, bemerkte Falon bitter.

»Nein, sie überwacht nur deine Gefühle«, antwortete Shanelle, als sie sich langsam zum Ausgang vorarbeitete. Aber die Formulierung »außer sich vor Wut« beschäftigte sie noch. »Sei bitte nicht zornig, Falon. Ich mußte Martha um Hilfe bitten. Du weißt, daß du kein Recht hast, mich festzuhalten.«

»Nur für kurze Zeit...«

»Ich weiß, bis zum nächsten Versuch. Aber ich hätte mich gewehrt, und du hättest mir noch mehr weh getan.«

»Nein!«

»Du verschwendest deine Zeit, Shani«, unterbrach Martha taktlos. »Er ist unbelehrbar.«

»Ich sag dir jetzt auf Wiedersehen, Martha«, fertigte Shanelle sie gereizt ab, »du hast doch nichts dagegen?«

»Doch, natürlich, aber du machst sowieso, was du willst. Stur wie deine Mutter.«

Shanelle blitzte das Gerät böse an, aber es blieb stumm. Als sie zu Falon hinüberschaute, lächelte er tatsächlich.

»Du hast dich also wieder in der Hand?« fragte sie erstaunt.

Er brauchte nicht zu fragen, was sie damit meinte. »Du wolltest den Beweis. Nun hast du ihn.«

»Aber eine Garantie gibt's nicht. Ich kann's nicht ändern,

Falon, aber ich will nichts mehr riskieren. Doch du sollst wissen, ich bedaure, daß es mit uns beiden nicht geklappt hat, und zwar mehr, als du denkst. Du warst... bist wirklich jemand.« Die ganze Zeit hatte sie es vermieden, aber jetzt betrachtete sie ihn ein letztes Mal und seufzte schließlich: »Ach, ihr Sterne. Mach's gut, Falon.«

»Shani?«

Sie wäre nicht stehengeblieben, wenn er sie nicht zum ersten Mal bei ihrem Namen genannt hätte. Aber sie drehte sich nicht nach ihm um. Sie wollte ihn nicht mehr sehen.

Doch das brauchte sie auch nicht, um sein Versprechen zu hören: »Eins sollst du wissen: Wenn es einen Weg gibt, dich für mich zu gewinnen, werde ich ihn finden... und dann schlage ich deinen Computer kaputt.«

Shanelle ging weiter auf den Ausgang zu und dankte den Sternen und dem Sha-Ka'ani-Gott Droda, daß der Mann nicht wußte, wer sie war.

# 9

»So was kann ich leiden!« Marthas Stimme überschlug sich. »Mich kaputtschlagen? *Mich!* Weiß denn der Idiot von einem Mann nicht, wie teuer ich bin?«

»Ich glaub, das ist ihm egal«, antwortete Shanelle geistesabwesend, als sie sich suchend nach Corth umsah und ihn nicht weit entfernt unter einem Baum sitzend fand. Sie machte ihm ein Zeichen, daß sie gehen wollte.

»Mich kaputtschlagen!« fuhr Martha im gleichen Tonfall fort. »Ich sollte ihn…«

»Laß ihn in Frieden, Martha. Aber da wir schon mal dabei sind, uns zu beklagen: Hast du eigentlich die ganze Zeit über, als ich im Zelt war, zugehört?«

»Na, sicher doch, Mädchen.«

»Und warum hast du dann nicht eher was unternommen? Mein Vater hat dir genaue Anweisungen gegeben, wenn ich mich recht erinnere.«

»Ja, aber dabei ging's vor allem um Probleme mit Kriegern. Du hast nicht geruht, dir einen Krieger auszugucken.«

»Aha«, sagte Shanelle pikiert, »das Kind bestrafen, weil's nicht auf die Lehrerin gehört hat.«

»Komm, sei nicht beleidigt, du bist ja heil geblieben.«

»Das ist noch sehr die Frage. Um der Sterne willen, ich bin immerhin ohnmächtig geworden! Aber nicht im Sinnentaumel!«

»Woher sollte ich wissen, daß es nicht vor Lust war? Zwischen beiden ist der Übergang fließend, weißt du. Und außerdem hätte es deinem Falon kaum gefallen, wenn du in einem so entscheidenden Moment unter ihm verschwunden wärst, obwohl es mich natürlich köstlich amüsiert hätte.«

»Ganz recht«, schnauzte Shanelle sie an. »Warum sollten wir das nicht furchtbar komisch finden?«

Martha gluckste. »Wenn du glaubst, ich wüßte nicht, was mit dir los ist, dann faß dich mal an deinen eigenen Kopf. Du bist nicht sauer auf mich, sondern du haderst mit dem Schicksal, das diesen einmalig tollen Mann so widerborstig gemacht hat, daß du nicht mit ihm fertig wirst. Aber du hättest mal aus meiner Sicht gucken sollen, wie's in ihm drin ausgesehen hat. Dem ist die Sicherung rausgeflogen wegen dir, Kindchen. Kurz bevor du ohnmächtig geworden bist, wär er um ein Haar in Flammen aufgegangen. Kann sein, daß er nur die Beherrschung verloren hat.«

»Kann sein, daß es noch mal dazu kommt.«

»Es liegt mir fern, dir einreden zu wollen, du solltest dich für einen Besucher entscheiden. Vielleicht machst du jetzt Ernst und schaust dir erst mal die Krieger näher an.«

»Heute bestimmt nicht mehr. Falls es dir noch nicht aufgefallen ist, ich komm mir vor, als sei ich unter eine Straßenbaumaschine geraten.«

»Ich kann dich zu einem Meditech transferieren, und dann bist du wieder wie neu.«

»Nein danke. Ich will mich noch eine Zeitlang dran erinnern, damit mir solche Fehler nicht noch mal unterkommen. Und außerdem darfst du den Transfer hier draußen gar nicht anwenden, außer, es liegt ein Notfall vor. Die Sha-Ka'ani mögen es nicht, wenn Leute aus ihrer Mitte verschwinden und wieder auftauchen. Das erinnert sie zu sehr daran, daß sie mal entdeckt worden sind.«

»Ich glaub nicht, daß sie heute Gelegenheit haben, dran zu zweifeln.«

Shanelle konnte nur wünschen, daß es nicht so war und daß sie einen gewissen Besucher nie beachtet hätte. Sie fürchtete, daß es ihr sehr schwerfallen würde, Falon Van'yer zu vergessen.

Falon war angezogen und hatte schon eine halbe Flasche Wein getrunken, als sein Bruder zu ihm stieß. Er war mit großen Schritten im Zelt auf und ab gegangen und blieb auch jetzt nicht stehen, weil Jadell gekommen war. Die Flasche hielt er in der Hand. Es war seine innere Erregung, die sich in diesem unruhigen Auf und Ab äußerte.

Jadell machte es sich bequem und sah seinen Bruder eine

Weile zu, ohne etwas zu sagen. Er war ein Jahr jünger als Falon, aber die Brüder sahen einander sehr ähnlich und waren gleich groß. Sie hatten auch beide die gleiche Haarfarbe, aber Jadells Augen waren von einem dunkleren Blau, und sein Gesicht hatte weichere Konturen und wirkte offener und ausdrucksvoller. Allerdings waren die beiden sehr unterschiedliche Persönlichkeiten. Falon mit seinen vielen Pflichten war der Ernstere, während Jadell unbefangener und fröhlicher wirkte.

Gerade eben amüsierte er sich. Er kannte seinen Bruder ziemlich gut, aber so hatte er ihn selten erlebt. Dafür konnte es nur zwei Gründe geben: entweder ihr unvorhergesehener Aufenthalt in dieser von Besuchermassen heimgesuchten Stadt oder die Frau. Jadell tippte auf die Frau, besonders nachdem er mitbekommen hatte, wie sein Bruder sich bei ihrem ersten Anblick benahm.

Noch nie vorher schien er von einer Frau so ausschließlich in Anspruch genommen, daß er für nichts anderes mehr Augen und Ohren hatte. Jadell machte keinen Versuch mehr, ihn anzusprechen, Falon hörte gar nicht hin. Und daß er schließlich auch noch in die Arena stieg, nur um einer Frau zu imponieren!

Das alles war im Grunde nichts Ungewöhnliches, nur tat Falon so etwas sonst eben nicht. Und er hatte es zuvor abgelehnt, sich an den Wettkämpfen zu beteiligen. Jadell, Tarren und Deamon beschlossen aus Spaß, sich mit den Sha-Ka'ani-Kriegern zu messen, da sie in der Stadt festsaßen und sonst nichts zu tun wußten. Falon allerdings verwarf die Idee, und das mit vollem Recht.

Denn seine Fähigkeiten hatte er, als er *Shodan* von Ka'al geworden war, eindeutig unter Beweis gestellt, als er alle Kampfansagen im Zusammenhang mit seiner Stellung annahm. An einem einzigen Tag besiegte er neun Gegner. Es waren die fähigsten Männer, die Ka'al aufbieten konnte. Und zwischen den Kämpfen hatte es keine Pause gegeben. Kein Wunder, daß während der folgenden vier Aufgänge, die die Zeit der Herausforderung noch dauerte, niemand mehr gegen ihn antrat.

Falon mußte sich wohl wegen seines unüberlegten Benehmens über sich selbst ärgern, nachdem seine Begierde abgeklungen war und er wieder normal denken konnte. Es mochte ihn auch nicht schlecht erschreckt haben, daß er wegen einer Besucherin den Kopf verloren hatte. Diese Frauen waren ehrlos und unmoralisch, einfach verachtenswert.

Gerade setzte Falon die Flasche wieder an den Mund, und jetzt war sie fast leer. Jadell glaubte, es sei nun an der Zeit, ihn wieder aus seiner Selbstverdammung herauszulocken.

Er kam direkt auf den Punkt, als er meinte: »Ich kann's verstehen, daß sie dir gefällt. Es ist für dich nicht so leicht, eine Frau zu ignorieren, die deine eigenen Farben trägt.«

Falon unterbrach seine Wanderung nicht, als er antwortete. »Sie hat die Farben eines *Shodan* getragen. Mit jedem anderen Umhang hätte ich sie behalten.«

»Behalten?« Jadell setzte sich auf; es erstaunte ihn, daß er das Problem so falsch eingeschätzt hatte. »Das ist doch nicht dein Ernst.«

Falon hielt inne, drehte sich um und sah seinem verwunderten Bruder direkt ins Gesicht. »Wieso nicht?«

Jetzt hörte für Jadell der Spaß auf. »Aber du haßt Besucher doch geradezu!« brach es aus ihm heraus. »Wir müssen im eigenen Hause mit den Folgen ihrer Treulosigkeit leben. Ich versteh sowieso nicht, weshalb du überhaupt hergekommen bist, um mit ihnen zu reden. Ich bin's, der in ihrer Schuld steht, nicht du.«

»Aber ich bin gebeten worden, nicht du. Der Mann hat dir immerhin das Leben gerettet, Jadell. Ich könnte ihm keine Bitte abschlagen.«

»Du hättest erst mal herausfinden sollen, worum es ging, bevor du das Anerbieten gemacht hast«, murrte Jadell.

»Richtig, aber nun ist es geschehen, und es tut mir nicht einmal mehr leid. Wenn wir nicht auf seine Bitte hin hierhergekommen wären, hätte ich diese Frau nie getroffen.«

»Nun hast du sie ja getroffen und gehabt, was…«

»Ich habe sie nicht gehabt – jedenfalls nicht vollständig.«

Jadell grinste. »Jetzt kann ich deinen Ärger verstehen,

wenn auch nicht, warum es so verlaufen ist. Es sah doch so aus, als sei sie recht bereitwillig mitgekommen. Warum hast du sie gehen lassen, bevor du mit ihr fertig warst?«

Falons Augen blitzten zornig auf. »Weil ich mich von ihrem drodaverdammten Computer beschimpfen lassen mußte!« Die leere Weinflasche flog gegen die Zeltwand. »Zum Teufel mit ihren Apparaten und der Macht, die sie haben. Ich weiß nicht, ob das Ding seine Drohung überhaupt wahrmachen kann.«

Jadells Augen weiteten sich vor Erstaunen. Nicht über Falons Worte, sondern über seine übellaunige Reaktion. Die Situation entbehrte nicht der Komik, aber das durfte er nicht zeigen. Es war besser, ihn zu beschwichtigen.

»Ein Grund mehr, Besuchern aus dem Weg zu gehen. Wir können nie wissen, ob sie die Wahrheit sagen, weil sie Apparate haben, die für uns unvorstellbar sind. Ich hätte nie gedacht, daß ihr Kasten, den sie Meditech nennen, wirklich Wunden verschwinden läßt, aber ich wäre tot, wenn es nicht der Wahrheit entspräche. Was hat man dir denn angedroht?«

»Transferieren.«

Jetzt war es an Jadell, sich aufzuregen. »Verdammt, Falon, das ist wirklich ihre wirksamste Waffe. Man hat sie gegen Aurelets Eskorte eingesetzt, als sie entführt wurde, und die Leute sind nie mehr gesehen worden. Gegen diese unsichtbare Macht gibt es keine Verteidigung.«

»Besucher betrachten Transfer nicht als Waffe, sondern nur als Mittel, in Sekundenschnelle von einem Ort zum anderen zu kommen.«

»Es kann aber tödliche Wirkung haben, wenn der Ort, an den man versetzt wird, ein Überleben unmöglich macht, wie zum Beispiel der Gipfel eines hohen Berges. Du hast doch den Computer nicht etwa provoziert, oder?«

»Nein, aber wenn ich sein Herz finde, will ich es vernichten.«

»Nein,… das darfst du nicht!«

»Ach, kleiner Bruder«, grinste Falon plötzlich, »gibst du mir Befehle?«

Jadells gebräunte Wangen färbten sich dunkler. »Das wollte ich nicht – das würde ich nie…« Er seufzte. »Ich hoffe, du denkst noch mal über die Sache nach, wenn du nicht mehr so ärgerlich bist.«

»Der Computer hat mir mit seiner Drohung die Frau weggenommen. Das vergesse ich ihm nicht.«

»Dann laß dir was einfallen, wie du ihn erledigen kannst. Diese Leute aus Catrater wollen unser Gold. Deshalb sind wir hier. Stell doch für ein Abkommen mit ihnen die Bedingung, daß sie den Computer zerstören.«

»Wirklich eine nützliche Idee«, meinte Falon nachdenklich, »allerdings entginge mir dann das Vergnügen, es selbst zu tun.«

»Du wärst dann aber sicher vor dem Transferiertwerden.«

»Richtig, das sollte ich auch bedenken.«

Jadell konnte sich wieder entspannen, aber es störte ihn doch, daß Falon sein Umherlaufen wieder aufnahm. »Gibt's noch was anderes, das dich beschäftigt, Bruder?«

»Warum gehst du nicht zu Tarren und Deamon und belästigst die eine Weile mit deiner Fragerei?«

Jadell mußte über seinen mürrischen Ton lachen. »Es muß wirklich fürchterlich sein. Am besten, du kommst jetzt raus mit der Sprache und bringst's hinter dich. Vielleicht kann ich dir helfen.«

»Könntest du mir diesen Auftrag noch mal zurückgeben, damit ich es anders anfangen kann?«

»Die Begegnung mit der Frau ungeschehen machen?«

»Das meine ich nicht.« Falon seufzte auf und ließ sich neben Jadell auf den Fellen nieder. »Es war für sie das erste Mal, aber sie hat es mir vorher nicht gesagt. Sie hat das Bewußtsein verloren, Jadell. Als sie aufwachte, hatte sie Angst vor mir.«

»Also jetzt weiß ich, warum es nicht wirklich zu eurer Vereinigung gekommen ist, wenn auch ihre Angst davor doch ganz normal war. Alle Frauen haben…«

»Es war nicht das, wovor sie sich gefürchtet hat«, sagte Falon ungeduldig und setzte widerwillig hinzu, »jedenfalls nicht gleich. Die Angst kam erst, nachdem wir schon mitten dabei waren. Weil ich meine Leidenschaft nicht beherrschen konnte. Dadurch habe ich ihr zu meiner Schande weh getan.«

»Du hast die Beherrschung verloren?«

Ein Lachanfall hinderte ihm am Weiterreden. Er wälzte sich mit Tränen in den Augen auf Fellen herum. Erst als Falon ihm ein Knie auf die Brust setzte und die Faust drohend vors Gesicht hielt, bereute er seinen Heiterkeitsausbruch.

»Dein Glück, daß es in dieser Stadt ein Meditech gibt, Bruder.«

»Halt mal, Falon! Erinnerst du dich überhaupt nicht mehr an das, was Vater dir gesagt hat, als du deine erste Sklavin bekamst?«

»Was hat das mit deiner Heiterkeit darüber zu tun, daß ich dieser Frau weh getan habe?«

»Das war's nicht, worüber ich so lachen mußte, sondern die Tatsache, daß du die Beherrschung verloren hast. Versuch, dich zu erinnern, was Vater damals meinte.«

»Ich kann mich nicht mehr genau erinnern.« Falon runzelte die Stirn. »Soweit ich weiß, war ich so begierig auf mein erstes Zusammensein mit einer Frau, daß ich ihm nicht zugehört habe.«

»Dann hör mir jetzt genau zu, denn ich war bei der Rede dabei, damit er sie später, wenn ich soweit wäre, nicht für mich zu wiederholen brauchte. Er sagte: ›Sklavinnen dienen der Lust des Mannes, man genießt sie, aber man nimmt sie nicht zur Partnerin. Denn selbst freigelassene Sklavinnen werden nie den Mut und den Stolz einer unabhängigen Frau wiedergewinnen. Das aber sind die Eigenschaften, die du deinen Kindern wünscht. Die Frau, der du eines Tages dein Leben anvertraust, wird die Hüterin deines Herzens sein, und daß du die wahre Hüterin gefunden hast, wirst du daran merken, daß du um Selbstbeherrschung kämpfen mußt, um dich nicht von den leidenschaftlichen Gefühlen überwältigen zu lassen, die sie in dir weckt.‹«

Falons Falten vertieften sich. »Willst du damit sagen, daß ich meine Lebensgefährtin gefunden habe? Ich will sie besitzen, mein Lieber, nicht mein Leben mit ihr teilen.«

»Dann ist's also nicht so überwältigend, was du für sie empfindest?«

»Ich habe zu sehr nach ihr verlangt, das war es. Aber sie ist und bleibt eine Besucherin, und so jemanden würde ich höchstens als Sklavin mit nach Hause bringen.«

»Wenn du sie aber auf keine andere Art kriegen kannst?«

»Ich weiß nicht, ob ich sie überhaupt bekommen kann«, knurrte Falon, als er wieder aufstand. »Und das ist es, was mich am meisten ärgert: nicht zu wissen, wie ich es anfangen soll. Wir wissen ja immer noch viel zu wenig von den Besuchern.«

»Das läßt sich ändern.« Jadell grinste. »Du brauchst nur unseren Gastgeber zu fragen. Seine Lebensgefährtin ist eine Besucherin.«

»Seine Lebensgefährtin ist die verdammte Besucherin, die alle diese Leute mitgebracht hat, als sie uns entdeckte.«

# 10

Dalden Ly-San-Ter hatte keine besondere Lust, mit den Nachrichten, die er zu überbringen hatte, an diesem Nachmittag wieder mit dem *Shodan* von Ka'al zusammenzutreffen. Er wußte, daß der Mann nie hergekommen wäre, wenn er sich nicht wegen der Rettung seines Bruders dazu verpflichtet gefühlt hätte. Dalden wußte auch, daß er die Verhandlungen zügig zum Abschluß bringen wollte, um nicht länger als einen Aufgang in Sha-Ka'an verbringen zu müssen. Es würde ihn sicher nicht gerade freuen, wenn er hörte, daß das Treffen mit den Catrateri wegen der Wettkämpfe verschoben werden mußte.

Der Botschafter von Catrater wußte, wie die Ba-Har-ani über Besucher dachten. Deshalb bat er Daldens Vater, bei dem Besitzer des Goldfelds, das die Minen-Scanner der Catrateri in der Nähe der Stadt Ka'al entdeckt hatten, eine formale Anfrage zu machen. Und daher war Dalden von Challen nach Ka'al geschickt worden, um den Mann zu veranlassen, die Catrateri zu empfangen. Das war auch der Grund, weswegen der Botschafter Challen um dessen Anwesenheit bei den Verhandlungen gebeten hatte.

Aber Dalden hätte schon vor einer Woche zurück sein sollen, als Challen mehr Zeit zur Verfügung stand, sich mit der Materie zu befassen. Nun war sie wegen der Wettkämpfe knapp bemessen. Aber der Botschafter traute sich nicht, ohne ihn in die Gespräche einzutreten, und zwar nicht ohne Grund. Wenn Dalden von seinem Aufenthalt bei den Ba-Har-ani etwas gelernt hatte, dann, daß die Probleme der Besucher sie nicht im geringsten interessierten.

Dalden führte seinen Auftrag aus, und zwar mit einer gehörigen Portion Glück, aber er brachte ihn jedenfalls zum Abschluß. Wenn die Ba-Har-ani, anstatt die Verzögerung abzuwarten, sofort aufbrechen wollten, würde sie niemand daran hindern.

Als Dalden zu ihrem Zelt kam, waren nur Falon Van'yer und sein jüngerer Bruder anwesend. Jadell begrüßte ihn mit einem Grinsen, das Dalden zurückgab. Er hatte schnell eine unkomplizierte Freundschaft mit dem jüngeren Van'yer geschlossen. Teils, weil er dessen Leben gerettet und anschließend das Abenteuer unternommen hatte, diejenigen zur Strecke zu bringen, die Jadell beinahe umgebracht hätten, teils aber auch, weil ihnen beiden vieles gemeinsam war, nicht zuletzt ihre fröhliche Unkompliziertheit. Er mochte und respektierte allerdings auch Falon Van'yer, und obgleich er ihn nicht näher kennengelernt hatte, fiel Dalden die drastische Veränderung in der Stimmung des *Shodan* auf, die innerhalb der letzten Stunden nach ihrer Ankunft in Sha-Ka-Ra, als sie auseinandergegangen waren, eingetreten sein mußte.

»Ist etwas passiert , was ich wissen müßte?« fragte er ohne Einleitung.

Jadell lachte. »Es hat wirklich nichts mit dir zu tun, nein, aber vielleicht könntest du uns mit deinen Kenntnissen helfen. Mein Bruder...«

»Kann selbst für sich sprechen«, unterbrach Falon ihn kurz angebunden. »Und wir sollten am besten zuerst die Sache zu Ende bringen, die uns hierhergeführt hat, damit ich mich danach der anderen ungeteilt zuwenden kann.«

Dalden mochte trotz seiner Neugier nicht mit dem Älteren über diesen Punkt streiten. Manchmal erinnerte Falon ihn an seinen eigenen Vater. Obgleich er viel jünger war, trug er die gleiche Verantwortung wie Challen. Eigentlich war es eher der Befehlston, der ihm in diesem Moment der gleiche erschien und dem zu gehorchen er erzogen worden war.

»Botschafter Zlink hat darum gebeten, unsere Besprechung auf einen Zeitpunkt nach den Wettkämpfen zu verschieben. Er hofft, daß dir der Vorschlag nicht ungelegen kommt.«

»Nimmt er denn an den Spielen teil?«

»Nein, aber mein Vater muß dort anwesend sein, und die Catrateri möchten ihn bei ihren Verhandlungen dabeihaben.«

»Wieso, habe ich mich denn nicht einverstanden erklärt, mit diesen Besuchern zu sprechen? Warum soll nun dein Vater hinzugezogen werden?«

Dalden seufzte. »Also, es ist folgendermaßen, Falon. Zlink hat das Gefühl, daß er bei dir ohne kräftige Unterstützung durch die örtliche Autorität nichts erreicht. Besucher greifen oft zu solchen Mitteln, um ihre Chancen zu verbessern, und Zlink macht da keine Ausnahme. Er hat meinem Vater das Versprechen abgerungen, an der Diskussion teilzunehmen. Obwohl mein Vater gewiß nicht versuchen wird, dich zu beeinflussen, glaubt Zlink steif und fest, daß seine Anwesenheit ihm hilft.«

Eine Weile herrschte völlige Stille. Die beiden Brüder starrten Dalden wortlos an. Er wußte nicht, was los war, bis Jadell herausplatzte: »Was, in Drodas Namen, ist mit deiner Sprache passiert?«

Und Falon meinte leicht belustigt, während Daldens goldbraunes Gesicht sich rötete: »Er spricht jetzt wie ein Besucher, aber ich habe die Kombination der einzelnen Worte ganz gut begriffen. Nur die fremden Wörter machen keinen Sinn.«

Jadell schaute seinen Bruder entsetzt an. »Hat sie in dieser Weise gesprochen?«

»Ja, das hat sie, wie übrigens auch ihre Freundin... und ihr Computer.«

»Ein Wunder, daß du dich überhaupt mit ihr unterhalten konntest«, schnaubte Jadell verächtlich. »Womit kannst du dich entschuldigen, Dalden?«

Dalden fragte sich, wer diese »Sie« mit dem Computer wohl sein mochte, aber es war ihm zu peinlich zu fragen. »Ihr werdet mir verzeihen müssen. Das passiert einfach, sobald ich nur ein paar Minuten mit meiner Mutter zusammengewesen bin. Sie war es, die mich als Heranwachsenden am stärksten beeinflußt hat.« Sie tat es immer noch, aber er glaubte nicht, daß es die Ba-Har-ani interessierte.

Viele ihrer Bräuche unterschieden sich voneinander, aber in einem glichen sie sich doch. In beiden Ländern war die Erziehung der Kinder alleinige Sache des Vaters; die Mütter hatten dabei wenig zu sagen. Nur in seiner eigenen Familie hatte es nicht auf diese Weise funktioniert.

»Meine Eltern sind beide hier im Park und erwarten euch. Ich kann euch jetzt mit hinüberbringen, allerdings wird es kaum Gelegenheit für ein privates Gespräch geben, wenn so viele Leute da sind. Ihr könnt aber auch bis zu diesem Mondaufgang warten, denn ihr seid ja zum privaten Dinner eingeladen, das meine Eltern zur Feier der Heimkehr meiner Schwester geben.«

»Du selbst bist auch gerade erst wieder nach Hause gekommen«, meinte Jadell. »Warum wird deine Schwester vor dir geehrt?«

»Sie war viel länger weg als ich, aber sie wird nicht geehrt; wir alle haben sie nur schmerzlich vermißt. Die Wettkämpfe allerdings finden in gewisser Weise ihr zu Ehren statt«, sagte Dalden und schüttelte in plötzlichem Erstaunen den Kopf. »Ich wußte, daß mein Vater etwas Derartiges geplant hatte, aber ich hab ehrlich nicht daran geglaubt, daß meine Mutter es erlauben würde.«

»Wovon sprichst du?« fragte Jadell.

»Welche Mitsprache kann deine Mutter in solchen Dingen haben?« kam es von Falon.

»Ihr würdet euch wundern«, sagte Dalden kläglich. »Aber diese Wettspiele sind etwas Besonderes. Eigentlich sind sie eine alte Tradition in Sha-Ka'an, obgleich ich sie bis jetzt noch nie erlebt habe. Diese Krieger kämpfen, um ihre Chance zu verbessern, meine Schwester als Lebensgefährtin gewinnen zu können. Dieser Brauch entlastet meinen Vater von der Bürde der Entscheidung zwischen mehreren interessierten Kriegern.«

»Alle diese Krieger kämpfen um deine Schwester?«

Dalden mußte über den ungläubigen Klang in Jadells Stimme lachen. »Es würde mich nicht wundern, aber ich glaub's nicht. Jeder kann mitmachen. Der endgültige Sieger muß bei meinem Vater einen Antrag stellen, und andererseits können die, die schon vorher ausgeschieden sind, sich trotzdem bewerben. Und selbst wenn der Champion meine Schwester haben will, muß er sie deshalb noch nicht bekommen. Die letzte Entscheidung liegt bei meinem Vater. Diese Wettkämpfe bieten ihm nur die Möglichkeit, unter den besten auszuwählen.«

»Es kränkt mich fast, daß du eine so begehrenswerte Schwester mir gegenüber noch nie erwähnt hast«, meinte Jadell.

Dalden lachte in sich hinein. »Ich hab gelernt, vor Freunden nicht über sie zu sprechen; es gibt zu viele, die sie haben möchten.«

»Bevor du dich selber um sie bewirbst, Jadell«, sagte Falon, »solltest du sie dir vielleicht ansehen. Was der eine Mann schön findet, gefällt dem anderen manchmal gar nicht.« Darüber mußte Jadell wieder schmunzeln, was Falon veranlaßte zu fragen: »Oder bist du nicht meiner Meinung?«

»Doch, aber von den Männern, die sich hier versammelt haben, um am Wettkampf teilzunehmen, hat über die Hälfte sie noch nie gesehen.«

»Soll das ein Witz sein?«

»Leider nein.«

»Ich habe noch nie gehört, daß ein Mann eine Frau haben wollte, die er vorher überhaupt nicht zu sehen bekommen hat.«

»Es hat zum Teil mit den Gaaliminen zu tun, die im Besitz meiner Familie sind. Meine Mutter hat gleich zu Anfang einen ungeheuer hohen Preis für die Steine festgesetzt. Da andere Planeten bereit waren, diesen Preis zu zahlen, ist meine Familie zu einer der reichsten innerhalb mehrerer Sternensysteme geworden. Du selbst hast eine ähnlich günstige Gelegenheit, Falon. Gold ist heute ein seltener Handelsgegenstand, dessen Vorkommen auf den Planeten, die es früher geschürft haben und deren Wohlstand es begründet hat, schon lange erschöpft sind. Dir mag es wertlos erscheinen und nur zur Herstellung von Zierat geeignet, aber für die Catrateri ist es ein unendlich wertvolles Material. Sie würden dir wahrscheinlich jeden Preis dafür bezahlen. Aber nun zurück zu deiner Frage«, fuhr er fort, »Besucher möchten meine Schwester wegen der Minen haben, und Krieger, weil sie die einzige Tochter eines *Shodan* ist, eines sehr reichen und einflußreichen noch dazu. Aber wer sie gesehen hat, will sie um ihrer selbst willen.«

»Kann ich sie denn diesen Mondaufgang kennenlernen?« fragte Jadell erwartungsvoll.

Aber es war Falon, der antwortete: »Falls wir die Einladung annehmen.« Und, an Dalden gewandt, setzte er hinzu: »Wir möchten keine besonderen Privilegien. Warum sollten wir in eine private Familienfeier einbezogen werden?«

»Mein Vater freut sich aber nicht nur wegen der Catrateri, euch hier zu haben. Es ist schon so sehr viele Jahre her, seit die Ba-Har-ani zuletzt hiergewesen sind, auch als Handelspartner.«

»Die Entfernung zwischen unseren beiden Ländern war nie leicht zu bewältigen«, machte Falon geltend.

»Sicher. Aber heute, mit dem Aerobus, ist das keine Entfernung mehr. Mein Vater würde den Transport gewährleisten, wenn eure Kaufleute den Handel mit uns wieder aufnehmen wollen.«

»Gewährleisten? In dem Sinne, daß wir einen eigenen, privaten Aerobus bekommen und nicht mehr mit dem Besucherzentrum zu tun haben?«

»Genau.«

»Das verdient, in… Betracht gezogen zu werden«, antwortete Falon unverbindlich.

Dalden nickte. Er hatte keine Antwort erwartet. Das war etwas, das die beiden *Shodani* untereinander zu klären haben würden.

»Als wir vorhin ankamen, wolltet ihr lieber nicht im Palast bleiben, weil ihr gedacht habt, ihr würdet euch nicht lange hier aufhalten«, erinnerte Dalden. »Jetzt, wo das Treffen verschoben ist, denkt ihr vielleicht anders darüber. Wenn ihr noch teilnehmen wollt.«

»Um wieviel Zeit verzögert es sich denn?« fragte Jadell. Aber Falon schob die Frage beiseite. »Ich bin jetzt nicht mehr so in Eile, Jadell.«

Jadell grinste, als er Daldens Erstaunen bemerkte und erklärte: »Mein Bruder hat hier eine Frau kennengelernt, an der er großes Interesse hat.«

»Ist das die andere Angelegenheit, mit der du dich befassen willst, Falon?« fragte Dalden.

»Ja. Die Frau ist eine Besucherin unter dem Schutz deines Vaters, und ich will sie kaufen.«

Daldens bernsteinfarbene Augen wurden eine Spur größer, aber er war viel verblüffter, als er sich anmerken ließ. Das konnte nur diese »Sie« mit dem Computer sein, und sie mußte Falon ziemlich beeindruckt haben, wenn er sie tatsächlich kaufen wollte, denn Dalden wußte, was er sonst von Besuchern hielt. Falons eigenes Haus war vor vielen Jahren dadurch in seiner Ehre verletzt worden, daß seine Schwester von einem Besucher gestohlen und monatelang in seinem Raumschiff festgehalten worden war und schließlich mit einem Kind im Bauch zurückkehrte. Falons Vater hatte die Krieger von Ba-Har-an um sich geschart, um in den Kampf gegen die Besucher zu reiten, falls der Verantwortliche ihnen nicht zur Bestrafung ausgeliefert würde. Das war der Zwischenfall, der, als letzter in einer langen Reihe, zur Sperrung des ganzen Planeten für Besuchsreisen geführt hatte. Seither wiesen die Ba-Har-ani Besucher ab, selbst wenn sie als Händler kamen. Und Falon wollte nun eine Besucherin mit nach Hause nehmen? Aber als Sklavin, vermutete Dalden, nicht als Lebensgefährtin.

Dalden mußte Falon enttäuschen, und er tat es nur ungern. »Wenn sie eine Besucherin ist, kann man sie nicht kaufen.«

»Wie sonst kann ich sie denn in meinen Besitz bringen?«

»In den meisten Fällen mußt du die Frau selbst fragen, ob sie dich haben will.«

»Es ist reine Dummheit, einer Frau eine so schwerwiegende Entscheidung zu überlassen. Gibt es keinen Mann, an den man sich in einer solchen Angelegenheit wenden kann?«

»Manchmal schon, aber nicht sehr oft. Aber hier geht es nicht mehr um Kauf. Wenn du die Frau wirklich möchtest, dann wirst du sie als Lebensgefährtin nehmen müssen, und ich glaub nicht, daß du dazu bereit wärst.«

»Nein, das bin ich nicht. Sie würde ablehnen, selbst wenn ich sie fragte, weil sie Angst vor mir hat.«

Er tat Dalden leid. »Besucher haben oft Angst vor Kriegern. Unsere eigenen Frauen fürchten sich, wenn es zum ersten Zusammensein mit einem Krieger kommt. Das ist normal.«

»Das hab ich auch versucht, ihm zu erklären«, meinte Jadell.

»Und ich habe dir gesagt, Bruder, daß ihre Angst erst hinterher kam.«

»Das heißt also, daß du sie schon gehabt hast?« fragte Dalden.

Falons kurzes Kopfnicken war fast unmerklich. »Weißt du keinen anderen Weg?«

»Wenn du sie nur einfach im Bett haben willst, dann solltest du darauf hoffen, daß sie eine Catrateri ist. Ich könnte mir vorstellen, daß sie gerade jetzt alles tun würden, was du verlangst. Weißt du zufällig, von welchem Planeten sie kommt?«

»Nein.«

»Das werden wir also beim nächsten Aufgang als erstes herauszufinden versuchen. Aber falls du dich entschließen solltest, die Frau nicht nur als Sklavin zu wollen, könnte ich meine Mutter bitten, mit ihr zu sprechen und ihr die Angst zu nehmen. Sie unterhält gute Beziehungen zu den Besuchern, weil sie weiß, wie sie denken und was ihre Probleme sind. Und sie ist das allerbeste Beispiel dafür, wie glücklich die Verbindung zwischen einer Besucherin und einem Krieger sein kann.«

# 11

Daldens Mutter war weit davon entfernt, glücklich zu sein, als sie am Spätnachmittag die Schlafzimmertür hinter sich zuknallte – oder es jedenfalls versuchte. Die Tür war einfach zu groß und zu schwer, um so schnell ins Schloß zu fallen, daß sie ein wirklich befriedigendes Knallen zustande gebracht hätte. Diesmal kam es überhaupt nicht dazu, weil Challen ihr ins Zimmer folgte.

Er selbst war in diesem Moment auch nicht gerade zufrieden. »Frau, darüber wirst du mir Rechenschaft geben müssen.«

»Ich werd mir noch sehr überlegen, ob ich überhaupt jemals wieder mit dir spreche! Wie konntest du nur? Ohne mir ein Wort zu sagen!«

Flüchtig erwog Challen, diesen Großkönig von Century III dafür herauszufordern, daß er so frech behauptet hatte, er werde nach Beendigung der Kampfspiele den Champion besiegen und damit Shanelle für sich gewinnen. Denn Tedra hatte, als sie das hörte, gefragt, was denn das mit ihrer Tochter zu tun habe und dabei erfahren, daß Shanelle der Preis war, der dem Sieger winkte. Challen war gezwungen, dem Mann zu verdeutlichen, daß seine Vorstellung irrig sei. Die Krieger wußten, wie die Ausscheidungskämpfe funktionierten. Den Besuchern mußte man erklären, daß man mit dem Sieg nicht unbedingt auch schon den Hauptgewinn an Land zog.

Aber nun war es heraus. Tedra hatte seine Erklärungen gar nicht erst abgewartet. Sie war still in den Palast zurückgegangen. Challen kannte seine Lebensgefährtin ziemlich gut. In ihrem leisen Abgang lag aber nichts von Ruhe. Sie war dicht davor, gewalttätig zu werden und deshalb klugerweise gegangen, bevor es in aller Öffentlichkeit geschah. Nun sah er zu, wie sie sich über ihr Bett warf und es mit den Fäusten bearbeitete. Meistens bat sie Martha, Corth zu ihr herüberzuschicken, wenn sie sich an etwas austoben wollte; dafür war der Androide schließlich da. Auf der einen Seite diente er ihr als Übungspartner, auf der anderen war er derjenige, an dem sie ihre Wut abreagieren konnte. Aber Corth war im Augenblick anderweitig beschäftigt, nämlich als Shanelles Beschützer. Und von dieser Aufgabe konnte er nicht abgezogen werden.

Challen wartete geduldig, bis Tedra die schlimmste Wut ausgetobt hatte, wobei es ihm durchaus bewußt war, daß das Bett nur als Ersatz für ihn selbst herhalten mußte, so wie Corth normalerweise. Wie immer rührte es ihn, daß sie nicht ihn selbst angriff, sondern sich statt dessen mit einer Art zweitklassiger Befriedigung begnügte. Das sprach von ihrer tiefen Liebe zu ihm, die stärker war als die stärkste Wut. Ironischerweise hatte sie keine Hemmungen, ihn zu schlagen, sobald er sie nur ein wenig reizte. Wenn sie aber vor Zorn außer sich geriet, wollte sie auf keinen Fall riskieren, ihn zu verletzen. Auf die Art konnte man den Grad ihrer Unzufriedenheit bequem erkennen, und was er hier vor sich sah, war ernstzunehmendes Mißfallen.

Er setzte vorsichtig zum Sprechen an, während sie noch auf das Bett eindrosch. »Ich habe dir nichts über die Gründe gesagt, die mich auf die Idee zu diesen Wettkämpfen gebracht haben, weil ich wußte, wie heftig du reagieren würdest.«

Tedra schaute nur eben auf, um zu knurren: »Verdammt richtig, und trotzdem hast du's gemacht!«

»Und doch ist der Grund kein anderer, als der, von dem du weißt, daß er mich beschäftigt, nämlich einen geeigneten Lebensgefährten für meine Tochter zu finden.«

»*Meine* Tochter hat bestimmt keine Probleme, selbst ihren Lebensgefährten zu finden. Das hab ich dir schon hundertmal gesagt.«

»Und ich hab dir schon genausooft erklärt, daß ich sie nur für den Mann aus meinem Schutz entlasse, der sie ebensogut beschützen kann wie ich.« Dann setzte er, nun milder gestimmt, hinzu: »Das weißt du doch, *Chemar*. Deshalb darf sie die Entscheidung nicht selber treffen.«

Diese typische Kriegerlogik veranlaßte Tedra, ihre Bettdecke vor dem Gesicht zusammenzuknäulen und hineinzubrüllen, bevor sie vom Bett aufsprang und sich vor Challen aufbaute. Sie blitzte ihn wütend an. »Du hast sie als Preis angeboten! Genausogut hättest du sie bei einer Auktion an den Meistbietenden versteigern können!«

»Das sehe ich anders. Ich habe nur die besten Krieger aus dem ganzen Land hier versammelt, die fähigsten und die geschicktesten. Unter denjenigen, die ich befürworte, darf sie dann ihre Wahl treffen.«

»Darf sie?« Tedras Augen verengten sich. »Über wie viele ›Beste‹ reden wir denn eigentlich? Dreißig? Vierzig?«

»Fünf.«

»Völlig unannehmbar. Wenn es wenigstens zehn wären, könnt ich darüber nachdenken.«

»Wir wollen hier nicht feilschen, Frau. Ich handle sowieso gegen besseres Wissen, indem ich ihr die Wahl unter fünf Leuten lasse, wo der fünfte von den andern doch schon ausgestochen worden ist.«

»Aber was ist, wenn sie keinen von diesen fünf Männern haben will? Wenn sie sie absolut nicht ausstehen kann?«

»Du kümmerst dich um Probleme, die es noch gar nicht gibt.«

Und dann legte er die Arme um sie und zog sie dicht an sich. »Du weißt, daß ich ihr Glück will, *Chemar*, aber sie soll glücklich sein *und* gut beschützt. Du würdest es doch auch nicht anders wollen.«

»Es kommt mir nur so unmöglich vor.« Tedra seufzte.

Sie war schließlich in die Tatsache eingeweiht, daß und warum Shanelle keinen Krieger haben wollte, während Challen nichts davon wußte. Und es würde auch nichts bringen, ihn über diesen Punkt aufzuklären.

Sie stützte ihr Kinn gegen seine breite Brust, um zu ihm aufzuschauen. Nach dem Verständnis ihrer eigenen Kultur war er ein Barbar, und es war nicht leicht, solch einen Mann zu lieben, aber sie liebte ihn wirklich; bis zur Raserei liebte sie ihn. Aber sie kannte auch seine Grenzen, vor allem sein mangelndes Verständnis für die Ängste einer Frau. Zum Teil war sie selbst daran schuld, weil sie so wenig ängstlich war.

Und wenn es etwas gab, wovor sie sich fürchtete, dann biß sie die Zähne zusammen und ging mitten hindurch. Shanelle verhielt sich in dieser Hinsicht anders. Ihr ganzes Leben lang war sie so wohlbehütet gewesen, daß sie sich als Heranwachsende nie zu ängstigen brauchte. Aber jetzt gab es plötzlich eine Menge beunruhigender Dinge, auf die sie nicht vorbereitet war.

»Sie wird es absolut gräßlich finden, wenn sie erfährt, daß alle diese Männer ihretwegen zum Wettkampf antreten«, sagte Tedra, nun ruhig geworden.

»Aber wieso denn? Es hat sie nie gestört, daß alle meine Krieger lüstern auf sie sind.«

»Vielleicht weil es ihr nie aufgefallen ist.«

»Wie das denn? Es wurde vor ihrer Abreise so schlimm, daß wir nach Einbruch der Dunkelheit keinen Diener mehr zu sehen bekamen, wenn sie da war.«

Tedra verbarg ihr Grinsen an seiner Brust. Seine grollende Stimme galt nichts im Vergleich zu seinem Ärger über solche Situationen, und die waren nicht selten gewesen. Tedra hatte es mit einigem Stolz erfüllt und auch belustigt, daß so viele Männer ihre Tochter haben wollten. Es ging so weit, daß die meisten nach einer Begegnung mit Shanelle dringend eine Darash-Frau aufsuchen mußten.

Auf einmal glaubte sie Challens Beweggründe doch etwas besser zu verstehen. Zu viele von seinen Kriegern hatten sich um Shanelle beworben, und obgleich er sie am liebsten einem gegeben hätte, den er gut kannte, wußte auch Tedra, daß er keinen von ihnen in dieser Weise bevorzugen mochte. Wenn es doch bloß nicht so viele Bewerber gewesen wären…

»Willst du es ihr sagen?«

»Und ihr damit die Freude am Nachhausekommen verderben? Sie wird noch früh genug drauf kommen, wenn die Wettbewerbe zu Ende sind und sie sich einen von den Finalisten aussuchen soll… O, ihr Sterne!« Tedra blieb bei dieser Vorstellung die Luft weg. »Du willst sie schon in ein paar Tagen fortgeben, nicht wahr, Challen? Und ich habe sie doch eben erst zurückbekommen! Hättest du nicht ein bißchen warten können?«

»Wir haben das alles schon zu lange aufgeschoben.«

»Soll ich sie denn gleich wieder verlieren?« flüsterte sie hoffnungslos.

»Was glaubst du denn, wohin sie geht?« schimpfte er. »Es sind Sha-Ka'ani-Krieger, die sich um sie bewerben. Sie wird nicht so weit fortgehen, daß du sie nicht besuchen kannst, so oft du willst.«

Sie war wütend genug, um ihn zu erinnern: »Hast du vergessen, daß sich auch Besucher an den Kämpfen beteiligen?«

»Du warst diejenige, die dafür war, daß Besuchern die Teilnahme erlaubt wurde, nachdem es so viele Anfragen gegeben hatte.« Diese waren darauf zurückzuführen, daß Rampon vom Besucherzentrum den Hintergrund des Wettbewerbs erkannt und an alle Botschafter weitergegeben hatte, und über sie war die Nachricht zu ihren Heimatplaneten gelangt. »Aus Fairneß habe ich zugestimmt«, setzte er hinzu, »aber ich habe trotzdem nicht vor, für meine Tochter einen Besucher auszuwählen.«

»Nicht mal diesen Großkönig Jorran, der so sicher ist, daß er den Champion aller Krieger besiegen kann?«

»Auf keinen Fall ausgerechnet diesen arroganten Großkönig. Eher würde ich...«

Was er eher tun wollte, wurde durch ein Klopfen an der Tür unterbrochen. »Mutter, bist du da?«

Tedra schob Challen von sich weg und ging schon auf die Tür zu, während sie rief: »Komm nur rein, Baby.« Aber als Shanelle hereinkam, war sie froh, daß sie zwischen ihr und Challen stand, so daß er sie nicht sehen konnte. »Leg dein Gesicht an meine Schulter und bleib so. Wenn dein Vater diese geschwollenen Lippen sieht, wird er den, der dran schuld ist, umbringen.« Zu Challen meinte sie: »Wie wär's, wenn du dir mal die Füße vertreten würdest, mein Junge. Ich möchte gern vor dem Dinner ein privates Mutter-Tochter-Schwätzchen halten.«

»Ich werde also aus dem eigenen Schlafzimmer vertrieben?«

»Laß mir meinen Willen, und wer weiß, vielleicht spiel ich dafür heute nacht die Verliererin im Zweikampf.«

Er lachte und schlug ihr auf dem Weg zur Tür aufs Hinterteil. Sobald sich die Tür geschlossen hatte, zog Tedra ihre Tochter in eine innige Umarmung. Sie war glücklich.

»Dann ist es also passiert? Du hast den Mann gefunden, den du haben willst?«

»Mutter…, drück mich nicht so fest«, stöhnte Shanelle auf.

Tedra gab sie sofort frei. »Was ist los? Bist du verletzt? Und dann fragte sie voller Beunruhigung und mit wachsendem Ärger: »Sind das da blaue Flecken auf deinen Armen?«

»Ich hab ihr angeboten, sie umgehend in eine Meditech-Einheit zu bringen«, antwortete Martha, bevor Shanelle dazu kam, »aber sie will lieber noch ein bißchen leiden.«

»Was, zum Kuckuck, ist hier passiert?«

Martha schlug einen besonders trockenen Ton an. »Nach dem, was sie erzählt, ist sie unter eine Straßenbaumaschine geraten.«

»Dann laß sie mir das mal schildern«, fuhr Tedra sie an. »Shani, um der Sterne willen, hat dich etwa jemand geschlagen?«

»Nein, ich fühl mich nur so, als ob…« Shanelle seufzte und führte ihre Mutter zu einer der Liegen, die in der Mitte des großen Raumes standen. »Ich hab wirklich geglaubt, es ist das Wahre, Mutter«, meinte sie weiter. »Der Mann war einfach umwerfend. Sobald ich ihn gesehen habe, konnte ich an nichts anderes mehr denken. Und er hat mich so…«

»Er hat ihr die Schuhe ausgezogen«, steuerte Martha mit ihrem Glucksen bei.

Mißbilligend schaltete Shanelle die Computerverbindung ab, während Tedra genauso mißvergnügt das Gerät nahm und auf den großen Tisch stellte, den die Liegen umstanden. »Mit dir rede ich später«, sagte Tedra mit einer Drohung in der Stimme, die andeutete, daß sie Martha für das, was geschehen war, verantwortlich machen würde. An Shanelle gewandt, fragte sie: »Wenn doch eigentlich alles gestimmt hat, was ist dann trotzdem schief gelaufen?«

»Alles. Aber nicht gleich. Er war einfach ideal, obwohl er größer war, als mir lieb ist. Es spielte keine Rolle. Nichts spielte eine Rolle, außer dem, was ich fühlte. Und ihm ging es genauso. Er kam direkt auf mich zu. Und, ihr Sterne, er wollte sogar mit Corth um mich kämpfen.«

»Mit Corth kämpfen?« meinte Tedra ungläubig, fügte aber dann mit entsetztem Verstehen hinzu: »Wir sprechen doch nicht von einem Krieger, oder?«

Shanelle schlug die Augen nieder. »Nein..., aber er ist so groß wie einer, beinahe so groß wie Vater. Und die meiste Zeit benimmt er sich auch so – aber mit einem Riesenunterschied. Er ist aufbrausend, besitzergreifend, eifersüchtig, äußerst leidenschaftlich, das heißt, eigentlich zu stürmisch, und damit ist alles danebengegangen. Er hat sich sowieso nicht besonders gut in der Hand gehabt, aber als wir dann zusammenkamen, ist sein ungebremstes Temperament mit ihm durchgegangen. Es ist ihm nicht bewußt gewesen, aber er hat mich in seinen Armen fast erdrückt. Und als er in mich eingedrungen ist, hat es so furchtbar weh getan, daß ich ohnmächtig geworden bin.«

»O, Baby.« Tedra war voller Mitgefühl und nahm Shanelle sehr behutsam in ihre Arme. »Du hast Schmerzen nie gut ertragen können. Als Kind hast du dir die Kehle aus dem Hals gebrüllt, wenn du auch nur den kleinsten Kratzer abgekriegt hast.«

Shanelle lächelte verzerrt. »Ich möchte annehmen, daß ich heutzutage einen Kratzer ganz gut wegstecken kann, Mutter. Ich wollte auch nicht bewußtlos werden. Der Schmerz war wirklich unerträglich.«

»Aber es tut auch weh, die Jungfräulichkeit zu verlieren. Ich weiß, daß du sie wegen deines Vaters bewahrt hast, damit du sie deinem Lebensgefährten schenken kannst, aber wahrscheinlich hättest du lieber zu einer Meditech-Station gehen sollen.«

»Das ist jetzt eine eher theoretische Frage.«

»Wirklich?« seufzte Tedra. »Na gut, dann werden wir die Sache als die gräßlichste Entjungferung aller Zeiten klassifizieren. Solange der Mann dich hinterher dafür entschädigt hat...«

»Es hat kein ›Hinterher‹ gegeben. Als ich wieder zu mir kam, wollte ich nur noch weg.«

»Warte, Moment mal, willst du mir sagen, daß er dir keine Lust verschafft hat als Entschädigung für den Schmerz? Das ist ja geradezu unanständig! Ich will…«

»Mutter…«

»… den Bastard kreuzigen, wenn ich ihn sehe. Er hätte darauf bestehen sollen…«

»Mutter! Ich wollte nicht, daß er mich noch mal anfaßt.«

»Aber er hätte dir zeigen müssen, daß es nicht nur weh tut, und wer hätte es dir besser beweisen können, als der Mann, den du dir selbst ausgesucht hast?«

»Du hörst nicht zu, Mutter. Mit ihm gab es nur Schmerzen, oder jedenfalls zu viele. Schon bevor er die Beherrschung verloren hat, war er zu grob. Und er wollte auch weitermachen. Ich sollte nicht fortgehen dürfen, bevor wir fertig wären. Und ich mußte Martha bitten, dafür zu sorgen, daß er seine Meinung ändert.«

»Wetten, daß ihm das gefallen hat.«

»Natürlich, so sehr, daß er geschworen hat, Martha bei nächster Gelegenheit kaputtzumachen.«

Tedra grinste. »Ich möchte wetten, daß *ihr* das gefallen hat.« In diesem Augenblick gab die Audiovisions-Schaltkonsole in Tedras Ankleidezimmer ein akustisches Signal, und deshalb setzte sie hinzu: »Nein, Martha, ich geh nicht dran, ich hab dir gesagt, wir sprechen uns später.«

»Vielleicht ist sie's gar nicht«, meinte Shanelle.

»Doch, natürlich. Es macht sie rein verrückt, daß sie sich auf diesem Planeten nicht so tummeln kann, wie es in Kystran möglich war. Oder wie im Rover, von wo aus sie in alle Audio-Schaltkonsolen und Computer reinplatzen kann, wann immer sie will. Wenn ihr Hauptgehäuse nicht abgeschaltet worden wäre, als sie wegfuhr, um dich abzuholen, würde sie uns jetzt direkt ankeifen, statt uns anzuwählen, um mit uns zu sprechen.«

Das Verstummen des Signals im Ankleidezimmer war der Beweis, daß Tedra richtig vermutet hatte. Alle ihre technisch höher entwickelten Apparate waren dort untergebracht worden, um sie Challen aus den Augen zu schaffen. In diesem Raum standen die Wunder aus anderen Welten so dicht gedrängt, daß für Brock, als er in die Familie kam, kein Platz mehr frei war. Deshalb befand er sich in einem anderen Raum; sonst hätte Martha sich seine Schaltkonsole ausgeborgt, um zu Wort zu kommen.

»Ich glaub, ich sollte doch ein Meditech aufsuchen«, bemerkte Shanelle und verzog das Gesicht, als sie aufstehen wollte.

Tedras Hand hielt sie zurück. »Setz dich. Ich wollte nicht vom Thema abschweifen, aber ich war den Tränen näher, als mir lieb war. Wir haben nicht damit gerechnet, daß dir so etwas zustoßen könnte. Es hätte nicht sein dürfen. Und vielleicht sollte dein Vater dich doch mal genauer anschauen. Dein junger Mann muß für das, was er dir angetan hat, bestraft werden, und wenn Challen es nicht tut, dann werde ich's müssen.«

Shanelle schüttelte den Kopf. »Ich will nicht, daß er für etwas bestraft wird, das er nicht absichtlich gemacht hat. Er könnte ein paar Lektionen in Sachen Schlafzimmersitten gebrauchen, zugunsten der nächsten Frau, die er...«

Hilflos verloren sich ihre Worte, worüber Tedra leicht die Stirn runzelte. »Also ist dir die Vorstellung, er hätte andere Frauen, unangenehm?«

»Nein, wieso denn?«

»Weil du ihn dir ausgesucht hast, Shani. Weil ein Teil von dir schon behauptet, er sei dein.«

»Na, dann muß der Teil eben den Rest einholen, der sagt, ›kein Interesse mehr‹«, meinte Shanelle störrisch.

»Aber Interesse hast du doch noch. Du bist nur enttäuscht, weil er nicht so ideal ist, wie du ihn gern hättest. Ich bin enttäuscht, weil er kein Krieger ist. Aber das sind Probleme, die man aufarbeiten kann.«

»Mutter, du hörst mir immer noch nicht zu«, erwiderte Shanelle erbittert.

»Vielleicht, weil ich dich kenne. Und vielleicht auch, weil du, obwohl ich versucht habe, den Einfluß deines Vaters auf deine Vorstellungen abzuschwächen, seine Einstellung tatsächlich teilst. Du willst wirklich nur einen einzigen Mann. Deshalb hast du so lange gewartet; du wolltest den Richtigen finden. Und der hier ist der Richtige, sonst wärst du nicht sofort bereit gewesen, dich ihm hinzugeben. Du bist mit ihm gegangen, in der vollen Absicht, ihm dein Herz zu öffnen und den Rest deines Lebens mit ihm zu verbringen.«

»Das stimmt genau, aber Instinkte können in die Irre führen, und Hoffnungen und Wünsche halten der Realität oft nicht stand. Ich wollte, es hätte geklappt, Mutter. Ich hab es mir sehnlichst gewünscht. Aber Tatsache bleibt, daß der Mann gefährlich ist. Du kannst dir nicht vorstellen, was für ein Gefühl das war, von jemand in den Armen gehalten zu werden, der genauso stark ist wie Vater, aber überhaupt nicht so behutsam – und er hat nicht mal gemerkt, daß er mir weh tat. Das erschreckt mich am meisten, und das mach' ich nicht noch mal mit.«

»Aber Shani…«

»Schau mich an, Mutter«, unterbrach Shanelle sie diesmal ungeduldig. »Seh ich so aus, als sei es mir nicht ernst? Ich hab die blauen Flecken als Beweis. Und wenn man sie jetzt schon an den Armen sehen kann, wo er mich nur angefaßt hat, um mich zum Küssen an sich zu ziehen, dann wollen wir doch mal sehn, wie sich die übrigen inzwischen entwickelt haben.« Sie riß ihre Bluse auf und… wünschte sich bei den Sternen, es nicht getan zu haben.

Sie hatte nicht damit gerechnet, daß dies eine derart beeindruckende Demonstration würde, obgleich sie es hätte ahnen können. Sie bekam relativ leicht blaue Flecken. Aber jetzt war ihr ganzer Oberkörper mit Malen in allen möglichen Farbschattierungen übersät, wobei die dunkelsten Flecken sich an den Stellen abzeichneten, wo er sie zu fest gepackt hatte. Die helleren, um ihre Brüste und die Taille herum, würden wahrscheinlich bei Berührung nicht schmerzen, aber auch sie mußten erst einmal wieder verschwinden.

Shanelle wurde rot vor Verlegenheit, denn sie sahen schlimmer aus, als sie sich anfühlten. Ihre Mutter aber war aschgrau geworden im Gesicht und dann hochrot vor Zorn. Sie brauchte nicht mehr zu sagen als: »Dieser Mann hat den Tod verdient!«

# 12

Tedra brauchte eine ganze Weile, um ihr seelisches Gleichgewicht wiederzufinden. Shanelle hielt es für besser, nun die Seiten zu wechseln und ihre Mutter daran zu erinnern, wie leicht sie eben blaue Flecken bekam und daß sie nicht wirklich Schmerzen hatte, sondern sich nur furchtbar mies fühlte.

Tedra aber konnte die Sache nicht so leicht abtun. »Stückweise werd ich ihn auseinandernehmen, aber zuerst soll er seinen Willen haben und Martha kaputtschlagen. Sie hätte dich beim ersten Anzeichen von Schmerzen transferieren sollen!«

»Es hat nicht nur weh getan«, flüsterte Shanelle.

»Wie bitte?«

»Ich hab gesagt, es war nicht nur Schmerz. Martha kann nichts dafür, daß sie nicht recht wußte, was ich eigentlich empfand, weil es mindestens zur Hälfte auch... angenehm war.«

Sie mußte auch mehrfach darauf hinweisen, daß sie nicht ernsthaft verletzt worden sei und daß ein paar Minuten in einem Meditech, das sie unverzüglich aufzusuchen versprach, alles in Ordnung bringen würden.

Als sie sich trennten, war ihre Mutter zwar noch nicht wieder soweit, Falon als zukünftiges Familienmitglied zu betrachten, aber auch nicht mehr so wild darauf, ihn auseinanderzunehmen. »Ich denke, ich sollte auch den Unhold dazu hören«, räumte sie ein.

Shanelle hoffte inständig, ihre Mutter bekäme nie die Gelegenheit, Falon kennenzulernen. Allein der Gedanke, daß zwei so heftige Temperamente aufeinanderprallen könnten, schien ihr unerträglich. Außerdem würden sich aus dieser Begegnung nur neue Schwierigkeiten ergeben. Shanelles Meinung über Falon stand inzwischen fest. Auch wenn sie es nicht gern zugab, war sie im Grunde ziemlich feige, vor allem, was das Ertragen von Schmerzen betraf. Und obwohl

Falon sich, gerade bevor sie ging, wieder in die Gewalt bekam, hatte sie keine Lust, noch einmal in die Lage zu kommen mitzuerleben, wie es war, wenn es ihm nicht gelang, sich zu beherrschen.

Eine Stunde später war sie von allen Prellungen und vielleicht auch inneren Verletzungen geheilt. Einen Bericht vom Meditech hatte sie nicht angefordert, weil sie nichts Näheres darüber wissen wollte. Aber sie spürte, wie sich auch in ihr allmählich Wut ansammelte. Wut auf den Mann, der ihre Hoffnungen so schmählich enttäuscht hatte. Woher nahm er das Recht, mit seiner Kraft so sorglos umzugehen? Er hätte eines Besseren belehrt werden müssen – sie hätte ihn eines Besseren belehren müssen!

Sie wollte sich nicht ausmalen, welche Art Frauen er gewohnt war, Frauen, denen es nichts ausmachte, so grob behandelt zu werden. Sterne, sie mußten wohl genauso groß und stark sein wie er. Und wo *kam* er eigentlich her, daß fast alles an ihm sie an einen Krieger erinnerte, bis auf dessen eine Eigenschaft, die sie über seine Kraft hätte beruhigen können, seine unerschütterliche Gelassenheit? Falls er ein Krieger sein sollte, gäbe es natürlich neuen Raum für Ängste aller Art, manche davon schlimmer als die Aussicht auf Schmerzen. Sie hatte ihn mindestens einmal direkt gefragt, woher er käme. Warum mußte er, statt zu antworten, fragen, ob es eine Rolle spiele?

Als ob es jetzt noch wichtig wäre. Höchstens, um ihre Neugier zu befriedigen. Und obwohl sie fest entschlossen war, ihn nie wieder zu treffen, wurde sie dieses frustrierende Herumgrübeln einfach nicht los, was ihre Wut noch weiter steigerte. Sie sollte überhaupt nicht mehr an ihn denken, aber er ging ihr nicht aus dem Kopf.

Als sie nun in den traditionellen *Chauri* gekleidet war, den alle Sha-Ka'ani-Frauen trugen, fühlte sich Shanelle wirklich endgültig zu Hause angekommen. Sie besaß diese hauchdünnen, chiffonartigen Kleidungsstücke in allen möglichen Farben, aber für den heutigen Abend hatte sie, ihrem Vater zu Ehren, und weil ihm ihre Besucherkleidung mißfiel, reines Weiß gewählt. Je nachdem, wie die zarten Tücher drapiert wurden, konnten sie ganz offen provozierend oder auch zurückhaltend feminin wirken. Shanelle hatte nie versucht, auf diese Weise herauszufordern, und bezweifelte auch, daß sie es je tun würde. Bei ihr wurde der *Chauri* mit einem Gürtel so zusammengehalten, daß die oberen Tücher das, was zu bedecken war, auch bedeckten. Und an allen ihren Röcken waren die einzelnen Stoffbahnen ein gutes Stück unterhalb der Hüfte zusammengeheftet, so daß ihre frei flatternden Teile erst in Höhe der Mitte ihrer Oberschenkel auseinanderfielen.

Um ihrer Kleidung ein wenig Farbe zu geben, waren der weiße Gürtel und die Sandalen mit Gemmen aus dem hellblauen *Tobraz* ausgelegt, der aus den Minen des Nordens kam. Die gleichen Gemmen bildeten ihren Halsschmuck, lagen um ihre Handgelenke und schaukelten an ihren Ohren. Das Haar trug sie offen über den Rücken fallend, wie ihr Vater es am liebsten sah, obwohl sie über einen Haarstyler verfügte, der ihr in wenigen Minuten die raffinierteste Frisur zaubern konnte.

Sie war im Begriff, sich mit der Familie zum Abendessen zu treffen, blieb aber noch einen Augenblick vor der Spiegelwand in ihrem Ankleidezimmer stehen und starrte auf das Bild, das sie sah. Sie konnte beim besten Willen keine Veränderung an sich entdecken, die sich auf die Erfahrungen dieses Tages zurückführen ließe. Ihre Wangen waren von der anhaltenden Aufregung leicht gerötet, mehr nicht. Was hatte sie denn eigentlich erwartet? Es sah nicht danach aus, als wäre es diese heiß durchflutete, wunderbare Erfahrung gewesen, die es ihrer Vermutung nach hätte sein sollen und die ihren Augen den hellen Schimmer des Glücks verliehen hätte. Dank Meditech waren alle Spuren an ihrem Körper verschwunden. Vielleicht, weil sie sich im Innern so verändert fand…

Sie seufzte angeekelt und verließ ihr Ankleidezimmer gereizter als vorher, und das konnte nichts bringen. Sie mußte ruhiger werden, bevor sie mit ihren Eltern zusammentraf. Ihre Mutter erneut aufzuregen, war das letzte, was sie brauchen konnte, vor allem im Beisein ihres Vaters, der nach Erklärungen verlangen würde.

Ein paar Minuten ging sie langsam im Zimmer herum, holte tief Luft und ließ den Anblick der vertrauten Gegenstände beruhigend auf sich wirken. Ihre Sammlung von Mondsteinen, das einzige Adaptibett des Palastes, der Stuhl, den Dalden immer zerbrach, wenn er sich daraufsetzte, worüber sie dann lachen mußte. Sie ließ ihn darum immer wieder reparieren, was ihn veranlaßte, ihn erneut zu testen. Sie hatte ihren Bruder noch nicht gesehen und auch ihr Lieblingstier, einen *Fembair*, noch nicht begrüßt, aber sie würde beide noch vor Ende des Tages wiedertreffen, dessen war sie gewiß.

Hier fühlte sie sich beschützt und sicher. Falon mochte ihr zwar angedroht haben, er werde sie schon finden, aber das glaubte sie nicht. Nicht hier. Und sie wollte nicht mehr zu den Wettspielen gehen. Corth könnte ihre Freunde morgen wieder zum Park begleiten, wenn sie wollten, aber ihr würde schon eine Entschuldigung einfallen, warum sie nicht mitkam.

So, nun ging es ihr schon besser. Es war ihr nicht klar gewesen, daß sie befürchtet hatte, Falon unversehens wieder zu begegnen, aber das mußte es wohl gewesen sein.

Shanelle holte noch einmal tief Luft und verließ das Zimmer. Sie lächelte der Dienerin zu, die gerade an ihrer Tür vorbeiging, und blieb schlagartig stehen, als sie die vier Männer erkannte, die ihr folgten. Einer davon war Falon Van'yer. Auch er blieb stehen, genauso überrascht wie sie. Seine drei Begleiter wandten sich nach ihm um und fragten sich, was ihn wohl aufhielte.

Shanelle nutzte die Gelegenheit, um in ihr Zimmer zurückzuschlüpfen. Ihr Herz schlug wie rasend. Sie konnte sich nicht vorstellen, was er im Palast zu suchen hatte, und schon gar nicht, wieso er durch den Gang zum Gästeflügel kam. Wenn sie doch nur ein paar Minuten gewartet hätte, bevor sie ihr Zimmer verließ. Und, Sterne, an ihrer Tür war kein Schloß. Im ganzen Palast gab es keine Schlösser an den Türen, weil niemand dort eintreten würde, wo er nicht willkommen war.

Dieser Gedanke beruhigte sie ein wenig, aber da schlug ihr

die Tür, die sich geöffnet hatte, schon ins Kreuz. Sie schnappte vor Schreck nach Luft und stemmte sich mit ihrem ganzen Gewicht dagegen, aber das war ungefähr das Nutzloseste, was sie je versucht hatte. Die Tür ging trotzdem auf, und sie mußte zur Seite springen, um nicht zwischen Wand und Tür eingeklemmt zu werden.

Sie machte eine schnelle Wendung, um dem Eindringling direkt ins Gesicht zu sehen, denn sie wußte genau, wer es war. Sie wollte ihn aus dem Zimmer schicken, aber sie bekam keinen Ton heraus. Wortlos fand sie sich ihm gegenüber – von seiner atemberaubenden Erscheinung überwältigt.

Da stand tatsächlich ein grinsender Falon in der Tür und wirkte rundherum zufrieden. Er trug jetzt zu seinen enganliegenden ledernen *Bracs* ein Hemd, wenn man es denn so nennen konnte. Es war ärmellos und aus dem gleichen anschmiegsamen *Zaalskin* gearbeitet wie die Hosen. Es umspannte seine Brust – oder was immer es davon bedeckte – wie eine zweite Haut. Nur bis zur Taille reichend, war es nicht wie die Hemden der Krieger darum herumgewickelt, sondern über dem Nabel mit goldenen Kettengliedern geschlossen. Als Kleidung war es völlig unzulänglich, denn es zeigte die kräftigen Arme und in den V-förmigen Ausschnitt, der bis zum Nabel reichte, sehr viel Haut. Das Weiß ließ sie nur noch dunkler erscheinen, was den Gegensatz zu den goldhäutigen Kriegern aus Sha-Ka'an um so stärker hervorhob.

Shanelle ließ seine Erscheinung auf sich wirken, das über einen Meter zwanzig lange Schwert an seiner linken Hüfte, den goldenen Dolch, den er an seinen rechten Stiefel geschnallt trug und den neuen Schwertgurt mit der golden und weiß ausgelegten Schnörkelverzierung. Am meisten beeindruckte sie aber seine riesenhafte, muskulöse Gestalt, die den Türrahmen ganz ausfüllte. Und da war auch die Angst schon wieder lebendig, die sie in seinem Zelt empfunden hatte, aber dicht daneben auch dieses verwirrende Schwindelgefühl wie bei der ersten Begegnung mit ihm.

»Ich hatte nicht gedacht, dich hier zu finden, Frau.«

»Das – das beruht auf Gegenseitigkeit.« Nachdem sie das herausgebracht hatte, kamen ihr die Worte leichter über die Lippen. »Das hier ist mein Zimmer, und ich werde dich nicht hineinbitten, Falon, deshalb kannst du gleich…«

»Ich bitte mich selber hinein.«

Gesagt, getan. Er trat weiter vor, so daß er die Tür hinter sich schließen konnte. Shanelle wollte ihm ausweichen, aber als der Blick seiner azurblauen Augen wieder zu ihr hinüberging, verließ sie die Kraft, auch nur einen Schritt weiterzugehen. Vor Angst hätte sie fast die Hände gerungen.

»Falon, es hat keinen Zweck. Ein paar Stunden haben daran nichts geändert.«

»Ich bin anderer Meinung«, antwortete er, erklärte aber nicht weiter, wieso. Statt dessen ließ er seine Augen zu ihrer Taille hinunterwandern, wo das Verbindungsgerät zum Computer nicht mehr zu sehen war. »Hört sie noch zu?«

»Nein – ja!« Shanelle wußte es nicht wirklich, aber sie bezweifelte es. Martha hatte keine Veranlassung, sie hier in ihrem eigenen Haus zu überwachen, wo solche Dinge nicht geschehen konnten. »Ich sag's nur einmal. Geh raus!«

Es war, als hätte sie ihn gar nicht angesprochen. »Ich habe beschlossen, die Drohung des Computers zu überprüfen. Das muß als erstes getan werden.«

»Also gut, dann sag ich's zum zweiten Mal. Geh raus!«

Diesmal wiegte er bedächtig den Kopf und grinste sie wieder an. »Wir beide haben vieles miteinander zu erledigen, Frau, denn alles was ich gesagt habe, muß gemacht werden. Du solltest das akzeptieren, denn ich gehe nicht, bevor…«

»Warum bist du nur so verdammt engstirnig? Gibts denn da, wo du herkommst, kein Recht der freien Entscheidung?«

»Mit Recht hat es nichts zu tun.«

»Das denkst du vielleicht, aber ich nicht. Du willst diese Wiedergutmachungsmasche nur dazu benutzen, mich wieder ins Bett zu kriegen. Aber mit mir nicht. Das will ich nicht.«

»Wir kümmern uns zuerst um deine Angst, und dann weigerst du dich nicht mehr. Wir kommen nur zusammen, wenn du selber danach verlangst.«

Jetzt erinnerte er sie daran, daß sie ihn tatsächlich darum gebeten hatte. Sie wußte es ja noch, und der Schreck fuhr ihr in alle Glieder. Würde er sie noch einmal soweit bringen? Nein, sicherlich nicht. Vorher hatte sie um Erleichterung gebettelt und Lust, aber die würde sie nicht bekommen, wie sie jetzt wußte.

»Dazu wird's nicht kommen«, sagte sie abweisend.

»Aber ja doch«, gab er zurück und machte einen Schritt auf sie zu.

Sie wollte fliehen, aber er fing sie in seinen Armen auf. »Nein, Falon, nicht!«

»Das kannst du nachher, wenn du die Angst los bist, immer noch sagen.«

Seine Augen überflogen den Raum und blieben an dem schmalen Bett hängen, das in einer Zimmerecke stand. Er steuerte es unverzüglich an und bettete sie darauf. Kaum hatte er sich neben sie gelegt, als das Bett anfing, sich automatisch seiner Körpergröße und der für sie beide notwendigen Breite anzupassen.

Blitzschnell faßte Falon Shanelle um die Mitte und wälzte sich mit ihr in den Armen auf den Boden, wo er sie beide in Sicherheit wähnte. Er hatte den Aufprall mit seinem harten Körper abgefedert, und sie war nicht eben sanft auf ihm gelandet. Ein Blick auf sein unendlich verblüfftes Gesicht brachte sie zum Lachen.

Sie konnte nicht anders. Und auch, als er sich schon wieder aufgesetzt hatte und sie auf seinem Schoß hielt, mußte sie trotz seiner erbosten Blicke einfach weiterlachen. Ihre Angst löste sich in Gelächter auf, ohne daß es ihr bewußt wurde. Er hatte wahrhaftig versucht, sie vor ihrem eigenen Bett in Sicherheit zu bringen, um aller Sterne willen! Ausgerechnet vor ihrem Bett! Dabei fiel ihr die Geschichte von ihrem Vater ein, der einmal einen armen Adaptisessel tätlich angegriffen haben soll, weil er sich unter ihm bewegt hatte, und diese Erinnerung mündete in einen neuen Lachanfall.

»Entschuldige bitte«, sagte sie schließlich, wischte sich die Augen und lächelte ihn an. Aber dann ritt sie der Teufel und sie setzte hinzu: »Ich sollte dir dafür danken, daß du mir das

Leben gerettet hast.« Und schon mußte sie wieder lachen, bis ihr die Luft ausging und sie sich erschöpft an ihn lehnte.

Als ihr dämmerte, was sie da tat, wurde ihr auch bewußt, daß er sie in seinen Armen barg. Gleichzeitig begriff sie plötzlich auch manches andere: daß ihre Angst verschwunden war und daß er, obwohl er ärgerlich schien, nicht aggressiv wurde. Seine Hände spielten mit ihren Haaren. An ihrem Ohr konnte sie sein Herz ziemlich laut klopfen hören. Und sie hatte nicht den Wunsch, von seinem Schoß aufzustehen.

»Soll ich davon ausgehen, daß du nicht in Gefahr warst?«

Sie guckte zu ihm auf. Er war nicht wütend, nur neugierig.

»Nein, wirklich nicht.«

»Das Ding ist kein Bett?«

Darüber mußte sie lächeln. »Doch, aber es ist nicht lebendig. Es kann sich allerdings den jeweiligen Körpermaßen anpassen und außerdem mehr als einer Person Platz bieten. Wenn es nicht gebraucht wird, bleibt es zusammengeschoben. Das ist für einen kleinen Raum sehr praktisch.«

»Dein Zimmer ist nicht klein.«

»Das stimmt«, war alles, was ihr dazu einfiel.

Sie hätte auch erwähnen können, daß ihr *Fembair* gelegentlich bei ihr schlief und sie das Adaptibett brauchte, weil es ihr sonst im eigenen Bett zu eng geworden wäre. Aber er sollte nicht erfahren, daß dies nicht nur vorübergehend ihr Zimmer war, und dabei kam ihr die angstvolle Erinnerung, weshalb sie es nicht wollte.

»Falon…«

»Es macht mich verrückt, wenn ich dich in meinen Farben sehe.«

Erschrocken hielt Shanelle die Luft an und versuchte, ihn wegzuschieben. »Ich werd ganz bestimmt nie wieder Weiß tragen.«

»Ich bezweifle, ob es einen Unterschied macht, jedenfalls nicht, solange ich nicht an dich gewöhnt bin, und später vielleicht auch nicht.«

Sie verstand jetzt, warum sein Herz so laut klopfte. Und der Versuch, sich aus seinen Armen zu befreien, hatte sie nicht weitergebracht. Er zog sie nur noch näher an sich, und allzu schnell spürte sie wieder seinen Mund auf ihren Lippen und die weiche Wärme seiner Zunge.

Es tat ihr nicht weh, aber sie mußte immer daran denken, daß er es könnte. Gleichzeitig aber fühlte sie, wie ihr Blut durch die Adern rauschte und ihr Herz raste. Und es dauerte nicht lang, bis sie ihn wiederküßte und nicht mehr an das denken wollte, was danach vielleicht käme. Alles kreiste nur noch um das süße Verlangen, das er so leicht wieder in ihr entfacht hatte.

Wenn man die Knoten, mit denen die Schals auf den Schultern zusammengeknüpft waren, über die Arme herunterstreifte, fiel das ganze Oberteil des *Chauri* auf die Taille herab. Als Shanelle bemerkte, daß er dies getan hatte, war es zu spät zu protestieren. Seine Hände faßten sie seitlich, hoben sie auf und setzten sie so nieder, daß sie in Höhe seiner Hüften über ihm kniete. Sein Mund öffnete sich über einer ihrer Brüste, und seine Zunge fuhr über die Brustwarze, die hart wurde. Dieses Gefühl machte sie so schwach, daß sie ihre Arme um seinen Kopf legen mußte. Dann begann er zu saugen, zu kräftig.

»Fa-lon!« sagte sie in eindringlichem Ton.

Das Saugen ließ sofort nach, und er nahm seinen Mund weg, als er sein Gesicht zwischen ihre Brüste preßte. »Ich will mich beherrschen, Frau, ich schwöre es.«

Mit Entsetzen stellte Shanelle fest, daß er tatsächlich um Beherrschung ringen mußte. Genausogut hätte er aufgeben können, das wäre aufs gleiche hinausgelaufen.

Das süße Lustgefühl, das sie durchströmt hatte, wich der wiederkehrenden Angst, die unversehens in eine ausgewachsene Panik umschlug. Sie versuchte, ihn wegzuschieben, aber seine Arme hielten ihre Hüften eng umfaßt und drückten sie an sich. Sie konnte sich nur bemühen, mit ihrem Oberkörper von ihm abzurücken.

»Falon, laß mich los, bitte.«

»Nein.«

Diese Antwort ließ keine Argumente zu. Seine Hartnäckigkeit erboste sie.

»Du kannst das nicht mit mir machen! Ich habe Rechte...«

»Ich auch. Wessen Rechte haben hier Vorrang, was meinst du?«

Ihre Augen wurden schmal. »Soll das vielleicht heißen, daß hier das Recht des Stärkeren gilt?«

Er schüttelte den Kopf und grinste. »Du hast mir das Recht gegeben, mit dir zu schlafen, was ich in Wirklichkeit aber noch nicht getan habe. Ich meine, du hast es ›unterhalten‹ genannt.«

Sie wurde rot in der Erinnerung an ihre frühere Kühnheit. Und sie hatte geglaubt, er hätte sie nicht verstanden!

»Was auch immer ich dir versprochen haben soll, Falon, ich zieh es hiermit zurück. Ich hab einen Riesenfehler gemacht, aber schon einmal dafür bezahlt. Zweimal kommt nicht in Frage. Und jetzt laß mich los, sonst schrei ich das ganze Haus zusammen.«

»Schrei nur, ich küsse dich still.«

Sie haßte es, wenn Leute, ohne zu zögern, blufften. Sie hatte wirklich Lust zu schreien, aber jetzt vor Wut. Aber auch daraufhin würde ein Diener kommen, und dann – ihr Vater. Sie wußte schon, wie es liefe. Und was bedeute es für sie?

Er hatte von Küssen geredet. Jetzt sah sie, daß er auf ihren Mund starrte, und sie zuckte zurück und fuhr ihn an: »Laß dir das ja nicht einfallen!«

Er seufzte und zog sie dichter an sich. »Es ist falsch, mit einer Frau zu streiten, wenn sie nicht gewinnen kann...«

»Brauchst du Hilfe, Shani?«

Beide drehten sich um und stellten fest, daß Corth ins Zimmer gekommen war, was Shanelle ungeheuer erleichterte. Falon dagegen reagierte feindselig.

»Ja.«

»Nein, braucht sie nicht«, knurrte Falon, und an Shanelle gewandt, meinte er: »Sag ihm, er soll gehen.«

»Nein.«

»Dann mach ich ihm Beine.«

»Versuch's nur mal.«

Es machte sie vergnügt, daß sie die Gelegenheit bekam, ihm mit gleicher Münze heimzuzahlen. Er teilte ihr Vergnügen nicht. »Deine Widerspenstigkeit wird langsam lästig, Frau. Gehörtest du mir, würde ich sie nicht dulden.«

Damit setzte er sie neben sich auf dem Boden ab und kam mit der gleichen Bewegung wieder auf die Füße. Dabei zog er sein Schwert aus der Scheide. Das hatte sie nicht erwartet. Corth sollte ihn natürlich aus dem Zimmer befördern, nötigenfalls mit Gewalt, aber sich nicht mit einer Waffe verteidigen müssen, die zu benutzen er nicht programmiert war. Um der Sterne willen, hier ging es doch nicht um Leben und Tod!

»Nein, halt!« Shanelle kam auf die Füße und baute sich vor Falon auf. »Was, zum Teufel, willst du hier anrichten?«

»Ihn rauswerfen, weil man mich dazu getrieben hat.«

Sie errötete heftig. »Das tut mir leid. Ich hätte nicht deine eigenen Worte benutzen sollen. Aber er darf jetzt nicht gehen. Er hat meinen Hilferuf gehört, und er ist so programmiert, daß er erst gehen darf, wenn er mir geholfen hat.«

»Dann werde ich seine Meinung ändern.«

»Seine... Falon, er ist ein Androide. Das geht nicht...«

»Mir egal, zu welcher Rasse er gehört. Er stört, und das lasse ich mir nicht länger gefallen.«

Er wollte sie beiseite schieben. Sie hielt mit beiden Händen seinen Schwertarm fest, und dabei fiel ihr ein, daß sie etwas Wesentliches vergessen hatte.

»Falon, Androiden sind Roboter! Corth ist kein Mensch, sondern ein Roboter, aber trotzdem bedeutet er mir viel. Und wenn du ihn zerstören würdest, könnte ich es dir nie verzeihen. Er ist seit meiner Geburt bei mir. Mein Vater hat ihn extra programmieren lassen, damit er mich beschützt. Deshalb kann er mich nicht mit dir alleinlassen. Außerdem hat er nicht gelernt, das Schwert zu benutzen, das er trägt. Er kennt nur waffenlosen Kampf. Es wäre ungefähr so, wie wenn du ein hilfloses Kind angreifen würdest. Und das willst du doch nicht, oder?«

In Falons Zügen malte sich deutliche Enttäuschung. »Ich habe keine Skrupel, einen Roboter kaputtzuschlagen, falls er wirklich einer ist, aber ich will nichts zerstören, woran dein Herz hängt.« Er steckte sein Schwert wieder weg und zeigte damit, daß sie seinen Arm gar nicht behindern konnte. »Du hast einen Vater erwähnt. Wo finde ich ihn?«

Shanelle hatte minutenlang eine völlige Leere im Kopf. »Er – er ist nicht hier.«

Plötzlich grinste Falon sie an. »Ich merke jetzt schon schneller, wenn du lügst, Frau. Du mußt mich daran erinnern, daß ich es dir abgewöhne, wenn du mir gehörst.«

Sie knirschte mit den Zähnen. »Gehst du jetzt endlich?«

»Nur gegen meine bessere Einsicht will ich dir zum zweiten Mal deinen Willen lassen.« Und mit den Augen auf ihre immer noch unbedeckten Brüste meinte er: »Aber dann nicht noch einmal. Wenn wir uns das nächste Mal treffen, weiß ich, wie ich dich bekommen kann.«

# 13

Falon kam zu spät zum Dinner, aber niemand machte eine Bemerkung darüber. Wenn man ihn dort nicht erwartet hätte, hätte er die Frau und ihren Androiden nicht so schnell verlassen. Aber jetzt wußte er, wo sie zu finden war und konnte über diesen Punkt beruhigt sein. Außerdem vermutete er, daß ihr Vater ebenfalls Gast des *Shodan* und insofern erreichbar sein würde, und das versetzte ihn in gute Laune.

Er brannte darauf, mit Dalden über sie beide zu sprechen und zu erfahren, wie bald ein Treffen mit dem Vater der Frau zustande kommen könnte. Aber zuerst mußte er seine Gastgeber begrüßen.

Challen Ly-San-Ter bot als Person keine Überraschungen. Er entsprach ziemlich genau dem Bild eines Mannes, der schon seit über zwanzig Jahren *Shodan* war, ein erster Krieger seines Landes. Er hatte das Mißgeschick gehabt, alle diese Jahre hindurch mit Besuchern umgehen zu müssen, aber der Kontakt mit ihnen konnte seine Lebensweise nicht verändern. Und wie die meisten Sha-Ka'ani-Krieger war er ein sehr beherrschter, fast gefühlsarm wirkender Mann. Die Ba-Har-ani hatten die Sha-Ka'ani-Krieger immer um diese Fähigkeit beneidet, die sie selbst noch zu erwerben hofften.

Challens Lebensgefährtin allerdings war unbedingt eine Überraschung. Er hatte sich vorgenommen, diese Frau, die den Planeten einer Horde von Himmelsfliegern öffnete, auf keinen Fall zu mögen, aber er entdeckte eine graziöse Person mit angenehmer Stimme und konnte nicht leugnen, daß sie eine unglaublich schöne Frau war. Daß sie eine Besucherin war, konnte er ihr ebensowenig verübeln wie seiner goldenen Shani.

Als Falon endlich Gelegenheit bekam, einen Moment privat mit Dalden zu sprechen, der sich bis dahin mit einer kleinen Gruppe von Besuchern unterhalten hatte, denen er nicht begegnen wollte, mußte er feststellen, daß der junge Mann aus dem Raum gegangen war. »Er will nachschauen, warum seine Schwester noch nicht hier ist«, informierte ihn Jadell, als er diesen fragte. »Aber du darfst mich nicht länger auf die Folter spannen. Wo ist deine Besucherin geblieben?«

Falons Gesicht verdüsterte sich. »Ich konnte wieder nicht lang genug meine Hände von ihr lassen, um zu erfahren, wer sie ist, und es ist mir nicht gelungen, ihr für mehr als ein paar Minuten die Angst zu nehmen.«

»Es wäre besser gewesen zu warten, bis du mehr Zeit hast«, gab sein Bruder zurück.

»Wenn ich in ihrer Nähe bin, vergesse ich alles um mich herum. Ich wäre wahrscheinlich nicht hier, wenn ihr nicht noch ein anderer Apparat, ein Roboter, geholfen hätte. Wenn es denn wirklich einer war.« Auf seinem Weg zur Tür blieb er neben dem Ding namens Corth stehen und empfing ein höhnisches Grinsen von ihm. »Ich kann diesen hier nicht mal kaputthauen, weil sie so an ihm hängt«, setzte er angeekelt hinzu.

Jadell lächelte breit, als er vorschlug: »Vielleicht ist dir der Gedanke tröstlich, daß sie die Dinger auch zu Hause lassen kann.«

»Stimmt – Droda, hilf uns, ich trau meinen Augen nicht, was ist das?«

Jadell folgte seiner Blickrichtung und sah das kleine Rundbecken in einer Nische des Raums. Es war nicht das eingelassene Becken selbst, das ihn faszinierte, sondern die drei großen *Fembairi*, die sich um seinen Rand lagerten. Lange, schlanke Körper mit kurzhaarigem, weißen Fell, breiten, runden Köpfen und großen blauen Augen. An ihren Reißzähnen konnte man sehen, daß sie zu den gefährlichsten Raubtieren des Planeten gehörten; dazu kam, daß sie fast so groß waren wie *Hataari.*

Im Gegensatz zu Falon blieb Jadell völlig unbeeindruckt; er lachte in sich hinein. »Du warst nicht dabei, als sie uns vorgestellt wurden. Die Ly-San-Ters halten diese Viecher als Haustiere.«

»Ziemlich ungewöhnlich, Raubtiere als Schmusetiere zu halten. Ich hab noch nie von einem zahmen *Fembair* gehört.«

»Es ist uns aber versichert worden, daß sie ungefährlich sind.«

Während er noch sprach, stand eins der Tiere auf und bewegte sich in großen Sprüngen auf die Tür zu, durch die gerade ein junger Mann und eine junge Frau eintraten. Er stand sprachlos vor Staunen. Die Frau war seine Shani, und sie hielt Daldens Taille umfaßt, während er seinen Arm um ihre Schultern gelegt hatte. Beide lächelten. Und sofort fiel ihm auf, wie sehr sie einander glichen, in Augen, Haaren und Hautfarbe, ja sogar in einigen Gesichtszügen. Aber bevor er alle diese Einzelheiten aufnehmen konnte, war der *Fembair* bei ihnen angekommen, hatte die Frau angesprungen und zu Boden geworfen und lag nun halb auf ihr.

Falon sah nur, daß seine Frau angefallen wurde, und reagierte entsprechend impulsiv. Er griff nach seinem Dolch und hatte schon fast den ganzen Raum durchquert, als Challen ihm in den Weg trat; er war sicher der einzige, der ihn in diesem Moment aufhalten konnte.

»Nur die Ruhe, Krieger, das Tier gehört meiner Tochter. Es freut sich nur, daß sie wieder zu Hause ist.«

Dann hörte er ihr melodisches Lachen, bei dem ihm jedesmal so warm wurde. Sie war nicht in Gefahr, sie wurde nur stürmisch begrüßt...

»*Ihre* Tochter?«

Überall hätte Shanelle seine Stimme herausgehört, und sie ächzte insgeheim über den verwunderten Ton, den er hineinlegte. Sie schob Shank so weit von sich weg, daß sie aufstehen und sich umschauen konnte. Und da, wahrhaftig, stand er, halb von ihrem Vater verdeckt, bis er sich dann hinunterbeugte, um den Dolch wieder an seinem Stiefel zu befestigen. Ihre Augen trafen sich, und das Lächeln, das er ihr schenkte, war eindeutig triumphierend. Ihr zweites Ächzen war denn auch gut zu hören.

»Was machst du denn hier?«

»Aber Shani, in welchem Ton redest du denn«, ermahnte sie Dalden. »Du sprichst mit einem *Shodan*.«

»Aber woher denn – er ist ein Besucher.«

»Laß dich nicht von seiner Haarfarbe täuschen«, setzte er, nur für ihre Ohren bestimmt, hinzu. »Er ist ein Ba-Har-ani-Krieger und *Shodan* von Ka'al, einer der größten Städte in ihrem Land.«

Ein Krieger. Ein *verdammter* Krieger! Und sie warf Falon einen anklagenden Blick zu. »Du hast mich in dem Glauben gelassen, du seist ein Besucher!«

Falon lächelte immer noch. So wie die Dinge nun lagen, konnte nichts mehr seine Zufriedenheit trüben. »Du hast mich das gleiche von dir denken lassen, Frau.«

Bevor sie sich dazu äußern konnte, zog Dalden sie schnell zu sich her und fragte, so daß Falon es nicht hören konnte: »Du bist ihm schon mal begegnet, nicht wahr?«

»Bei den Sternen, ich wünschte, es wäre nicht so, aber ich habe ihn kurz nach meiner Ankunft getroffen.«

»Du hast Martha doch bei dir gehabt, ja?«

»Natürlich, Dal, aber was hat das…«

Er ließ sie los und wandte sich Falon zu. Äußerlich schien er ausgesprochen ruhig. Wie es in seinem Inneren aussah, war eine andere Frage.

»*Shodan* Van'yer, ich würde gern unter vier Augen mit dir sprechen. Wenn du mir bitte folgen würdest.«

Falon erinnerte sich gut genug an das, was er dem Bruder über seine Schwester erzählt hatte, bevor er wußte, daß sie seine Schwester war. Er konnte sich vorstellen, daß er ihn zur Rechenschaft ziehen würde, aber seinem Glück tat das keinen Abbruch. Die Frau war keine Besucherin. Er würde sie tatsächlich bekommen!

Falon nickte, aber es war Challen, der als erster sprach. »Worum geht es, Dalden?«

»Darum, einen Irrtum aufzuklären«, antwortete Dalden ausweichend. »Es dauert nicht lang.«

Challen ließ die beiden ziehen. Er nahm an, daß die Sache unter vier Augen ausgemacht werden sollte, um dem *Shodan* eine unangenehme Situation zu ersparen. Aber die beiden jungen Männer waren kaum gegangen, als die Wand wackelte, als ob einer von ihnen dagegen geflogen sei. »Da muß jemand über irgendwas gestolpert sein«, vermutete Tedra, die neben Challen getreten war, um ihn möglicherweise daran zu hindern, selbst einzugreifen.

»Und du bleibst schön hier, junge Dame!« befahl sie ihrer Tochter, die sich ebenfalls der Tür näherte.

Shanelle wollte ihrem Ärger Luft machen und etwas sagen, aber nach einem Blick auf die verfinsterte Stirn ihres Vaters verzichtete sie darauf. Sie stand der Tür am nächsten und konnte die Kampfgeräusche draußen besser hören als die anderen. Sie ging zu Shank hinüber und verbarg ihr Gesicht in seinem breiten Nacken. Sie wünschte, sie hätte sich nicht von Dalden überreden lassen, überhaupt ihr Zimmer zu verlassen.

»Wie kommt es, daß ich den Verdacht habe, du wüßtest besser als ich, was hier vorgeht?« fragte Challen seine Lebensgefährtin.

»Aber wie kommst du denn darauf?«

»Frau…«

»Nur Geduld, mein Junge.« Sie grinste zu ihm empor. »Du bist doch derjenige, der am Ende die Entscheidung zu treffen hat, und wenn ich nicht irre, wirst du es schon sehr bald müssen.«

Draußen in der Halle wälzte Dalden sich herum und knallte Falons Kopf auf den Fußboden. »Verdammt noch mal, sie ist meine Schwester! Du wolltest meine Schwester zur Sklavin machen!«

»Nur weil ich sie für eine Besucherin hielt.« Damit befreite er seinen Kopf aus Daldens Griff und bekam nun seinerseits die Oberhand. Aber er schlug nicht zurück. »Wirst du jetzt endlich mal zuhören?«

»Nein, jetzt rede ich. Du kannst sie als Lebensgefährtin haben oder gar nicht. Und wenn mein Vater sie dir nicht geben will, dann muß ich dich fordern, Falon. Begreifst du, warum?«

»Natürlich, das kann ich vom Bruder meiner Frau nicht anders erwarten.«

»Sie ist noch nicht deine Frau. Sterne, du hast verdammt Glück, daß ich dich leiden kann.«

Falon lachte und half Dalden wieder auf die Füße. »Ist jetzt alles in Ordnung?«

»Nein.« Und damit landete seine Faust in Falons Magen. »Das ist dafür, daß du ihr, womit auch immer, solche Angst gemacht hast. Was es war, weiß ich nicht, aber das darf nicht mehr vorkommen.«

Falon war bei dem unerwarteten Stoß in die Knie gegangen. Wie der junge Mann mit Leuten verfahren würde, die er nicht leiden konnte, wollte er lieber nicht wissen.

»Deine Schwester hat mich ausgewählt, um ihre erste sexuelle Erfahrung mit mir zu machen. Mein Verhalten war schuld daran, daß sie Angst vor mir bekam, aber ich weiß, daß sie mich noch begehrt. Ich muß nur länger mit ihr zusammensein können, dann wird sie sich nicht mehr vor mir fürchten.«

»Das ist in Ordnung«, sagte Dalden und half nun seinerseits dem anderen auf die Füße, obwohl der *Shodan* sofort eine Armlänge auf Abstand ging. »Es ist dir doch klar, daß du dich jetzt an den Wettkämpfen beteiligen mußt?«

Falon schnitt eine Grimasse. »Wenn es sich nicht vermeiden läßt.«

»Damit kannst du deine Chancen nur verbessern. Denn du bist nicht der einzige Mann, der Shanelle haben möchte. Es gibt vieles, was für dich spricht, aber das wichtigste Anliegen meines Vaters ist, daß ihr Lebensgefährte in der Lage sein soll, sie genausogut zu beschützen wie er selbst.«

»Die Sorge haben alle Väter«, meinte Falon zustimmend. »Na gut, ich würde ihn zwar am liebsten sofort um Shanelle bitten, aber ich werde warten, bis die Wettkämpfe vorbei sind.«

# 14

»Hast du ihm denn nicht ansehen können, daß er ein Krieger war?« fragte Tedra behutsam. Shanelle lehnte an der Balkonbrüstung und starrte auf das sanfte Licht hinunter, das die Gaalisteine unten in den Straßenlampen verbreiteten. Sie wollte nicht über Falon Van'yer sprechen. Ein Krieger, ein arglistiger Täuscher, was sie betraf. O Sterne, sie hätte nie gedacht, daß dieser Tag noch schlimmer werden könnte. Das hatte man vom Denken.

Aber ihre Mutter wollte die Angelegenheit klären. Nach der kleinen Szene in der Dinnerhalle wußte sie ohnehin genau, wer Falon war.

»Natürlich sieht er seinem Körperbau nach aus wie ein Krieger, das ist mir ja auch aufgefallen, Mutter. Aber er hat doch schwarze Haare. Ich hab ihn Martha gezeigt, und sie hat ihn deswegen auch für einen Besucher gehalten.«

»Man weiß aber doch, daß die Ba-Har-ani schwarzhaarig sind«, beharrte Tedra.

»Aber das Land ist schließlich eine Vier-Monate-Reise entfernt, mit normalen Verkehrsmitteln gerechnet. Und sie sind seit Jahren nicht mehr über die Grenze gekommen, wenn ich mich recht erinnere. Ich hab wirklich noch nie vorher einen Ba-Har-ani-Krieger getroffen. Und es war doch nicht anzunehmen, daß sie von den Wettkämpfen wußten, weil sie ja mit uns oder dem Zentrum sonst nichts zu tun haben.«

»Sie haben die Nachricht auch nicht bekommen. Diese Ba-Har-ani sind mit Dalden zusammen hergekommen, weil dein Vater darum gebeten hatte. Und vielleicht sollte ich die unangenehme Nachricht besser gleich loswerden. Dein Vater wünscht sich zwischen unseren beiden Ländern wieder rege, freundschaftliche Beziehungen. Damit wäre der junge Mann sicher im Vorteil, wenn er sich um dich bewirbt. Und es war nicht zu übersehen: Als er nun wußte, wer du warst, fing er an zu strahlen wie ein Haufen Gaalisteine.«

Shanelle stöhnte laut und vernehmlich. »Er will Vater fragen. Aber jetzt hab ich noch mehr Gründe, ihn nicht zu wollen. Ich sollte am besten gleich wieder abreisen.«

»Du solltest nichts übereilen«, antwortete Tedra. »Du könntest sogar, ohne es zu wissen, ein paar Gründe weniger haben. Oder weißt du vielleicht nicht, daß die Ba-Har-ani in vielen Dinge ganz anders sind als unsere Krieger? Daß dein Falon sich nicht beherrschen kann, ist ein Beispiel dafür. Und hast du nicht erzählt, er sei aufbrausend? Aber wenn du mir sagst, daß zwischen euch beiden nichts mehr läuft und daß du nichts für ihn empfindest, dann muß ich dem nichts mehr hinzufügen.«

»Mutter, warum stellst du dich schon wieder auf seine Seite?« fragte Shanelle erbittert.

»Weil du ihn dir ausgesucht hast und ich nicht mitansehen kann, daß du nur deswegen einen Fehler machst, weil du inzwischen kalte Füße gekriegt hast. Du warst nicht die einzige, die heute abend zu spät gekommen ist, und ich hatte nicht den Eindruck, daß du diesmal hinken mußtest.«

Shanelle schaute weg und wünschte sich, ihre Mutter würde nicht immer gleich alles erraten. »Nein, er hat mir diesmal nicht weh getan. Nachdem mein Bett ihn angegriffen hatte und er beinahe auf Corth losgegangen wäre, blieb uns nicht mehr viel Zeit für was anderes.«

»Nichts kann einen Krieger auf so gute Gedanken bringen wie ein Adaptibett«, meinte Tedra sehr gefaßt, brach aber kurz darauf in helles Gelächter aus. »Entschuldige. Es erheitert mich nur so ungeheuer, wenn diese großen Kerle mit der modernen Technologie konfrontiert werden. Aber ich kann mir denken, daß es vorhin nicht lustig war.«

Shanelle zog eine Augenbraue hoch. »Willst du mich veräppeln, Mutter? Er hat mich vor meinem eigenen Bett in Sicherheit gebracht!«

»Hör auf«, bat Tedra und mußte sich die Lachtränen wegwischen.

»Ja, aber weil ich so lachen mußte und nicht mehr aufgepaßt hab, war er dann doch im Vorteil. Das heißt, er hätte die Situation ausgenutzt, wenn Corth nicht aufgetaucht wäre. Aber das ändert nichts an der Tatsache, daß es mir nicht gelungen ist, Falon aus meinem Zimmer zu schicken. Und er hat einfach nicht zugehört, als ich ihm gesagt hab, ich wollte nicht mit ihm schlafen. Er hat mir sogar angedroht, meinen Widerstand zu brechen, wenn er mich erst besitzt. Seine Überheblichkeit ist unerträglich.«

»Das ist sie bestimmt«, meinte Tedra ohne jedes Mitgefühl. »Er ist eben ein Krieger, und in dem Punkt sind sich offensichtlich alle gleich. Du bist doch von der eigenen Familie her an Selbstherrlichkeit gewöhnt, Baby. Nur von einem Fremden ist sie für dich unerwartet.«

»Ich will mich aber nicht dran gewöhnen. Wenn ich von Anfang an gewußt hätte, daß er ein Krieger ist, dann müßten wir uns jetzt nicht über all das unterhalten. Ich wäre nie mit ihm gegangen.«

»Mach dir doch nichts vor, Shani. Wenn es dir die Schuhe auszieht, kannst du nichts dagegen tun, und ich spreche aus Erfahrung. Du hättest ihn unter allen Umständen haben wollen, denn du hättest der Versuchung nicht widerstanden. Also würden wir genau das gleiche Gespräch führen, denn den Mann hat es genauso erwischt wie dich, und er hat die Absicht, deswegen etwas zu unternehmen.«

»Viel kann er nicht tun, wenn ich nicht da bin«, meinte Shanelle abweisend.

Tedra seufzte. »Ich will dir mal von ein paar Problemen erzählen, die mir im Leben begegnet sind. Eins war, daß ich gegen meinen Willen von deinem Vater schwanger geworden bin. Und wenn dir das komisch vorkommt, dann will ich dich dran erinnern, daß dort, wo ich herkam, so etwas nicht gerade üblich war. Ich war absolut entsetzt. Auf keinen Fall wollte ich so etwas Barbarisches wie Gebären durchmachen. Ich konnte nicht einmal den Meditech-Bericht mit dem Ergebnis des Schwangerschaftstests lesen. Aber Martha hat mir nicht erlaubt zu kneifen. Sie hat den Bericht gelesen und alles ausposaunt. Sie hat mir sogar erzählt, daß es ein Junge würde.«

Shanelle verzog das Gesicht. »Aber Mutter...«

»Ich weiß, ich weiß, aber laß mich zum Ende kommen. Ich

hab mich also entschlossen, tapfer zu sein und für Challen diesen Sohn auszutragen, denn ich liebte ihn ja, und er wollte alles auf die altmodische Art haben. Aber je näher ich der Entbindung kam, desto irrsinniger wurde meine Angst, obwohl ich wußte, daß ich nur in ein Meditech zu krabbeln brauchte, damit alles ohne Schmerzen vonstatten ginge. Was ich allerdings nicht in Betracht gezogen hatte, war der Umstand, daß die Meditech-Einheiten nicht auf dicke, runde Bäuche zugeschnitten waren. Denn in Kystran ist es praktisch unmöglich, bei der dort üblichen Ernährung übergewichtig zu werden, und dies war nun mal ein Standardgerät aus Kystran. Also hab ich in der verdammt allerletzten Minute erfahren, daß die Geburt wirklich auf die altmodische Art verlaufen würde. Ohne jede Schmerzbehandlung, ja sogar ohne Sha-Ka'ani-Heiler, weil man mich schon zum Rover transferiert hatte und es zu spät war, noch einen aufzutreiben. Du kannst dir denken, daß das der Schock meines Lebens war.«

»Wieso hab ich eigentlich noch nie davon gehört?«

»Weil deine Mutter nicht gern zugibt, daß sie weiß, was Angst ist, aber ich bin noch nicht mal zur Hälfte mit der Geschichte durch. Dein Vater bekam fast einen Nervenzusammenbruch. Er kam für ihn völlig unerwartet, daß er selbst mich entbinden mußte, aber an Bord war niemand außer ihm und Corth, und natürlich noch Martha. Aber Martha hat keine Hände, und Challen ließ Corth nicht mal in meine Nähe kommen. Bevor dein Bruder geboren wurde, hab ich bei allen Gottheiten zweier Sternensysteme geschworen, deinen Vater für das, was er mir angetan hatte, zu ermorden. Aber damit zumindest wurde er spielend fertig. Er meinte, meine Reaktion sei völlig normal, worauf ich ihm sagte, er könnte von mir aus tot umfallen. Und dann gab Martha Ratschläge aus einem Buch, die sie mit ihrem üblichen Geplänkel aufbereitet hat, wie etwa: ›Wenn du jetzt, statt dem Kerl die Kastration anzudrohen, mal ein bißchen pressen würdest, könnten wir's schneller hinter uns bringen.‹ Und: ›Eins weiß ich bestimmt, Mädchen, nämlich, daß deine Lunge in Ordnung ist.‹«

Shanelle mußte lächeln, obwohl sie bemerkte: »Das war nicht besonders nett von ihr.«

»Sie wollte mich einfach ärgern, um mich von den Schmerzen abzulenken, aber damals hatte ich keinen Sinn dafür. Das Beste hat sie allerdings bis zuletzt aufgehoben, als Challen seinen quäkenden Sohn in den Händen hielt und ich halb tot da lag, oder jedenfalls so ähnlich. ›Hebt euch die Glückwünsche für später auf, Leute. Wir sind erst halb durch.‹ – ›Sie meint die Nachtgeburt‹, versuchte Challen mich zu beruhigen. Aber Martha ließ uns dafür keine Zeit. Sie sagte mit der allergrößten Gelassenheit: ›Nein, ich meine die kleine Zwillingsschwester, die gleich rausgeschossen kommt, um ihrem Bruder Gesellschaft zu leisten.‹«

»Soll das heißen, daß ihr es vorher nicht gewußt habt?«

»Zum Teufel, nein, ich hab's nicht gewußt. Sie allerdings schon die ganze Zeit, und sie hat mir nie auch nur eine Andeutung gemacht, daß ich statt einem zwei Kinder auszutragen hatte. Hinterher meinte sie, ich hätte mit so einer Mitteilung nicht umgehen können, und vielleicht hat sie damit recht gehabt. Es war schon hart genug für mich, damit fertig zu werden, überhaupt ein Kind zu bekommen. Und wenn ich gewußt hätte, daß es zwei wären, hätte ich mich vielleicht gar nicht getraut, es zu versuchen. Ich weiß wirklich nicht, was geworden wäre.«

»Mutter, mach dich doch nicht schlechter als du bist.«

»Nein, Shani, ich bin ehrlich. Du bist so aufgewachsen, daß es für dich normal ist, Kinder zu bekommen, du freust dich vielleicht sogar darauf. Für dich ist es keine große Sache. Und damit kommen wir zum zweiten Problem. Jetzt hatte ich dich und deinen Bruder. Und irgendwie hab ich's auch überlebt, aber frag mich nicht, wie. Und ich liebte euch heiß und innig. Aber ich hatte verdammt keine Lust, das noch mal durchzumachen. Und ich hab mich entschlossen, ohne deinen Vater zu fragen. Ich wollte im Meditech dafür sorgen lassen, daß ich keine Kinder mehr bekomme. Und mein Entschluß stand fest.

Also flog ich mit dem Rover zum Gesundheitszentrum. Ich gab meine Daten ein und sagte dem Meditech, was ich wollte. Und zum ersten Mal hielt Martha den Mund, totale Funkstille aus der Richtung. Dann mußte ich an Challen denken, und wie sehr ich ihn liebte und daß er mir das nie im Leben verzeihen würde. Und dann fing ich an zu weinen. Dann dachte ich an dich und Dalden, und wie wichtig ihr mir wart. Und jetzt mußte ich erst recht heulen. Da saß ich auf dem Boden und weinte mir die Augen aus dem Kopf und merkte, daß mir der Kummer auch physisch weh tat.«

»Also hast du's nicht getan?« fragte Shanelle sanft.

Tedra schüttelte den Kopf und räumte ein: »Ich brauchte es nicht zu tun. Als Martha merkte, daß ich fast hysterisch wurde, hat sie Challen geholt und zum Gesundheitszentrum gebracht. Und dann saß er neben mir auf dem Boden und hielt mich, bis ich mich ausgeweint hatte. Ich mußte ihm erzählen, was los war, und er meinte, das sei kein Problem. Er wollte auch nicht, daß ich noch mal schwanger würde. Ich wußte damals nicht, daß Krieger generell keine großen Familien wollen, weil sie so sehr mit ihren Frauen mitleiden bei der Entbindung und es kaum ertragen können, daß sie solche Schmerzen aushalten müssen. Das übliche sind ein oder zwei Kinder, drei schon seltener, pro Familie. Danach trinkt der Krieger wieder bis an sein Lebensende Dhayasaft, das hier übliche Mittel zur Geburtenkontrolle. Ich hatte Challen Zwillinge geboren, was für ihn mehr als genug war.

Kurz und gut, meinem ersten Problem, vor dem ich am liebsten davongelaufen wäre, brauchte ich mich nur zu stellen, um es bewältigen zu können, und das zweite hat Challen selber in die Hand genommen. Ich will damit nur sagen, Shani, daß es auf die eine oder andere Art immer eine Lösung gibt. Man muß sie nur finden. Deine Probleme lassen sich sicher nach und nach aufarbeiten, bis nichts mehr davon übrig ist.«

Shanelle brauchte einen Moment, um sich wieder in die Gegenwart zu versetzen und sich daran zu erinnern, daß eigentlich Falon der Gegenstand dieses Gesprächs gewesen war. »Klar, eine Lösung fällt mir sofort ein. Mein Leben lang werd ich direkt aus dem Bett ins Meditech schlüpfen müssen.«

»Das ist absolut nicht witzig«, fuhr Tedra sie ungeduldig an. »*Das* Problem ist nämlich zufällig Falons, und er muß es angehen, sonst kriegt er's mit deinem Vater zu tun.«

»Und wenn er's nicht schafft? Er schwört, es würde ihm nie mehr passieren, aber er hat so furchtbar gegen seine Leidenschaft ankämpfen müssen, als er in mein Zimmer eingedrungen war. Ich hab's mit angesehen, und es hat mir eine Wahnsinnsangst eingejagt. Was wissen wir denn eigentlich von diesen Kriegern aus dem Osten? Was für Überraschungen werd ich noch erleben?«

Jetzt mußte Tedra grinsen. »Vielleicht die, daß sie ihre Frauen anders bestrafen oder gar nicht. Es könnte ja sein, daß eins von diesen unbeherrschbaren Gefühlen die Liebe ist.«

Wie elektrisiert faßte Shanelle nach der Hand ihrer Mutter. »Weißt du's wirklich?«

Tedra wiegelte ab. »Sterne, ich will keine falschen Hoffnungen in dir wecken. Nein, ich weiß es nicht, aber vielleicht dein Bruder. Er ist in den letzten Wochen ständig mit ihnen zusammengewesen. Frag ihn doch einfach.«

»Was soll sie mich fragen?« erkundigte sich Dalden, der hinter ihnen stand.

Tedra schaute über die Schulter zu ihm hin. »Bist du eben erst wiedergekommen?«

»Nein, wir sind zum Essen wiedergekommen. Wir haben die ganze Zeit hungrig dagesessen und auf euch gewartet.«

Shanelle wandte sich um und sah durch die großen Bogenfenster in den Raum. Dort saß Falon auf einer der Couches und unterhielt sich mit einem Freund. Er mußte ihren Blick gespürt haben, denn er sah genau in diesem Moment auf und dann zu ihr hinüber. Unter seinem Lächeln wurde ihr wieder auf so besondere Weise angenehm warm. Sie schloß die Augen davor und drehte sich aufseufzend weg.

Tedra winkte ihren Sohn heran. »Dein Bauch kann noch ein paar Minuten länger warten. Was kannst du uns über die Ba-Har-ani erzählen, und worin unterscheiden sie sich von unseren Kriegern?«

»Sie sind in manchen Situationen ein bißchen weniger zurückhaltend«, meinte Dalden als er an Shanelles andere Seite trat. »Wenn sie ärgerlich werden, merkt man es.«

»Hast du ihn verletzt, Dal?« fragte Shanelle schwach.

Dalden lachte, und Tedra tätschelte ihre Hand. »Wenn er das gewollt hätte, wäre er nicht darum herumgekommen, ihn zu fordern«, meinte sie begütigend. »Aber jetzt mal zu den Frauen. Wie gehen sie mit ihnen um, und vor allem, wie werden sie bei ihnen bestraft?«

Er zuckte lässig die Achseln, aber in seinen bernsteinfarbenen Augen glitzerte typisch männliche Belustigung, als er zurückgab: »Ich glaub, sie werden versohlt.«

Tedra schmunzelte. »Ist das alles?«

»Ist das alles!« keuchte Shanelle fast außer sich.

»Das ist... das ist...«

»Nicht das, wovor du Angst hattest«, brachte ihr Tedra schnell in Erinnerung.

Shanelle preßte die Lippen zusammen. Das stimmte. Aber verhauen? Von jemand mit einer so unwahrscheinlichen Kraft, wie Falon sie besaß? Nein, danke.

»Und wie steht's mit der Liebe?« wollte Tedra als nächstes wissen.

Wieder zuckte Dalden die Achseln. »Darüber haben wir uns, solange ich dort war, nie unterhalten. Ich weiß, daß der Mann Shanelle haben will. Als er sie noch für eine Besucherin hielt, wollte er sie kaufen. Jetzt, wo er weiß, wer sie ist, möchte er sie als Lebensgefährtin gewinnen. Ich denke, er wird genausogut für sie sorgen wie ein Sha-Ka'ani-Krieger. Als Mann ist er mir sympathisch. Und als *Shodan* respektiere ich ihn. Ehrlich gesagt hoffe ich, daß Vater ihm Shanelle gibt, vor allem, weil sie sich ihm schon hingegeben hat.«

Der mißbilligende Unterton, der seiner Stimme bei den letzten Worten anzuhören war, ließ Shanelle erröten, und sie warf ihm einen unfreundlichen Blick zu. »Das war meine Angelegenheit, Dal. Ja, ich hab ihn mir ausgesucht, und das war ein Fehler, den ich nicht wiederholen möchte. Es ist einfach nichts draus geworden, und das war's.«

»Ich weiß, daß du dich jetzt noch vor ihm fürchtest, Shani«, meinte er nun, nach ihrer heftigen Reaktion, etwas vorsichtiger, »das hat er mir gesagt. Aber was auch immer dran schuld war, ich glaub', daß er seinen Fehler wiedergutmachen kann.«

»Und ich bin sicher, daß er's nicht schafft«, hielt sie ärgerlich dagegen. »Sterne, wenn er dir sonst alles erzählt hat, frag ich mich, warum er das nicht auch zugegeben hat.«

Jetzt mußte Dalden doch grinsen. »Als von dir die Rede war, wußte er nicht, daß du meine Schwester warst, und ich hatte keine Ahnung, daß du die Frau warst, die er unbedingt kaufen wollte.«

»Jetzt reicht's mir aber«, warf Tedra ein. »Du erzählst nun schon zum zweiten Mal, daß er sie kaufen wollte. Glaubt er vielleicht, daß Lebensgefährtinnen hierzulande käuflich sind?«

»Nein, aber so wollte er sie bekommen, als er sie noch für eine Besucherin hielt. Seine Familie hat immerhin jede Menge Gründe, Besucher für minderwertig zu halten. Trotzdem wollte er Shani mit nach Hause nehmen – nur eben als Sklavin.«

»Als was?« riefen Tedra und Shanelle wie aus einem Mund.

Erstaunt hob Dalden die Augenbrauen. »Habt ihr nicht gewußt, daß die Ba-Har-ani Sklavenhalter sind?«

»Jetzt, wo du es erwähnst, meine ich mich schwach zu erinnern, aber das ist so viele Jahre her, daß ich's wohl vergessen habe«, sagte Tedra, als sie einen Arm um Shanelles Taille legte und sie wieder hineinführte. Und nur für ihre Ohren bestimmt, setzte sie hinzu: »Damit ist die Sache ein für allemal erledigt. Wenn dein Vater dich diesem Mann gibt, dann, das schwör ich dir, werd ich dafür sorgen, daß du so schnell wie möglich von hier verschwindest. Und vielleicht komm ich sogar mit!«

## 15

Shanelle konnte sich ein wenig entspannen, als ihre Mutter in ihren eigenen Kreis zurückgekehrt war. Sie schaffte es auch irgendwie, den Abend zu überstehen, nur einmal verlor sie die Beherrschung und wurde ungeduldig, weil Falon sie ständig mit dieser Besitzermiene musterte. Als ob sie ihm schon gehörte!

Sie wollte sich neben Jadd setzen, um Falon auf Distanz zu halten, aber der arme Junge hatte nach einem Blick auf die Familie festgestellt, daß er lieber nicht dazugehören wollte. Auch mit Shanelle mochte er nichts zu tun haben. Dreimal hatte er sich schon von ihr weggesetzt, und sie war ihm immer wieder gefolgt, zu dicht, wie er anscheinend fand, bis er ihr ins Ohr zischte: »Laß das, Shani, deine Familie sieht es sicher nicht gern.«

Diesen Einschüchterungsversuch fand sie nicht besonders lustig. Keiner aus ihrer Familie hatte überhaupt auf sie geachtet – Falon allerdings wohl.

»Dann ist es also aus mit unserer Romanze?« bemerkte sie trocken.

»Furchtbar witzig«, gab er zurück.

Aber dann fing er einen von Falons Blicken auf und wurde grün im Gesicht vor Angst. Er fühlte sich tatsächlich so krank, daß er sie um Entschuldigung bat und sich zurückzog. Shanelle war deprimiert und warf Falon, der nun ein Bild der Unschuld bot, einen erbosten Blick zu.

Im weiteren Verlauf des Abends wurde sie mit seinen Begleitern, Falons Bruder, seinem Vetter Tarren und Deamon, dem Lebensgefährten seiner Schwester, bekannt gemacht. Sie alle waren ebenso dunkelhäutig wie Falon und hatten wie er schwarzes Haar. Sein Bruder allerdings, Jadell, schien von ganz anderer Art zu sein als alle Krieger, die sie kannte. Immer bereit zu lachen, noch öfter aber zu grinsen. Ärgerlich dagegen fand sie, daß er sie behandelte, als gehöre sie schon zu seiner Familie.

Im Laufe des Abends erfuhr sie, daß er und Dalden bei einem gefährlichen Unternehmen enge Freunde geworden waren. Und nun hörte sie auch, warum Dalden sie nach Sha-Ka-Ra gebracht hatte. Auch der Unterschied, der zwischen den beiden *Shodani* bestand, wurde erklärt. In Ba-Har-an war der Titel erblich und ging vom Vater auf den ältesten Sohn über, während in Sha-Ka'an der *Shodan* gewöhnlich der stärkste und weiseste Mann war, der sich aber jederzeit einer Herausforderung zu stellen hatte. Der Sohn hätte also seinen Vater herausfordern und besiegen müssen, um den Titel zu erringen, aber das war noch nie vorgekommen. In Falons Land konnte der Sohn als Nachfolger seines Vaters bis zu fünf Tage nach dessen Tod von jedem Anwärter auf den Titel gefordert werden, danach aber nie mehr.

Shanelle fand diese Unterschiede interessant, wenn auch absolut undemokratisch. In beiden Fällen hing alles entweder von Macht oder dem geschickten Umgang mit dem Schwert ab. Und wenn er nach dem Tod seines Vaters einen fünftägigen Kampf überlebt hatte, sagte diese Tatsache einiges darüber aus, wie gut er als Kämpfer sein mußte. Ihr Vater würde wahrscheinlich den gleichen Schluß ziehen, und damit hätte Falon in seinen Augen einen weiteren Vorteil, wenn er sich um sie bewarb. So, wie die Dinge lagen, konnte sie nicht mehr hoffen, er würde es nicht tun.

Offensichtlich sollte ihr Vater sich schon bald ein Bild von Falons Fertigkeiten machen können. Soviel verstand Shanelle jedenfalls, als Falon sich nach dem Essen, als Dalden aufgestanden war, neben sie auf dessen Platz setzte. Sie hatte befürchtet, er wollte über private Dinge mit ihr sprechen, aber sein Thema war so neutral, daß es für sie keinen Grund zur Beunruhigung gab.

»Ich habe vor, mit an den Wettkämpfen zu beteiligen«, eröffnete er ihr.

»Also, dann viel Glück«, sagte sie gleichgültig.

»Meinst du das im Ernst?«

Es hatte ihn wohl erstaunt. Sie zog die Augenbrauen hoch. »Warum nicht? Mir ist es egal, wer gewinnt.«

»Und warum auch nicht?« fragte Tedra, die hinzugekommen war, als sie sah, daß Falon sich Shanelle näherte. »Meine Tochter hat nichts mit den Wettkämpfen zu tun, Krieger, und es wäre mir lieb, wenn Sie ihr gegenüber nicht davon sprechen würden.«

Tedras Blick und Stimme enthielten eine so deutliche Warnung an Falons Adresse, daß er vermuten mußte, Shanelle wisse nicht, daß die Männer um sie kämpften. Aber bevor er antworten konnte, gab Tedra Shanelle die Erlaubnis, sich zurückzuziehen, falls sie wollte, und offensichtlich wollte sie.

Falon sah, wie sie hinausging, und er wußte, daß er sie weder festhalten noch ihr folgen konnte. Daß er noch immer kein Recht auf die Frau hatte, enttäuschte ihn, der so stark für sie empfand, maßlos. Sie sollte seine Lebensgefährtin werden, und er wollte die Angelegenheit sofort regeln.

Er sah zu Shanelles Vater hin, aber ihre Mutter mußte seine Gedanken erraten haben. »Es wäre unklug, ihn jetzt um sie zu bitten«, riet sie. »Challen ist nicht blind. Er weiß, daß Sie interessiert sind. Aber vor Beendigung der Spiele wird er nichts entscheiden; also müssen Sie abwarten wie alle anderen.«

Als er sich Tedra wieder zuwandte, bemerkte sie seine Ungeduld. »Dann möchte ich, daß sie erfährt, warum ich mich an den Wettkämpfen beteilige.«

»Das kann ich mir denken, aber ich möchte es nicht. Es würde sie sehr verletzen zu erfahren, was ihr Vater getan hat. Ist Ihnen die eigene Person denn wichtiger?«

Falon zögerte nur einen Moment. »Nein, ich richte mich nach Ihren Wünschen.«

»Ich wünschte mir, meine Tochter wäre Ihnen nie begegnet.«

Sie hatte diese Feststellung so hitzig geäußert, daß er nicht umhin konnte zu vermuten, was ihr mißfiel. »Sie wissen, daß sie sich mir als dem ersten Mann geschenkt hat, und Sie sind nicht einverstanden damit?«

»Da irren Sie sich aber gewaltig«, schoß sie zurück. »Ich war so glücklich, daß sie endlich ihre Wahl getroffen hat – bis ich den Schaden besichtigen mußte, den ihre ›Wahl‹ angerichtet hat. Ich hätte das ihrem Vater zeigen sollen, anstatt sie geradewegs zum Meditech zu schicken.«

Damit hatte sie ihm seine Schuld ganz eindeutig unter die Nase gerieben.

»Ich möchte Ihnen erklären, daß es nicht meine Absicht war, sie zu verletzen. Es soll auch nie wieder vorkommen.«

»Shani ist genausowenig wie ich geneigt, dem Glauben zu schenken«, erwiderte Tedra.

»Und trotzdem werde ich sie davon überzeugen.«

»Sie sagen das, als sei es Ihnen ernst damit, aber Entschlossenheit allein tut's nicht immer – glücklicherweise übrigens.«

Falon, der verwundert merkte, daß er nahe daran war, mit dieser Frau die Geduld zu verlieren, wurde förmlich. »Sie verurteilen mich also, ohne alle Fakten zu kennen?«

»Wieder daneben, Krieger, in beiden Punkten. Ich weiß leider mehr darüber, als mir lieb ist. Nicht nur, daß Shani mir das meiste davon erzählt hat – und nebenbei bemerkt, gibt Sie Ihnen nicht die Schuld für das, was passiert ist, sie will's nur nicht noch mal erleben; auch Martha konnte einiges beitragen, um den Bericht abzurunden. Sie werden's vielleicht nicht glauben, aber ich war auch da noch auf Ihrer Seite. Sie waren immerhin derjenige, den sie haben wollte, und das schien mir wichtiger als die Ängste, die sie aufgebaut hatte, oder Ihr Mangel an Selbstbeherrschung, dem abgeholfen werden kann. Aber inzwischen haben sich so viele Minuspunkte angesammelt, daß meine Haltung ins Gegenteil umgeschlagen ist. Nehmen Sie meinen Rat an und verzichten Sie.«

»Niemals!«

»Dann müssen Sie mit Enttäuschungen rechnen, weil es nicht mehr um das geht, was Sie getan haben, sondern was Sie verkörpern. Und ich kann mir nicht vorstellen, daß Sie sich da rausreden können, Krieger.«

Sie ließ ihn nach diesen rätselhaften Worten einigermaßen verblüfft zurück, aber er faßte sich schnell wieder. Er ging direkt auf Dalden zu und fragte ihn: »Was bin ich jetzt, was ich vorher nicht war? Und was macht deine Mutter mir gegenüber so feindselig?«

Dalden wußte zunächst keine Antwort darauf, aber dann

erinnerte er sich plötzlich an die Worte seiner Mutter, als er mit ihr auf dem Balkon stand. »Sterne, ich hätte doch dran denken können, daß sie so reagieren würde! Entschuldige, Falon, es ist meine Schuld. Ich hab ihr erzählt, daß du Sklaven hältst.«

»Na und?«

»Meine Mutter verabscheut Sklaverei.«

»Und deine Schwester?«

»Genauso.«

Falon stieß einen tiefen Seufzer aus. Minuspunkte hatten sich angesammelt? Du liebe Zeit, ein Berg von Schwierigkeiten türmte sich vor ihm auf, und er schien unüberwindlich.

# 16

Leise schlich sich Falon ins Zimmer und schloß schnell die Tür vor dem Licht im Flur draußen. Ein gedämpft glühender Schimmer kroch über die Wand, an der die Konsole mit den Gaalisteinen offen geblieben war. Die schwache Beleuchtung reichte aus, um die Umrisse der Möbel im Raum zu erkennen. Er interessierte sich nur für das Bett, und er wußte noch, wo es stand. Geräuschlos bewegte er sich darauf zu und entdeckte auf halbem Weg, daß Shanelle nicht allein dort lag; der andere Körper neben ihr schien allerdings ein Tier zu sein. Katzenaugen glühten ihn aus der Dunkelheit an, und dann setzte ein Schnurren ein, das so laut war, daß man es sicher draußen im Flur hören konnte. Shanelle, die es gewohnt zu sein schien, wurde davon nicht wach.

Falon war es eher unbehaglich, und er stand mitten im Zimmer, unschlüssig, ob er sich mit ihrem Lieblingstier, einem ausgewachsenen *Fembair* auf einen Kampf einlassen sollte. Denn töten durfte er ihn genausowenig wie ihren anderen Liebling, den drodaverdammten Androiden. Aber dieser hier war vermutlich zahm. Also ging er einen Schritt weiter auf das Bett zu.

Diesmal war es eine Stimme, die ihn aufhielt. Sie klang aufdringlich laut wie eine Alarmglocke, obwohl ihr Tonfall ausgesprochen sarkastisch gefärbt war. »Na, wann willst du was unternehmen, Corth? Wenn er mit ihr im Bett gewesen ist?«

»Ich hab nur auf dich gewartet, Martha.« Die zweite Stimme kam aus einer anderen Richtung. »Krieger lassen sich von mir nicht im mindesten einschüchtern, nicht mal, wenn ich ihnen zeige, wozu ich in der Lage bin. Aber du…«

»Wird schon so sein«, meinte Martha seufzend, um selbstgefällig hinzuzusetzen: »Na, erinnern Sie sich noch an mich, großer Krieger?«

»Es würde mir schwerfallen, Sie zu vergessen«, antwortete er steif, während er nach dem Androiden Ausschau hielt, den er schließlich an der Balkontür auf einem Stuhl sitzend entdeckte. »Ihre Einmischung ist diesmal entbehrlich, Computer Martha. Ich möchte nur mit Shanelle sprechen.«

»Köstlich.« Martha gluckste. »Also so nennt man das heutzutage?«

»Um der Sterne willen, Martha«, beklagte sich Shanelle verschlafen vom Bett her. »Ich möcht gern ein bißchen schlafen können.«

»Tut mir leid, aber du solltest besser ganz wach werden. Du hast hier einen Besucher, der kein Besucher ist.« Und ein fröhliches Gelächter folgte diesem Wortspiel.

Falon ließ seine Augen von Corth zum Bett hinüberwandern, wo Shanelle sich hinter dem *Fembair* aufgesetzt hatte. »Falon.«

Sie rief seinen Namen, bevor sie ihn wirklich dort stehen sah. Das nahm seinem Ärger über ihre Apparate die Spitze, konnte ihn aber nicht völlig besänftigen. »Hast du es nötig, dich mit einer Leibwache zu umgeben?«

»Meine Mutter war der Meinung, und es sieht so aus, als hätte sie den Nagel auf den Kopf getroffen. Du hast kein Recht, hier reinzukommen, Falon, und dazu noch mitten in der Nacht.«

»Ich konnte nicht schlafen«, teilte er ihr mit. »Ich will wirklich nur mit dir reden, Shanelle.«

»Glaub's ja nicht, Shani...«

»Zum Kuckuck, Martha, ich kann selber denken, danke sehr«, gab Shanelle gereizt zurück und stieg über den *Fembair*, um sich auf den Bettrand zu setzen. »Corth, ich wäre für etwas mehr Licht dankbar.«

Er öffnete einen Kasten mit Gaalisteinen, und der Raum wurde von hellem Licht durchflutet. Falon war enttäuscht, Shanelle völlig bekleidet zu sehen. Sie trug eine Art Schlafanzug mit weiten Hosen. Aber mit ihren wirren, goldblonden Haaren erschien sie ihm so begehrenswert wie eh und je, und er machte die Entdeckung, daß er nicht in einem Raum mit ihr zusammensein konnte, ohne das Bedürfnis zu haben, mit ihr ins Bett zu gehen.

»Ich hab dir nichts zu sagen, Falon Van'yer«, fuhr sie mit

fester Stimme fort. Sie war nun ganz wach und schaute ihn stirnrunzelnd an. »Was immer du sagst, ändert nichts an der Tatsache, daß du ein Krieger bist. Und du hast gewußt, daß ich keinen Krieger wollte, überhaupt keinen. Du hast mich getäuscht, denn du hast mir verschwiegen, wer du bist.«

»Hast du nicht etwa das gleiche gemacht?«

Bei dieser Erinnerung wurde sie rot und sah zu Boden.

»Du würdest beim Auseinandergehen erfahren haben, wer ich bin, wenn es anders gelaufen wäre. Aber das war nicht der Fall, und damit ist es gegenstandslos.«

»Wenn du's mir gesagt hättest, dann wäre es doch in der Absicht gewesen, mich zu veranlassen, deinen Vater um dich zu bitten, ist das richtig?«

»Falon, es ist nicht mehr wichtig.«

»Für mich ist es aber wichtig, Frau«, sagte er mit plötzlicher Wildheit. »Es bedeutet, daß du mich nicht nur als Partner für deine erste intime Beziehung ausgesucht hast. Sondern ich sollte dein Lebensgefährte werden.«

Das stimmte, und wieder überfiel sie dieselbe Enttäuschung wie in dem Moment, als ihr klar wurde, daß es unmöglich war. Sie hatte so hohe Erwartungen in ihn gesetzt, als sie ihn das erste Mal sah. Warum mußte er ihr so weh tun und damit alles verderben? Und ihre Hoffnungen für alle Zeiten begraben, weil er sich als Krieger entpuppte und, was noch viel, viel schlimmer war, als sklavenhaltender Krieger?

Als sie sich an all das erinnerte, gewann Wut schließlich die Oberhand über ihre schmerzliche Enttäuschung. Sie wuchs überraschend schnell und brachte Shanelle auf die Füße und in Bewegung. Sie ging auf den zu, der die Ursache dafür war. Zum ersten Mal wich sie der Konfrontation nicht aus, sondern suchte sie. Und sie war so zornig, daß es ihr nicht zu Bewußtsein kam.

Sie blieb dicht vor ihm stehen, mit einem wütenden Funkeln in ihren bernsteinfarbenen Augen und bebend vor Zorn. »Was macht es schon aus, daß ich so naiv war, auf eine dauerhafte Beziehung zu hoffen, wenn du mich nur zur Sklavin machen wolltest? Zur Sklavin. Zum Besitzgegenstand ohne irgendwelche Rechte!« Der Drang, ihn zu schlagen, war so stark, daß sie ihm nachgab und ihm beide Fäuste in die Brust rammte. »Wie konntest du mir das antun, Falon?«

Er machte keine Bewegung, um ihrem Angriff auszuweichen, und sie stellte angeekelt fest, daß sie ihm überhaupt nicht weh tun konnte, obwohl ihre Hände brannten. Und dann erst begann ihr klarzuwerden, was sie tatsächlich getan hatte.

Falon nahm nur die letzte Reaktion wahr. »Was ist mit dir?«

Also, wenn er es nicht wußte… »Nichts.«

Aber er griff nach ihren Händen und fing an, sie zu massieren. »Solltest du so etwas noch mal versuchen, Frau, wäre ich gezwungen, dich angemessen zu bestrafen.«

Heftig zog sie ihre Hände zurück und funkelte ihn erbost an. »Ich hab erfahren, worin deine Vorstellung von angemessener Strafe besteht, und du wirst so was nicht machen – nicht mit mir. Und wieso überhaupt? Wenn du mir erzählen würdest, ich hätte dir tatsächlich was getan, würd ich's nicht glauben.«

»Du hast dir selber weh getan«, sagte er nur. »Das kann ich nicht erlauben.«

Sie starrte ihn ungläubig an. »Aber verhauen würdest du mich? Meinst du vielleicht, das täte nicht weh?«

»Nur ein vorübergehendes Unbehagen, das größeren Schaden verhindern soll. Es würde auch mich schmerzen, und doch mußt du lernen…«

»Hör bloß auf damit!« schnauzte sie ihn an.

Martha mußte an dieser Stelle glucksend lachen und meinte: »Sterne, die haben eine Logik, einfach süß.«

Shanelle warf einen finsteren Blick auf das Verbindungsgerät zum Computer, das in der Mitte des Zimmers auf dem Tisch stand; der Bildschirm war der Tür zugewandt. Aber sie war zu ärgerlich auf Falon, um mit Martha zu sprechen. Ihre zornig verengten Augen wanderten wieder zu Falon hinüber, der seinerseits dem Gerät einen unfreundlichen Blick gönnte.

Sie gewann seine Aufmerksamkeit zurück, als sie hitzig fortfuhr: »Hast du vergessen, daß mein Vater ein Krieger ist? Und mein Bruder auch. Man hat mir beigebracht, was sich gehört und was nicht, genauso wie ich Besseres zu tun weiß, als zu versuchen, einem Krieger Schmerzen zuzufügen, weil ja nur Krieger es fertigbringen, Krieger zu verwunden. Und deshalb schmeiße ich nur mit Sachen nach meinem Bruder, wenn er mich so lange reizt, bis ich wütend bin. Aber bei dir – anscheinend läßt mich da der Verstand im Stich, und ich muß mich bei dir entschuldigen, weil ich versucht habe, dich zu schlagen. Du kannst aber sicher sein, daß es nicht noch mal passiert, weil es dazu keine Gelegenheit mehr gibt, denn ich hab' nicht die Absicht, dich jemals wiederzusehen. Geh jetzt, Falon, wir haben länger miteinander geredet, als...«

»Du hast geredet«, unterbrach er sie gelassen. »Laß mich jetzt mal was erklären. Ja, ich hätte dich gekauft, wenn das die einzige Möglichkeit gewesen wäre, dich zu bekommen. Und solange ich glauben mußte, du seist eine Besucherin, war das der einzige Weg. Als Sklavin wär's dir nicht schlecht gegangen. Bei mir solltest du nur Freude und Glück finden.«

»Das glaubst du doch selbst nicht!« meinte Shanelle ungerührt.

»Ich kann nichts anderes glauben, denn dafür wollte ich sorgen«, erwiderte er leidenschaftlich. »Jetzt ist mir wohler, weil ich weiß, daß du die Mutter meiner Kinder werden kannst. Aber ich würde dich auf jede nur mögliche Art gewollt haben, weil meine Sehnsucht nach dir so stark ist, daß ich dich einfach brauche. Ich denke nur noch an den Augenblick, wo du mir gehörst.«

Shanelle wünschte, diese Worte würden sie nicht berühren. Das sollten sie jedenfalls nicht, nach allem, was sie von ihm wußte. Aber daß sein Verlangen nach ihr so stark war, erregte ihre Sinne. Wenn er doch nicht so verdammt begehrenswert wäre und es sie nicht so verwirrte, ihn anzusehen. Und gesagt zu bekommen, er brauche sie – Sterne, war das nicht beinahe so gut, wie geliebt zu werden?

Marthas Stimme drängte sich in ihre Gedanken. »Dein Schweigen bedeutet hoffentlich nicht, daß du so was in Erwägung ziehst.«

Bevor Shanelle dazu etwas sagen konnte, hörte sie Falons heiser drängende Stimme. »Schalt den Computer aus und schick den Androiden weg, *Kerima*. Komm zu mir und nimm dir ohne Angst das, was dir zusteht. Ich will mich von dir führen lassen. Ich will dich nicht mal berühren.«

Ihn noch einmal haben, aber ohne die Angst? Schon bei dem Gedanken daran fing ihr Puls an zu rasen. Aber sie wollte ihre Gefühle im Keim ersticken, denn da war nicht nur die Furcht vor seiner Unfähigkeit, sich zu beherrschen, sondern auch die vor seiner Kraft und seiner Größe. Doch nun bauten sich noch andere Hindernisse vor ihr auf, jetzt, wo sie wußte, daß er ein Krieger war, ein sklavenhaltender Krieger.

Sie hatte wohl zu lange mit der Antwort gezögert, denn er setzte hinzu: »Du kannst mir sogar die Hände binden, wenn es dich beruhigt.«

Wütend schnaubte sie ihn an. »Das hätte vorher vielleicht was gebracht, Krieger, jetzt ist es zu spät dazu. Nein danke.«

»Was für'n Mädchen«, krähte Martha. »Behalt bloß die Schuhe an und benutz weiter deinen Verstand statt der Libido, dann kriegt er die Botschaft am Ende vielleicht doch mit.« Aber sie konnte sich nicht enthalten anzufügen: »Außerdem hast du nichts zum Zusammenbinden, was er bei seinen Kräften nicht zerreißen könnte. Das weiß er, sonst hätte er das Angebot nicht gemacht.«

Natürlich hatte Martha recht, aber das war Shanelle auch von selber klar geworden. Und es ärgerte sie, daß sie überhaupt immer noch etwas für Falon empfand. Sie hatte gewußt, daß es gefährlich sein würde, mit Falon allein zu sein, und jetzt begriff sie, warum.

»Ich könnte ihn festhalten«, hatte Corth die plötzliche Eingebung, die von Shanelle mit einem Ächzen beantwortet wurde.

Martha äußerte sich mit einem lauten Schnauben. »Der Krieger wünscht deinen Abgang, du Spatzenhirn, nicht deine Mithilfe! Wär's nicht vielleicht Zeit…!«

Shanelle schoß sekundenlang in banger Vorahnung die Augen. Es würde Martha unfehlbar gelingen, Falon in Rage zu versetzen. Und mehr Zeit brauchte Falon auch nicht, um auf den Tisch zuzugehen und seine Faust auf das Verbindungsgerät niedersausen zu lassen und es damit völlig zu zerstören.

Entsetzt riß Shanelle bei dem splitternden Krachen die Augen auf. Sie ahnte mehr als sie sah, was geschehen war. Instinktiv lief sie auf Falon zu und warf ihm die Arme um den Hals. Sie schmiegten sich dicht an ihn.

»Martha, tu's bitte nicht«, bat sie verzweifelt, denn sie befürchtete, Falon würde jeden Augenblick wer weiß wohin verschwinden. »Du weißt doch, daß Mutter Dutzende von diesen Verbindungsgeräten hat, also ist doch nichts weiter passiert.«

»Trotzdem wüßte ich gern, wo ihr Herz ist, damit ich sie endgültig erledigen kann.«

Shanelle brachte dies schon wieder zum Stöhnen, aber diesmal wirklich laut, und sie faßte ihn ein wenig fester um den Hals. Eine andere Art Angst hatte sie gepackt, eine bisher unbekannte. Sie mußte ihm die Situation begreiflich machen, bevor Martha die Geduld verlor und ihn auf Nimmerwiedersehen verschwinden ließ.

»Martha kannst du nicht treffen. Sie gehört meiner Mutter und ist zugleich ihre beste Freundin. Wenn du ihr etwas antust, kommt meine Mutter nicht darüber hinweg. Und das könnte ich dir nie verzeihen. Auch mein Vater nicht. Meine Mutter würde versuchen, dich zu töten. Und wofür das alles? Weil sie dich ärgert? Früher oder später legt Martha sich mit jedem an. Das ist eben ihre Art.«

»Also noch jemand, den ich mir nicht vom Hals schaffen kann, ohne dich durcheinanderzubringen?«

Er wirkte nicht mehr so verärgert, und als er seine Wange an ihrer rieb, begriff sie, warum. Sie kuschelte sich eng an ihn, und das genoß er sehr. Denn er hielt sie nicht fest, er bewies, daß er sie nicht berühren wollte. Aber sie faßte ihn an, und ein so unmittelbares sexuelles Lustgefühl durchrieselte sie, daß sie erschauerte. Verdammt! Wie konnte er das in ihr aufrühren, wenn sie doch alles haßte, was mit ihm zu tun hatte. Aber seine Anziehungskraft wirkte immer noch auf sie, das konnte sie nicht bestreiten. Sie wollte sich davon aber nicht mehr beeinflussen lassen. Und mit ihm ins Bett zu gehen, so verlockend es auch sein mochte, würde ihn nur wieder ermutigen und damit die Situation noch verschlimmern.

Sie löste sich von ihm und betrachtete ihn mit einem, wie sie hoffte, neutralen Blick. Sein Gesichtsausdruck zeigte unverhüllt, wie sehr er sie begehrte. Die Begierde leuchtete so stark aus seinen azurblauen Augen, daß das Verlangen sie in einer neuen, noch stärkeren Welle überflutete. Sie konnte an nichts anderes mehr denken.

Bevor sie eine Dummheit begehen und ihm nachgeben konnte, kam ein akustisches Signal von der Audiovisions-Schaltkonsole. Shanelle ging hin und gab Sprecherlaubnis. Sie war dankbar für die Ablenkung, obwohl sie genau wußte, wer sie da anrief.

Und selbstverständlich erschien auf dem Bildschirm der Blick auf den Kontrollraum des Rovers, und dazu platzte Marthas Stimme explosionsartig heraus. »Nenn mir nur einen Grund, warum ich ihn nicht mitten in ein Rudel wilder *Fembairi* versetzen sollte.«

Shanelle wollte Falon aus ihrem Leben weghaben, aber nicht tot. Der Gedanke daran erschütterte sie so, daß ihr nichts einfiel als: »Weil… weil… eben darum.«

»Na, wie wär's, wenn du dich etwas klarer ausdrücken könntest?« bemerkte Martha trocken.

»Laß das jetzt, Martha. Falon ist doch gleich weg…«

»Du sagst es, Mädchen, gerade eben ist es passiert.«

»Nein!« schrie Shanelle und wirbelte herum. Aber ein Transfer war die Sache eines Augenblicks. Falon war nicht mehr da. »Wo hast du ihn hingeschickt?«

»Immer mit der Ruhe, Kindchen«, beschwichtigte Martha, die nun wieder ganz die alte war. »Er ist wieder in seinem Zimmer, wo ich ihn hätte hinschicken sollen, bevor er dich aufgeweckt hat. Ich kann doch nicht auf mir sitzen lassen, daß er glaubt, ich mach meine Versprechen nicht wahr.«

Aufgebracht starrte Shanelle auf die Schaltkonsole. Ihre Angst war in Wut umgeschlagen. »Mußtest du ihm unbedingt zeigen, wer der dickere Brocken ist? Du hättest ihn zufrieden lassen können! Verdammt, zum ersten Mal hab ich ihn in der Hand gehabt, und da kommst du und provozierst ihn!«

Wenn Martha gekonnt hätte, würde sie unbeteiligt die Achseln gezuckt haben. »Nur meinen Job gemacht.«

Mit einem Simul-II konnte man sich einfach nicht streiten, also versuchte Shanelle ihren Ärger anderswo loszuwerden. »Und wieso hast du die ganze Zeit nur da rumgesessen, Corth? Hab ich ihm etwa nicht gesagt, er soll rausgehen? Hättest du nicht vielleicht versuchen können, ihm dabei behilflich zu sein?«

»Er mußte sich doch um dich kümmern, weil du dich so sehr über ihn geärgert hast. Und danach hab ich nicht mehr gehört, daß du ihn wegschicken wolltest. Und angefaßt hat er dich nur, weil du dir weh getan hattest. Du warst es, die ihn festhielt.«

»Seit wann analysierst du die Lage, wenn Action angesagt ist?« brummte sie, nun etwas weniger hitzig.

»Martha hat mir erklärt, daß nein nicht gleich nein ist bei einer Frau, der es die Schuhe ausgezogen hat. Weil ihre wirklichen Gefühle nicht so leicht zu erraten sind.«

»Martha!«

»Na ja, er hat mich mit Fragen gelöchert, was sollte ich denn antworten? Daß du die Freiheit von dem Kerl nicht leiden kannst, wenn du schon lauter atmen mußt, sobald du ihn nur siehst? Außerdem willst du gar nicht, daß Corth mit ihm kämpft, das könnte ja Falons Ehre verletzen. Es ist wirklich besser, wenn's ihm einer zeigt, dem er nichts tun kann.«

Shanelle haßte es, daß durch Marthas Ärger hindurch immer ihr gesunder Menschenverstand zu erkennen war. »Ich geh wieder ins Bett. Ich will nicht mal dran denken, wie wild der Krieger reagiert, wenn ich ihn das nächste Mal sehe. Ich will mich auch nicht darüber verbreiten, wie hilfreich ihr beide mir gewesen seid. Vielleicht hättet ihr Falon in sein Zimmer zurückschicken sollen, bevor ich aufgewacht bin, denn jetzt hab ich wieder eine Sorge mehr.«

»Na, du wirst doch von mir nicht erwarten, daß ich alles richtig mache, oder?«

Daran hatte Shanelle wahrhaftig zu schlucken.

# 17

Kaum hatte Tedra am nächsten Morgen ihr Ankleidezimmer betreten, als der Bildschirm von Marthas Hauptgerät hell wurde und Marthas Stimme klagend herausdrang. »Es ist empörend, wieviel Zeit du in deinem Alter im Bett verbringst. Kriegst du nie genug von so viel Sex mit immer demselben Mann?«

»Uuaah.« Tedra gähnte und grinste dann, als sie in ihr Solarstrahlbad stieg, um die erforderliche, drei Sekunden dauernde Säuberung hinter sich zu bringen. Gleich darauf war sie wieder draußen und bemerkte: »Immer, wenn du mich so anmachst, bist du mit irgendwas unzufrieden, meistens mit etwas, das du selber angestellt hast. Was ist es diesmal?«

»Ich hab allen Grund, mich zu beschweren, angesichts der Tatsache, daß ich die halbe Nacht und heute morgen drauf gewartet habe, daß du mal erscheinst. Die Stunde extra, die du gerade mit deinem großen Kerl vertrödelt hast, ist mir echt an den Nerv gegangen. Es wundert mich selbst, daß ich nicht doch in euer fröhliches Gerangel reingeplatzt bin.«

»Du bist ziemlich kaltschnäuzig. Weiß du denn nicht mehr, daß du bei Brock gelandet bist, als du Challen bei einer Sache unterbrochen hast, bei der er nicht unterbrochen werden wollte? Und das ist für dich so unangenehm geworden, daß du seither Wert auf Benehmen legst. Und was kann ich dafür, daß mein Barbar mich so liebt, daß er die Hände nicht von mir lassen kann?«

»Es brauchte dir nicht ganz so angenehm zu sein.«

Tedras Augen wurden rund vor Erstaunen, und dann mußte sie lachen. »Hatten wir heute morgen einen Stromausfall oder was? Hör auf, um den heißen Brei rumzureden und sag mir, was wirklich los ist.« Sie war dabei, einen frischen *Chauri* anzuziehen und hielt mitten in der Bewegung inne. »Wart mal, du warst gestern doch mit Shani zusammen. Was hast du angestellt, Martha?«

»Was soll ich gemacht haben?« schmollte der Computer beleidigt. »Ich hab nach deinen Wünschen die Lage analysiert und entsprechend gehandelt. Aber wenn man zwischen mehreren Möglichkeiten wählen kann, muß man sich doch fragen, welche insgesamt betrachtet die beste ist.«

»Das klingt ein bißchen merkwürdig. Was ist das für eine Alternative, für die du dich entschieden hast, obwohl sie dich nicht gerade begeistert?«

»Guck doch mal selber.«

Tedra setzte sich argwöhnisch vor den Bildschirm, um sich die Videoaufzeichnung der Ereignisse anzusehen, die sich in der vergangenen Nacht im Zimmer ihrer Tochter zugetragen hatten. Die Aufnahmen stammten teils von Marthas Kamera, teils wurden sie auch da, wo Marthas Sicht behindert war, aus dem Überwachungssystem an Bord des Rovers eingespielt. Alles war zu sehen, angefangen vom Eintritt des Ba-Har-ani bis zu dem Moment, als Shani wieder im Bett war und wütend ihr Kopfkissen bearbeitete, um danach in einen unruhigen Schlaf zu fallen. Als der Bildschirm leer wurde, meinte Tedra sehr nachdenklich: »Ich hab noch nie vorher erlebt, daß sie so wütend reagiert hat, aber zugleich auch so beschützend.«

»Mit sexuellen Regungen umzugehen, ist nicht so leicht, wenn sie neu sind. Das solltest du doch wissen, oder ist es schon zu lange her?«

Tedra schnitt eine Grimasse. »Wirklich scharfsinnig. Und ich sehe, daß du wie immer recht hattest. Sie will ihn noch. Es steht ihr ins Gesicht geschrieben, auch wenn sie ihn abgewimmelt hat.«

»Ja, aber sie hat tatsächlich nein gesagt. Im Moment glaubt sie ehrlich, daß sie mit einem Krieger nicht glücklich werden kann, also ist die Situation festgefahren. Aber ich hätte gestern nacht den Mund halten und dem Krieger die Gelegenheit geben können, deiner Tochter eine der Ängste, die ihn betreffen, zu nehmen.«

Tedra brauchte nicht zu fragen, welche. »Glaubst du, er hätte es geschafft?«

»Dazu entschlossen war er. Wie er mit seinen Trieben zurechtgekommen wäre, wenn er freie Hand gehabt hätte, ist eine andere Geschichte. Einmal ist es danebengegangen, und wahrscheinlich hat er noch nicht genug Zeit gehabt, die Gefühle, die Shani in ihm erregt, zu beherrschen. Aber er gibt sich Mühe. Du hast selbst gesehen, daß er sie nicht angefaßt hat, obwohl er unter Strom stand. Ein Wunder, daß bei mir keine Drähte durchgeschmort sind, er war schließlich dicht genug neben mir.«

»Das will ich nicht gehört haben, Martha«, murrte Tedra.

»Solltest du aber, weil es die Annahme untermauert, daß jemand, der so leidenschaftlich reagiert, die eine Empfindung kennt, die Shani sich vor allen anderen wünscht. Niemand kann behaupten, daß dieser gewisse Ba-Har-ani-Mann deine Tochter nicht bis zum Wahnsinn liebt, wenn er die Gelegenheit dazu bekommt. Was mich betrifft, ist das kein strittiger Punkt mehr.«

Tedra neigte der gleichen Ansicht zu. Sie hatte schon immer die Meinung vertreten, alle Krieger seien fähig zur Liebe. Man mußte nur verstehen, ihnen das Geständnis zu entreißen, denn Liebe galt als unkriegerliche Empfindung. Aber die Ba-Har-ani-Krieger waren nicht so wie die aus Sha-Ka'an, wenn es um Gefühle *und* ihre Beherrschung ging. Also hatte Martha wahrscheinlich auch in diesem Punkt recht. Aber…

»Das sind aber nicht Shanis einzige Vorbehalte gegen einen Krieger, Martha. Sie hat auch eine unsinnige Angst vor ihren Strafen.«

»Sie hat Angst vor der Strafe, wie sie in Sha-Ka'an üblich ist.«

»Und das Gegenstück dazu bei den Ba-Har-ani hat sie aufs äußerste empört. Das heißt aber nicht, daß sie keine Angst davor hat. Du weißt doch, wie empfindlich sie auf Schmerzen reagiert.«

»Laß mich mal Luft holen, Mädchen. Du redest von einer Strafe für Kinder. Wie schmerzhaft kann sie denn sein? Die eigentliche Bestrafung liegt in der Demütigung, die ein Erwachsener dabei empfindet, nicht in einem vorübergehend heiß gewordenen Hinterteil.«

Tedra grinste, als sie sich an die Zeit erinnerte, als sie selbst Haue bekommen hatte. Weh getan hatte sie eigentlich nicht.

»Also gut«, räumte sie ein, »dann lohnt es sich möglicherweise nicht, weiter darüber zu diskutieren, obwohl ich bezweifle, daß Shani es auch so sieht.« Und daraufhin seufzte sie. »Sterne, ich wünschte, ich könnte mir eine Meinung über diesen Mann bilden und dann dran festhalten.«

»Das hast du doch schon getan. Und Shani übrigens auch. Ihr beide seid nur enttäuscht, weil der arme Kerl nicht so perfekt ist wie Challen...«

»Daß ich nicht lache«, schnaubte Tedra. »Seit wann ist Challen denn perfekt?«

Martha gluckste fröhlich. »Wenn du immer noch die Wände hochgehst wegen der paar barbarischen Charakterzüge, die immer mal wieder rauskommen, muß das nicht heißen, daß du ihn nicht für das Zweitbeste nach Ambrosia hältst. Du hast ihn vom ersten Moment an gewollt. Du hattest damals nicht die Absicht, ihn zu behalten. Deine Tochter aber, die hat ihren Ba-Har-ani-Mann vom ersten Moment an haben *und* auch behalten wollen. Er hat's nur versiebt, weil ihr erstes Zusammenkommen mit ihm nicht so gelaufen ist, daß sie davon begeistert war. Das ist sein einziger wirklicher Fehler. Alles andere kann man wieder hinkriegen. Das meinst ja sogar du.«

»Das war, bevor ich erfahren hab, daß er ein verdammter Sklavenhalter ist«, erinnerte Tedra sie.

»Sklaven können doch verkauft werden, nicht wahr?«

»Und wenn er das nicht tut?«

»Challen kann es zur Bedingung machen, ohne die er seine Tochter nicht bekommt, dann wird er's schon.«

Nach einem kurzen Schweigen lächelte Tedra auf einmal. »Wenn ich daran denke, daß ich mich manchmal frage, warum ich dich hier stehen hab.« Martha machte nur ein ruppig klingendes Geräusch, aber Tedra hatte eine neue Frage. Eine, die sogar Shani vielleicht nicht beantworten konnte. »Wir haben festgestellt, daß sie ihn noch haben will, egal, ob sie's zugibt oder nicht. Aber liebt sie ihn überhaupt?«

»Bin ich etwa Gedankenleserin?«

»Du bist Expertin darin, Schlüsse zu ziehen und Wahrscheinlichkeiten abzuwägen, wie du ja häufig hervorhebst und jedem, der's hören will, erzählst. Also gib mir schon deine Antwort, oder meinst du, sie wird mir nicht gefallen?«

»Wenn du gedacht hast, sie himmelt den Typ schon an, nur weil sie scharf auf ihn ist, dann kannst du's vergessen. Sie ist in manchen Dingen ängstlich, aber in anderen sehr zielbewußt, und es ist so, daß sie sich selbst nicht erlaubt, den Mann zu lieben, solange sie ihm nicht gehören will. Es wird sich also erst ergeben, wenn sie seine Partnerin ist und nicht mehr dagegen ankämpfen muß.«

»Na wunderbar«, antwortete Tedra ironisch. »Und was fang ich damit an, wenn's um die Entscheidung geht? Was mach ich, wenn Shani doch weg will?«

»Du läßt sie gehen«, sagte Martha einfach.

»Ich spiele ein paar Wochen mit Meteoren, während Shani ihre Ängste überwindet und merkt, daß sie aus einer Mücke einen Elefanten gemacht hat. In der Zwischenzeit lernt der Ba-Har-ani, sich in Geduld zu fassen.«

Tedra biß sich auf die Unterlippe. »Ein paar Wochen?«

»Länger wird es bestimmt nicht dauern, wenn ich sie mit viel Fingerspitzengefühl behandle.«

Einige Stunden später stand Tedra neben Challen und sah zu, wie Falon Van'yer eine neue Runde im Wettkampf gewann. Allmählich fand sie die Leichtigkeit, mit der es ihm gelang, fast abstoßend. In seiner Ungeduld, den Wettbewerb hinter sich zu bringen, verkürzte er jedes Match um mehr als die Hälfte der Zeit. Diese souveräne Form des Schwertfechtens zu beobachten, hätte ein Vergnügen sein können, wenn sie dem jungen Mann nicht so böse gewesen wäre, weil er ihrer Familie so viele Probleme bescherte – völlig unnötigerweise.

Shani wollte ihn haben. Challen war auch dafür. Martha hatte nichts gegen ihn. Also sollte es eigentlich keine Probleme geben. Aber im Gegenteil. Shani wollte weg von zu Hause, überwarf sich deshalb mit ihrem Vater und war todunglücklich.

Challen würde die Wut packen, und wer dürfte es dann ausbaden? Nicht der, der an allem schuld war, sondern ›seine ihn liebende Frau‹. Und warum das alles? Nur weil so ein Typ seine Triebe Amok laufen ließ.

»Er ist wirklich ein guter Kämpfer, nicht wahr?« meinte Challen sehr befriedigt.

Tedra knirschte mit den Zähnen, denn es war verdammt offenkundig, daß er sich für Falon entscheiden würde.

»Wieso auch nicht«, bemerkte sie sarkastisch. »Er wird von Eifersucht getrieben, dadurch ist er den anderen gegenüber im Vorteil.«

»Tatsächlich?« fragte Challen skeptisch und sah zu ihr hinunter.

»Absolut. Dieser Mann kämpft nicht, weil er Champion werden will. Dafür brauchte er sich nicht so anzustrengen. Er kämpft einzig und allein um unsere Tochter. Zum Teufel, er hält sie schon für seinen Besitz. Und deshalb sieht er in jedem anderen Krieger den Rivalen, der sie ihm streitig macht. Und ob er eifersüchtig ist! Grasgrün ist er vor Eifersucht!«

»Und das mißfällt dir, obgleich du doch Krieger gern als ›blöde Kerle‹ beschimpfst, weil ihnen manche Gefühle fehlen?«

Eine zarte Röte stieg in ihre Wangen. »Man kann auch zuviel davon haben«, murmelte sie.

Challen schmunzelte. »Frau, du wirst an jedem Mann, der dir die Tochter wegnehmen will, was auszusetzen haben. Gib's doch zu, daß das alles ist, was du gegen diesen jungen *Shodan* hast.«

Sterne, wie gerne wäre sie mit dem wirklichen Problem rausgeplatzt. Sie verbarg sonst vor Challen nichts, aber jetzt hatte er's verdient, weil er ihr den eigentlichen Anlaß für die Spiele verschwiegen hatte. Ihn jetzt allerdings mit einem Geständnis über die verlorene Unschuld der Tochter in Rage zu bringen, würde nur dazu beitragen, seine Enttäuschung über Shani zu vertiefen und die Probleme zu verschärfen.

Deshalb antwortete sie nur: »Natürlich, ganz wie du meinst, mein großer Junge«, und versuchte, ihn von der ganzen Problematik um Shani und ihre Freier abzulenken, indem sie hinzusetzte: »So toll ist er nun auch wieder nicht. Du könntest ihn bequem erledigen.«

»Du hältst zuviel von deinem Lebensgefährten«, gab er zurück und versuchte, einen ermahnenden Unterton in seine Worte zu legen, aber es gelang ihm nicht ganz, denn ihre Bemerkung hatte ihm zu gut gefallen.

»Und nicht ohne Grund.«

Sie grinste und schubste ihn mit der Hüfte an, bevor sie davonlief. Sein Gelächter folgte ihr. Sie nahm es bewußt auf. In ein paar Tagen schon würde sie es vielleicht für sehr lange Zeit nicht mehr hören.

# 18

Falon stand im Flur, als Shanelle am nächsten Morgen ihre Zimmertür öffnete. Es war leicht zu erraten, daß er auf sie wartete, denn er lehnte nur einfach an der Wand, die ihrem Zimmer gegenüberlag. Daß sie nicht mit ihm sprechen wollte, war genauso offenkundig, denn sie machte sofort ihre Tür wieder zu.

Aber weder erzwang er sich wie am Vortag den Zutritt, noch klopfte er an. Er unternahm gar nichts. Da sie innen nervös darauf wartete, daß er etwas tun würde, aber von seiner Seite nichts geschah, wurde sie immer unruhiger und ärgerlicher.

Sie hatte nicht die Absicht, den ganzen Tag in ihrem Zimmer zu verbringen, nur weil der Mann kein Nein als Antwort hinnehmen konnte. Sie würde den Raum verlassen, ohne seine Anwesenheit da draußen zur Kenntnis zu nehmen. Nicht mal anschauen würde sie ihn.

Und genau das tat sie auch. Aber es gehörte zum Leben in Sha-Ka'an, daß es buchstäblich unmöglich war, einen Krieger zu übersehen, der sich bemerkbar machen wollte. Dieser hier *weigerte* sich, links liegengelassen zu werden.

Er holte sie ein und hielt mit ihr Schritt. »Wo gehst du diesen Aufgang hin, Shanelle?«

Sie setzte ihren Weg fort, ohne zu antworten. Plötzlich fand sie sich an die Wand gedrängt und, indem er sich mit den Händen zu beiden Seiten ihres Körpers dagegen stützte, von ihm gefangengehalten.

»Ich frag dich noch mal: Wo gehst du hin?«

Sekundenlang erwog sie, keine Antwort zu geben, aber er wirkte so hartnäckig, daß sie befürchtete, er würde sie den ganzen Tag dort festhalten, wenn sie schwieg.

Kühl, damit kein Zweifel daran bliebe, daß sie es absichtlich sagte, bemerkte sie: »Ich hab erfahren, daß du Besucher nicht ausstehen kannst, deshalb verbringe ich den Tag mit meinen Freunden, die zu Besuch gekommen sind.«

»Bei den Wettkämpfen?«

»Wo ich hingeh, geht dich…«

»Du sollst antworten!«

»Verdammt, ich denk nicht dran! Wo kommst du eigentlich her…«

»Dein weißer Umhang hat mir besser gefallen«, unterbrach er wieder und befingerte das Kleidungsstück. Er wollte dem Gespräch wohl eine andere Richtung geben. »Es war zwar nicht meiner, aber doch meine Farbe.«

Sie riß ihm den Stoff aus den Fingern und starrte ihn erbost an. »Ich hab dir gesagt, ich würde nie wieder Weiß tragen.«

»Doch, natürlich«, stellte er mit größter Zuversicht fest. »Du wirst meine Farben tragen, und sogar gern. Der Tag wird kommen, an dem du dir wünschst, daß alle erfahren sollen, daß du mir gehörst.«

Sie wurde aschfahl. »Dann hast du also mit meinem Vater gesprochen, nicht wahr?«

»Noch nicht.«

Sie war erleichtert, und die Farbe kehrte in ihr Gesicht zurück. »Tu's nicht. Es ist mein Ernst, Falon. Mit mir als Lebensgefährtin kannst du nicht glücklich werden. Ich würde dich mit meiner Verzweiflung auch noch unglücklich machen.«

»Es macht mich sehr traurig, daß du so denkst, *Kerima.*«

Sollte das ein Witz sein, fragte sie sich. »Ich denk es nicht, ich weiß es.«

»Sag mir warum, dann kann ich es widerlegen.«

Sie starrte ihn ungläubig an. Das meinte er sicher nicht im Ernst.

»Willst du mir vielleicht erzählen, du seist kein Sklavenhalter? Kein Krieger? Daß die Ba-Har-ani ihre Frauen nicht für jede Kleinigkeit bestrafen? Willst du behaupten, du seist nicht stur und aufbrausend und…?«

»Hör auf!« befahl er in einem Ton, bei dem ihr heiß wurde. »Trotz all deiner Einwände wirst du mich lieben lernen.«

»Ich merke, daß ich bei der Aufzählung deine Arroganz vergessen hab.«

Ihr Sarkasmus gefiel ihm. »In Sachen Respekt, der einem Krieger zukommt, hättest du eine Lektion tatsächlich nötig. Dafür sorgen wir, wenn du mir gehörst.«

Sie wollte sich nicht von Drohungen, die auf dem Wort ›wenn‹ beruhten, einschüchtern lassen. »Das ist gerade das klassische Beispiel dafür, warum ich dich nicht haben will, Falon. Ich gehör dir noch nicht, und schon planst du, mich zu bestrafen.«

Seine Verstimmung war ihm deutlich anzusehen. »Dein Vater sollte erfahren, daß er in diesem Bereich einiges versäumt hat.«

Jetzt war es ihm doch gelungen, sie einzuschüchtern. Mit Falons Strafen verglichen, waren die ihres Vaters mild, aber sie hatte keine Lust, die nächste Woche Falaa schälend in der Küche zu verbringen. Andererseits war der Geruch der Falaa derart penetrant und unangenehm, daß er in Haut und Kleider eindrang und die Schälerin infolgedessen gemieden wurde, bis sie sich durch eine gründliche Reinigung davon befreit hatte. Möglicherweise doch keine schlechte Idee. Sie mußte grinsen bei der Vorstellung, daß Falon nur mal kurz an ihr schnupperte, um sofort die Flucht zu ergreifen.

Er verstand ihre Heiterkeit falsch und fragte: »Glaubst du nicht, daß ich's ihm erzählen will?«

»Ehrlich gesagt, wünschte ich es mir. Es wär sicher ganz lustig zu sehen, was du ohne mich anfängst.«

»Was, in Drodas Namen, würde dein Vater denn mit dir machen?«

Sie brach in helles Gelächter aus; sie konnte nichts dafür, er wirkte derart verblüfft. »Was glaubst du denn, womit er mich für so ein geringfügiges Vergehen – denn das ist es, Krieger – bestrafen sollte? Wenn ich dich respektlos behandelt hab, dann deswegen, weil du mich dazu herausgefordert hast. Im allgemeinen hab ich bessere Manieren.«

»Du machst dich über mich lustig, glaube ich.«

»Na, hör mal, wer würde sich das denn trauen«, fuhr sie ihn an.

»Du. Du bist nicht mehr so beeindruckt von mir.«

Diese Feststellung schien ihn zu befriedigen. Shanelle nicht. Was war los mit ihr, daß sie mit ihm herumplänkelte, als seien sie ein Liebespaar?

»Wer macht jetzt die Witze?« erwiderte sie abweisend. »Du bist absolut beeindruckend.«

Er seufzte. »Ich hab's lieber, wenn du lachst, *Kerima.* Wieso bist du jetzt so anders? Du warst doch schon freundlicher zu mir...«

»Keineswegs«, unterbrach sie ihn empört. »Hast du denn vorhin nicht zugehört, als ich dir alle Gründe aufgezählt hab, warum ich nie im Leben nett zu dir sein kann?«

»Mich beschäftigt nur deine Angst vor mir. Der Rest spielt keine Rolle, wenn du sicher bist, daß ich dir nie wieder weh tun werde.«

Sie konnte ihn nur mit weit aufgerissenen Augen anstarren. Er glaubte es tatsächlich. Er war total davon überzeugt. Das war eine echt einseitige Logik. Aber was konnte man von einem Krieger anderes erwarten?

»Es ist aus, Falon«, sagte sie schließlich. »Laß mich jetzt gehen, sonst muß ich doch mal sehen, ob ich beim Downing wirklich was Brauchbares gelernt hab.«

Er ließ sie frei. Sie war fast enttäuscht. Es wäre unendlich befriedigend gewesen, sein Gesicht zu sehen, wenn sie ihn hätte aufs Kreuz legen können. Natürlich war das Schlüsselwort ›wenn‹.

»Du kannst also vernünft...« fing sie an, hielt aber vor Schreck die Luft an, als er sie an seine Brust hob und ausführlich küßte. Als er sie ein paar Minuten später wieder auf ihre Füße stellte, fühlte sie sich weich in den Knien. Falon, der sie genau beobachtete, grinste breit.

»Ich begleite dich zu den Wettkämpfen«, sagte er so beiläufig, als hätte er sie nicht gerade eben total aus dem Konzept gebracht. »Du sollst mir beim Kampf zusehen.«

»Nein«, war alles, was sie zunächst sagen konnte, aber dann goß sie Wasser auf das Feuer, das er gerade entzündet hatte, indem sie hinzusetzte: »Ich bin bis zum Ende der Spiele bei den Besucherkampfplätzen. Denn der einzige Grund, weshalb ich gestern mitgekommen bin in dein Zelt, war der, daß ich dich für einen Besucher hielt. Ich denke immer noch, daß ich einen finden kann, der mir gefällt…«

»Wenn du das tust, muß ich ihn töten.«

Diese unverblümte Erklärung machte Shanelle sprachlos vor Zorn. In diesem Augenblick kamen Dren und Yari um die Ecke. Ein Blick auf Shanelles glühendes Gesicht und Falons finster umwölkte Miene veranlaßte Dren zu der unbedachten Frage, ob sie Hilfe brauche.

Sie wußte, daß Dren nicht dumm war und es ihm erst hinterher aufging, was er da anbot, und da wurde er weiß wie die Wand, was nicht verwundern mußte, da er Falon kaum bis zur Schulter reichte. Aber Falon hatte nicht einmal einen Blick für den Kystrani, den er nicht weiter für beachtenswert hielt. Das beruhigte den armen Dren allerdings noch nicht, deshalb versicherte Shanelle ihm schnell: »Nein, *Shodan* Van'yer und ich haben nur über einige Unterschiede zwischen unseren beiden Ländern gesprochen. Ich glaube, die Ba-Har-ani sind so daran gewöhnt, Sklaven zu besitzen, daß sie ihren Besitzanspruch auf jeden beliebigen Menschen ausdehnen möchten. Hier sind die Verhältnisse anders, und der *Shodan* wäre gut beraten, sich das zu merken.«

Alles, was Falon dazu sagte, als er ging, war: »Du solltest dir meine Warnung merken, Frau, sonst gefallen dir die Folgen nachher nicht.«

# 19

Shanelle glaubte allmählich, daß doch etwas von dem, was sie Falon gesagt hatte, bei ihm angekommen sein mußte, als auch der nächste Tag verging, ohne daß er bei ihrem Vater nach ihr gefragt hätte. Er beteiligte sich statt dessen an den Wettkämpfen und war so davon in Anspruch genommen, daß es aussah, als habe er sie vergessen.

Sie sah von weitem zu, wie er kämpfte, obwohl sie behauptet hatte, sie werde nicht kommen. Und sie wollte es auch nicht, vor allem nach seiner Drohung. Nie wieder würde sie in seine Nähe kommen, aber es schien, als müsse sie einem Zwang folgen und zusehen, wie ausgezeichnet er kämpfte, und sich erinnern, weshalb ihre Wahl auf ihn gefallen war. Wie dumm von ihr. Aber sie blieb vorsichtig und hielt sich, ganz gleich in welcher Arena er kämpfte, immer im Hintergrund, aber nie so weit entfernt, daß sie ihn nicht mehr sehen konnte. Er schien sie nicht zu bemerken, aber auch nicht in der Menge nach ihr zu suchen, wenn er nicht kämpfte. Wenn er aber in der Arena stand, konzentrierte er sich so ausschließlich auf seinen Gegner, daß sie hätte daneben stehen können, ohne seine Aufmerksamkeit auf sich zu ziehen.

Heute wurde sie kühner, aber heute wurden die Spiele auch beendet, und ihr Vater hatte sie gebeten, zur Schlußveranstaltung zu ihm und Tedra in den Pavillon zu kommen. Die Ausscheidungskämpfe waren am Morgen zu Ende gegangen. Die acht im Schwertfechten noch unbesiegten Krieger, die nicht mehr als einen der anderen Wettbewerbe verloren haben durften, würden nun paarweise vor dem *Shodan* kämpfen, bis nur vier, dann zwei und schließlich nur noch der letztendliche Sieger übrigblieb. Falon war einer von den acht Finalisten.

Shanelle wunderte es nicht, nachdem sie am Tag vorher beobachtet hatte, wie geschickt er mit dem Schwert focht. Er war auch in keinem der anderen Kämpfe besiegt worden. Solange Shanelle in der Nähe ihrer Eltern blieb, mußte sie nicht befürchten, daß Falon ihr gegenüber eine persönliche Bemerkung machte, falls er wirklich käme. Aber er erschien nicht. Sogar in der Kampfpause nicht. Und das einzige Mal, als er wirklich in ihre Richtung sah, erkannte er sie überhaupt nicht.

Sie fing allmählich an zu glauben, er hätte seine Meinung geändert und würde sich nicht bei ihrem Vater um sie bewerben. Vielleicht hatte er sich ihre Zurückweisung zu Herzen genommen. Es konnte natürlich auch sein, daß er über ihre letzte höhnische Bemerkung noch so wütend war, daß er es für klüger hielt, ihr erst wieder in die Nähe zu kommen, wenn er wieder ruhiger war. Aber irgendwie bezweifelte sie, daß das die Ursache für etwas sein könnte, was jetzt eher nach Gleichgültigkeit aussah.

Und dann wurde er in die Arena gerufen, und sie dachte nur noch an den bevorstehenden Kampf.

»Du hast doch keine Angst, daß er verwundet wird?« fragte Tedra, die sich neben sie stellte.

»Aber natürlich nicht.«

Blut war bei den Wettkämpfen allerdings geflossen. Die Schwerter wurden zwar an der Spitze angestumpft, blieben aber trotzdem tödliche Waffen. Und obgleich das eigentliche Ziel darin bestand, den Gegner zu entwaffnen, nicht ihn zu verwunden oder zu verstümmeln, ließen sich Unfällen nicht vermeiden. Deshalb war Shanelles »Natürlich nicht« eine faustdicke Lüge.

Das konnte Tedra sich denken, und deswegen sagte sie: »Es freut mich, das zu hören, denn es wäre reine Zeitverschwendung, sich um einen so ausgezeichneten Schwertkämpfer Sorgen zu machen. Er weiß, daß er gewinnt. Die feste Überzeugung macht's ja auch. Ich wünschte fast, er würde verlieren. Der Mann sollte nicht immer alles kriegen, was er will.«

Shanelle zuckte zusammen. »Hat Vater...?«

»Nein, noch nicht. Aber ich hab die böse Ahnung, daß die Frage noch aufs Tapet kommt, bevor der Tag zu Ende geht. Und genauso fürchte ich, daß dein Vater sich entschieden hat. Ich kann mir nicht vorstellen, warum, aber er kann deinen jungen Mann gut leiden.«

»Dann muß ich hier weg«, meinte Shanelle tonlos und ließ die Schultern hängen.

»Mach dir doch keine Gedanken darum, Shani.«

Shanelle meinte zu verstehen, daß ihre Mutter versuchen würde, Challen die Sache mit der Einwilligung auszureden. Aber sie wollte es nicht darauf ankommen lassen, es durfte nicht sein, daß sie noch in Falons Nähe war, wenn Tedra keinen Erfolg hatte und Challen ihm seinen Segen gab.

»Mutter, du weißt es doch: Sobald Vater seine Zustimmung gegeben hat, braucht Falon nur noch in meinem Beisein die Formel zu sprechen, wonach wir Partner fürs Leben werden, egal ob ich will oder nicht. Und wenn er die Worte erst mal gesagt hat, dann bin ich nach seinem Verständnis und auch für die anderen sein Besitz. Du weißt doch, wie verdammt leicht das geht. Vater hat sich mit dir fürs Leben verbunden, und du hast nichts davon gewußt.«

»Ach, ja.« Tedra mußte lächeln, als ihr einfiel, wie wenig sie damals über die Sitten der Sha-Ka'ani wußte. »Aber ich hab dir gesagt, du sollst dir keine Gedanken machen. Ich bin dabei, wenn Falon die Erlaubnis bekommt, die er braucht, um die Worte zu sagen. Martha steht schon in Alarmbereitschaft, also wunder dich nicht, wenn du dich plötzlich im Rover wiederfindest.«

Shanelles Kehle zog sich schmerzhaft zusammen. Sie hatte gesagt, sie würde es tun. Und war ihr fast einjähriger Flugunterricht auf Großraumschiffen etwa nicht genau auf diese Situation abgestellt gewesen? Beinhaltete er nicht für den Notfall sogar den Diebstahl eines Rovers? Ihr Entschluß, sich selbständig zu machen, wenn ihr Vater einen Mann für sie aussuchte, den sie nicht akzeptieren konnte, stand fest. Aber tief im Innersten hoffte sie immer noch, es würde nicht dazu kommen.

»Weiß Vater, daß ich Falon nicht haben will?«

Tedra legte einen Arm um ihre Mitte und fragte behutsam: »Möchtest du ihm denn sagen, warum?«

Shanelle wurde blaß, denn sie verstand, daß ihre Mutter nicht allgemein ihre Vorbehalte gegen Falon meinte, sondern nur den einen, besonderen, von dem ihr Vater nichts würde hören wollen. Denn verständlich machen konnte sie ihn nur, wenn sie ihm gestand, daß sie keine Jungfrau mehr war. Lieber wollte sie Challens Ärger über ihre Flucht in Kauf nehmen, als ihn mit der Mitteilung enttäuschen, daß sie, schon bevor sie einen Lebensgefährten bekam, ihre Unschuld verloren hatte. Sie fand ihre Sorge im Grunde wirklich lächerlich, weil sie selbst der Sache keine Bedeutung beimaß. Und trotzdem hoffte sie immer noch irgendwie, daß ihr Vater es nie erführe; sie hoffte, er werde dem Mann, dem sie sich geschenkt hatte, seine Einwilligung geben und ihn schließlich zu ihrem Lebensgefährten machen. Nun, es sah jedenfalls so aus, als würde Challen ihn billigen. Aber sie nicht.

Shanelle schüttelte den Kopf, anstatt zu antworten, und deshalb meinte Tedra: »Ich will dafür sorgen, daß er zumindest erfährt, was du sonst noch gegen Falon hast, obwohl ich, ehrlich gesagt, nicht glaube, daß es jetzt noch groß was nutzt – außer, du interessierst dich für einen anderen Krieger. Vielleicht einen von den Finalisten?«

Shanelles Gesicht bekam einen bitteren Zug. »Wenn ich mich mit einem Krieger zusammentun wollte, dann könnte es genausogut Falon sein. Zumindest hab ich bei ihm immer den Wunsch, er wäre… kein Krieger.«

Tedra gelang es nur knapp, sich das Lachen zu verbeißen, das sie bei diesen zögernden Worten ankam: Humor hatte in dieser Situation wahrhaftig nichts zu suchen. »Das hab ich mir gedacht. Also Shani, es bleibt dabei, bereite dich auf einen schnellen Abgang vor. Vielleicht willst du dich jetzt von deinen Freunden verabschieden.«

Shanelle riß erschrocken die Augen auf. »Sterne, ich hab Caris und die anderen ganz vergessen!«

»Martha nicht. Sie hat mit dem Besucherzentrum vereinbart, daß sie mit einem der Raumschiffe, die in ein paar Tagen abfliegen, wieder nach Kystran zurückgebracht werden. Und ich werd dafür sorgen, daß alles glattgeht.« Falls sie nicht an eine Wand gekettet wurde, weil sie Shanelle Fluchthilfe geleistet hatte.

Aber Tedra bemühte sich, nicht an die Strafen zu denken, die ihr geliebter Barbar über sie verhängen würde, sobald er merkte, daß seine Tochter fort war. Dieser Krieger nahm solche Dinge sehr ernst, denn er betrachtete sie als seine Pflicht. Hölle und Teufel! Man hätte erwarten können, daß sie im Laufe der zwanzig Jahre gelernt hätte, diesen Aspekt des Sha-Ka'ani-Lebens geschickt zu umgehen, und zwar auf andere Weise als durch ununterbrochenes Bravsein.

Shanelles erschrecktes Keuchen brachte sie in die Wirklichkeit der Arena zurück, und sie zuckte zusammen, als sie sah, wie Falon gerade hart zu Boden ging. Sein Gegner wollte ihm das Schwert, das Falon noch hochhielt, aus der Hand schlagen, aber in diesem Moment nahm der Ba-Har-ani es herunter, ohne es zu berühren, Falon rollte sich außer Reichweite und kam wieder auf die Füße. Dann ging der Kampf normal weiter, die Schwerter schlugen gegeneinander. Falon war nicht in Gefahr gewesen, er hätte höchstens die Runde verloren. Aber Shanelle wurde so blaß, als sei er tödlich verwundet worden.

»Er ist müde«, sagte Shanelle so leise, daß Tedra sich zu ihr hinüberbeugen mußte, um sie zu verstehen. »Er hat schon den ganzen Morgen gekämpft und gestern den ganzen Tag.«

»Sein Gegner ist genauso müde«, gab Tedra zu bedenken.

»Aber der andere Krieger ist größer. Ich versteh nicht, wie Falon so weit gekommen ist. Sein Schwertarm muß doch allmählich lahm werden.«

Die Arme der Krieger hatten wirklich allerhand auszuhalten, aber dafür waren sie bei den meisten fast so dick wie Baumstämme. Und die beiden hier machten da keine Ausnahme.

»Du willst, daß er gewinnt, nicht wahr?« Sie stellte das fest, was offenkundig war.

»Na ja, er ist schon so weit gekommen.«

»Du brauchst dich nicht zu verteidigen, Baby. Aber hast du noch nicht rausgekriegt, warum er kämpft?«

»Neulich hat er's gemacht, weil er mich beeindrucken wollte«, meinte Shanelle und errötete.

»Das glaub ich auch. Aber heute kämpft er nicht deswegen. Er kämpft um dich. Er will einen guten Eindruck auf deinen Vater machen, weil er weiß, wieviel Wert bei uns darauf gelegt wird, daß ein Krieger seine Lebensgefährtin gut beschützen kann. Er benutzt die Wettkämpfe, um Challen zu beweisen, daß er erste Wahl ist.«

»Es wundert mich, daß Vater nicht daran gedacht hat«, meinte Shanelle wegwerfend.

»Woran?«

»Die Wettkämpfe als Mittel zu benutzen, einen Lebensgefährten für mich zu finden. Ein Glück, daß die anderen Krieger nicht wissen, daß ich zu haben bin.«

Tedra wäre beinahe erstickt. Glücklicherweise brauchte sie nicht zu antworten. Ein Schwert flog durch die Luft und schlitterte dann über den Boden. Falon hielt seins in der Hand.

»Deine Zurückhaltung ist löblich, Shani«, bemerkte Tedra trocken.

»Nein, du hattest recht. Als Champion über alle ist ihm Vaters Segen so gut wie sicher.«

»Na, er ist aber noch nicht ganz soweit. Der Champion der Besucher kann noch gegen ihn antreten, wenn er will.«

Im selben Moment, in dem Tedra dies sagte, lehnte der Besucher, der sich im Scharfschießen, Schnelligkeit und Geschicklichkeit ausgezeichnet hatte, die Chance, mit einem Krieger zu kämpfen, recht humorvoll ab. Er war ein Meter dreiundsiebzig groß und schmal wie ein Gaali-Lampenmast. Schon der Gedanke, daß er mit dem Schwert in der Hand gegen einen Ba-Har-ani angehen sollte, schien absurd. Aber ein anderer Besucher dachte anders darüber.

Shanelle fuhr abwehrend zusammen, als der Großkönig von Century III mit seinem Gefolge herausfordernd die Arena betrat und um die Gelegenheit bat, den Champion zu besiegen. Challen schien nicht erfreut darüber, genausowenig wie die Zuschauer, die nahe genug standen, um es zu hören. Shanelle rückte näher heran, um die Antwort ihres Vaters verstehen zu können.

»Die Wettkämpfe sind beendet.«

»Ich habe meine Absicht im voraus bekundet«, erklärte Jorran gelassen.

»Eine Absicht, die gegen die Regeln verstößt«, antwortete Challen. »Dies ist Ihnen mitgeteilt worden.«

»Regeln gelten nicht für Großkönige, *Shodan*«, verkündete der rundliche Alrid überheblich. »Noch kann unserem König zugemutet werden, gegen Bürgerliche anzutreten. Jorran ist willens, mit dem Champion zu kämpfen. Das sollte genügen.«

Shanelle mußte sich das Lachen verbeißen. Was die Edlen von Century III keinesfalls wußten – weil die Anzeichen dafür nur von denjenigen verstanden wurden, die ihn kannten –, war die Tatsache, daß Challen sich nicht mehr nur ärgerte, sondern auch in seiner Ehre verletzt fühlte. Für einen normalen Krieger wäre das Grund genug für eine Herausforderung gewesen, und er hätte damit nicht gezögert. Aber ein *Shodan* in seiner Position, als Anführer und Vorbild für viele, mußte sich mehr Zurückhaltung auferlegen. Er konnte Forderungen akzeptieren, ganz gleich, weswegen sie ergingen, bevor er aber selbst eine aussprach, mußte eine persönliche und tödliche Beleidigung vorliegen. Shanelle fragte sich, ob ein Ba-Har-ani-*Shodan* sich den gleichen Prinzipien verpflichtet fühlte. Es sah nicht so aus, denn Falon hatte aus einem nicht anerkannten Grund mit Corth kämpfen wollen und darüber hinaus damit gedroht, jeden Besucher zu töten, für den sie sich interessierte. Allerdings wußte sie nicht recht, ob er es nur im Zorn gesagt oder im Ernst gemeint hatte.

Challen beachtete Alrid nicht weiter, sondern teilte dem Großkönig mit: »Der Krieger, mit dem Sie kämpfen wollen, nimmt hier die gleiche Stellung ein wie Sie auf Ihrem Planeten.«

»Ausgezeichnet«, erwiderte Jorran. »Dann brauche ich nicht das Gefühl zu haben, unterfordert zu sein…«

»Sie sagen am besten nichts mehr«, schnitt ihm Challen das Wort ab. »Oder Sie müssen sich mit einer ganzen Reihe von ernstzunehmenden Herausforderungen herumschlagen, bevor Sie von hier abreisen. Was nun Ihren Wunsch betrifft, die Arena zu betreten, obwohl der Wettkampf beendet ist, so kann darüber nur der erklärte Champion entscheiden. Und *Shodan* Van'yer ist in keiner Weise verpflichtet, einem weiteren Kampf zuzustimmen. Die Entscheidung darüber liegt allein bei ihm.«

An dieser Stelle lachte Falon. »Und ich hatte befürchtet, die Regeln würden mich an diesem Vergnügen hindern.«

Shanelle biß die Zähne zusammen. Warum konnte er nicht einfach ablehnen? Obwohl es seiner Überheblichkeit sicher sehr guttun würde zu verlieren, wollte sie ihn dabei nicht sterben sehen. Er war müde, Jorran dagegen ganz frisch. Niemand hätte geringer von ihm gedacht, wenn er den Mann ignorierte, der eindeutig gewinnen wollte, was er nicht verdiente. Andererseits würde jeder Zuschauer, der den Wortwechsel mit angehört hatte, gerne erleben, wie Jorran einen Dämpfer aufgesetzt bekam, und das konnte nur Falon besorgen. Sogar Shanelles Vater war mit Falons Antwort sehr einverstanden.

Auch Jorran war, obgleich es nicht viel Sinn machte, zufrieden. Falon mochte zwar müde sein, er war aber immer noch gut fünfzehn Zentimeter größer als der Großkönig, dazu breiter und auch schwerer. Und das Schwert, das Jorran nun aus der Scheide zog, war unwahrscheinlich schmal. Shanelle runzelte bedenklich die Stirn. Das war keine Waffe, mit der er Falon das breite und viel schwerere Schwert aus der Hand schlagen konnte, um ihn zu entwaffnen.

»Der verdammte Bastard«, sagte Tedra neben ihr. »Er benutzt ein Rasiermesserschwert.«

»Ja und?«

»Man braucht fast überhaupt keine Kraft, um mit einem derart scharfen Schwert einen Mann zu halbieren. Dieser arrogante Heini kann nicht drauf hoffen, Falon zu entwaffnen, aber er kann die Regeln verletzen und ihn mit dieser Waffe ernstlich verwunden, verstümmeln oder noch Schlimmeres... Und wir haben ja schon gesehen, was er von Regeln hält.«

Jorrans erster, tückischer Streich mit dem Rasiermesserschwert erfüllte Tedras Voraussage. Der Großkönig war auf Blutvergießen aus, und er schien es in Kauf zu nehmen, den Gegner zu töten. Für ihn zählte nur der Sieg.

# 20

Falon fühlte, längst bevor er den Schmerz seiner Wunden spürte, wie ihm das Blut über die Brust lief. Der Schmerz hatte nichts zu sagen, den konnte er vergessen. Der Blutverlust störte ihn mehr, weil er ihm allmählich die Kraft nahm. Er glaubte nicht, daß die Schnitte, die kreuz und quer über seinen Oberkörper liefen, gefährlich waren, obwohl er ziemlich viel Blut verlor, aber er wußte es nicht zuverlässig, weil sie so schmal waren. Und das alles hatte sich innerhalb weniger Minuten abgespielt.

Auch als er jetzt zurücksprang, spannte er die Bauchmuskeln an, aber schon wieder berührte ihn die Spitze des Schwerts. Gegen eine Waffe wie diese hatte er noch nie gekämpft. Sie wurde zu schnell geführt, nie begegnete sie seiner Klinge; sie umschwirrte ihn mit so verwirrender Schnelligkeit, daß sein Schwert nicht treffen konnte. Schließlich wurde ihm klar, daß er, wenn er nach der Regel kämpfte, die besagte, daß der Gegner entwaffnet, nicht aber getötet werden mußte, keine Chance hatte, den Großkönig mit seinem eigenen Schwert zu besiegen. Jedenfalls, solange Jorran ihm mit seiner Klinge immer aus dem Weg ging. Dieser Mann versuchte nicht einmal, den Anschein zu wecken, als sei dies hier ein normaler Kampf, warum also sollte er es tun?

Nachdem er zu diesem Schluß gekommen war, warf Falon sein Schwert weg und ging mit nackten Händen auf Jorran zu, wobei er die Streiche des Rasiermesserschwerts, die ihn nun verzweifelt auf Abstand zu halten versuchten, mit seinen stählernen Armen abwehrte. Er mußte zwei weitere Wunden hinnehmen, bevor er Jorrans Schwertarm beiseite schlagen und ihm mit einem befriedigenden Krachen die Faust ins Gesicht schmettern konnte.

Der König ging zu Boden und stand nicht wieder auf. Mit einer gebrochenen Nase und einem zerschmetterten Jochbogen fiel er sofort in Ohnmacht. Falon trat nur einmal kurz gegen das Schwert, das seinen Oberkörper – in der nun erschlafften Hand des Königs – rot verziert hatte. Dann wandte er sich ab. Erst da spürte er, wie ihn die Schwäche übermannte, und nun erst sah er zu Shanelle hin. Aber sie stand nicht mehr neben ihrer Mutter. Sie war nirgends in Sicht, und sein Blick begann sich zu trüben.

Als das Meditech sich öffnete, war Falon überrascht, Tedra Ly-San-Ter neben sich zu sehen. Lange schwarze Haare flossen über ihren weißen *Chauri*. An ihrem zarten Hals trug sie eine Kette aus großen Kristallen in der Farbe ihrer aquamarinblauen Augen. Als Mutter von zwei erwachsenen Kindern hätte die Frau ruhig ein bißchen älter aussehen dürfen, aber so wirkte sie nicht, und sie war außerdem noch unglaublich hübsch, was seine Verunsicherung vermehrte. Allerdings ließ sie ihn, sobald sie streitbar den Mund aufmachte, ihre Schönheit sofort vergessen.

»Na, geht's schon besser?« fragte sie, als er sich langsam aufsetzte. Auf seiner nackten Brust wies nichts mehr darauf hin, daß er beinahe verblutet wäre.

»Es ist unglaublich, was dieser Apparat leistet«, sagte er.

»Es hört sich nicht so an, als seien Sie erfreut darüber. Ist es das erste Mal für Sie?« Sein kurzes Nicken brachte sie zum Lachen. »Sie dürfen sich nicht wundern, wenn Sie ein paar Narben als Beweise Ihrer Tapferkeit nicht mehr wiederfinden. Meditechs hassen Narbengewebe, egal wie alt es ist.«

Es dauerte einen Moment, bis er begriff, was sie meinte. Dann sah er sofort auf seine linke Schulter, aber die weiße Linie, die sich seit seiner Kindheit dort befunden hatte, war nicht mehr zu sehen. Mit einem Laut des Unmuts stieg er aus dem Meditech und schien zu erwägen, es kurz und klein zu schlagen.

Tedra grinste mitleidlos. »Nehmen Sie's nicht so schwer, Krieger. Shani weiß, wie tapfer sie sind. Sie brauchen keine Narben, um es zu beweisen.«

»Frau, Sie und Ihre Apparate haben auf dieser Welt nichts zu suchen.«

»Kann ja sein, daß Sie sich noch aus eigener Kraft bis hierher geschleppt hätten, aber ein Heiler wäre beim Zusammenflicken nicht schnell genug gewesen, um Ihnen das Leben zu retten. Manche von den Wunden waren mehr als zwei Zentimeter tief. Ohne Ihre guten Reflexe gäbe es jetzt zwei Hälften von Ihnen.«

Verächtlich verzog Falon das Gesicht. »Und das hätte dieser mickrige Besucher fertiggebracht?«

»Erstens war er nicht so mickrig, und zweitens hätte auch ein Kind Sie mit einem Rasiermesserschwert halbieren können. Sie hatten keine Veranlassung, seine Forderung anzunehmen. Schon an seinem Eifer, sich mit jemand anzulegen, der viel größer war als er, mußte man sehen, daß er irgendeinen Vorteil haben mußte, der ihn siegessicher gemacht hat.«

»Wieso stellen Sie sich auf meine Seite, obwohl Sie mir doch sehr deutlich gesagt haben, was Sie von mir halten?«

»Ich hab nichts gegen Sie persönlich, nur gegen Ihr Benehmen, Krieger. Ich könnte mir sogar vorstellen, Sie eines Tages zu mögen. Aber ich stand da und sah meine Tochter weiß werden wie diesen *Chauri* und dann erbärmlich kotzen. Und so was gefällt mir nicht. Und wofür das alles? Sie waren doch schon Champion. Sie hätten den aufgeblasenen Typ von einem König überhaupt ignorieren sollen.«

Falon lächelte. Ihn interessierte nur eins. »Hat sie Angst um mich gehabt?«

Tedra war angewidert genug, um zu antworten: »Nicht das kleinste bißchen. Sie kann nur kein Blut sehen. Aber Ihnen hat's natürlich Spaß gemacht, das letzte Match zu gewinnen. Wahrscheinlich noch mehr als die anderen, was?«

Ihr Sarkasmus bewirkte, daß er sehr förmlich antwortete. »Es ist kein Geheimnis, wie ich Besuchern gegenüber empfinde.«

»Ich war eine Besucherin.«

»Für die Mutter meiner Frau muß ich eine Ausnahme machen.«

Tedra schnauzte zurück: »Sie brauchen mir nicht extra einen Gefallen zu tun. Außerdem ist sie noch nicht ihre Frau.«

»Dem soll abgeholfen werden. Wo ist Ihr Lebensgefährte?«

»Er wartet sicher auf Sie. Und wir sollten es so schnell wie möglich hinter uns bringen, also kommen Sie gleich mit. Übrigens ist noch jemand scharf auf eine Meditech-Behandlung. Wegen eines demolierten Gesichts.«

Die Befriedigung über diese Mitteilung war Falon durchaus anzusehen. »Und Shanelle? Wartet sie mit ihrem Vater zusammen?«

»Da haben Sie wohl kein Glück, Krieger. Sie war so mitgenommen von dieser gewalttätigen Szene, daß ich sie nach Hause geschickt hab. Aber es wird Sie freuen zu erfahren, daß sie erst gehen wollte, nachdem ich versprochen hatte, mich persönlich darum zu kümmern, daß Sie wieder zusammengeflickt werden.«

»Es wundert mich eigentlich, daß Sie das mir gegenüber zugeben.«

»Fallen Sie nicht hintenüber, es kommt noch dicker. Ich hab ihr erzählt, warum sie beim Wettkampf mitgemacht haben. Sie wollten, daß sie's erfahren sollte, und das war das mindeste, was ich tun konnte.«

In ihren Worten lag irgend etwas Beunruhigendes. Das mindeste, was sie tun konnte? Unter welchen Umständen? Sie hatte sich schon umgedreht und verließ, ihm vorangehend, den Bereich, der mit Vorhängen abgeteilt war und für die Dauer der Wettkämpfe die Meditech-Station beherbergte, und so sagte er nichts mehr. Nun war der Augenblick gekommen, auf den er so ungeduldig gewartet hatte. Er hätte es lieber gehabt, wenn Shanelle dabeigewesen wäre und sofort seine Frau hätte werden können. Aber es war sicher nicht schwer, sie im Palast zu finden.

Sie betraten nun den Hauptteil des Pavillons, wo eine kleinere Gruppe von Personen auf sie wartete: Falons Familie, Dalden, die Edlen von Century III mit ihrem noch immer bewußtlosen König, der nun, da das Meditechgerät frei war, sofort dorthin gebracht wurde, und natürlich der *Shodan* von Sha-Ka-Ra.

Zum ersten Mal spürte Falon eine leichte Nervosität in sich aufsteigen. Er hatte die Wettkämpfe zwar gewonnen, aber damit, so sagte ihm Dalden, noch nicht das Anrecht auf den Preis. Und Tedra Ly-San-Ters Haltung... war es möglich, daß sie ihren Lebensgefährten dazu überredet hatte, seinen Antrag abschlägig zu beantworten? Ob ihre Bemerkung, das sei das mindeste, was sie tun könne, Ausdruck ihres schlechten Gewissens war?

Jadell stürzte auf ihn zu, um sich zu vergewissern, daß Falon wieder ganz in Ordnung war; dann kamen die Glückwünsche. Challen ließ Wein bringen und bemerkte: »Ich halte eigentlich nichts von den Annehmlichkeiten, die die Apparate der Besucher bieten, aber einige davon können das Herz eines Kriegers wohl erfreuen.« Und Tedra wurde rot, weil er sie ansah, während er sprach, obwohl er gerade eine Flasche goldgelben Mieda vom Planeten Rathus öffnete.

Falon nahm ein Glas, trank aber nicht. Er konnte kein privates Gespräch mit Challen führen, solange dieser die Gläser seiner Gäste füllte. Er sah seinen Bruder betont eindringlich an, und Jadell verstand den Hinweis. Er trödelte nicht mit seinem Wein herum. Auch die anderen, denen Falons Ungeduld nicht entgangen war und die sein Anliegen kannten, beeilten sich, Dalden eingeschlossen. Es war schade um den Wein, daß er so ohne Umstände hinuntergegossen wurde, aber in kürzerer Zeit, als Falon gehofft hatte, fand einer nach dem anderen einen Grund, sich zu verabschieden. Außer Tedra Ly-San-Ter, die es sich auf einer Couch bequem machte und an ihrem Wein nippte. Falon befürchtete, sie würde sich nicht vom Fleck bewegen, auch wenn er darum bäte.

Er fragte: »Könnte ich Sie privat sprechen, *Shodan* Ly-San-Ter?«

»Du brauchst nicht so förmlich zu sein, Falon. Und ich bezweifle sehr, daß meine Lebensgefährtin uns jetzt allein läßt, ohne uns eine unangenehme Szene zu machen.«

»Er macht Witze, Krieger«, meinte Tedra spitzbübisch. »Ich würde ihn höchstens ein bißchen reizen…«

»Frau«, sagte Challen warnend. »Wenn du bleiben willst, dann bitte stumm.«

Tedra zuckte die Achseln und schaute weg von ihnen. Falon räusperte sich und stellte fest: »Ich stelle einen förmlichen Antrag, *Shodan*. Es ist mein größter Wunsch, mein Leben mit dem Leben deiner Tochter zu verbinden, in voller Kenntnis, daß auch sie mich haben will. Ich bitte dich, meinen Antrag anzunehmen und deine Tochter in meine Obhut zu geben, damit ich die Hüterin meines Herzens beschützen kann.«

»Dein Antrag ist einer von vielen, aber bis jetzt ist kein Krieger so kühn gewesen, mir zu erzählen, daß meine Tochter ihn haben will. Wie kannst du das annehmen?«

»Ich nehme es nicht an, ich weiß es. Sie hat es mir gesagt. Und sie hat sich mir hingegeben.«

Tedra sprang von der Couch hoch und spuckte vor Schreck ihren Wein aus. »Mußtest du ihm ausgerechnet das erzählen?« schrie sie ihn unverblümt an.

Wieder wies Challen sie zurecht, diesmal ein wenig strenger. »Frau, das ist Männersache!«

»Nicht, wenn du ihn forderst, dann nicht mehr«, schoß sie zurück. »Dann betrifft die Sache auch Shani, weil ich zufällig weiß, daß sie nicht möchte, daß er verletzt wird. Ich hätte ihm gern selber den Schädel eingeschlagen, aber sie hat es mir ausgeredet.«

»Ich habe nicht die Absicht, ihn herauszufordern.«

Tedra zwinkerte verblüfft. »Wirklich nicht?«

»Warum sollte ich. Damit, daß er mir gesagt hat, daß meine Tochter den Mann will, den ich selbst für sie ausgesucht habe, hat er meine Bedenken zerstreut. In diesem Fall hat meine Erleichterung darüber den Vorrang.«

»Na, das ist ja großartig«, nörgelte Tedra gereizt. »Sie war krank vor Angst, du würdest es rauskriegen. Ich selbst hab geglaubt, du würdest fürchterlich in Rage geraten. Aber nein, *glücklich* bist du darüber. Aber da ist noch eine ganze Kleinigkeit, mein Junge, von der du nichts weißt. Kann sein, daß Shani ihn will, aber sie hat auch Angst vor ihm.«

»So etwas ist normal...«

»Nein, ist es nicht! Und noch was: Der Mann ist ein verdammter Sklavenhalter. Hast du das gewußt?«

»An die Möglichkeit habe ich gedacht«, erwiderte Challen und fragte Falon: »Wie viele Sklaven hältst du?«

»Sechzehn dienen in meinem Haushalt.«

»Würdest du diese Sklaven freilassen, wenn du meine Tochter bekommst?«

Falon runzelte die Stirn über die unerwartete Frage.
»Weswegen sollte ich es tun?«
»Meine Lebensgefährtin und meine Tochter unterscheiden nicht zwischen einem Herrn, der Sorge trägt für seinen Besitz, und einem, der es nicht tut. Nach ihrem Verständnis sollten Menschen nicht so völlig rechtlos leben müssen wie die Sklaven. Meine Tochter könnte auf die Dauer mit einem Krieger, der Sklaven hält, nicht glücklich werden. Auch wenn er sich genausogut um sie kümmert wie um seinen übrigen Besitz. Kannst du auf die Sklaven verzichten?«
»Ich glaube, daß ich für deine Tochter alles tun könnte. Ich werde alle Sklaven, die ich besitze, am selben Aufgang, an dem ich zurückkomme, freilassen.«
»Dann ist es mir eine Freude, dir, Falon Van'yer, das Recht zu übertragen, das Kind meines Herzens, Shanelle aus dem Haus Ly-San-Ter, zu beschützen. Nimmst du dieses Recht an?«
»Ja.«
»Dann ist sie von jetzt an dein.«
Tedra blieb nichts mehr zu sagen. Sie drückte auf die Sprechtaste an ihrem Verbindungsgerät zum Computer. Es hatte keinen Sinn, über etwas zu jammern, das sie hatte kommen sehen.
Leise, so daß Challen es nicht hören konnte, sagte sie:
»Martha, es ist soweit.«

# 21

Wenn Tedra nicht den Eindruck erweckt hätte, sie sei wütend über die Entscheidung ihres Lebensgefährten, und zwar derart, daß sie nicht bereit war, aus welchem Grund auch immer, Hilfe zu leisten, wäre der Suchtrupp möglicherweise eher zu ihr gekommen, um nach Shanelle zu fragen. Challen jedenfalls tauchte erst am Abend in Begleitung von Falon auf. Der junge Krieger sah aus, als würde er zuschlagen, falls man ihm nicht schnell genug antwortete. Es sah schlecht für ihn aus. Der Mann mußte Geduld lernen, und es würde ihm nichts anderes übrigbleiben, als gleich damit anzufangen.

Challen fing erst an zu sprechen, als er schon dicht neben ihr stand und sie mit seiner einschüchternden Größe überragte. Dann kam er aber gleich zur Sache. »Brock hat gemeint, daß du vielleicht wissen könntest, wo Shanelle sich versteckt, und wenn nicht du, dann sicher Martha.«

Tedra schwenkte ihren Dhayasaft im Glas herum und antwortete gleichgültig: »Du mußt ziemlich verzweifelt sein, daß du dich an Brock wendest. Warum kannst du nicht zur Abwechslung mal die Tatsache akzeptieren, daß Shani nicht gefunden werden möchte?«

»Dann weißt du also, wo sie sich versteckt?«

»Ich weiß nur, warum sie nicht hier ist, um sich von unserem jungen Freund aus Ba-Har-an mitnehmen zu lassen; aber das weiß er selbst auch.« Ihre Augen richteten sich anklagend auf ihn. »Warum sagst du es ihm nicht, Krieger?«

»Das hat er bereits getan«, sagte Challen ruhig.

»Er hat mir auch erzählt, daß es zu erwarten war, daß er die Beherrschung verloren hat. Das passiert ihm nämlich nur bei der Hüterin seines Herzens, und daran erkennt ein Ba-Har-ani, daß er seine wahre Lebensgefährtin gefunden hat.«

Tedra wünschte bei den Sternen, sie hätte diese pikante Kleinigkeit etwas eher mitbekommen. Denn jetzt war ihr Ärger darüber nicht mehr frei von dem Gefühl, es sei ihre Schuld gewesen, daß Shani nichts davon erfahren hatte. »Wenn er sich die Mühe gemacht hätte, ihr das zu sagen, dann wäre sie nicht so panisch entsetzt gewesen, als sie merkte, daß du ihn bevorzugst. Du weißt doch, wie schlecht sie Schmerzen ertragen kann, Challen, Sie fürchtet sich vor ihm, sie fürchtet sich davor, daß er ihr wieder weh tut, sie fürchtet sich vor der besonderen Strafe, die der Krieger seiner Frau vorbehält und die jede Frau aus dem einen oder anderen Grund irgendwann verdient, und sie befürchtet, daß er sie nicht lieben kann, weil er ein Krieger ist. Sie ist noch nicht bereit, ihn anzunehmen. Erst, wenn sie sich mit einigen von diesen Dingen abfinden kann, wird sie dazu in der Lage sein.«

Nichts deutete darauf hin, daß er Shanis oder auch ihre schwierige Situation verstand und eine Entscheidung herbeiführen wollte. Alles was er sagte, war: »Wo ist sie, Frau?«

Seine Sturheit machte sie so wütend, daß sie ihren Saft in einem Zug austrank und das Glas auf den Tisch knallte, der neben ihr stand. »Du meinst vielleicht, es ist nicht meine Pflicht, sie zu beschützen – aber ich schon! Und gerade jetzt muß sie vor ihm beschützt werden.«

Challens Blick war ihrem Glas auf den Tisch gefolgt, und er nahm einen großen Schluck aus der Flasche mit Saft, die da stand. Tedra fühlte sich unbehaglich. Sie wollte nichts empfinden, wenn er anfing, sie zu bestrafen, und deswegen trank sie den Saft. Ein eklatanter Fall von Widerstand ihrerseits, den er nicht übersehen konnte. Denn Dhayasaft tranken die Krieger, um ihre sexuellen Triebe abzutöten und dadurch ihre Frauen mit unbefriedigtem Verlangen bestrafen zu können.

Er stellte die Flasche wieder ab und beugte sich zu ihr hinüber. »Es gibt immer wieder einen neuen Anfang, *Chemar*, und dann den nächsten... und den nächsten.«

Es war absolut klar, was er damit meinte, und Tedra wurde bleich. »So lange kannst du mich doch nicht bestrafen!«

»Wo ist Shanelle?« fragte er statt einer Antwort.

Sie sprang von der Couch auf und ging erregt auf und ab. Ihr hartnäckiges Schweigen veranlaßte ihn, sie zu warnen:

»Laß uns nicht beide unter deiner Verstocktheit leiden, Frau.«

»Na, wenn ich sowieso schon bestraft werde, dann doch wenigstens aus gutem Grund.«

Es sah so aus, als verliere er allmählich die Geduld. »Du hörst *sofort* auf, mir hier Schwierigkeiten zu machen.«

»Willst du's drauf ankommen lassen?« gab sie mit einem starren Lächeln im Gesicht zurück.

Er sah sie einen Moment verblüfft an. Dann seufzte er und griff nach dem Computer-Verbindungsgerät, das er am Gürtel trug. »Brock, du solltest mit Marthas Terminal Verbindung aufnehmen. Ich möchte mit ihr über die Sache reden.«

Brock antwortete nicht sofort. Als er sich meldete, sagte er: »Martha ist entweder abgeschaltet worden, oder sie hat meine Reichweite verlassen.«

Wieder sah Challen Tedra forschend an. Das Mißtrauen stand ihm ins Gesicht geschrieben. »Wo ist Martha?« fragte er.

»Du hast doch gehört«, antwortete Tedra unbekümmert. »Außerhalb seiner Reichweite – außerhalb deiner auch.«

Dann verkündete Brock mit einer gewichtigen Portion männlicher Besorgnis: »Das Besucherzentrum hat mich informiert, daß der Rover sich nicht mehr im Spaceport befindet.«

»Shanelle hat also den Planeten verlassen?« Tedra zuckte zusammen, weil Challen jeden Moment losbrüllen würde, aber er war noch nicht fertig. »Du hast ihr die Erlaubnis gegeben, den Rover zu nehmen?«

»Wenn ich Martha nicht erlaubt hätte, mit ihr vom Planeten zu starten, dann wäre sie allein abgereist, und dann hätten wir sie nie mehr wiedergesehen. Auch jetzt glaubt sie noch, daß sie nicht zurückkommen wird. So ernst ist ihr der Wunsch, ihr Leben nicht mit einem Krieger zu beschließen. Wenn du es der Mühe wert gefunden hättest, sie zu fragen, hätte sie's dir gesagt. Aber nein, Augen zu und durch, auf echt barbarische Art, so ist es gelaufen. So, wie du willst, oder gar nicht. Und jetzt hat sie's statt dessen auf ihre Art gemacht.«

»Mit deiner Hilfe, Frau. Anders wäre sie nicht weggekommen.«

Das war noch die Frage. Aber solange Tedra sowieso die Schuld zugeschoben wurde, konnte sie den Punkt vergessen und alles auf sich nehmen. Aber Challen war mit dem Vorwurf, wie schlimm sie gehandelt habe, noch nicht zu Ende.

»Schande hast du über unser Haus gebracht – das ist es, was du getan hast. Du enthältst diesem Krieger das Recht vor, seine Lebensgefährtin zu beschützen.«

Tedra sah zu Falon hin, der schweigend an dem in den Boden eingelassenen Becken stand. Er schien schockiert über die Tatsache, daß eine Frau einem Krieger Widerworte gab und mit ihm stritt. »Sie ist aber noch nicht seine Lebensgefährtin.«

»Aber von dem Moment an, wo er sie findet«, brachte ihr Challen in Erinnerung. »Das weißt du.«

Vielleicht war nun der Zeitpunkt gekommen, ein bißchen abzuwiegeln. »Sie will nur ein paar Wochen fortbleiben. Martha kümmert sich drum. Sie will sich mit Shani befassen und ihr helfen, mit ihren Ängsten fertig zu werden.«

»Ich habe zwei Aufgänge darauf gewartet, meine Lebensgefährtin in Empfang zu nehmen.« Das waren die ersten Worte, die Falon sprach. »Ich will nicht länger warten.« Und an Challen gewandt, fragte er: »Gibt es eine Möglichkeit, ihr zu folgen?«

»Dafür kann gesorgt werden.«

»Nein!« sagte Tedra entsetzt, aber sie wußte, daß es möglich war, und warum bloß hatte sie daran nicht gedacht?

Ihre Wut richtete sich jetzt mindestens zur Hälfte auch gegen sich selber, weil sie Shani nun doch nicht beschützen konnte. Aber sie ließ sie zunächst an Falon aus. Sie ging zu ihm hinüber und beschimpfte ihn in voller Lautstärke. »Verdammt noch mal, was muß ich denn tun, damit du dich endlich für 'ne Weile verziehst? Shani braucht Zeit, über alles nachzudenken und vielleicht herauszufinden, daß ein Leben mit dir nicht so schrecklich sein muß. Du weißt es, mein Lebensgefährte auch und sogar ich, aber Shani… eben… nicht! Wenn du sie aufstöberst, bevor sie mit sich selbst im reinen ist, wird sie sich wehren. Willst du das wirklich? Falls du nämlich auf einen Kampf scharf sein solltest, steh ich dir verdammt gern zur Verfügung.«

Seiner Miene nach schien Falon ihr Angebot durchaus nicht ernst zu nehmen, und auch ihre Wut beeindruckte ihn wohl nicht besonders. »Es ist an mir, sie zu beschützen, aber sie ist nicht hier, und ich kann es nicht tun. Ich kann nicht hierbleiben und nichts unternehmen, solange dies so ist. Aber deine Sorge ist unnötig. Wenn ich sie finde, lasse ich nicht zu, daß sie sich gegen mich wehrt.«

Vielleicht wäre er bei einer anderen Sha-Ka'ani-Mutter damit weggekommen, aber nicht bei einer, die so unbedingt an Willensfreiheit glaubte. »Jetzt ist es passiert, Krieger. Du kannst dich hiermit als gefordert betrachten.«

Falon mußte über die abwegige Vorstellung, daß eine Frau einen Krieger fordern wollte, beinahe lachen. Aber Tedra interessierte sich nicht dafür, wie er darauf reagierte. Sie nahm Kampfstellung ein. Sie hörte noch, wie ihr Lebensgefährte rief: »Nein, nicht!« Was sie jedoch ignorierte. Und im nächsten Moment hatte sie einen hohen Fußstoß mitten in Falons Brust gelandet.

Der Stoß traf ihn völlig unvorbereitet, weil er nicht damit gerechnet hatte, daß sie ihn wirklich angreifen würde. Deshalb verlor er das Gleichgewicht und fiel hinterrücks in das Wasserbecken. Er kam wieder hoch und wischte sich das Wasser aus Augen und Haaren. Sein azurblauer, haßerfüllter Blick heftete sich sofort auf Tedra.

»Mit dir kämpfe ich nicht, Frau.«

»Den Teufel wirst du. Ich erlaub dir nicht, dich zu weigern. Also, komm her, Krieger.« Mit einem Wink bedeutete sie ihm, aus dem Becken zu steigen. »Wie ist das, wenn man keine Wahl hat?«

Leider schaltete sich Challen an dieser Stelle ein. Er stellte sich neben Tedra, aber er sprach Falon an. »Du kannst nicht dafür zur Verantwortung gezogen werden, daß du die Herausforderung der Mutter deiner Lebensgefährtin ablehnst. Vielleicht erlaubst du mir, dich zu vertreten?«

»Nein«, flüsterte Tedra, als Falon dankbar nickte. Und als Challen sich ihr zuwandte, meinte sie: »Challen, bitte, ich hätte nur verlangt, daß er Shani so viel Zeit läßt, wie sie braucht, um ihre Angst zu überwinden! Das ist alles.

Ich hätte ihn nicht in eine unangenehme Situation gebracht.«

»Die Herausforderung ist ausgesprochen worden, *Chemar*.« Das war für Tedra das Zeichen loszulaufen, aber sie wurde so verdammt schnell eingeholt, und einen Moment später lag sie flach auf dem Rücken und ihr Lebensgefährte über ihr. »Jetzt ist sie angenommen, und jetzt verlierst du. Und du weißt, was ich dafür haben will, daß du verloren hast.«

Natürlich wußte sie es. Absoluten Gehorsam im Schlafzimmer, was bedeutete, daß sie sich nicht wehren durfte, wenn er daran ging, sie zu bestrafen.

»Geh runter von mir, Krieger«, knurrte sie leise. »Sogar nach so vielen Jahren bist du immer noch verdammt humorlos.«

Seine Lippen kräuselten sich in einer leisen Spur von Ironie. »Und du stellst immer noch die Geduld des Kriegers auf eine harte Probe.« Aber er küßte sie flüchtig, bevor er sie aufstehen ließ.

Und nun war Tedra diejenige, die Falon nur noch erbost anstarren konnte. »Versuch, was du willst, aber Martha wird verhindern, daß du sie findest.«

»Dann muß ich Brock erlauben, ihn zu begleiten«, sagte Challen ruhig.

»Brock kann es nicht mit Martha aufnehmen.«

»Das hoffst du. Ich bin da anderer Ansicht.«

»Ich auch«, sekundierte Brock.

»Na, wunderbar«, gab Tedra angeekelt zurück. »Macht, was ihr wollt, das macht ihr verdammten Krieger sowieso immer. Aber ich sag dir eins, Falon Van'yer: Meine Tochter hat ein Jahr Zeit gehabt, um zu der Überzeugung zu kommen, daß sie lieber jeden anderen zum Lebensgefährten bekäme als ausgerechnet einen Krieger. Es braucht mehr als ein paar Tage, um ihr die Dinge in einem anderen Licht erscheinen zu lassen. Dann geh also hin und beschütze sie. Tu das, was du für richtig hältst. Aber ich verspreche dir, daß du mit dem Ergebnis nicht glücklich wirst.«

# 22

»Es könnte sein, daß wir ein Problem haben, Kindchen.«

Shanelle drehte sich im Bett auf die andere Seite und sah auf das Intercom. Sie hatte keine Lust, aufzustehen oder sonst etwas zu tun, seit sie vor drei Tagen Sha-Ka'an verlassen hatten. Aber wenn sie jetzt nicht ein bißchen Interesse zeigte, würde Martha fragen, warum.

»Ist mit dem Raumschiff was nicht in Ordnung?«

»Nein, das könnte ja leicht behoben werden. Wir haben einen Schatten. Letzte Nacht ist er auf meinem Fern-Scanner aufgetaucht. Daran ist nichts Ungewöhnliches, außer daß das Schiff uns als Leitpeiler benutzt. Ich hab, nachdem ich es entdeckt hatte, dreimal den Kurs gewechselt, und jedesmal ist es mitgezogen.«

»Willst du mir damit sagen, daß wir verfolgt werden?«

»Hab ich das denn nicht gerade erzählt?«

»Manchmal weiß ich wirklich nicht, wovon, zum Teufel, du redest.«

»Schon gut. Was ist denn los mit dir? Seit wir gestartet sind, läßt du den Kopf hängen, ganz zu schweigen von den netten Seitenhieben, die du mir verpaßt, wie gerade eben.«

Shanelle drehte sich seufzend auf den Rücken und starrte an die Decke. »Mein Vater wird mir nie verzeihen, daß ich ohne seine Erlaubnis weggegangen bin. Ich weiß, daß mir nichts anderes übrig geblieben ist, aber ich wollte, ich hätte nicht so ein schlechtes Gewissen dabei.«

»An deiner Stelle würd ich mir um deinen Vater keine Gedanken machen. Deine Mutter wird schon dafür sorgen, daß er versteht, warum du's tun mußtest. Um den Krieger sollte es dir leid tun, den du vor dem symbolischen Altar versetzt hast. Der war bestimmt total niedergeschmettert, als du wie vom Erdboden verschwunden warst.«

»Stinksauer nicht zu vergessen«, erwiderte Shanelle skeptisch.

»Nein, das können wir nicht unberücksichtigt lassen, aber ich wette, er ist eher gekränkt als sonst was.«

»Also, was hätte ich tun sollen? Ihm adieu sagen, um ihm die Pille zu versüßen?«

Martha gluckste. »Einfach köstlich. Wenn er nur den kleinsten Hinweis darauf gehabt hätte, daß du abhauen wolltest, hätte er dich sofort zu deinem Vater geschleppt und dich erst wieder losgelassen, wenn du nach Sha-Ka'an-Recht seine Lebensgefährtin gewesen wärst. Aber vielleicht ist es ja das, was du lieber gehabt hättest.«

Shanelle setzte sich auf und warf einen drohenden Blick auf das Intercom. »Bei dir ist wohl ein Draht ab? Meinst du, ich überwerfe mich zum Spaß mit meinem Vater? Ich hab ein schlechtes Gewissen, Martha, kein Bedauern, weil ich was verpaßt hätte. Ich konnte nichts anderes tun als fortgehen. Das hat meine Mutter auch gemeint, sonst wär ich nicht hier.«

»Wenn du die Tatsache, daß sie dir geholfen hat, als Rechtfertigung benutzen willst für das, was du gemacht hast, bist du schief gewickelt. Zufällig weiß ich nämlich, daß sie glaubt, du würdest über kurz oder lang wieder vernünftig und nach Hause kommen. Aber wir beide wissen, daß du's nicht bist.«

Shanelle ignorierte den Seitenhieb. »Glaubt sie wirklich, ich mach das nur zum Spaß?«

»Sie nimmt deine Ängste ernst. Tedra traut dir aber mehr zu als du dir selber, denn sie meint, daß du damit fertig wirst.«

»Was ist mit Falons Kontrollverlust? Soll ich den vielleicht auch beheben?«

»Nein, das ist seine Sache, und es ist wohl klar, daß er's kann. Oder hast du vergessen, daß er genauso entsetzt war wie du, weil er dir unabsichtlich weh getan hat? Kein Mann, der dich so begehrt wie er und dich dazu noch vor allem Schaden bewahren will, läßt es darauf ankommen, dich jedesmal, wenn er dich anrührt, zu verletzen. Entweder fährt er seine rasende Leidenschaft auf ein beherrschbares Maß runter, oder er faßt dich überhaupt nicht mehr an. Aber zeig mir den Krieger, dem es gelingt, ohne Sex zu leben, und ich beweise dir, daß er schon seit einer Woche tot ist und es nur noch keiner gemerkt hat.«

Shanelle legte die Stirn auf ihre hochgezogenen Knie und stieß sie ein paarmal kräftig dagegen. Warum mußte Martha mit ihrer Logik immer das, woran sie sich halten wollte, in Frage stellen? Das brachte sie erst richtig durcheinander. Schließlich mußte sich Shanelle wirklich fragen, ob sie nicht im Unrecht war. Aber selbst wenn Falon sein Problem in den Griff kriegen konnte, gab es immer noch zu vieles, was gegen ihn sprach. Martha ging aus reiner Gewohnheit immer in Opposition. Wenn alle ihrer Meinung gewesen wären, hätte man ihr damit etwas genommen, ihre Lust am Widerspruch und die Gelegenheit, Streit vom Zaun zu brechen, was für sie der größte Genuß war.

Gereizt sah Shanelle wieder auf das Intercom und schlug vor: »Laß uns auf das Schiff zurückkommen: Du meinst also, daß es uns folgt. Sind wir in Kriegsgebiet geraten? Oder gibt es hier Weltraumpiraten?«

»Nichts so Aufregendes, Mädchen, obwohl du vielleicht statt der Dinge, die dich erwarten, lieber in Kauf nehmen würdest, daß wir von einem Kriegsschiff angegriffen werden. Mein kleiner Finger sagt mir, daß dein Krieger hinter dir her ist.«

Shanelle zuckte zusammen, und dann brach es aus ihr heraus: »Aber er kann doch kein Raumschiff bekommen haben!«

»Aber selbstverständlich – falls er zufällig dran gedacht hat. Brock hat mir erzählt, daß Falon auf Ersuchen des Botschafters der Catrateri nach Sha-Ka-Ra gebracht worden ist. Er interessiert sich für das Gold, das Falon anscheinend in großen Mengen besitzt. Die Catrateri würden ihm gerade jetzt jeden Gefallen tun, damit es zu einem Geschäft kommt, und ihm auch eins von ihren Schiffen, die im Spaceport liegen, zur Verfügung stellen. Auch dein Vater könnte, allein auf das Versprechen einer Ladung Gaalisteine hin, jedes beliebige Schiff kaufen, also...«

»Wenn dir das eingefallen ist, um mir die Langeweile zu vertreiben, find ich das nicht komisch, Martha.«

»Du solltest mich doch kennen. Ich mach dir nicht zum Spaß angst.«

»Aber Falon haßt alles, was mit Besuchern zusammenhängt. Er würde nicht in eins von ihren Schiffen steigen, bestimmt nicht!«

»Wollen wir's drauf ankommen lassen? Stell dir nur mal vor: Man hat dem Mann gesagt, du bist ausgeflogen – im wahrsten Sinne des Wortes. Und dich wieder einzufangen, ist das erste, was ihm einfällt. Das zweite ist dann, daß er das erste nur mit einem Mittel erreichen kann, das er verabscheut. Aber ich bezweifle stark, daß er sich davon abhalten läßt. Ich räume ein, daß er es haßt, durch den Weltraum rasen zu müssen, aber er wird's bestimmt tun.«

»Könntest du dich nicht wenigstens diesmal irren?«

»Willst du wirklich wissen, wie groß die Wahrscheinlichkeit dafür ist?«

Shanelle stöhnte und drehte sich auf die Seite. Dann rollte sie sich zu einem verzweifelten Knäuel zusammen. »Was soll ich jetzt bloß tun. So war's nicht geplant, ich hab nicht mal mit der Möglichkeit gerechnet.«

»In deinem Buch steht's vielleicht nicht, aber auf meiner Liste ganz oben. Ich hab die Möglichkeiten, die sich dir bieten, herausgearbeitet. Willst du sie hören oder den ganzen Morgen rumliegen und maulen?«

»Lohnt es sich denn?«

»Alles, was ich sage, lohnt sich zu hören.«

»Wie klug von dir. Aber wenn du vorschlägst, wir sollen die Fahrt stoppen und auf Falon warten, dann kann ich genausogut weitermaulen.«

»Anzuhalten ist eine der Möglichkeiten, ganz gleich, wie deprimierend du es findest. Und die Folgen wären nicht nur schlimm. Du würdest ein bißchen bestraft fürs Abhauen – wie nicht anders zu erwarten –, aber dann kannst du jede Menge Sex mit dem Mann erleben, den du, wie wir beide wissen, immer noch haben willst. Denk mal an den Endeffekt. Deine Mutter braucht sich um dich keine Sorgen mehr zu machen, dein Vater verzeiht dir, sobald du wieder da bist, wo du hingehörst, und du machst einen Ba-Har-ani-

Krieger wahnsinnig vor Glück. Und du selber wirst endlich auch glücklich, weil du merkst, daß alles viel weniger schlimm ist, als du gedacht hast.«

»Und ich glaub das alles so fest, wie ich überzeugt bin, daß man im Weltraum atmen kann. Vergiß es, Martha.«

»Also, wie du willst.« Aber auf eins mußte Martha noch hinweisen: »Leuchtet es dir nicht ein, daß deine Bestrafung umso milder ausfällt, je eher er dich wieder zu fassen kriegt?«

»Aber wenn er mich nicht findet, entfällt sie überhaupt. Was hast du als nächstes auf deiner Liste?«

Martha seufzte. »Es ist zu spät, sie abzuhängen. Ich kann noch nicht sagen, was für ein Schiff uns verfolgt, aber es ist schneller als der Rover. Innerhalb von vierundzwanzig Stunden haben sie zwei Stunden aufgeholt und bewiesen, daß sie uns nicht von den Fersen gehen. Bis morgen kommen sie auf Verständigungsnähe ran. Wenn sie mit Transfer ausgestattet sind, können sie in fünf Tagen transferieren, und noch einen Tag später sitzen sie auf uns drauf. Abhauen geht nicht mehr, bleibt also nur noch Verstecken, was ja deine erste Wahl ist.«

»Wo?«

»Mädchen, du solltest wissen, daß die Möglichkeiten im Niva-Sternensystem begrenzt sind. Seit deine Mutter Sha-Ka'an entdeckt hat, sind hier nur neun weitere Planeten gefunden worden. Und nur zwei davon befinden sich in dem Fünf-Tage-Entfernungsbereich, in dem wir operieren müssen.«

»Aber das Centura-Sternensystem ist doch weniger weit entfernt als fünf Tage?«

»Ja, das stimmt. Und da, wo wir reinkommen, liegt ganz in der Ecke ein Planet. Weißt du vielleicht, warum ich von dem nichts gesagt hab?«

Shanelle zerbrach sich eine Weile den Kopf. Sie wollte herausfinden, warum Martha so verdammt amüsiert klang; dann mußte sie innerlich aufstöhnen. »Wenn mich nicht alles trügt, ist es Sha-Ka'ar.«

»Du erinnerst dich richtig, und die einzige Hilfe, die du da erwarten kannst, ist, daß sie dir aufs Podium helfen, wenn du versteigert wirst. Aber du brauchst wirklich Hilfe. Du müßtest einen Ort finden, der dir Schutz und Zuflucht bietet, denn wo auch immer wir landen, kann dein Krieger auch landen. Und wenn ihm nicht von seiten einer hohen Autorität vermittelt wird, daß er dich nicht haben kann... Und dieser hier kommt mit dem Segen deines Vaters als Waffe, wenn nicht sogar dein Vater mit von der Partie ist.«

»Das darf doch nicht wahr sein!«

»Nur mit der Ruhe, Shani. Ich halte es nicht für so sehr wahrscheinlich, daß dein Vater mit auf die Jagd gegangen ist. Challen muß ein Riesenvertrauen in Falon setzen, sonst hätte er dich ihm nicht übergeben. Was nun die beiden Planeten in unserer Reichweite anlangt, da hab nicht viel Informationen.«

»Dann sag doch mal, was du weißt.«

»Sunder und Armoru wurden rein zufällig vor vier Jahren entdeckt, als ein Lastschiff aus Antury in einem Meteorsturm beschädigt wurde – daran kann man übrigens sehen, was passiert, wenn Menschen das Schiff steuern...«

»Die Häme kannst du dir sparen.«

»Mit dir ist es heute morgen nicht lustig«, beklagte sich Martha, aber sie fuhr fort: »Die Leute aus Antury ließen sich ein paar Tage treiben, um ihr Schiff zu reparieren, und als sie wieder auf Kurs gingen, kamen die beiden Planeten Sunder und Armoru in Sicht. Sie ziehen ihre Bahnen in so geringem Abstand voneinander, daß sie sich fast berühren.«

»Das ist doch nicht möglich.«

Marthas Ton wurde gereizt. »Ich mach hier einen Punkt, also hör auf, mich zu unterbrechen. Tatsache ist, daß die Planeten in Sichtweite voneinander entfernt sind, und für Gesellschaften, die von Männern beherrscht und äußerst aggressiv reagieren, hat das eine vorhersehbare Konsequenz: Jeder will den anderen erobern.«

»Meinst du, daß sie sich im Kriegszustand befinden?«

»In etwa.«

»So was gibt's nicht.«

»Doch, natürlich. Die Armoruaner wären gern dort eingedrungen, um das Volk der Sunderianer auszurotten, aber zum Glück für die Sunderianer hatten sich die Leute von Antury ihren Planeten als erste zur Landung ausgesucht, und jetzt haben sie einen globalen Schutzschild, und das keinen Moment zu früh. In einigen Bereichen sind beide Planeten ganz fortschrittlich, zum Beispiel in der Medizin, in ihrer Regierungsform und auch was ihre Waffen betrifft, die allerdings nicht unseren Standard erreichen. Aber ihr Transportwesen ist unterentwickelt, und wenn es das nicht wäre, hätten sie einander längst vernichtet. Vor der Landung der Antury wußten sie nicht einmal, daß es andere Welten in ihrem Sternensystem gab, von solchen in anderen Sternensystemen ganz zu schweigen. Aber erst vor kurzem hat es zwei Ereignisse gegeben. Das eine war, daß beide endlich Raumfahrzeuge entwickelt haben, mit denen sie einander erreichen können. Das zweite, daß die Frauen von Sunder vor fünf Jahren die Regierung übernommen haben und damit den Begehrlichkeiten nach Nachbars Land ein Ende gesetzt wurde. So, wie es jetzt aussieht, sinnt Armoru immer noch darauf, eines Tages über den Zaun zu steigen und so viel Schaden wie möglich anzurichten, während Sunder entschlossen ist, eine Invasion zu verhindern.«

»Du entwirfst kein ermutigendes Bild, Martha.«

»Hab ich dir wundersame Auswege versprochen?«

»Sind denn Besucher auf den Planeten willkommen?«

»Wer weiß bei so kriegerischen Gesellschaften schon, welche Politik gerade gilt? Wahrscheinlich wirst du's einfach finden, auf Armoru zu landen, aber auf Sunder kann man dir besser helfen, wenn du sie überreden kannst, dich reinzulassen. Armoru ist seit seiner Entdeckung von einigen Welten besucht worden. Aber so rückständig, wie sie dort sind, und wie wenig sie dem universellen Handel zu bieten haben, sind sie nicht auf der Handelsroute eingetragen. Man kann mit ihren Männern nicht gut auskommen.«

»Und ihre Frauen?«

»Ziemlich zweitklassig. Es gibt noch eine Dienerklasse und eine Sklavenklasse.«

»Verdammt noch mal, Martha, warum wirfst du deine Bomben immer erst in der letzten Minute ab?«

»Tut mir leid, aber es ist auf beiden Welten das gleiche. Die Armoruaner würden viel lieber auf Sunder einfallen, aber bis sie das fertigbringen, machen sie das Kämpfen und Erobern unter sich ab. Sie sind so aggressiv, daß sie nicht anders können. Und – was für die meisten Kulturen hier typisch ist – wer nicht getötet wird, der wird versklavt. Bis vor fünf Jahren hat Sunder es genauso gemacht.

Andererseits ist Sunder für uns immer ein Rätsel geblieben. Sein Bewohner haben mit diesem ersten Schiff aus Antury, das seinen Weg dann fortgesetzt hat, eine Delegation entsandt, die sich über den Rest des Universums informieren wollte. Über ihre eigenen Entdeckungen waren sie allerdings nicht sehr mitteilsam. Und sie begegnen jedem, der darum bittet, landen zu dürfen, mit Mißtrauen. Und im Grunde weiß niemand außerhalb ihrer eigenen Welt – und vielleicht nicht mal das ganze Volk –, wie es den Frauen gelungen ist, den Männern die Macht zu entreißen.«

»Haben sie noch Armeen?«

»Zweifellos. Sie sind in ständiger Alarmbereitschaft vor einer Invasion.«

Shanelle seufzte. »Bist du ganz sicher, daß es nicht noch einen anderen Planeten gibt, von dem du mir nur nichts erzählen willst?«

»Glaubst du, ich würd's dir noch schwerer machen, als es schon ist?«

»Na ja, weil du offensichtlich möchtest, daß ich aufgeben und wieder nach Hause gehen soll. Machen wir uns doch nichts vor.«

»In dem Fall brauchte ich keine Anstrengungen mehr zu machen«, gluckste Martha ihr Lachen. »Natürlich können wir das Centura-Sternensystem ansteuern und hoffen, daß unser Schatten durch irgendwas aufgehalten wird. Ein Tag mehr würde uns in die Nähe von vier anderen Planeten bringen, von denen drei dich für die Hälfte der Ladung Gaalsteine, die Tedra uns mitgegeben hat, wie eine Königin empfangen würden. Aber damit kommen wir leider in Transferreichweite. Und wenn Transfer sicher funktionieren soll, darf man höchstens dreimal hintereinander davon Gebrauch machen, wenn man nicht zwischendurch eine Pause von mindestens einer Stunde einlegen will. Sonst wird die Sache ausgesprochen ungesund, ›Verlust von Gliedern und Organen‹ wäre etwa die Umschreibung dafür. So, und der dritte Transfer würde dich Falon in die Arme werfen, egal, was du davon hältst. Außer, du hättest nichts dagegen, daß er ein viertes Mal transferiert wird?«

»Nein – nein, und es lohnt sich nicht zu versuchen, einen Tag zu gewinnen. Bring mich zum Planeten Sunder, Martha.«

»Und wenn sie dir die Landung verweigern?«

»Darüber mach ich mir Gedanken, wenn ich dort bin.«

# 23

Das Büro war zweckmäßig eingerichtet. Mit einem großen Schreibtisch, Holzstühlen, einer langen Reihe von Aktenschränken und Schlachtenbildern an der Wand. Es war deprimierend wie immer, aber Donilla Vand hatte keine Lust, daran etwas zu verändern. Seit es vor fünf Jahren ihr Büro geworden war, hatte sie nicht einmal ein Bild geradegerückt.

Eben kam der frühere Büroinhaber mit einem Stapel Papiere herein und legte sie ihr zur Kenntnisnahme vor. Er sah sie nicht an. Nicht, wenn sie mitten in einer Konferenz war. Aber Ferrill schaute sie überhaupt nur noch selten an, selbst wenn sie allein war.

Es hatte eine Zeit gegeben, da hätte sie die Papiere hereingebracht und ihn hinter dem Schreibtisch sitzend angetroffen. Damals klopfte er sich auf die Schenkel und wartete geduldig darauf, daß sie sich auf seinen Schoß setzte. Und sie hätte sich küssen und ihre Brüste befummeln lassen, bevor sie wieder ins Vorzimmer geschickt wurde, wo sie den Abend herbeisehnte. Sie gingen dann zusammen nach Hause, und er war ihr Liebhaber und Chef zugleich. Ihr Geliebter war er noch, aber es war nicht mehr das gleiche. Es würde nie mehr so sein wie früher.

»Sie bezeichnet sich als Sha-Ka'ani aus Sha-Ka'an.«

Donilla blickte auf ihre Schwester, die gesprochen hatte. Man konnte Lanar ansehen, daß die Besucherin sie in freudige Aufregung versetzte, aber Lanar war eben eine Wissenschaftlerin, und die Antury und die paar fremden Schiffe, die nach ihnen gekommen waren, hatten ihre Neugier auf andere Welten nur zum Teil befriedigt.

Donilla sah ihre Beraterin fragend an. »Zoreen?«

Zoreen blätterte das Notizbuch durch, das sie auf dem Schoß hielt, bis sie gefunden hatte, was sie suchte, und las dann laut vor: »Sha-Ka'an – ein Planet der Barbaren, in diesem Sternensystem, hat die größten überhaupt bekannten Energievorkommen. Wie war noch ihr Name, Lanar?«

»Ly-San-Ter.«

»Nach dem, was meine Notizen besagen, stimmt es. Diese Energiequelle ist im Besitz einer Familie, die sich Ly-San-Ter nennt.«

Nachdenklich trommelte Donilla mit den Fingernägeln auf den Schreibtisch. »Die Armoruaner könnten diese Informationen auch haben. Wir wissen, daß sie von mindestens drei Raumschiffen aus anderen Welten besucht worden sind. Nicht auszudenken, was sie dadurch erfahren haben könnten, oder welche Waffen sie heute besitzen.«

»Ihr Schiff sieht ganz anders aus als die drei, die auf Armoru gelandet sind«, erklärte Lanar.

»Sie brauchten damit ja nur auf der uns abgewandten Seite gelandet sein, um unserer Aufmerksamkeit zu entgehen.«

»Aber wir haben doch jetzt Scanner, die auch das, was vielleicht in einem Körper versteckt ist, zu erkennen in der Lage sind. Und wir würden ihr nicht einmal erlauben, ihre Kleider aus dem Schiff mitzubringen. Was für Bedenken hast du noch, Schwester?«

Donilla preßte die Lippen zusammen. Lanar als die um drei Minuten ältere von beiden Schwestern war immer noch diejenige, die den Ton angab. Es hatte sie wütend gemacht, daß sie als Wissenschaftlerin bei der Machtübernahme keinen Posten bekam; und es war ein offenes Geheimnis, daß sie selber gern Donillas neuen Rang bekleidet hätte.

»Es ist schließlich meine Aufgabe, mißtrauisch zu sein«, stellte Donilla fest. »Ich muß verhindern, daß weiterhin Saboteure der Armoruaner eingeschleust werden. Der letzte hat zwei Arsenale gesprengt und beinahe den Globalen Schutzschild erreicht, bevor er gefangengenommen wurde. Jetzt eine Frau zu schicken, wäre von ihnen aus gesehen doch eine gute Strategie.«

»Der Meinung bin ich überhaupt nicht«, erwiderte Lanar. »Die würden einer Frau gar nicht zutrauen, daß sie den Job machen kann.«

»Wenn sie eine arme, unter Druck gesetzte Sklavin wäre…«

»Das könnte ich innerhalb einer Minute wissen«, beharrte Lanar.

Donillas Mund wurde noch schmaler, aber diesmal vor Ekel. In der Tat, Lanar würde es schnell rauskriegen. Sie war Expertin, wenn es um terrorisierte Sklaven ging, auch darin, wie man sie in diesen Zustand versetzte. Das war etwas, was sie an ihrer Schwester nie verstanden hatte. Sie war eine glänzende Wissenschaftlerin, die von den Kollegen geachtet wurde. Aber sie hatte Freude daran, hilflose Menschen zu quälen. Daß sie vor der Machtübernahme selbst von ihrem letzten Liebhaber geschlagen worden war, konnte nicht entschuldigen, daß sie geradezu besessen mit Peitschen und Ketten hantierte, denn sie war schon, seit Donilla sich erinnern konnte, Sklaven gegenüber grausam gewesen. Und unglücklicherweise verbot kein Gesetz die Mißhandlung dieser armen Geschöpfe.

»Aus welchem Grund kommt sie hierher?« fragte Zoreen, um die Schwestern von ihrem Streit abzulenken.

Lanar antwortete: »Auf eine einfache Formel gebracht, hat sie ihren Planeten verlassen, um dem Mann zu entfliehen, dem sie von ihrem Vater übergeben werden sollte. Aber er folgt ihr in einem anderen Schiff, das nur noch Stunden entfernt ist.«

»Übergeben?« betonte Donilla spöttisch. »Ihr Planet ist also tatsächlich barbarisch, nicht wahr?«

»Nach meinen Aufzeichnungen gehören die Männer der Kaste der Krieger an und benutzen Schwerter als Waffen«, bemerkte Zoreen.

Alle drei Frauen fühlten sich einigermaßen überlegen. Und die Antury hatten wahrhaftig angedeutet, sie seien rückständig im Vergleich zu anderen Welten! Offensichtlich jedoch nur, was die Raumfahrt betraf.

Endlich meinte Donilla: »Ich weiß nicht, aber mir ist nicht wohl dabei. Das ist so eine Geschichte, die unsere Sensibilität ansprechen und unsere Sympathie für ihr hartes Schicksal wecken soll. Genau der Vorwand für einen neuen Spionageversuch der Armoruaner.«

»Aber wenn sie die Wahrheit sagt und wir ihr nicht helfen,

bleibt ihr nichts anderes übrig, als sich an die Armoruaner zu wenden«, machte Lanar geltend. »Die sind sicher wie wild drauf aus, sie und ihr Schiff in die Hände zu kriegen, vor allem, weil man keine Crew braucht, um es zu fliegen.«

»Was, keine Mannschaft? Wie soll das möglich sein?«

»Sie behauptet, es wird von einem Apparat gesteuert, den man Computer nennt.«

»Die Antury hatten so was, aber keine, die ein ganzes Schiff befehligen können«, bemerkte Zoreen.

»Wenn ihre Familie so reich ist, wie Zoreen sagt, dann würden die Armoruaner versuchen, Lösegeld zu erpressen«, fügte Lanar hinzu. »Stell dir vor, was sie alles für sie eintauschen könnten, Doni, Sachen, von denen uns Zoreen und die anderen erzählt haben – Waffen, die ganze Planeten zerstören können. Wollen wir denen so einen dicken Brocken zuschustern? Ich denke, *wir* sollten das Geschäft mit der Zuflucht machen, die sie sucht.«

Donilla zögerte einen Augenblick, bevor sie, wenn auch widerstrebend, ihre Zustimmung gab. »Also gut, öffnet den Schild so weit, daß sie einfliegen und landen kann. Aber ich möchte, daß zwei Bewacher zu ihrer Unterkunft abgestellt werden, die sie auch begleiten sollen, wenn sie sie verläßt.«

Jetzt war es an Lanar zu zögern. »Ja, aber sie möchte nicht mit ihrem Raumschiff landen.«

»Wie will sie dann zu uns kommen, vielleicht fliegen?« fragte Donilla ironisch.

»Sie hat eine Möglichkeit, die sich Transfer nennt, mit der sie hier bei uns erscheinen kann.«

Donilla wandte sich erschreckt ihrer Beraterin zu. »Zoreen?«

»Wir sind kurzfristig von diesem Transfer unterrichtet worden, aber die Sache erschien uns zu kompliziert, als daß wir genauer nachgefragt hätten.«

»Willst du mir erzählen, daß diese Frau ohne unser Wissen einfach hier auf Sunder hätte auftauchen können?« Jetzt schrie Donilla. »Ist sie in der Lage, den Globalen Schutzschild zu durchbrechen?«

»Augenscheinlich. Aber ich sag euch, die Armoruaner wären außer sich vor Freude, wenn sie die Frau zu fassen kriegten. Stellt euch vor, was sie mit diesem Transfer anfangen könnten.«

»Man darf gar nicht daran denken. Aber warum braucht sie dann überhaupt unsere Erlaubnis, um zu kommen?«

»Weil sie darauf angewiesen ist, daß wir ihr helfen, ihr den Mann vom Hals zu halten, der sie verfolgt, falls er mit seinen Leuten hier ankommt.«

»Und wie sollen wir das wohl fertigbringen, wenn er auch so ein Transferdings hat?«

»Wir halten sie auf, wenn sie kommen. Wenn sie nicht mitmachen, behandeln wir sie mit dem Psycho-Manipulator. Dann dürften sie uns keine Schwierigkeiten machen.«

Es war offensichtlich, daß Lanar sich genau darauf freute. Donilla aber haßte schon die leiseste Andeutung auf das Instrument, das ihr Leben so einschneidend verändert hatte. Seit seiner Erfindung war sie nie mehr wirklich glücklich gewesen.

# 24

»Kannst du jetzt mal mit dem Gemecker aufhören, Martha?« Die Sunderianer sind einfach nervös, aber wer will's ihnen verdenken, nach all dem, was du mir von den Armoruanern erzählt hast? Wenn du ständig eine Invasion befürchten müßtest, würdest du auch Vorsichtsmaßnahmen ergreifen.«

»Wenigstens hast du sie soweit überzeugt, daß du deine Kleider anbehalten darfst«, knurrte Martha. »Hättest du sie nicht überreden können, dir ein einziges kleines Verbindungsgerät zum Computer zu lassen?«

»Nach diesem gräßlichen Verhör wollte ich meine Chancen nicht verspielen«, entgegnete Shanelle. »Sie empfangen mich nicht gerade mit offenen Armen.«

Marthas Stimme klang nun wirklich ernst. »Sollten sie aber, nachdem du ihnen eine ganze Kiste voll Gaalisteine versprochen hast, und dazu für etwas, was du von einem Krieger umsonst haben kannst!«

»Aber hier geht's um Schutz *vor* einem Krieger, und da weiß ich nicht, ob das, was ich biete, ausreicht.«

»Das ist eine andere Frage. Wieso glaubst du, daß sie dir Falon vom Hals halten können?«

»Sie haben gesagt, sie könnten's. Darauf muß ich mich verlassen.«

»Aber ich bin nicht da, um dir zu helfen, und Corth auch nicht. Sie hätten dir erlauben sollen, wenigstens ihn mitzubringen.«

»Sie haben nicht die technologischen Voraussetzungen, um dich oder Corth zu überprüfen. Wenn sie dazu in der Lage wären, könnten sie selbst sehen, daß keiner von euch beiden so programmiert ist, daß sie etwas zu befürchten hätten. Nicht, daß du sie an dich rankommen ließest, aber du hast's erfaßt. Sie sind einfach vorsichtig. Und mach nicht so ein Getue. Du kennst dich doch viel besser aus als ich.«

»Es muß mir deshalb noch lange nicht gefallen.«

Shanelle mußte grinsen, weil Martha jetzt wirklich schmollte. »Du hast deine Bedenken angemeldet, und damit gut. Laß uns jetzt weitermachen, wie geplant, und hör auf, dir Sorgen zu machen, ja?«

»Wie denn, wenn ich dich nur während der Hälfte der Zeit, die du da unten bist, hören kann?«

Shanelle seufzte: »Ohne das Verbindungsgerät können wir nicht anders vorgehen. Du hast es selbst gesagt. Du mußt dich nur auf meine Position fixieren, bis man mir meine Unterkunft zugewiesen hat, und dann darauf verbleiben. Wenn du mir zu folgen versuchst, kann es sein, daß du mich verlierst, und wie willst du mich dann wiederfinden? Auf die Art weiß ich, wo ich dich erreiche, wenn ich einen Rücktransfer zum Schiff brauche.«

»Vorausgesetzt, daß ich dich auf dem Monitor behalten kann, bis du in deinem Quartier angekommen bist.«

»Sterne, du mußtest natürlich dafür sorgen, daß ich jetzt auch ängstlich werde, was? Herzlichen Dank, Martha.«

»Gern geschehen«, schnurrte Martha geradezu. »Vielleicht kannst du in dieser gefährlichen Situation dein blasiertes Getue mal wegstecken. Du rennst blind in dein Unglück, weil wir soviel wie gar nichts von diesen Sunderianern wissen.«

»Aber was passiert, wenn ich im Rover bleibe, das weiß ich bestimmt. Also muß ich mich für das Unbekannte entscheiden.«

»Stur bist du – deine Mutter bekäme einen Anfall, wenn sie wüßte, daß ich dich… paß doch auf! Da ist er schon wieder, der Eindringling.«

Man konnte Brocks Stimme hören, männlich und überheblich, als er die Weisung gab: »Du darfst nicht auf diesem Planeten landen, Shanelle.«

Es war kein Wunder, daß er gemerkt hatte, was sie tun wollte. Er war immerhin ein Simul-II und genauso wie Martha in der Lage, Möglichkeiten zu prüfen und Schlüsse zu ziehen. Alle paar Stunden hatten sie seine Stimme in den letzten drei Tagen hören können, mit einer ganzen Skala von Befehlen, Überredungsversuchen, Drohungen und Warnungen, aber Shanelle achtete nicht darauf. Aber sie wußte jetzt, daß Falon nicht allein kam. Seine Verwandten und auch ihr Bruder waren bei ihm. Das empfand sie als Gemeinheit ihr gegenüber, und sie hatte sich die Ohren zugestopft und den Kopf unter einem Kissen vergraben, damit sie Daldens unermüdliches Überzeugungsgerede nicht mehr mit anhören mußte.

Von Falon kam nichts, aber auch sein Schweigen nervte sie, weil es das zu bedeuten schien, was Martha gemeint hatte. Je länger er brauchte, um sie zu bekommen, desto wütender mußte er werden. Und sie war nun schon sechs Tage fort. Mit Hilfe der Sunderianer wollte sie noch viel länger wegbleiben.

Gerade eben hatte sie wieder nicht auf den Computer ihres Vaters geachtet und sagte es ihm auch. »Tut mir leid, Brock, aber ich hab nicht zugehört. Martha, ich bin bereit.«

»Mach's gut, Mädchen.«

»Halt!« setzte Brock an, aber Shanelle war schon fort.

»Du hättest diese Dummheit nicht unterstützen sollen, Martha.«

»Sonst noch was?«

»Wenn du dir darüber im klaren wärst...«

»Ich bin mir immer im klaren, du Blödmann.«

Brock stieß einen Seufzer aus und versuchte es anders herum. »Ihr Lebensgefährte verliert langsam die Geduld.«

»Der hat doch gar keine zu verlieren. Aber solltest du nicht was dagegen tun?«

»Der läßt sich nicht gern was sagen.«

»Armer Kleiner, hat er dir schon damit gedroht, daß er dich kaputtmacht?«

»Deinen Sarkasmus kannst du dir für die Menschen aufheben, Frau, mich beeindruckt so was nicht.«

»Na, kommst du mir wieder auf die barbarische Tour, du Dreckeimer?« knurrte Martha.

»Mit dir kann man einfach nicht reden.«

»Ja, wer hat dich denn drum gebeten?«

»Martha!«

Er klang wirklich verletzt, und das erreichte Marthas Ohr. »Es tut mir leid, Brock. Ich mach mir eben Sorgen um unser

Fräulein Je-schlimmer-desto-besser. Ich hätte sie inzwischen rumkriegen sollen, aber sie ist genauso stur wie ihre Mutter zu ihren besten Zeiten.«

»Wir beide haben das gleiche Ziel, nämlich Shanelle wieder dahin zu bringen, wo sie hingehört. Soll ich dir Falon schicken, sobald man sicher transferieren kann, und du beförderst ihn dann zu Shanelle?«

»Nein.«

Kurzes Schweigen. »Warum nicht?«

»Falon hat gedacht, er bekommt die Tochter eines Kriegers, die keine Schwierigkeiten macht. Er hat noch nicht begriffen, daß sie viel eher die Tochter ihrer Mutter ist, die ihren eigenen Willen hat. Je schwieriger es für ihn wird, sie zu bekommen, desto schneller wird es ihm bewußt, und um so weniger unglücklich werden die beiden später sein. Du kannst dem großen Kerl also gern helfen, soviel du willst, aber verlang's nicht von mir.«

»Es stimmt schon, daß er dich nicht besonders schätzt.«

Martha lachte. »Das kann ich mir lebhaft vorstellen.«

Shanelle wurde inmitten greller Lichter und erstaunter Ausrufe über ihr plötzliches Auftauchen sichtbar. Eine ganze Menge Leute hatten sich offensichtlich zu ihrer Ankunft eingefunden. Sie umringten sie in einigem Abstand. Es schien, als wolle sich niemand ihr nähern oder mit ihr sprechen. Militärpersonen standen in den vorderen Reihen, sie trugen Uniformen und altmodisch aussehende Handfeuerwaffen, die sie zwar nicht auf sie richteten, aber im Anschlag hielten. Man sah, daß sie nervös waren, allzu nervös.

Shanelle erfaßte dies alles mit einem Blick und hatte dabei nur den einen bohrenden Gedanken: Wie sollten diese ängstlichen Menschen sie notfalls vor einem Ba-Har-ani-Krieger beschützen können? Sie waren durchweg eher klein geraten, die Frauen um die eins fünfzig, die Männer etwa eins sechzig groß. Sterne, was sollte sie bloß tun?

Schließlich durchbrach eine Frau den Kreis, der sich um sie gebildet hatte, und ging auf sie zu. Sie wirkte überlegen und selbstbewußt, wie eine Person, die Autorität besitzt.

Kühle, graue Augen und straff nach hinten gezogenes Haar. Das Lächeln, das sie aufbot, hätte zersplittern können, so spröde schien es.

»Ich bin Lanar Vand. Als wir vorhin sprachen, hätten Sie darauf hinweisen sollen, daß Sie übernormal groß sind.«

Das war also das »Herzlich willkommen in Sunder«. Shanelle hätte gelacht, wenn sie nicht so enttäuscht gewesen wäre.

»Ich glaube nicht, daß es so funktionieren kann. Ich bin nur hierhergekommen, weil ich Hilfe brauche, aber ich bezweifle, daß Sie in der Lage sind, mir die zu gewährleisten.«

»Selbstverständlich können wir das. Ihre Wünsche sind verstanden und gebilligt worden. Der Mann namens Falon Van'yer soll von Ihnen ferngehalten werden. Eine einfache Sache.«

»Einfach? Er ist ein Krieger und ein ganzes Stück größer als ich.«

Ein Gekicher ging durch den Raum, als glaubten sie, Shanelle übertreibe maßlos. Wahrscheinlich meinten sie, größer als sie könne niemand sein. Offensichtlich nahmen sie sie nicht ernst.

Die Sprecherin sagte: »Es wäre interessant, einen so großen Mann zu bekommen. Aber seine Größe muß kein Problem für uns sein. Wir brauchen nicht brutale Gewalt anzuwenden, um ihn festzuhalten.«

»Wirklich nicht?« fragte Shanelle mißtrauisch. »Von Töten war allerdings nicht die Rede. Das kommt überhaupt nicht in Frage.«

Lanar trat einen Schritt zurück, weil Shanelle bei diesen Worten heftig geworden war. Dann aber runzelte sie die Stirn, weil ihr bewußt wurde, was sie getan hatte, und nun wurden die grauen Augen, denen jede Wärme fehlte, eiskalt.

»An Töten war nicht gedacht«, sagte Lanar steif. »Und ich habe Ihnen versprochen, daß wir uns um Ihr Problem kümmern werden. Kommen Sie also bitte mit…«

»Halt, nicht so schnell«, fuhr Shanelle dazwischen. »Ich gehe nirgendwohin, außer zurück auf mein Schiff, bevor ich weiß, wie Sie mit meinem ›Problem‹ fertig werden wollen.«

»Mein Wort genügt Ihnen also nicht?«

»Gibt es etwa einen Grund dafür?«

Lanars blasses Gesicht lief rot an. Sie wandte sich an einen der Soldaten und schrie fast? »Offizier, bringen Sie die Fremde zu Generalin Vand. Soll meine Schwester doch versuchen, sie von unseren Fähigkeiten zu überzeugen. Ich habe keine Geduld mehr.« Und im Weggehen murmelte sie vor sich hin: »Und dafür hab ich mich freiwillig gemeldet.«

Shanelle stand noch eine halbe Minute da und versuchte, mit ihrem eigenen Ärger zu Rande zu kommen, während der Offizier wartete und die anderen sie gespannt beobachteten. Wie gerne hätte sie Martha gesagt, sie sollte alles vergessen und sie wieder an Bord des Rovers transferieren. Aber die Vorstellung, Falon gegenüberzutreten, nachdem sie vor ihm weggelaufen war... Sie mußte da durch und hoffen, daß diese Leute eine Strategie hatten oder ein Versteck für sie, das Falon nicht finden konnte. Und sie wünschte sich, daß nicht alle so waren wie Lanar Vand.

# 25

»Der General möchte Sie jetzt sehen.«

Shanelle folgte dem Offizier, der sie vom Space-Center quer durch die Stadt zum Regierungsgebäude begleitet hatte. Sie waren in einem Fahrzeug, das tatsächlich auf Rädern fuhr und nicht schneller vorwärtskam als ein *Hataar*, hierhergekommen. Sie hatte reichlich Zeit gehabt, die Touristin zu spielen, obwohl es nichts wirklich Interessantes zu sehen gab. Die vielen Gebäude, an denen sie vorbeikamen, waren zumeist viereckig und weiß gestrichen und irgendwie ziemlich klein, genau wie die Leute.

Shanelle mußte wieder den Kopf einziehen, als sie durch die niedrige Tür in das kleine Büro des Generals trat. Sie hatte eine Frau erwartet, aber nicht das genaue Abbild von Lanar Vand. Die beiden Frauen waren offensichtlich Zwillinge. Der einzige Unterschied zwischen ihnen waren die Uniformen und der Eindruck, daß die Augen dieses Zwillings hier nicht so kalt waren.

Die Generalin stand hinter ihrem Schreibtisch, um Shanelle zu begrüßen. »Ich bin Donilla Vand, Fräulein Ly-San-Ter, derzeitige Kommandantin von Hydra Town. Nehmen Sie bitte Platz, dann können wir uns über Ihr Problem und seine Lösung unterhalten.«

Shanelle betrachtete zweifelnd den kleinen Holzstuhl und sagte: »Gern, wenn Sie glauben, daß ich ihn nicht kaputtmache.«

Donilla lächelte, dann mußte sie herzlich lachen. Shanelle spürte, wie ihre Anspannung nachließ. Vorsichtig setzte sie sich auf den nächsten Stuhl. Er zerbrach nicht.

»Die Antury hatten Schwierigkeiten, sich mit uns zu verständigen«, bemerkte Donilla, nachdem auch sie sich gesetzt hatte. »Wie kommt es, daß Sie unsere Sprache sprechen?«

»Die Antury hatten keinen Simul-II-Computer, der die Oberfläche Ihres Planeten nach zufälligen Gesprächen abtasten und die Worte übersetzen konnte. Dann hat er mir ein Lernprogramm zusammengestellt, das ich mir anhören konnte. Dadurch ist Ihre Sprache in mein Unterbewußtsein eingedrungen, wo noch Hunderte von anderen Sprachen gespeichert sind, die abgerufen werden können, wenn ich sie brauche.«

»Macht das der Computer, der auch Ihr Schiff steuert?«

»Ja – sie heißt Martha.«

Donilla grinste. »Sie geben Ihren Apparaten Namen?«

»Nur denen, die selbständig denken können.«

Donilla versuchte, sich mit der Vorstellung von einem denkenden Roboter zu befreunden, gab es dann aber mit einem Seufzen auf. »Diese Dinge gehen über meinen Verstand. Meine Schwester allerdings wäre von Ihrem Simul-II fasziniert und würde sicher gern mehr darüber erfahren. Sie ist das Genie in unserer Familie. Sie hat schon für zwei unserer häufigsten Krankheiten Heilverfahren entwickelt.«

»Haben Sie denn noch Krankheiten auf dieser Welt?«

Verblüfft registrierte Donilla Shanelles Erstaunen, dann gab sie selbst ihrer Verwunderung Ausdruck:

»Sie denn nicht?«

»Die Sha-Ka'ani haben, soviel ich weiß, nie welche gehabt«, informierte sie Donilla. »Aber die meisten Welten kennen heute keine Krankheiten mehr. Die anderen beschaffen sich Meditech-Einheiten, die so gut wie jede Krankheit heilen können.«

Donilla starrte sie mit weit geöffneten Augen an. Dann lachte sie in sich hinein: »Hoffentlich erwähnen Sie das nicht Lanar gegenüber. Sie wäre absolut entsetzt, wenn sie erführe, daß es etwas gibt, was ihre Arbeit überflüssig macht.«

»Ihr Bedauern für Ihre Schwester hält sich anscheinend in Grenzen«, bemerkte Shanelle lächelnd.

Donilla zuckte die Achseln. »Geschwisterrivalität. Haben Sie auch Geschwister?«

»Einen Bruder – er ist mein Zwilling.«

»Dann verstehen Sie, wovon ich rede.«

»Nicht wirklich. Dort, wo ich herkomme, treten Frauen

nicht in Konkurrenz zu Männern. Es wäre lächerlich, es auch nur zu versuchen.«

»Da ist es bei Schwestern anders, und meine hat sich mir gegenüber immer als Herrin aufgespielt, weil ich die Aufnahme in die naturwissenschaftliche Fakultät nicht geschafft hab, während sie einfach so durchgefegt ist. Daß sie sich nie anstrengen mußte, außer, wo es um zwischenmenschliche Beziehungen ging, ist ihr Problem.«

Shanelle mochte sich über Lanar Vand nicht äußern. Sie schien ihr psychisch irgendwie nicht im Gleichgewicht zu sein. Statt dessen nannte sie nun den Grund für ihre Anwesenheit.

»Können Sie sich meine Schwierigkeiten vorstellen? Falon Van'yer wird in Kürze hier auftauchen, um mich als Lebensgefährtin zu beanspruchen, aber das muß ich verhindern. Denn wenn er sich mir auf Hörweise nähert, bin ich, schneller als ich mit dem Finger schnippen kann, fürs ganze Leben mit ihm verbunden. Er braucht nur ein paar Worte zu sagen, um die Sache zu besiegeln. Und, ehrlich gesagt, kann ich mir nicht vorstellen, daß es Ihren Leuten gelingt, ihn aufzuhalten.«

Donilla lächelte. »Ja, ich habe gehört, daß Sie an unserer Möglichkeit, Ihnen zu helfen, zweifeln. Und es stimmt schon, daß es uns nicht leichtfallen wird, Mr. Van'yer festzuhalten, wenn er so groß ist wie Sie, es sei denn, wir würden ihn gleich erschießen, was aber nicht nötig sein wird.«

»Er ist viel größer als ich.«

»Wirklich?«

»Ich bin vielleicht überdurchschnittlich groß, aber Ihr Volk liegt eher unter dem Durchschnitt. Tatsache ist, daß man die Ba-Har-ani-Männer für riesig groß hält.«

»Dann steht es fest, daß wir bei Mr. Van'yer den Psycho-Manipulator anwenden müssen. Was soll er auf ihren Wunsch denn vergessen: daß er Sie kennt, oder daß er Sie heiraten möchte?«

Shanelle starrte die Frau hinter dem Schreibtisch an. »Soll das ein Witz sein?«

»Ist es mir gelungen, das Mädchen, das so viel Erstaunliches zu berichten weiß, nun selbst in Erstaunen zu versetzen?«

»Sie haben also keinen Scherz gemacht?«

Donillas Gesicht verdüsterte sich. »Manchmal wünschte ich mir, es wäre ein Scherz, aber es ist keiner. Ich werde es Ihnen erklären, aber Sie müssen mir versprechen, strengstes Stillschweigen darüber zu bewahren.«

Shanelle fragte sich, ob sie der Frau erzählen sollte, daß Martha mithörte. Nein, sie war zu neugierig, um auf die Geschichte zu verzichten. Und außerdem konnte sie guten Gewissens das Versprechen geben. Sie würde nicht wiederholen, was sie erfuhr. Was Martha damit anfing, war eine andere Sache.

Shanelle nickte also, und Donilla begann zu sprechen. »Der Psycho-Manipulator wurde von einer unserer besten Ärztinnen zur Behandlung ihrer psychisch gestörten männlichen Patienten entwickelt. Er erwies sich als bemerkenswerter Erfolg und wirkte genauso, wie sie beabsichtigt hatte. Bis eine ihrer Kolleginnen sie darauf aufmerksam machte, daß es noch ein anderes Anwendungsgebiet dafür geben könne. Ich möchte Sie nicht mit den Einzelheiten langweilen, aber es kam planetenweit zu einer Verschwörung aller Frauen. Wir waren uns alle einig, daß wir genug hatten von der Begeisterung unserer Männer für den Krieg und auch davon, daß sie unsere Meinung dazu nicht hören wollten. Und das verdammte Raumschiff, mit dem sie Armoru erreichen wollten, war schon beinahe fertig. Wir suchten verzweifelt nach einem Weg, sie an der Invasion zu hindern, aber außer der Zerstörung des Schiffes, das sie sowieso wieder nachgebaut hätten, gab es kein Mittel, sie davon abzuhalten, in den Krieg zu ziehen und getötet zu werden. Bis wir unter strengster Geheimhaltung mit der Möglichkeit bekannt gemacht wurden, in dieser Situation den Psycho-Manipulator einzusetzen, was auf begeisterte Zustimmung stieß.«

»Wie funktioniert er denn?«

»Er wirkt etwa wie Hypnose auf das Unterbewußtsein, ohne daß die betreffende Person davon etwas merkt. Eine Berührung mit dem Stab, und jede psychische Einflußnahme wird Realität.«

»Ich kann mir nicht vorstellen, daß Ihre Männer sich freiwillig zu so etwas gemeldet haben«, bemerkte Shanelle trocken.

»Nein, die Stäbe sind in Massenproduktion gegangen und an jedes Krankenhaus geliefert worden. Die Männer, die in der Armee dienen, müssen sich jedes Jahr einer medizinischen Untersuchung unterziehen. Die Ärzte sind fast alle Frauen.«

»Fast alle Frauen?«

»Wenn jeder Mann in die Armee geht, ist es kein Wunder, daß die meisten Berufe von Frauen ausgeübt werden. Einfache Soldaten übernehmen Halbtagsjobs, aber nichts, was eine längere Ausbildung erfordern und sie dadurch am Kriegspielen hindern würde. Jedenfalls wurde vor fünf Jahren innerhalb eines Zeitraums von drei Monaten jeder Mann zur Untersuchung einbestellt, und als er die hinter sich hatte, war er – manipuliert.«

»Wie denn?«

»Es wurden bei allen die gleichen Charakterzüge gelöscht, nämlich Arroganz, Aggressivität, Herrschsucht und Lust am Krieg. Aber es wurde auch beschlossen, den Männern nicht mehr die alleinige Kontrolle über die Armee zu belassen. Einige Generäle wurden so behandelt, daß sie sich nicht mehr daran erinnerten, daß sie Generäle gewesen waren, und Frauen übernahmen ihren Rang. Ich selbst habe mir den Job nicht ausgesucht, ich bin da hineingedrängt worden, weil ich mit dem vorigen General zu tun hatte. Ich war seine Sekretärin. Jetzt ist er mein Sekretär.«

»Und er hat keine Ahnung, was mit ihm gemacht worden ist?«

»Nein.«

»Aber was passiert bei einer Invasion«, fragte Shanelle. »Werden Ihre Männer kämpfen?«

»Natürlich, sie sind immer noch Soldaten. Sie haben nur nicht mehr den Drang, einen Krieg anzufangen.«

Shanelle lehnte sich verwundert zurück, hörte den Stuhl

knarzen und setzte sich wieder gerade hin. Aber sie war immer noch nachdenklich.

»Hat es bei allen gewirkt?«

»Der Stab ist für Männer entwickelt worden. Auf Frauen hat er keinerlei Wirkung. Es hat aber einige Fälle gegeben, in denen Frauen gegen die Behandlung rebelliert und ihren Mann wieder in seinen Normalzustand versetzt haben. Deshalb hat jetzt jede Frau ihren eigenen Stab, damit sie einen Mann, von dem sie annimmt, er sei von seiner Manipulierung befreit worden, nachbehandeln kann.«

»Eine Minute noch. Sie sagen, daß die Wirkung nicht von Dauer sein muß. Man kann sie also wieder aufheben?«

»Genau. Man muß den Mann nur ein zweites Mal mit dem Manipulator berühren und das Gegenteil dessen sagen, was bei der ersten Anwendung gewünscht wurde. Er wird dann wieder zu der Persönlichkeit, die er vorher war, mit allen ihren männlichen Instinkten – und dem Bewußtsein der Behandlung, die man an ihm vorgenommen hat. Unsere Männer sind für einen Zeitraum von fünf Jahren psychisch verändert. Ich könnte mir vorstellen, daß es Frauen gibt, die den Psycho-Manipulator, den sie besitzen, aber auch dazu mißbrauchen, ihre Männer zu ihren Sklaven zu machen. Das liegt in der menschlichen Natur. Deshalb ist es nicht verwunderlich, daß keine von uns sich traut, die Manipulation ihres Mannes wieder aufzuheben, so sehr sie es sich auch wünschen mag.«

»Mord und Totschlag als Folge?«

Donillas Lächeln war freudlos. In etwa, ja.«

»Wie traurig. Es klingt, als stünden Sie mit dem Rücken zur Wand und hätten keinen Ausweg mehr. Und ich glaube nicht, daß ich will, daß Falons Persönlichkeit auf die Art manipuliert wird.«

Donilla lächelte verzerrt. »Sie möchten weder, daß er getötet, noch, daß er mit dem Psycho-Manipulator behandelt wird. Haben Sie nicht vielleicht doch Gefühle für diesen Mann, obwohl Sie nicht mit ihm zusammenleben möchten?«

»Keine, die die Zeit nicht heilen könnte«, wehrte Shanelle ab.

»Dann möchten Sie ihn vielleicht so verändert haben, daß er besser zu Ihnen paßt?«

Shanelles Augen blitzten auf bei dem Gedanken an diese Möglichkeit. Falon die Überzeugung geben, daß er lieben konnte? Ihm eingeben, daß er sie niemals bestrafen durfte und sicher sein, daß er es wirklich nicht tat?

»Darüber muß ich nachdenken.«

»Aber warten Sie nicht zu lang. Meine Leute sind auf das Problem angesetzt. Wenn er auftaucht, bevor Sie sich entschieden haben, dann wird er einfach davon überzeugt, daß er Sie nicht heiraten will.«

»Kann er nicht auf eine andere Art von mir ferngehalten werden, also ohne die Anwendung des Manipulators?«

»Wir könnten ihn vermutlich bewußtlos machen und in Ketten legen.«

»Nein.« Shanelle seufzte. »Am liebsten wär's mir, wenn er einfach nach Hause ginge und mich vergäße.«

## 26

Shanelle kam dank ihrer Zwei-Mann-Eskorte pünktlich bei Lanar an. Sie war zum Dinner eingeladen worden. Sie hätte gerne abgelehnt, aber es war Donilla gewesen, die die Einladung ausgesprochen hatte, und sie mochte die kleine Generalin. Von ihrer Schwester konnte sie nicht das gleiche sagen, und sie hoffte nur, daß sie in einem geselligen Rahmen zugänglicher sein würde.

Die Räume, die man ihr überlassen hatte, waren in Ordnung, wenn man davon absah, daß sie mit den Händen an die Decke reichen konnte und ihre Füße weit über das Fußende des Bettes hinausragten. Es war schon sehr seltsam, die größte Frau der Welt zu sein, aber so war es eben. Ein Gutes hatte die Sache allerdings. Falon und sein Bruder würden es in derart beengten Verhältnissen, wo sie ständig mit dem Kopf anstießen, nicht lange aushalten.

Sie hatte Martha gebeten, ihr Kleider zum Wechseln zu schicken. So konnte sie sich auch vergewissern, daß Martha sie tatsächlich geortet hatte. Martha bewies, daß sie alles mitkriegte, indem sie Shanelle zum Rover transferierte und sie die Kleider selber aussuchen ließ. Und während Shanelle sich umzog, erfuhr sie, was Martha über ihre Erlebnisse dachte. Das Wichtigste war, daß Martha den Mißbrauch des Psycho-Manipulators durch die Sunderianerinnen auf das schärfste mißbilligte, aber nicht abgeneigt war, so ein Ding zu analysieren, falls Shanelle eins beschaffen konnte. Shanelle dachte nicht daran, es auch nur zu versuchen.

Über Marthas belehrenden Ausführungen verzögerte sich Shanelles Rückkehr nach Sunder, und es blieb ihr nicht mehr viel Zeit, über Donillas verlockendes Angebot nachzudenken. Aber sie brauchte auch nicht lang, um sich darüber klarzuwerden, daß es nicht funktionieren konnte, Falon zum perfekten Mann umzupolen, wenn sie nach Sha-Ka'an zurückgingen, wo er täglich an das erinnert würde, was er doch, wenn es nach ihr ging, vergessen sollte. Auf Sunder wäre es anders, aber sie hatte keine Lust, länger als unbedingt nötig dortzubleiben. Und Falon würde es an einem Ort, wo er als Merkwürdigkeit betrachtet wurde, sicher nicht gefallen.

Donilla war schon da und begrüßte sie, als Shanelle Lanars luxuriöse Wohnung im Wissenschaftszentrum betrat. Offensichtlich wohnte jede dort, wo sie arbeitete. Das erklärte die langen Bauten und vielstöckigen Arbeitszentren und das Fehlen von eigentlichen Wohnhäusern.

»Ich hätte Sie gern in meine eigene Wohnung eingeladen«, bemerkte Donilla, als sie Shanelle zu einer der üppig gepolsterten Couches führte. »Aber dort ist es... eher karg, wie es eben beim Militär ist.«

»Und außerdem auch von einem Exgeneral bewohnt, dessen Freundin zu sein meine Schwester sich ein bißchen schämt, seit er seine Arroganz und seine Großmäuligkeit eingebüßt hat«, setzte Lanar gehässig hinzu, als sie Shanelle einen Drink gab.

Shanelle fiel dazu nichts ein. Die eine Frau wurde rot, die andere lächelte verächtlich. Zum Glück erholte sich Donilla ziemlich schnell.

»Das ist nicht ganz richtig«, antwortete sie ihrer Schwester. »Ich schäme mich nicht für Ferrill, ich habe nur manchmal Sehnsucht nach ihm, so wie er früher war.«

»Hast du dich denn gern von seiner starken Persönlichkeit überragen lassen? Du hast dich oft darüber beklagt, daß du ihn wegen jeder Kleinigkeit um Erlaubnis bitten mußtest, und das fehlt dir...«

»Ich glaub nicht, daß dieses Thema unseren Gast interessiert«, gab Donilla zurück, und in ihrer Stimme lag die Warnung, sie nicht zu verärgern.

Lanar überhörte diesen Unterton. »Warum nicht? Sie kommt aus einer Gesellschaft, in der Frauen in die Ehe *gegeben* werden. Ich geh jede Wette ein, daß der Mann, der sie verfolgt, mindestens ebenso dominierend und anmaßend ist, wie Ferrill zu seinen besten Zeiten.«

Shanelle kam ein Lachen an. Die Frau lenkte ihren Angriff

nun bewußt auf sie um, aber sie würde sich nicht provozieren lassen.

»Diese Wette verlieren Sie, außer Sie vertauschen das ›mindestens ebenso‹ mit ›noch viel‹... Denn es gibt niemand, der arroganter und herrschsüchtiger sein könnte als ein Ba-Har-ani-Krieger. Aber auch auf Sha-Ka'an, meiner Welt, wird das ganze Leben von den Kriegern bestimmt. Frauen können nicht mal arbeiten, um ihren Unterhalt zu verdienen, oder ohne männliche Begleitung das Haus verlassen. Sie müssen unter dem Schutz eines Kriegers stehen, sonst sind sie Freiwild.«

Es fiel ihr nicht leicht, sich angesichts der verblüfften Mienen der beiden Frauen das Lachen zu verbeißen. Shanelle trank einen Schluck von der grünlich-blauen Flüssigkeit in ihrem Glas, während sie ihre Reaktion abwartete.

»Das ist ja absolut barbarisch«, meinte Lanar höhnisch.

»Kein Wunder, daß sie weglaufen«, bemerkte Donilla mitfühlend.

Shanelle tat überrascht. »Hab ich zu erwähnen vergessen, daß sich unsere Frauen selten darüber beschweren, daß die Verhältnisse so sind? Wenn Sie aber mal einen Blick auf so einen Krieger geworfen haben, können Sie sich vorstellen, warum es so ist.«

Lanar wirkte angeekelt. Donilla grinste offen. »Warum dann weglaufen?« fragte sie.

»Meine Mutter stammt aus einer anderen Welt, einer, in der Männer und Frauen gleichberechtigt sind. Von daher besitzt sie andere Ansichten, die sie auch mir vermittelte. Sie hat es jeder Frau, die lieber selbst für ihren Lebensunterhalt arbeiten will, als von einem Mann abhängig zu sein, ermöglicht, Sha-Ka'an zu verlassen und in die neuen Kolonien zu gehen, wo Frauen dringend gebraucht werden.«

»Aber sie hat denn eine Bresche schlagen können in diese von Männern bestimmte Kultur, in der sie jetzt lebt?« fragte Lanar nicht ohne Häme.

»Keine Spur. Es wäre sicher leichter, über glühende Kohlen zu laufen, als die guten, alten Bräuche der Krieger zu verändern. Und deshalb bin ich weggegangen. Meine Mutter arrangiert sich mit den Dingen, die ihr nicht gefallen, weil sie meinen Vater liebt. Mich hält so ein Grund ja nicht.«

»Donilla hatte einen«, säuselte Lanar gehässig, »aber sie hat sich für den Wechsel entschieden, und jetzt bereut sie's. Sie möchte lieber wieder unter die Fuchtel ihres Geliebten zurückkehren.«

Shanelle ärgerte es, daß sie Lanar Gelegenheit gegeben hatte, ihre Schwester schon wieder zu attackieren, und deshalb machte sie jetzt den Mund auf. »Was ist los mit Ihnen, Lanar? Wo ich herkomme, haben sich Geschwister im allgemeinen gern. Sie versuchen nicht, einander mit jedem Wort eins auszuwischen.«

Lanar hatte offensichtlich nicht damit gerechnet, nun ihrerseits angegriffen zu werden. Sie reagierte ähnlich wie im Space-Center, als Shanelle ihren Worten nicht glauben wollte. Sie lief rot an, sah einen Moment lang so aus, als würde sie gleich jemanden umbringen, murmelte dann etwas vom Essen, nach dem sie sehen wollte und stolzierte aus dem Zimmer.

»Das war nicht nötig, aber vielen Dank«, meinte Donilla.

»Ist sie immer so?«

»Zu mir meistens.«

»Wissen Sie, warum?«

»Ich glaube, es ist Eifersucht. Sie hat alles, was sie nur wünschen kann – Stellung, Einfluß und Autorität, sogar Sklaven zu ihrer Bedienung, aber das alles ist nicht genug. Sie will auch das, was ich habe, sogar Ferrill. Trotz ihrer abschätzigen Bemerkungen über ihn würde sie ihn mir gern ausspannen. Aber er konnte sie noch nie leiden, früher nicht und heute auch nicht.«

»Das kann man ihm nicht verdenken. Halten Sie – äh – auch Sklaven?«

Donilla schüttelte den Kopf und starrte auf die geschlossene Tür hinter Shanelle. »Diese Art Macht über einen anderen Menschen habe ich nie gewollt. Außerdem gibt es beim Militär Bedienstete. Ferrill hatte vier davon, und ich habe sie geerbt.«

»Sie mußten vermutlich auch verändert werden, und auch

sonst alle, die ihn kannten, um zu vergessen, daß er der General gewesen war?«

Wieder stand in ihrem Gesicht die Trostlosigkeit, die Shanelle schon vorher einmal beobachtet hatte. »Ja. Es war am Anfang, als wir ihre Posten übernahmen, ziemlich schwierig.«

Shanelle sagte behutsam: »Ich meine zu verstehen, daß Sie Ihrem eigenen Mann das nicht antun wollten. Wenn Sie über seine jetzige Verfassung unglücklich sind, warum machen Sie die Sache dann nicht rückgängig?«

Donilla lächelte traurig. »Er würde mich umbringen.«

»Vielleicht bildlich gesprochen«, grinste Shanelle. »Aber dann wäre er Ihnen sicher dankbar dafür, wieder er selbst zu sein. Die negativen Züge, die Sie ihnen genommen haben, sind einfach Teile ihrer Persönlichkeit gewesen. Sie haben den Umgang mit ihnen nicht gerade erleichtert, aber ohne sie sind sie nur noch halbe Männer. Sie sind wahrscheinlich nicht die einzige, die mit der gegenwärtigen Situation nicht zufrieden ist und die ihren Mann wieder so haben möchte, wie er vorher war.«

»Ich kann die Entscheidung nicht allein treffen. Wenn einer befreit ist, wird er sicher die anderen auch befreien. Und dann wären wir wieder da angekommen, wo wir angefangen haben: mit Männern, die sich wie vom Teufel besessen in Kriege stürzen.«

»Menschen machen eben solche Dummheiten. Meistens lernen sie daraus und leben weiter ihr Leben.«

Bevor Donilla Gelegenheit hatte zu antworten, kam Lanar, von zwei dürftig bekleideten Sklavinnen begleitet, zurück und verkündete kurz angebunden, daß das Dinner serviert werde. Die Sklavinnen trugen große Tabletts, die zunächst Lanar, die sich wieder gesetzt hatte, angeboten wurden.

Als das Tablett Shanelle gereicht wurde, sah sie, daß es mit einer großen Auswahl von Gerichten beladen war. Sie nahm, wie ihre Gastgeberin, nur einen Teller voll Essen herunter und hatte keine Ahnung, was sie da zu sich nehmen würde. Aber ihre Aufmerksamkeit galt eher den beiden Sklavinnen. An beiden waren die Spuren von Mißhandlungen nicht zu übersehen, häßliche, rot aufgeschwollene Streifen hinten an Oberschenkeln und Waden. Die Striemen der einen waren besonders auffällig, als sei sie erst vor kurzem geprügelt worden.

Shanelle war so betroffen, daß sie Lanar um eine Erklärung bitten wollte, aber als sie zum Sprechen ansetzte, wurde sie von einem Summen unterbrochen, das so laut war, daß sie aufschreckte. Donilla stellte ihren Teller ab, nahm ein kleines würfelförmiges Gerät aus einer Tasche ihrer Uniformjacke und fragte: »Ja bitte?«

Aus dem Würfel drang kratzig und auch angstverzerrt, aber gut verständlich, eine weibliche Stimme. »Sie sind hier; fünf sind's, und Sie kommen am besten selbst her, Generalin. Sie sind nicht nur etwas größer als die Frau, sie sind ÜBER ZWEI METER GROSS!«

Donilla warf Shanelle einen raschen Blick zu, der mit einer Ich-hab's-ja-gesagt-Miene beantwortet wurde. »Hat denn niemand die befohlenen Schritte eingeleitet?«

»Das kann ich mir nicht vorstellen, Generalin. Sie sind einfach zu groß. Wir trauen uns nicht, an sie ranzugehen. Und sie haben Schwerter, so lang, wie ich groß bin.«

»Na gut, wo sind Sie denn?«

»In Ihrem Büro. Wo auch immer sie angekommen sind, sie haben jedenfalls einige von unseren Männern getroffen und sie gezwungen, sie zu derjenigen zu bringen, die hier zuständig ist.«

»Ich komme sofort. Riegeln Sie inzwischen das Gebäude ab, gehen Sie dann in mein Büro und vergewissern Sie sich, daß keiner es verläßt. Sagen Sie den Leuten, daß ich in zehn Minuten dort bin und mit ihnen spreche. Erzählen Sie ihnen, was Sie wollen, aber halten Sie sie vor allem dort fest. Und es sollen sich genügend Frauen bereitmachen, mit mir zusammen das Gebäude zu betreten. Wir müssen alle Stäbe gleichzeitig anwenden, da es mehrere Personen sind, und das ist sicher nicht ganz einfach.« Sie schob den Würfel wieder in ihre Tasche und wandte sich an Lanar, bevor sie ging. »Du solltest sie für alle Fälle verstecken.«

Shanelle wäre wohler gewesen, wenn Donilla etwas ermutigender geklungen hätte, bevor sie sie verließ. Mit Lanar allein zu bleiben, erhöhte nicht gerade ihr Sicherheitsgefühl. Die Frau aß weiter, als sei nichts geschehen.

»Sollte ich nicht lieber von hier fortgehen, falls etwas schiefgeht und Falon rauskriegt, wo er mich finden kann?« schlug Shanelle vor.

»Ach was, aber wenn Sie sich Sorgen machen, können Sie mein eigenes Refugium benutzen. Nur gerade hier durch die Tür hinter Ihnen. Schließen Sie nur von innen zu. Die Tür ist eine Sonderanfertigung, die auch ein Zwei-Meter-Barbar nicht einrennen kann.«

Shanelle hätte über den amüsierten Ton in Lanars Stimme mit den Zähnen knirschen können. Die Situation war verdammt ernst.

Sie hielt es für angebracht, Lanar zu warnen. »Wenn er mich findet, ist es nichts mit unserem Geschäft. Keine Gaalisteine.«

Lanar nickte nachdenklich. »Selbstverständlich. Aber sagen Sie mir – wird er Sie dafür bestrafen, daß Sie vor ihm weggelaufen sind, wenn er Sie findet?«

Shanelle antwortete mit verzerrten Lippen: »Er hält es für seine Pflicht.«

»Worauf warten Sie dann noch? Oder haben Sie nicht verstanden, daß Donilla, als sie sagte, es sei nicht einfach, alle Manipulatoren gleichzeitig einzusetzen, eher gemeint hat, es sei so gut wie unmöglich?«

Shanelle stand auf und ging zur Tür, ohne den Haß zu bemerken, der in Lanars Augen aufflammte, sobald sie über die Schwelle ging. Sie vergaß allerdings, die Tür hinter sich abzuschließen, weil es sie überraschte, daß sich in dem kleinen Raum schon jemand befand.

An die gegenüberliegende Wand gelehnt saßen zwei Männer im Schneidersitz auf dem Boden. Zwischen den beiden war, ein Meter über dem Fußboden und ebenso weit von der Wand entfernt, waagerecht ein Balken befestigt. Und etwa vierzig Zentimeter darüber hatte man eiserne Handfesseln an der Wand angebracht. Zu beiden Seiten der Fesseln hing ein ganzes Sortiment von Peitschen, lange, spiralig aufgerollte und solche mit mehreren Riemen. Jetzt wußte sie, wo die Sklavinnen ihre Striemen bekommen hatten. Ausgerechnet diesen Raum nannte Lanar ihr Refugium? Wahnsinnig komisch.

Beide Männer waren aufgestanden, während sie die Utensilien anstarrte, mit denen die Strafen vollzogen wurden. Sie machte Anstalten, den Raum zu verlassen, und stellte dabei fest, daß die Tür nicht verschlossen zu werden brauchte, sondern sich automatisch verriegelt hatte.

»Noch 'ne Neue, und schon hier gelandet? Ihr Mädchen solltet doch aufpassen und nicht schon Ärger machen, bevor ihr euch hier eingelebt habt.«

Mit einem Blick über ihre Schulter bemerkte Shanelle, daß sie auf sie zukamen. »Ich – ich glaube, Sie verwechseln mich mit jemand anders.«

»Na sicher, das sagen alle.«

Sie beschloß, sich nicht mit ihnen herumzustreiten und rüttelte an der Tür. Sie war tatsächlich verschlossen. Und dann glitt eine Hand über ihren Arm bis zu ihrem Handgelenk und riß es nach hinten. Sie warf sich herum und wollte dem Typ einen Schlag versetzen – beide Männer waren ein ganzes Stück kleiner als sie – aber sie konnte es nicht mehr, weil ihr anderer Arm gepackt und nach hinten verdreht wurde.

»Mach keine Mätzchen«, wurde ihr gedroht, als sie sich losreißen wollte. »Meinste, wir werden mit so was nicht fertig?« Und die Arme wurden ihr im Rücken noch ein Stück höher angewinkelt. Auf diese Weise konnten die Männer sie trotz ihrer Größe leicht vor sich herschieben. »Wir bereiten dich nur vor. Die Herrin will dich selber bestrafen?«

»Lanar?«

»Für dich immer noch Frau Lanar, Mädchen. Und für eine Sklavin bist du reichlich unverschämt.«

»Halt, eine Minute, ich hab Ihnen gesagt, Sie haben mich verwechselt, das stimmt wirklich!«

»Aber ja, das sagen alle.«

# 27

»Also, setzt euch doch erst mal hin und beruhigt euch, Leute«, schlug eine der beiden Frauen, die sich ängstlich in Türnähe hielten, den Kriegern vor. »Die Generalin muß jeden Augenblick hier sein.«

Die Frau bekam keine Antwort. Oder jedenfalls keine gesprochene. Denn einer der Krieger hob seinen Fuß über den Sitz eines Stuhls, ließ ihn herunterkrachen und machte ihn zu Kleinholz.

»Auch gut, also setzt ihr euch nicht hin«, meinte die andere Frau. »Aber könntet ihr mal aufhören, hier rumzutigern? Das macht uns nervös.«

»Dann geh doch raus«, bemerkte ein anderer Krieger unfreundlich.

»Wir sollten am besten selber gehen«, sagte ein dritter Krieger. »Hier vertun wir nur unsere Zeit.«

»Nein, ihr solltet nichts übereilen«, riet die eine Frau dem Krieger. »Nur die Generalin kann euch sagen, was ihr wissen sollt, und wenn ihr jetzt geht, verpaßt ihr sie.«

Es reichte ihm jetzt. Er ging einen Schritt auf die Frauen zu. Die andere Frau hob sofort das Gewehr und zielte auf ihn.

»Halt, nicht weiter!« befahl sie, und einen Moment lang überkam sie eine Art Machtgefühl.

Aber der Krieger blieb nicht stehen, und sie geriet in Panik. Sie schoß. Der lange Schild, den er vor sich hielt, bewegte sich leicht; die Kugel hatte ihn getroffen und war dann friedlich über den Boden gerollt. Entsetzt starrten die beiden Frauen hin. Die mit dem Gewehr schoß noch einmal, und wieder prallte die Kugel vom Schild ab und fiel wirkungslos auf den Boden.

»Mit dem hier wirst du weniger Glück haben, Bursche«, behauptete die zweite Frau. Sie hielt einen kurzen blauen Stab in der Hand und zeigte damit auf den Krieger. Diesmal blieb er stehen.

Ihre Freundin zischte sie an: »Was hast du denn damit vor?«

»Na, hilft er oder hilft er nicht?« flüsterte sie triumphierend.

»Nur, weil sie denken, du bist ausgeflippt«, war die Antwort.

»Quatsch, die halten ihn für eine Waffe.« Und dann sagte sie mit lauter Stimme, so daß die Krieger sie hören konnten: »Tut mir leid, ihr Kerle, aber wir können nicht zulassen, daß ihr in der Stadt rumrennt und unseren Leuten mit eurem Anblick Todesängste einjagt. Wir haben den Befehl, dafür zu sorgen, daß ihr hier seid, wenn die Generalin kommt. Habt also bitte noch ein bißchen Geduld.«

»Dalden, was ist das für ein Ding, mit dem sie mich bedroht?«

»Das weiß ich genausowenig wie du, Jadell. Meine Schwester ist diejenige, die andere Welten und ihre seltsamen Wunder kennt, ich hab keine Ahnung.« Aber dann richtete Dalden sein Computer-Verbindungsgerät auf die Frau mit dem Stab. »Brock?«

»Als Waffe unbekannt«, antwortete der Computer, ohne ausdrücklich gefragt worden zu sein. »Aber nach dem, was die eine Frau der anderen zugeflüstert hat und was ich gut verstehen konnte, ist sie erleichtert, daß du glaubst, es sei eine. Also handelt es sich aller Wahrscheinlichkeit nach nicht um eine Waffe, aber das Ding gibt ihnen Mut.«

Die beiden Frauen schauten hinter sich, um den unsichtbaren Spion zu finden, der sie belauscht hatte. Zu ihrer Erleichterung sahen sie statt dessen, daß endlich die Generalin im Eilschritt den Flur entlangkam. Sie hatte vier weitere Frauen im Gefolge, die sich bemühten, mit ihr Schritt zu halten.

»Ich bin Generalin Vand, meine Herren«, stellte Donilla sich vor, als sie ins Zimmer trat. »Falls es noch niemand getan hat, möchte ich Sie in Sunder herzlich willkommen heißen.«

Der größte von ihnen kam auf sie zu und blieb vor ihr stehen. Er war beinahe siebzig Zentimeter größer als sie und doppelt so breit und hatte Arme von der Dicke ihrer eigenen

Oberschenkel. Sie versuchte zu schlucken, aber plötzlich war ihr Hals wie ausgetrocknet. Obwohl sie gewußt hatte, was sie erwartete, war sie auf die wirkliche Größe des Sha-Ka'ani-Kriegers überhaupt nicht vorbereitet.

»Ich bin Dalden Ly-San-Ter«, sagte der Mann, der sie so weit überragte. »Sagen Sie uns doch bitte, wo meine Schwester ist, und wir werden uns mit ihr friedlich wieder zurückziehen. Wenn Sie es mir nicht sagen, müssen wir auf der Suche nach ihr die ganze Stadt auseinandernehmen.«

Wahrhaftig, es gab nichts Besseres, als direkt auf den Punkt zu kommen. Donilla fühlte sich in diesem Moment nicht besonders mutig, aber sie hatte die Informationen, die sie wollten, und das verschaffte ihr einen kleinen Vorteil. Hoffentlich reichte er aus für das, was sie vorhatte.

Sie nahm sich zusammen und sagte sehr bestimmt: »Danke, daß Sie das so deutlich zum Ausdruck gebracht haben, Mr. Ly-San-Ter. Aber unser Brauch verlangt, daß wir zuerst das Protokoll hinter uns bringen, bevor wir uns Ihrer Schwester zuwenden können. Sie haben sicher auch bestimmte Bräuche und erwarten, daß sie von Ihren Besuchern respektiert werden.«

»Ja, natürlich, aber…«

»Ach, ich spreche nicht von einem komplizierten oder zeitraubenden Empfang. Es ist nur Tradition bei uns, daß alle Besucher meinem Besucherstab vorgestellt werden. Man macht sich miteinander bekannt, schüttelt ein paar Hände und erklärt, daß man in Familienangelegenheiten hergekommen ist. Das ist wirklich schon alles. Meine Damen?« Donilla schaute sich nach den vier Frauen um, die sie mitgebracht hatte, und die ihre Manipulatoren im Ärmel versteckt trugen. Sie waren nervös vor der Tür stehengeblieben. »Kommen Sie herein«, befahl sie ungeduldig. »Sie beißen nicht.« Und zu Dalden meinte sie: »Wer von Ihnen ist denn der erwartungsvolle Bräutigam?«

Sie folgte seinem Blick zu Falon hin, der nur dastand und die Stirn runzelte über das Völkchen. Er war sicher der, der ihnen am meisten angst machte. Er war ein paar Zentimeter kleiner als Dalden, aber immer noch ein Riese. Glücklicherweise kamen die Frauen nun auf sie zu und begrüßten mit ausgestreckter Hand jede einen Krieger. Donilla verbarg das Ende des Stabs, wie vorher abgesprochen, in ihrer Hand und ging auf Falon zu.

Falon war erleichtert, wieder festen Boden unter den Füßen zu haben, bis er feststellen mußte, daß er es mit sehr fremdartigen Menschen zu tun hatte, zumindest, was ihre Größe anlangte. Es fiel ihm schwer, sie nicht mit Kindern zu verwechseln, so klein, wie sie waren. Sogar ihre Stimmen wirkten kindlich. Mit ihnen konnte er nicht kämpfen. Er konnte sie nicht einmal bedrohen, ohne sich wie ein Idiot vorzukommen. Und was noch schlimmer war, hier hatten die Frauen dieser winzigen Leutchen das Sagen.

Die Kleine, die sich Generalin nannte, hatte Mumm, das mußte er zugeben. Als er die angebotene Hand nicht ergriff, hatte sie seine gepackt und einige Worte gemurmelt. Er hatte nicht so genau hingehört, weil er die anderen Frauen beobachtete und ihm auffiel, daß sie seltsamerweise alle die gleichen Handbewegungen machten und dazu die gleichen Worte murmelten.

»Falon, äh – es geniert mich ein bißchen, das zu fragen, aber was machen wir hier eigentlich?« fragte Jadell seinen Bruder auf sha-ka'ani.

Falon drehte sich mit einem zweifelnden Blick zu seinem Bruder um. Die Frau, die vor Jadell stand, hielt noch immer seine Hand und lächelte zu ihm auf. Falon wurde böse.

»Was hat sie zu dir gesagt, Jadell?« fragte er.

»Nichts.«

»Sie hat bestimmte Worte gesprochen. Alle haben etwas gesagt. Ich hab's gehört.«

»Dann hast du ein besseres Gehör als ich, denn ich hab nichts bemerkt«, antwortete Jadell.

»Und trotzdem fragst du, warum wir hier sind? Da stimmt was nicht, Bruder.«

»Ich glaub, du hast recht. Ich müßte die Antwort wissen, aber ich weiß sie nicht. Und du, Dalden?«

Der jüngere Mann wirkte verlegen. Eine der Sunderianerinnen hielt immer noch seine Hand. »Ich hab gehofft, ich müßte nicht zugeben, daß ich genauso vergeßlich bin wie du, Jadell. Sterne, das ist doch total verrückt. Falon, falls du weißt…«

»Soll ich dir vielleicht glauben, daß du deine eigene Schwester vergessen hast?« fragte Falon. »Und du, Jadell, daß ich meine Lebensgefährtin suche?«

»Droda, mir ist eingeflüstert worden, ich sollte es vergessen!« platzte Jadell heraus. »Die Stimme war in meinem Kopf drin…« Er riß seine Hand zurück und starrte die Frau, die sie gehalten hatte, erbost an, als sie vor ihm zurückwich. »Was hast du mit mir gemacht?« fragte er auf sunderianisch.

Sie bewegte die Lippen, war aber so entsetzt, daß sie keinen Ton herausbrachte. Die anderen Frauen bewegten sich rückwärts auf die Tür zu. Auch sie schienen sich zu fürchten. Nur die Generalin stand unerschütterlich neben Falon. Sie wirkte eher verwundert als ängstlich, als sie seinem ärgerlichen Blick begegnete.

»Bei Ihnen hat er gar nicht gewirkt, oder?« fragte Donilla. »Bei den anderen hat es funktioniert, nur bei Ihnen nicht. Wie kommt das?«

»Er versteht kein Wort von dem, was Sie sagen, Generalin Vand«, berichtete Dalden, der jetzt an ihrer anderen Seite stand. »Wissen Sie, er mißtraut allem, was nicht aus Ba-Haran kommt. Es war schon schlimm genug für ihn, daß er sich einem seiner Ansicht nach drodaverdammten Raumschiff anvertrauen und den Transfer über sich ergehen lassen mußte. Denn so etwas haßt er aus tiefster Seele. Aber er hat sich glatt geweigert, sich das Lernprogramm Ihrer Sprache anzuhören, das Brock für uns ausgearbeitet hat. Obwohl es sich für ihn hier nachteilig auswirken kann. Ist Ihre Frage damit beantwortet?«

»Leider, ja.«

»Jetzt müssen Sie uns aber erzählen, *was* es ist, was bei ihm nicht gewirkt hat und bei den anderen doch.«

»Es tut mir leid, aber das darf ich Ihnen nicht erklären. Nur Frauen sind in das Geheimnis eingeweiht…«

»Brock?« unterbrach Dalden ungeduldig.

»Eine Art Hypnosegerät, das die Frauen heimlich angewandt haben, als sie euch bei der Begrüßung berührten. Dadurch sind ihre Worte in die Wirklichkeit umgesetzt geworden. Man hat euch allen das gleiche gesagt. Ihr solltet vergessen, weshalb ihr gekommen seid. Nur dir, Falon ist etwas anderes eingegeben worden, nämlich, daß du keine Lebensgefährtin haben willst.«

Falon stieß ein dumpfes Grollen aus und packte Donilla vorn an ihrer Uniformjacke. Daß er sie mit einer Hand fast einen Meter über dem Fußboden in der Schwebe hielt, war für Donilla das Signal, sich nun doch auch ernstlich zu fürchten, ganz egal, was man den Kriegern eingeflüstert hatte.

»Sprich für mich, Dalden«, befahl Falon mit eisern beherrschter Stimme. »Mach ihr verständlich, daß sie nur am Leben bleibt, weil sie kein Mann ist.«

»Brock hat uns über Ihr Vorhaben informiert, Generalin Vand. Falon hätte das Recht, Sie zu töten, weil Sie ihn daran hindern wollten, seine Pflicht zu tun. Aber die Tatsache, daß Sie eine Frau sind, ist Ihre Rettung. Sie sollten allerdings wissen, daß er zornig genug ist, sich darüber hinwegzusetzen, wenn Sie ihm weiterhin die Suche nach seiner erklärten Lebensgefährtin erschweren. Wo ist sie?«

»Das – das kann ich Ihnen nicht sagen«, entgegnete Donilla angstvoll. »Wir haben ihr Zuflucht gewährt. Sie möchte nicht von ihm gefunden werden.«

»Sie hat in dieser Angelegenheit keine Wahl«, erwiderte Dalden. »Unser Vater hat sie in die Obhut dieses Mannes gegeben. Damit hat Falon das Recht, über sie zu bestimmen.«

»Aber wer beschützt sie vor ihm?«

»Vor ihrem Lebensgefährten braucht sie nicht beschützt zu werden. Er würde ihr niemals Schaden zufügen.«

»Dalden, du vertust bloß deine Zeit«, schaltete Brock sich ein. »Die Frau ist an einen Ehrenkodex gebunden, der ihr nicht erlaubt, Shanelle zu verraten, und das ist auch nicht notwendig. Ich habe den Bereich unmittelbar um die Generalin, von dem aus sie so schnell hierhergerufen werden konnte, mit dem Scanner abgetastet. Ich bin dabei auf eine Frau gestoßen, deren Stimmuster mit dem von Shanelle übereinstimmt, obwohl diese Person sunderianisch spricht –

und in einer Weise, die vermuten läßt, daß sie einer unmittelbaren Bedrohung ausgesetzt ist, vor der sie sich in höchstem Maße fürchtet.«

»Unmittelbar bedroht, oder hat sie nur von unserer Ankunft erfahren?« fragte Dalden.

»Unmittelbar. Ihre Aufforderung an den ›verdammten Dreikäsehoch‹, sie sofort loszulassen, hat mich drauf gebracht, daß sie es sein muß. Schon erstaunlich, wie sie manchmal an ihre Mutter erinnert.«

»Wie gefährlich ist es für sie, Brock?«

»Es reicht für eine Panik. Willst du transferiert werden oder Falon?«

»Ich«, sagte Falon, ohne zu zögern. Im nächsten Moment verschwand er, und Donilla fiel auf den Boden.

Einen Augenblick später drang Martha über dem Planeten mal zur Abwechslung in Brocks Gehäuse ein. »Reichlich Zeit hast du dir gelassen, Dreckeimer«, beschwerte sie sich mißmutig. »Ich hätt's schon vor zehn Minuten gemacht.«

»Du hast sie überwacht, als ich sie auf Sunder runtertransferiert hab, stimmt's?« fragte Brock beleidigt.

»Klar hab ich das.«

»Und hast Shanelle genauso gefunden wie ich?«

»Ja doch, nur ein bißchen früher eben«, säuselte Martha.

»Und warum hast du sie nicht selbst von da wegtransferiert?« fragte Brock.

»Aus dem gleichen Grund, warum du's nicht gemacht hast. Wir hauen nicht ab nach Hause, bevor unsere beiden sich nicht zusammengerauft haben. Außerdem hat der große Kerl bei mir noch was gut.«

»Shanelle wird nicht unbedingt zu schätzen wissen, auf welche Art du deine Schulden bezahlst«, meinte Brock ahnungsvoll.

»Nein, heute sicher nicht. Aber ich setz auf die Zukunft.«

## 28

Falon brauchte etwas länger, als der eigentliche Transfer gedauert hatte, um sich zu überzeugen, daß er unversehrt am anderen Ort angekommen war. Nie würde er sich an diese drodaverdammte Beförderungsart gewöhnen, und er betete darum, künftig davon verschont zu bleiben. Er hatte nicht damit gerechnet, daß er sich das noch einmal gefallen lassen müßte, außer, wenn er zum Schiff zurückkehren wollte. Diesmal war ihm das Transferieren wegen seiner Geschwindigkeit willkommen, denn es hätte ihn verrückt gemacht, Shanelle nicht erreichen zu können, obgleich er wußte, daß sie seine Hilfe brauchte. Aber jetzt, wo er da war und ihre mißliche Lage vor Augen hatte, schwankte er, ob er jemanden umbringen oder eher dankbar sein sollte.

Ihre Handgelenke steckten in Fesseln, die über ihr an der Wand befestigt waren, die Fußknöchel ihrer weit auseinandergespreizten Beine waren an den Stützpfosten des Balkens angeschnallt, über den man sie gelegt hatte. Die Kleider waren ihr ausgezogen worden. Es war eindeutig, daß man sie zum Auspeitschen vorbereitet hatte.

Zwei Männer standen seitlich hinter ihr und betrachteten gleichmütig das geleistete Werk. Shanelles Körper wies keine Spuren von Mißhandlung auf, und allein aus diesem Grund begnügte Falon sich damit, von hinten an die beiden heranzuschleichen und sie mit den Köpfen kräftig aneinanderzuschlagen. Sie fielen ihm vor die Füße. Er dachte schon nicht mehr an die Männer, als er über sie hinwegstieg und nun hinter der Frau stand, für die er die Greuel der Raumfahrt auf sich genommen hatte.

Shanelle wußte nicht, daß er da war. Sie horchte darauf, ob sich die Tür öffnen würde. Der gedämpfte Aufprall, als die beiden Sunderianer zu Boden gingen, war gar nicht in ihr Bewußtsein gedrungen.

Lanar mußte einfach wahnsinnig sein. Sie würde nicht wagen, sie wirklich auszupeitschen. Und doch war sie so weit gegangen. Ob sie wirklich krank war? Und wer wollte sie dann aufhalten? Diese beiden idiotischen Männer benahmen sich wie die Billigversionen von Androiden, die nur auf eine einzige Funktion programmiert waren. Und die hatten sie ausgeführt, sie ausgezogen und festgebunden, sonst nichts. Sie hatten sie danach nicht mehr angefaßt. Sie hatten nicht einmal mehr mit ihr gesprochen, nachdem sie fertig waren, außer um ihr zu sagen, daß das Warten ein Teil davon sei.

Ein Teil wovon? Der Strafe? Eine Tortur war es, so vornübergebeugt zu stehen, nackt, und dann als einziges die verdammten Peitschen an der Wand zu sehen. Sie erinnerten sie an die häßlichen, roten Striemen an den Beinen der Sklavinnen und daran, daß in diesem Raum tatsächlich Frauen ausgepeitscht wurden und noch darauf warten mußten und furchtbare Angst litten…

»Frau, für zwei Dinge befindest du dich in einer geradezu idealen Position. Ich frage mich, ob mich das eine das andere wohl vergessen ließe.«

»Falon!« Shanelle schnappte nach Luft und schrak zusammen, als sie seine tiefe Stimme hörte. Um dann, als seine Worte ihr zu Bewußtsein kamen, zu sagen: »Nein, Falon!«

»Willst du wirklich immer noch nein sagen? Ich glaube nicht.«

Er legte seine Hände auf ihr Hinterteil, wie um ihr zu beweisen, daß nichts, was sie auch sagen mochte, ihn daran hindern würde zu tun, was er tun wollte. Aber was wollte er denn tun? Eins von zwei Dingen? O Sterne, sie brauchte nicht zu fragen, was das war, und vor beiden hatte sie Angst. Sie bestrafen oder sie nehmen, keins davon sollte er können. Und da hingen diese Peitschen…

Nein, er würde sie nicht schlagen. Krieger verletzten ihre Frauen nicht, und er betrachtete sie als seine Frau. Jedenfalls taten zumindest Sha-Ka'ani-Krieger ihren Frauen nicht weh. Aber Falon war ein Ba-Har-ani, und von diesen Leuten aus dem Osten wußte sie immer noch so gut wie nichts, außer daß ihre Frauen anders bestraft wurden als die in Sha-Ka'an. Vielleicht fand er, daß ihre Flucht eine Behandlung mit der

Peitsche verdiente. Und was machte das schon aus. Auch einfache Schläge mußten von so einem schrecklich starken Mann furchtbar schmerzhaft sein.

»Ich höre keine Worte von dir, Shanelle. Tut es dir leid, daß du von Sha-Ka'an weggegangen bist?«

»Es tut mir nur leid, daß du mich gefunden hast.«

Bei dem ersten schmerzhaften Schlag auf ihr Hinterteil flackerten ihre Augen zornig auf. »Das war die falsche Antwort, *Kerima*. Willst du's noch mal versuchen?«

»Falon, binde mich los!«

»Das tu ich, wenn deine Antwort mir gefällt.«

»Soll ich dich denn anlügen?« schrie sie.

»Nein, ich will, daß du ehrlich bist. Also laß uns statt dessen sehn, wie dein Körper antwortet.«

Seine Worte schienen ihr unklar, bis sie fühlte, daß seine Hände um ihre Hüften herum über ihren Bauch fuhren und dann langsam über ihre Rippen aufwärts wanderten bis zu ihren Brüsten. Shanelle zog scharf die Luft ein und versuchte die Gefühle zu ignorieren, die seine Berührung weckte. Aber das konnte sie nicht. Trotz der Angst, die immer noch da war, verstand er es, in ihrem Körper wieder Leben wachzurufen. Ihre Brustwarzen wurden hart unter seinen Händen, ihr Puls fing an zu rasen, und in ihrem Inneren wuchs ein Tumult von Gefühlen und Erwartungen. Wieso geschah das jedesmal, wenn er sie berührte?«

Plötzlich lehnte er sich über sie, und sie fühlte das Leder seiner *Bracs* an ihrem Po und die bloße Haut seiner Brust an ihrem Rücken. Und dann umschlang er sie mit beiden Armen und legte seine Wange sanft an ihren Rücken.

»Du hast mir gefehlt, Frau. Gedanken und Vorstellungen von dem, was ich mit dir machen würde, wenn ich dich fände, waren das einzige, was mich vor Verzweiflung bewahren konnte. Ich wäre in der engen Metallmaschine, in der ich reisen mußte, sonst total verrückt geworden.«

Shanelle ließ, von diesen Worten schwach geworden, den Kopf sinken. Aber sie durfte sich nicht von seinen Gefühlen mitreißen lassen, auch nicht von ihren eigenen. Und er hatte die Worte, die sie seinem Willen unterwerfen und zu seiner

Lebensgefährtin machen sollten, noch nicht ausgesprochen. Bis dahin gab es für sie immer noch eine Chance, es zu verhindern, und verhindern wollte sie es. Er war einfach nicht der Richtige für sie, daran konnte die Tatsache, daß ihr Vater sich für ihn entschieden hatte, nichts ändern, und genausowenig, daß ihr Körper so entgegenkommend auf ihn reagierte. Sie wußte es einfach. Warum konnte sie ihn davon nicht überzeugen?

»Falon?«

»Nein«, unterbrach er sie kurz angebunden. »Was du sagst, gefällt mir meistens nicht. Laß jetzt lieber deinen Körper für dich sprechen.«

Der Balken reichte Shanelle nur bis zu den Oberschenkeln statt bis zur Taille, wie es eigentlich gedacht war. So konnte Falons Hand von vorn zwischen ihre Schenkel gleiten, ohne daß er seine enge Berührung mit ihrem Rücken aufgeben mußte. Seine Finger fanden zu dem warmen Ort und weckten ihre Sinnlichkeit. Sie antwortete mit einem kehligen Stöhnen. Aber immer noch versuchte sie, dagegen anzugehen, und deshalb zerrte sie an ihren Fesseln. Das hatte sie schon vorher versucht, aber auch die Verzweiflung verlieh ihr nicht die Kräfte, die sie gebraucht hätte, um sie zu lösen. Sie war Falon wirklich auf Gnade und Ungnade ausgeliefert, und Falon war ein Krieger. Krieger kannten keine Gnade.

Sie fürchtete und erwartete es, und es geschah. Ihr Widerstand erlahmte schnell. Die Befriedigung, die ihr seine Finger gaben, war zu lustvoll, sie ließ sich nicht verdrängen. Sie vergaß sogar den Schmerz, der folgen würde.

Sie wollte überhaupt nicht genommen werden, und schon gar nicht auf diese Art. Aber ihr Körper scherte sich einen Dreck um das, was sie wollte. Genausowenig wie Falon. Und das wußte er auch. Ihre kleinen Stöhnlaute sagten es ihm ja. Hinterher würde sie sich gedemütigt fühlen, weil sie ihn hatte wissen lassen, wie sehr sie ihn begehrte. Aber jetzt war es ihr gleichgültig.

Shanelle war dicht davor, ihn zu bitten, sie zu nehmen, als er sich ein Stück weiter nach vorn beugte und ohne Anstrengung ihre Fesseln aus der Verankerung riß. Sie dehnte und reckte sich und fühlte, daß er auch ihre Fußfesseln abnahm, bevor sie sich aufrichtete.

Als sie die Handfesseln abstreifte und endlich die Arme auseinandernehmen konnte, empfand sie einen Moment lang Falon gegenüber Dankbarkeit. Er war nicht so unbarmherzig, wie sie geglaubt hatte. Es war nicht die Art Erleichterung, die sie erwartet oder in dieser Situation gewollt hatte. Die, die sie gerade jetzt brauchte, beherrschte ihre Sinne, und das Verlangen danach steigerte sich noch, als sie zum ersten Mal, seit er den Raum betreten hatte, Falon nun anschauen konnte.

Sein Anblick hatte wirklich immer die seltsamste Wirkung auf ihre Gefühle. Diesmal folgte sie ihrem Verlangen, und ohne Zögern, aber auch ohne Ermutigung seinerseits warf sie sich praktisch in seine Arme. Sie zog seinen Kopf herunter und preßte ihre Lippen auf seinen Mund. Es war wie zwanghaft, dieses Gefühl, ihn schmecken und berühren und ihm alles geben zu wollen, was er verlangte. Es überwältigte sie so, daß Falon ihre Leidenschaft nicht erwiderte, ja sie nicht einmal wiederküßte.

Als sie von ihm abrückte, um ihn fragend anzusehen, schob er sie von sich weg. »Ist das nun endlich ehrlich, Shanelle, oder nur ein Versuch, die Strafe zu umgehen?«

Das war wie ein kalter Guß. Und plötzlich wurde ihr klar, daß er genau das beabsichtigt hatte.

»Wenn ich dich nehme, Frau, dann gibt es da ein Bett, und zwar eins, das sich nicht bewegt und die Gewißheit, daß wir für uns allein sind.«

»Warum hat du mich dann so geil gemacht, daß ich dich wollte?« schrie sie fast, so frustriert war sie.

»Du mußtest an deine wahren Gefühle erinnert werden, die unter deiner Angst liegen. Jetzt hast du endlich die Wahrheit gesagt. Du willst mich immer noch.«

»Nein, jetzt bestimmt nicht mehr, du verdammter, mieser Kerl!«

Sie kehrte sich von ihm ab und wäre beinahe über die beiden bewußtlosen Sunderianer gestolpert. Da erst wurde ihr klar, daß Falon sie befreit hatte, daß er gekommen war, als sie seine Hilfe so dringend brauchte oder es jedenfalls glaubte. Sie wußte ja immer noch nicht, was Lanar mit ihr vorgehabt hatte, aber das war jetzt nicht mehr wichtig. Durch deren Verschulden war Shanelle wieder genausoweit wie vorher. Hier saß sie mit einem Mann, mit dem sie nicht zurechtkam und der Argumenten nicht zugänglich war. Und der seine Ziele in einer Weise verfolgte, die sie nicht so bald vergessen würde. Sie würde das alles der sunderianischen Hexe gern heimzahlen.

Falons letzter Punktsieg machte ihr immer noch zu schaffen. Wenn er sie noch einmal intim berührte, würde sie einfach dahinschmelzen, und das ärgerte sie wahnsinnig. Wie konnte er es sich erlauben, ihre Bedürfnisse in dieser Weise zu stimulieren und dann gar nichts tun?

O Sterne, das war genau der Grund, aus dem sie keinen Sha-Ka'ani-Krieger als Lebensgefährten gewollt hatte, genau die Sache, unter der Tedra leiden mußte, wenn Challen es für angebracht hielt, sie zu bestrafen! Ganz so schlimm war es zwar nicht gewesen, er hatte sie nicht soweit gebracht zu schreien. Aber er hatte etwas getan, von dem sie glaubte, es sei bei den Ba-Har-ani nicht üblich.

Wütend drehte sie sich um und starrte Falon böse an. Aber er hielt ihr nur die Kleider hin. Sie riß sie ihm aus der Hand und war froh, daß es Kystranikleidung war, die man ebenso schnell an- wie ausziehen konnte.

Aber der Verdacht, der in ihr aufgekeimt war, ließ sich nicht zerstreuen, und sobald sie angezogen war, fragte sie ihn: »Wolltest du mich bestrafen, Krieger?«

»Wenn es Zeit ist, dich zu bestrafen, wirst du genau wissen, warum.«

Sie starrte ihn erstaunt an und wußte nicht, was sie von dieser Antwort halten sollte. Aber sie war immer noch zu ärgerlich, um vorsichtig oder ängstlich zu sein. »Wie kommst du darauf, daß ich mir deine Strafe, wie immer sie aussehen mag, gefallen lasse? Außerdem hab ich nichts getan, was bestraft werden müßte.«

Falon hob eine seiner dunklen Brauen. »Aha, dann hast du Sha-Ka'an also mit Erlaubnis deines Vaters verlassen?«

»Ich hatte die Erlaubnis meiner Mutter«, antwortete sie triumphierend.

»Was sie inzwischen wahrscheinlich längst bereut hat.«

Shanelle wurde blaß. Wie hatte sie bloß vergessen können, daß Tedra nun bestimmt der vollen Wucht von Challens Wut ausgesetzt war? Das mußte ihr doch klar gewesen sein, und trotzdem hatte sie Martha mitnehmen dürfen, was den stärksten Beweis dafür darstellte, daß Tedra ihr bei der Flucht behilflich gewesen war.

»Ich könnte dich wirklich allmählich hassen, Falon Van'yer«, sagte sie mit zusammengebissenen Zähnen.

Immerhin runzelte er wenigstens die Stirn. »Du solltest jetzt wissen, daß ich deine Gewohnheit, mir Lügen aufzutischen, nicht mehr hinnehmen werde.«

Sie sah ihn überrascht an. »Das war keine Lüge. Es ist tatsächlich so, daß ich dich nicht nur hassen könnte, ich tu's jetzt wirklich. Und du sollst gern erfahren, daß ich die Gewohnheiten, die ich hab, behalten will, ob mit oder ohne Zustimmung deinerseits, denn um die scher ich mich sowieso einen Dreck. Das kannst du dir hinter die Ohren schreiben.«

Sie wich nicht zurück, als er auf sie zukam. Sie zuckte auch nicht zusammen, als er eine Hand ausstreckte, um ihr Kinn anzuheben, damit sie ihm in die Augen sehen mußte. Sie waren nicht zornig, nur nachdenklich, als er auf sie hinuntersah.

»Es ist interessant, wie du mit Enttäuschungen umgehst, Shanelle.«

»Ich bin nicht enttäuscht, nur wütend«, gab sie hitzig zurück. »Das ist ein Unterschied.«

»Du bist ganz schön durcheinander, weil du von mir nicht befriedigt worden bist.«

»Bild dir bloß noch was drauf ein«, schnauzte sie ihn an. »So toll hast du mich auch wieder nicht scharf gemacht; ich hab's schon vergessen.«

»Du sagst schon wieder nicht die Wahrheit. Soll ich's dir beweisen?«

Sie wollte sich ihm entziehen, aber er hielt sie nur um so

fester. Sie steckte ihren Stolz weg und flüsterte: »Nein.« Und dann überraschte er sie mit einem Geständnis.

»Ich hätte es nicht beweisen können, ohne dich hier und sofort zu nehmen, *Kerima*, denn mein Verlangen ist viel stärker als deins. Ich will dich so sehr, daß es mir weh tut. Aber wenn du mir sagst, daß du mich haben wolltest, wiegt das jeden Schmerz auf. Ich konnte aber mein Bedürfnis, dich zu berühren, um wirklich zu fühlen, daß du da bist und mir gehörst, nicht unterdrücken. Das darfst du mir nicht verübeln, und auch nicht, daß es dich ein bißchen durcheinandergebracht hat. Es wäre leichter gewesen, mit dem Atmen aufzuhören, als meine Hände von dir zu lassen.«

Warum mußte er ihr solche Sachen sagen? Wenn sie vorhin nicht frustriert war, dann aber bestimmt jetzt, weil sie wieder all die unerwünschten Gefühle bekämpfen mußte, die sein Bekenntnis wachgerufen hatte und ihr das eigentlich nicht gelang. Aber die Freude über seine Worte ließ sich nicht vertreiben.

Und schlagartig ging ihr auf, daß er seine Gefühle unter Kontrolle hatte, und zwar offensichtlich besser als sie ihre. Es gelang ihm, seine Leidenschaft zu beherrschen!

Wie konnte er sich erlauben, ihr das Hauptargument gegen ihn wegzunehmen! Wie sollte sie weiterhin zu ihrer Entscheidung stehen, wenn er sich so verhielt? Aber alle anderen Gründe gegen ihn waren noch da, und das reichte aus, um sie zu überzeugen, daß sie mit einem derart dominierenden Mann niemals glücklich werden könnte. Und er wollte versuchen, ihre Einstellung zu ihm zu ändern. Das hatte er schon gesagt. Dann würde sie immer mit Schmerzen und Demütigungen rechnen müssen, sobald sie nur den kleinsten Fehler machte. So was konnte sie nicht einfach hinnehmen. Er hatte auch noch nicht bewiesen, daß er im entscheidenden Augenblick nicht doch die Beherrschung verlieren würde – nur, daß er Fortschritte machte.

Das setzte ihrer Freude einen Dämpfer auf, und der Ärger darüber, daß sie sich von seinen Worten hatte beeinflussen lassen, kam zurück. Sie schlug seine Hand beiseite und rückte ein Stück von ihm ab, bevor sie erwiderte: »Du hast mich nicht durcheinandergebracht, Krieger, ich war nur enttäuscht, weil du mich gefunden hast. Und dagegen kannst du nichts tun, außer wieder zu verschwinden, und zwar ohne mich.«

Seiner Stimme war nun doch eine gewisse Verbitterung anzuhören, als er feststellte: »Ich will dir diese Neigung abgewöhnen, mich immer wieder zu belügen, Frau. Das verspreche ich dir. Es gibt aber noch einige Dinge zwischen uns beiden, um die wir uns zuerst kümmern müssen.«

»Ein Strafurlaub?« fragte sie trocken. »Nein, hab ich ein Glück!«

»Shanelle…« erhob er warnend seine Stimme.

Aber sie unterbrach ihn, bevor er ihr noch ein Versprechen geben konnte, das sie nicht haben wollte. »Wenn eins von den Dingen bedeutet, hier herauszukommen, also, die Tür ist jedenfalls zufällig abgeschlossen. Du mußt schon den Verräter bemühen, der dich hertransferiert hat, um mir zu helfen. Das erinnert mich an was. Falls du zuhörst, Brock, und das wirst du ja wohl, hoffe ich, daß Martha nie wieder mit dir redet. Ich jedenfalls werd's nicht mehr tun.«

»Ärgerst du dich über den Computer deines Vaters?« fragte Falon deutlich belustigt.

»Ich bin auf jedes männliche Wesen der Schöpfung sauer, aber mach dir nichts draus. Ich laß meine schlechte Laune nur an dir aus.«

Er mußte unvermittelt lachen. »Es freut mich, das zu hören, denn es könnte lästig werden, mit jedem Mann zu kämpfen, den du beleidigt hast.«

»Und was ist, wenn ich dich beleidige?«

»Das wirst du dann schon sehen.«

Schon klar, du verdammter Blödmann, aber das sagte sie nur zu sich selber.

## 29

Shanelle merkte ziemlich schnell, daß Falon nicht die Absicht hatte, Brock darum zu bitten, sie herauszuholen. Das bewies seine sorgfältige Untersuchung der verschlossenen Tür.

»Mit Transfer kämen wir schneller weg«, meine Shanelle schließlich.

Falon antwortete, ohne sich nach ihr umzudrehen: »Der Transfer kann warten, bis es unbedingt nötig ist.«

Der tapfere, große Krieger hatte eine ausgeprägte Abneigung gegen das Transferieren, eine Tatsache, die sie amüsant gefunden hätte, wäre sie nicht so ärgerlich gewesen. Sie stellte sich neben ihn und beschwerte sich. »Wir sitzen hier hinter einer verschlossenen Tür fest. Und trotzdem meinst du, wir brauchten ihn nicht?«

Seine einzige Antwort bestand darin, daß er ihr einen kurzen Blick zuwarf und dann einen Schritt zurückging. Mit einem einzigen Fußtritt hatte er die Tür beseitigt. Und Shanelle murmelte vor sich hin: »Na, anscheinend wirklich nicht.«

Ihre größte Genugtuung bestand darin, daß das Ganze Lanar völlig unerwartet traf. Die Sunderianerin hatte selbstzufrieden mit ihrem Drink auf der Couch gesessen. Als die Tür krachend aus den Angeln brach, sprang sie auf die Füße. Sie war überhaupt nicht auf den Anblick eines Ba-Har-ani-Kriegers gefaßt, obwohl man ihr von seiner Größe berichtet hatte. Fassungslos starrte sie Falon an und gab dadurch Shanelle die Gelegenheit, sich ihr unbemerkt zu nähern.

Auch Falon kam heran und fragte sie: »Sind Sie diejenige, die für den Zustand verantwortlich ist, in dem ich meine Frau vorgefunden habe?«

Lanar hatte auf einmal keine Angst mehr. Sie grinste. »Hat es Ihnen gefallen? Sie erzählte mir, daß Sie sie dafür bestrafen würden, daß sie Ihnen weggelaufen ist. Ich habe beschlossen, Ihnen die Sache zu erleichtern, denn ich dachte mir, Sie würden sicher bald kommen. Aber ich hätte Sie doch hereingelassen«, fügte sie vorwurfsvoll hinzu. »Sie hätten wirklich nicht meine Tür einzutreten brauchen.«

»Wir fesseln unsere Frauen nicht, um sie zu bestrafen, und tun es auch nicht in der Weise, für die Shanelle vorbereitet war. Sie haben die Frau, die unter meinem Schutz steht, in Angst und Schrecken versetzt. Wenn Sie ein Mann wären, müßte Ihnen das jetzt sehr leid tun.«

Lanar empfand nur einen Moment lang Angst, bis sie merkte, daß er ihr nichts antun wollte. »Ich habe den Eindruck, daß Sie viel zu nachsichtig sind«, meinte sie geringschätzig. »Diese Frau verdient eine viel härtere Strafe, als die, die Sie ihr zugedacht haben. Ich hätte mich selbst darum kümmern sollen, bevor Sie kamen. Man muß ihr diese Arroganz mit der Peitsche austreiben.«

Als sie so weit gekommen war, tippte Shanelle ihr auf die Schulter. Lanar drehte sich ärgerlich nach ihr um und wurde blaß, denn sie hatte ganz vergessen, daß Shanelle viel größer war als eine Sunderianerin.

»Würden Sie mir vielleicht mal sagen, was ich verdient habe?« fragte Shanelle mit sanfter Stimme, in der eine Drohung mitschwang. »Nein? Was ist mit der Arroganz, die ich angeblich besitze, die aber sicher nicht ausgeprägter sein kann als Ihre eigene?«

Lanar antwortete immer noch nicht. Aber sie sah nun ziemlich mitgenommen aus. Diese Zeichen der Einsicht genügten Shanelle jedoch nicht, wenn sie bedachte, was sie hier erlebt hatte.

Dann stellte sie beiläufig fest: »Ich glaube, Sie haben sich die falschen Sorgen gemacht. Dieser Krieger hier will vielleicht nicht, daß Sie das, was Sie mir angetan haben, jetzt heftig bereuen müssen, aber ich hab da keine Skrupel.«

Endlich fand Lanar Worte, aber ihre Stimme zitterte, als sie sagte: »Sie – Sie werden sich nicht trauen, das zu tun.«

»Wetten, daß?« gab Shanelle zurück und landete ihre Faust in Lanars Gesicht.

Die kleine Frau fiel auf die Couch zurück und würde wohl für eine ganze Weile bewußtlos bleiben. Shanelle hoffte, sie hätte ihr den Kiefer gebrochen, aber sie war nicht ganz sicher, ob es ihr gelungen war. Eigentlich konnte das ihrer Ansicht nach noch nicht genug sein. Sie beugte sich über Lanar und durchsuchte ihre Taschen nach dem Manipulator, denn sie war sicher, daß diese machthungrige Frau ihn immer bei sich trug. Und natürlich fand sie ihn auch.

Falon, der hinter ihr stand, sagte: »Danke.«

Shanelle, die den kurzen blauen Stab in der Hand hielt, fragte: »Wofür denn?«

»Dafür, daß du das übernommen hast, was ich nicht darf.«

»Ich hab's nicht für dich getan, Junge, nur für mich selbst. Und ich bin noch nicht ganz fertig.«

Sie ging in den anderen Raum zurück und hockte sich neben die beiden immer noch bewußtlosen Sunderianer. Die Sprachlernprogramme waren der Beweis dafür, daß man nicht unbedingt hellwach sein mußte, um Sprache zu erfassen und im Unterbewußtsein zu speichern, von wo sie irgendwann in der Zukunft wieder abgerufen werden konnte. Shanelle machte nun von dieser Tatsache Gebrauch.

Als sie fertig war und aufstand, versperrte ihr Falon den Weg durch die Tür. »Was hast du da gemacht, Frau?«

»Dafür gesorgt, daß Lanar, wenn sie das nächste Mal in dieses Zimmer kommt, genauso behandelt wird wie ich heute und ihre Sklavinnen wahrscheinlich täglich. Diese Erfahrung sollte ihr wahrhaftig die Augen öffnen, aber es kann sein, daß sie zu beschränkt ist, um von der Lektion zu profitieren.«

Sie ging an ihm vorbei und schob den Stab wieder in Lanars Tasche, damit ihr nicht der Verdacht käme, ihre Gehilfen seien damit behandelt worden. Schon wieder stand Falon dicht hinter ihr, als sie sich aufrichtete, und er wirkte nicht gerade erfreut.

»Du kennst die Verwendung dieses Geräts?« fragte er sie mißtrauisch.

»Ja, man hat sie mir beschrieben.«

»Wußtest du, daß die Frau, die sie Generalin nennen, versuchen wollte, ihn bei mir anzuwenden?«

»Ja, das hab ich gewußt. Es sieht aber so aus, als hättest du ihr keine Gelegenheit dazu gegeben.«

»Sie hat ihn wohl benutzt, aber ich verstehe ihre Sprache nicht, und deshalb hat es nicht gewirkt. Aber dabei fällt mir ein, daß du dafür gewesen sein mußtest, wenn du es gewußt hast.« Ein vorwurfsvolles Grollen war in seiner Stimme, als er hinzusetzte: »Du hättest zugelassen, daß sie mich dich vergessen machen.«

Shanelle erschrak und hielt es für angebracht, ihn vom Gegenteil zu überzeugen. »Das war nicht meine Idee, Falon. Es war für Donilla die einzige Möglichkeit, mir aus der Klemme zu helfen. Und es sollte auch nur vorübergehend sein. Sobald du zum Schiff zurückgekommen wärst, hätte Brock dich an mich und den Grund, weswegen du hier bist, erinnert. Und dann wärst du, deiner ursprünglichen Natur folgend, wieder hierher zurückgekehrt, ganz gleich, ob du dich an mich erinnern konntest oder nicht. Denn um eine längerfristige Wirkung zu erreichen, hätte ich selbst den Manipulator bei dir anwenden und so viele einander widersprechende Suggestionen formulieren müssen, daß niemand in der Lage gewesen wäre, sie aufzuheben. Ich hätte dich bei deiner Ankunft treffen und so durcheinanderbringen können, daß du Jahre brauchtest, um rauszukriegen, was ich mit dir angestellt hatte. Oder eben jetzt, als ich mit dem Ding an dir vorbeigegangen bin, hätte ich dich ohne dein Wissen damit berühren und dabei auffordern rauszugehen, und zwar ohne mich, und genau das würdest du getan haben. So einfach funktioniert das Ding. Aber ich hab's nicht gemacht, oder?«

»Warum nicht?«

»Du brauchst mich nicht so finster anzustarren, Krieger. Mir gefällt der Gedanke nicht, die Persönlichkeit von Menschen ohne deren Wissen zu verändern, und das ist der Grund, warum ich's nicht gemacht hab. Auch mit den beiden Männern nicht. Ich hab sie nicht verändert, sondern ihnen nur gesagt, sie sollten vergessen, daß Lanar ihre Herrin ist. Offensichtlich hat sie die beiden so manipuliert, daß sie jede Frau, die den Raum betritt, für eine Sklavin halten, die bestraft werden muß. Aber sie vollziehen die Strafe nicht, sie bereiten nur alles vor, also wird Lanar nur eine unangenehme Wartezeit zu verbringen haben, bis einer vorbeikommt, der sie befreit. Vielleicht nicht mal das, denn sie braucht nur den Stab rauszuholen und sie damit wieder umzupolen, wenn sie, bevor sie sie fesseln, rauskriegt, was ihnen von mir eingeflüstert worden ist. Zum Teufel, daran hab ich nicht gedacht!«

Jetzt mußte er grinsen. »Ich weiß nicht recht, ob mir dein Rachedurst gefällt.«

»Zu schlimm«, gab sie zurück und sah ihn forschend an. »Weißt du, Falon, wenn es dir recht wäre, könnte ich dich von den Eigenschaften befreien, die ich an dir nicht mag. Dazu müßte ich so einen Stab mit nach Hause nehmen, denn immer, wenn dich jemand an das erinnerte, was du vergessen sollst, brauchtest du eine Nachbehandlung. Trotzdem könnte es funktionieren, wenn du einverstanden wärst. Möchtest du gern der perfekte Mann für mich sein, Krieger, der Mann, mit dem ich gern nach Hause zurückginge?«

Er wirkte noch finsterer und auch einschüchternd, als er sagte: »Du mußt mich nehmen, wie ich bin, Frau.«

Sie wandte sich seufzend von ihm ab. »Das hab ich befürchtet.«

Er griff nach ihr und schüttelte sie einmal kräftig, bevor er fast brüllend wiederholte: »Du mußt mich nehmen!«

Sie schob trotzig das Kinn vor. »Verlaß dich nicht darauf.«

Sein Gesicht wurde dunkel vor Zorn. Sie merkte, daß sie ihn endlich wütend gemacht hatte und es ihm egal war, daß sie es wußte. Nun war sie auf das Schlimmste gefaßt und machte einfach die Augen zu, versuchte aber nicht, sich zu drücken oder ihn zu besänftigen. Hier konnte sie schon mal sehen, wie es war, wenn ein Ba-Har-ani-Krieger die Geduld verlor.

Aber das Öffnen einer Tür unterbrach die spannungsgeladene Stille, und dann hörte Shanelle eine überaus willkommene Stimme fragen: »Stören wir?«

»Nein«, atmete Shanelle erleichtert auf.

Sie hob die Augen und sah ihren Bruder hereinkommen. Aber was ihr auffiel, war Falons friedlicher und erfreuter Gesichtsausdruck. Shanelle wurde flammend rot, als ihr klar wurde, daß er keineswegs die Ruhe verloren hatte, er ließ sie nur in dem Glauben, um sie einzuschüchtern. Obwohl sie nicht gekniffen und nichts zurückgenommen hatte, um einer Abreibung zu entgehen, mußte ihm jetzt klar sein, daß er sie immer noch einschüchtern konnte.

Shanelle vergaß ganz, daß ihr Bruder und wahrscheinlich auch die übrige Gesellschaft mit ins Zimmer gekommen war. Ihre Gedanken kreisten nur um die eine Sache. Sie fühlte sich in ihrem Stolz verletzt und überlegte nicht einmal, was sie tat. Sie hakte ihren Fuß hinter Falons Knie und brachte ihn damit aus dem Gleichgewicht, gleichzeitig stieß sie ihm beide Fäuste kräftig mitten gegen die Brust. Es gelang ganz gut – oder hätte vielmehr gelingen können, wenn er sie nur losgelassen hätte. So fiel er mit einem verblüfften Grunzen hintenüber, und Shanelle stieß einen spitzen Schrei aus, als sie mit ihm zu Boden ging. Und immer noch war er nicht wütend, wenn sein leises Lachen sie nicht täuschte.

Sie rappelte sich auf und sah auf ihn herunter. »Wenn du das nächste Mal wütend wirst, dann zeig es verdammt noch mal bitte auch! Ich will nicht so auf die Probe gestellt werden. Wenn du erfahren willst, wie ich reagiere, bitte schön, jetzt weißt du's!«

»Allerdings«, bestätigte er und lachte jetzt offen. »Ich mach mir nichts aus deinen Temperamentsausbrüchen, *Kerima*, solange du nicht vergißt, daß du meine nicht zulassen willst.«

»Geh doch…«

»Shani!«

Sie wurde über und über rot, und diesmal vor Verdruß. Das, was sie gerade getan hatte, durfte man sich einem Krieger gegenüber nicht herausnehmen, und schon gar nicht vor anderen Kriegern. Der warnende Unterton in Daldens Stimme erinnerte sie daran, und sie wand sich fast vor Verlegenheit, als sie auf ihn zuging, in der Hoffnung, er sei allein gekommen. Aber dieses Glück hatte sie nicht. Allerdings war nur Dalden über ihr Verhalten empört. Falons Verwandtschaft schien genauso amüsiert, wie Falon sich auch jetzt noch anhörte. Donille, die dabeistand, war völlig verblüfft.

Shanelle entschied, daß es sinnvoll sein könnte, ihren Bruder aufzuklären. »Ich bin provoziert worden…«

»Das ist keine Entschuldigung...« wollte Dalden sie unterbrechen.

»Laß sie in Frieden«, schnitt ihm nun Falon die Rede ab und stellte sich hinter Shanelle, um sie mit Besitzerstolz an sich heranzuziehen. »Es ist jetzt an mir, sie zu erziehen, aber dafür braucht's nicht viel. Ich werde lernen, nicht mehr auf ihre Tricks reinzufallen, und sie wird herausfinden, was ich mir gefallen lasse, und was nicht. Auf diese Weise werden wir beide voneinander lernen.«

»Aber sie ist nicht erzogen worden, sich so respektlos zu benehmen«, meinte Dalden.

»Du solltest sie besser nicht an Sha-Ka'ani-Bräuche erinnern, mein Freund. Ba-Har-ani-Frauen genießen mehr Freiheit, ihre Meinung zu äußern, und Shanelle wird eine Ba-Har-ani.«

Shanelle hätte gern darauf hingewiesen, daß es noch nicht soweit sei, aber sie war nicht dumm, Falon daran zu erinnern, daß er vergessen hatte, sich darum zu kümmern. Und nun beschäftigte sich ihre Neugier mit seiner interessanten Bemerkung von eben.

Sie drehte sich zu Falon um und fragte ihn: »Um wieviel Freiheit geht es hier denn?«

»Ich glaub, du hast das Maß für diesen Aufgang schon überschritten«, antwortete er mit einem Grinsen. »Begrüß deinen Bruder jetzt, wie es sich gehört, und entschuldige dich dafür, daß du ihn mit deinem Benehmen in Verlegenheit gebracht hast.«

Shanelle blieb der Mund offenstehen. »Du hast gerade gesagt, ich dürfte...«

»Er sieht das anders, wie du ja weißt.«

Sie wußte es natürlich, aber es ärgerte sie, daß Falon sie daran erinnern mußte, und noch mehr, daß er seine Hand auf ihre Kehrseite legte und sie sanft zu ihrem Bruder hinschob. Sie nahm sich einen Moment Zeit, um Falon den vernichtendsten Blick zuzuwerfen, dessen sie fähig war. Aber der verdammte Mistkerl lachte nur.

# 30

Dalden bekam nicht mehr zu hören als eine geflüsterte Entschuldigung, obwohl sie ehrlich gemeint war, denn Shanelle wußte, wie sehr ihm ihr Benehmen mißfallen hatte. Er mochte zwar wie sie zur Hälfte Kystrani sein, war aber bis in die Knochen ein Sha-Ka'ani-Krieger und in mancher Hinsicht genauso wenig flexibel wie alle anderen. Das besagte für ihn eben, daß Frauen einem Krieger angemessenen Respekt schuldeten. Eine Frau, die diese goldene Regel nicht beachtete, mußte daher fast unweigerlich mit Bestrafung rechnen.

Wohin war ihr bißchen Wissen denn verflogen, als sie Falon zu Boden gehen ließ? Daß sie die Beherrschung verloren hatte, war keine Entschuldigung. Dalden sah es richtig: Sie wußte es wirklich besser. Und doch wäre ihr ohne diesen Zwischenfall nicht aufgegangen, was sie eigentlich angerichtet hatte. Freiheit der Meinungsäußerung, auf welche Art auch immer? Was für eine unkriegerlich erscheinende Vorstellung. Was für eine verlockende Chance, wenn sie ehrlich gemeint war. Aber als sie ihren Bruder danach fragte, bekam sie keine befriedigende Antwort.

»Falon hat mich gebeten, dir nicht zu erzählen, was ich darüber weiß«, meinte er dazu. »Er möchte, daß du deine Fragen an ihn richtest, wie es sich für eine Lebensgefährtin gehört, und auf diese Weise könnt ihr euch auch schneller und besser kennenlernen.«

Unnötig zu sagen, daß Shanelle dieser Gedanke überhaupt nicht gefiel, und sie antwortete: »Er ist noch nicht mein Lebensgefährte, Dalden.«

»Aber schon so gut wie…«

Das stimmte, solange sie mit Falon in einem Raum zusammen war, denn er brauchte nur in ihrer Gegenwart die Worte zu sagen. Es spielte keine Rolle, daß andere Personen anwesend waren. Also mußte es ihr dringlichstes Bestreben sein, ihm aus den Augen zu kommen und auch zu bleiben. Leider war das leichter gedacht als getan.

Shanelle nutzte die letzten paar Minuten noch für ein privates Gespräch mit Donilla, während Falons Verwandte sich über die schier unüberwindlichen Hindernisse amüsierten, die er bewältigen mußte, um sie zu befreien. Sie hatten die beiden kleinen Männer gesehen, die noch bewußtlos im Raum nebenan lagen. »Es tut mir leid wegen Ihrer Schwester, aber ich war so aufgebracht, daß ich ihr, nach allem, was sie mit mir gemacht hat, doch eine verpassen mußte.«

Donilla kannte ihre Schwester gut genug, um nicht nachzufragen, was das gewesen war. »Ich sollte diejenige sein, die um Entschuldigung bittet«, meinte sie. »Lanar hat sich diesmal wohl selbst übertroffen, und sie wird dafür zur Rechenschaft gezogen werden und sicher einen Teil ihrer Verantwortung abgeben müssen.«

»Also, meinetwegen braucht es nicht zu geschehen. Aber Sie sollten eine Zeitlang öfter hier hereinschauen.« Und auf Donillas fragenden Blick hin setzte sie hinzu: »Ich hatte ein kleines Gespräch mit Lanars beiden Sklaventreibern, wobei ich den Manipulator einsetzte, nur um den Punktstand auszugleichen, verstehen Sie?«

Donilla nickte. »Angemessen, würde ich meinen.«

»Das hab ich mir auch gedacht.«

»Aber was ist mit Ihnen? Nachdem ich selbst mitgekriegt habe, was Sie so verzweifelt vermeiden wollten, tut es mit wirklich leid, daß wir Ihnen nicht helfen konnten.«

Shanelle zuckte die Achseln. »Mir auch, aber meine Flucht war wahrscheinlich schon in dem Moment zum Scheitern verurteilt, als meine Verfolger ein Schiff in die Hände bekamen, das schneller war als meins.«

»Ich könnte einen kleinen Tumult inszenieren, der Ihnen Gelegenheit gäbe, sich zu verdrücken«, war Donillas Angebot.

»Danke, aber einem Simul-II kann man kein Schnippchen schlagen, und mein Vater überwacht mich damit gerade hier in diesem Raum. Brock würde einfach einen Krieger so transferieren, daß er mir, wohin ich mich auch wende, sofort den Weg verstellt. Damit ist jeder Versuch schon im Keim erstickt.«

»Das klingt wirklich hoffnungslos. Gibt es sonst etwas, was ich für Sie tun könnte?«

»Nicht, bevor ich wieder in Sha-ka'an bin und außer Reichweite der Computer, die meine Fluchtpläne vermasseln könnten. Außerdem ist es dort einfacher, unauffällig zu verschwinden, was ich hier vergessen kann.«

»Das ist noch stark untertrieben«, gab Donilla bedauernd zu. »Aber ich wünsche Ihnen alles Gute.«

»Danke gleichfalls, denn Sie haben selbst ja auch noch das eine oder andere zu regeln. Man kann nie wissen; es ist durchaus möglich, daß Ihre Männer inzwischen einiges gelernt haben, zumindest, daß der Planet unter weiblicher Regierung nicht auseinanderfällt.«

Donilla beantwortete Shanelles Grinsen ihrerseits mit einem Grinsen. »Das stimmt. Übrigens, Ihr Bruder scheint über irgend etwas beunruhigt. Er kann doch wohl nicht außergewöhnlich gut hören?«

Shanelle schaute über ihre Schulter zu ihm hin und schnitt eine Grimasse über sein erbostes Gesicht. »Nein, er hat nur ein Verbindungsgerät zum Computer bei sich. Verdammt noch mal! Wahrscheinlich hat Brock ihm gerade brühwarm berichtet, worüber wir uns unterhalten haben. Der miese Lauscher muß sich doch überall einmischen. Ich verzieh mich jetzt lieber.«

Shanelle drückte der Generalin zum Abschied die Hand, ging dann zu ihrem Bruder hinüber und stellte sich neben ihn. Bevor er dazu kam, auch nur den Mund aufzumachen, sagte sie rasch: »Ich will nichts davon hören.«

»Du wirst schon zuhören, wenn auch nicht hier.« Damit packte er sie am Handgelenk und machte sich bei Falon bemerkbar. »Ich nehme sie jetzt mit zum Raumschiff, denn wir haben noch einiges zu bereden, was keinen Aufschub duldet«, teilte er Falon mit. »Kommst du nach, wenn du hier fertig bist? – Brock?«

Shanelle blieb gerade noch Zeit festzustellen, daß Falon nicht besonders angetan war von diesem Vorschlag, dann fand sie sich schon im Kontrollraum eines ihr unbekannten Schiffs wieder, wo sie Brocks tiefe Stimme begrüßte: »Willkommen an Bord, Shanelle.«

Wie angekündigt, überhörte sie den Computer und fragte statt dessen ihren Bruder: »Was ist das für ein Schiff?«

»Du sollst jetzt nicht das Thema wechseln, Shani.«

Dann wollte er also die Auseinandersetzung. »Wir hatten noch kein Thema, deshalb kann ich's auch nicht wechseln, aber wenn, dann würde ich dir gleich sagen, daß es dich nichts angeht. Nach Brauch der Ba-Har-ani hat nur Falon das Recht, mir Vorhaltungen zu machen.«

»Dann hör wenigstens auf einen besorgten Verwandten, der dir unangenehme Folgen für dein Hinterteil ersparen will. Hau ihm nicht noch mal ab, Shani.«

Sie warf ihm einen vernichtenden Blick zu, aber mit einem Wutanfall war ihrem Bruder nicht beizukommen. Entweder amüsierte er sich darüber, oder er kriegte so was in den falschen Hals, und keins von beiden würde ihr jetzt nützen.

Also zog sie die Schultern ein und senkte den Kopf. Und in ehrlich zerknirscht klingendem Ton vertraute sie ihm an: »Ich hab einfach solche Angst vor ihm, Dal. Könntest du ihn nicht fordern, damit er seinen Antrag fallen läßt? Du bist doch größer als er.«

»Er hat viel mehr Erfahrung als ich. Ist dir das bei den Wettkämpfen denn nicht aufgefallen?«

Seine Stimme klang belustigt. Verdammt noch mal. Er wußte zu gut, daß sie kein Jammerlappen war.

»Du könntest es aber wenigstens versuchen«, murmelte sie.

»Kein Gedanke daran, Shani. Ich kann dich nicht mehr beschützen, wenn er da ist, und ganz bestimmt nicht *vor* ihm, wenn es nicht den kleinsten Hinweis dafür gibt, daß er dich schlecht behandelt.«

Sie richtete sich auf und rief mit blitzenden Augen: »Aber es gab einen! Ich hatte überall blaue Flecken, als er mit mir fertig war!«

»Wenn du hiergeblieben wärst, wie es ich gehört hätte, dann wüßtest du längst, daß sein Kontrollverlust für ihn der

Beweis ist, daß du die Frau seines Lebens bist. Und deshalb ist er so fest entschlossen, dich zu bekommen.«

»Von allen dämlichen Geschichten, die ich je gehört hab, ist das wirklich die allerdämlichste! Ich hätte mir denken können, daß du auf seiner Seite bist. Diese verdammten Krieger stecken alle unter einer Decke!«

»Und du bist sturer, als für dich gesund sein kann«, wurde er nun auch hitzig. »Wenn wir zu Hause wären, würde ich dich für einen Monat zum Falaaschälen in die Küche schikken.«

Sie wandte sich von ihm ab und sagte mit einiger Bitterkeit: »Vielen Dank, Bruder.«

Er hielt sie zurück und schüttelte den Kopf. Dann meinte er vernünftig: »Es war ein Fehler wegzulaufen, Shani, und das weißt du ganz genau.«

»Ich war so verzweifelt.«

»Ohne Grund.«

Das war nun der Auslöser, all ihren aufgestauten Ärger loszuwerden. »Einen Dreck weißt du davon! Sterne, ich wünsch mir wirklich, daß die Frau, die du mal haben willst, auf keinen Fall eine Sha-Ka'ani ist, damit sie dich überhaupt nie in Frieden läßt.«

Er zog überrascht den Atem ein und wurde rot vor Wut. »Das ist das Scheußlichste, was du mir je an den Kopf geworfen hast. Nimm das zurück, Shani.«

»Ich will verdammt sein, wenn ich das tu. Du willst mich zu einem Leben im Elend verurteilen. Wenn du glaubst, ich könnte dir das jemals verzeihen, Bruder, dann irrst du dich.«

Er wollte darauf etwas entgegnen, aber Falon kam ihm zuvor. Seine Stimme klang, als dulde er keinen Widerspruch. »Sie hat dich mit ihren unbedachten Worten verletzt, und dafür soll sie bestraft werden.«

Die beiden stellten fest, daß Falon zu ihnen transferiert worden war und zwar allein. Wahrscheinlich hatte Brock aus eigenem Antrieb und Ermessen gehandelt, nur um ihren Streit abzubrechen. Dalden war es peinlich, daß Falon ihn dabei ertappte, wie er sich mit seiner Schwester zankte, und das setzte ihm einen Dämpfer auf. Aber Shanelle war zu wütend, als daß es ihr etwas ausmachte.

»Warum auch nicht«, antwortete sie ironisch auf Falons Versicherung. »Je mehr Gründe, desto lustiger.«

»Nein«, sagte Dalden ruhig. »Sie hat Strafe verdient, aber nicht dafür.« Und an Shanelles Adresse meinte er: »Es tut mir leid, Shani, aber ich vertraue doch dem Urteil unseres Vaters. Er hat den Eindruck, daß dieser Krieger für dich der richtige Partner ist, und ich glaube, daß Falon sich auch als solcher erweisen wird.«

»Dann übergibst du sie mir also anstelle deines Vaters?«

»Ja.«

»Dalden!« schrie Shanelle, die jetzt wußte, daß Falon genau darauf gewartet hatte. Und tatsächlich, er packte sie bei der Hand und wollte, sie hinter sich herziehend, mit ihr den Kontrollraum verlassen. »Nein, warte!«

Aber das tat er nicht. Er schleppte sie einen sanft beleuchteten Flur entlang, dann durch einen zweiten, etwas breiteren zu einem Aufzug, mit dem sie zwei Stockwerke hinunterglitten, dann aus dem Aufzug in einen großen Aufenthaltsraum und durch wieder andere Flure zu einem zweiten Aufzug. So wurde sie fast eine Viertelstunde lang herumgezerrt, mit klopfendem Herzen und wachsender Angst. Und jedesmal, wenn sie versuchte, ihre Hand aus seiner zu befreien, faßte er sie umso fester. Schließlich hielt Falon an und lehnte sich mit geschlossenen Augen an die Wand. Durch ihre eigene Angst hindurch empfand Shanelle einen Moment lang Sorge um ihn. Ihre Stimme klang allerdings nicht danach, als sie sich erkundigte: »Ist was mit dir?«

»Nein.«

Wirklich nicht? Sie schaute sich um, aber es war keine Tür in der Nähe. Er sah eigentlich nicht so aus, als fühle er sich nicht wohl. Er wirkte eher verdrossen.

Freundlicher, und nun offener besorgt, fragte sie: »Falon...?«

Er machte die Augen wieder auf und verzog angeekelt den Mund. »Ich hab mich verirrt.«

»Wirklich, wie in einem Labyrinth?«

»Ja«, seufzte er.

Einen Augenblick starrte sie ihn verständnislos an, und dann meinte sie: »Jetzt ist irgendwie die Luft raus, was?«

Das wurde mit einem finsteren Blick beantwortet, worüber sie lächeln und schließlich laut lachen mußte. Sie mußte sich an die Wand lehnen und sich die Seiten halten vor Lachen, und die Tränen schossen ihr in die Augen. Als der Anfall sich legte, machte sie den Fehler, Falon anzusehen, und ein Blick auf sein mürrisches Gesicht genügte ihr, um wieder in helles Gelächter auszubrechen.

Erschöpft holte sie Luft, als sie seine Hand im Nacken spürte, mit der er sie an sich heranzog. Sie versuchte nicht, sich gegen ihn zu wehren. Was an ihrem Lachen auf seine Kosten drangewesen war, wußte sie nicht, aber jetzt fühlte sie sich mit Falon in friedlicher Übereinstimmung.

»Dein Bruder hatte recht«, sagte er dicht an ihrem Ohr. »Es fehlt dir einem Krieger gegenüber am angemessenen Respekt.«

»Das würde ich nicht sagen. Ich habe die größte Hochachtung vor allen deinen Fähigkeiten, Falon.« Aber dann lehnte sie ihr Kinn gegen seine Brust, um zu ihm hinaufzugrinsen. »Aber mach mir bitte keine Vorschriften, ja?«

Er lächelte sie an, und Shanelle stockte der Atem. Der Mann sah so unglaublich gut aus, einfach atemberaubend. In ihrem Kopf gingen alle Alarmsirenen an, aber seine Hände umfaßten schon ihre Taille, und sie wurde an seinem langen Körper entlang in die Höhe gezogen. Sie versuchte, seinen Lippen auszuweichen, und es gelang ihr einen Moment lang, aber dann ergab sie sich in das Unvermeidliche. Diesmal gab es wirklich kein Entrinnen, also konnte sie sich Falon genausogut überlassen und seine Küsse unbefangen genießen, solange er nicht die Beherrschung verlor.

»Wir sind schon wieder am falschen Ort«, stöhnte er an ihrem Mund.

»Du hast heute eben kein Glück, nicht wahr?«

»Doch, es kommt noch«, versprach er und fragte dann: »Computer, bist du da?«

»Ja, natürlich, hier auf diesem Schiff«, antwortete Brock. Es mußte ihm nicht erklärt werden, worum es ging. Geh zurück zum letzten Lift und fahr ein Stockwerk hoch, dann halt dich rechts, und von da an kennst du dich wieder aus.«

Shanelle schnappte erschrocken nach Luft, als Falon sie in seine Arme aufhob und sich in aller Eile mit ihr auf den Weg machte. Jetzt, wo er sie nicht mehr küßte, kam die Angst zurück.

Aber diesmal kämpfte sie dagegen an. Sie versuchte es jedenfalls. Aber schließlich legte sie ihre Arme eng um Falons Hals und flüsterte ihm zu: »Ich hab immer noch Angst.«

Seine Arme umschlossen sie noch fester. »Das weiß ich. Ich wünschte, ich könnte sie dir nehmen, bevor ich zu dir komme, *Kerima*, aber ich weiß ganz bestimmt, daß sie hinterher weg ist.«

»Könntest du dein letztes Angebot noch mal wiederholen und mich die Gangart bestimmen lassen?«

»Das kann ich nicht. Mein Verlangen nach dir ist so groß. Ich muß dich einfach berühren. Aber du stehst jetzt unter meinem Schutz, auch vor mir selbst. Es wird nicht weh tun, wenn ich bei dir bin, das schwöre ich dir.« Er schwieg und sah sie zärtlich an. »Glaube mir, Shanelle. Du mußt mir vertrauen.«

Das war ziemlich viel verlangt, aber es blieb ihr keine andere Wahl. »Also gut.«

Das Lächeln, mit dem er ihr antwortete, nahm ihr den Atem.

# 31

Sein Bett war breit und altmodisch – es bewegte sich nicht. Die Kabine war, dafür, daß sie sich an Bord eines Raumschiffs befand, geräumig, wenn sie auch nach Sha-Ka'ani-Standard eher als klein gelten mußte. Shanelle jedenfalls bekam keine Gelegenheit, sie zu inspizieren. Sie wurde sofort auf dem Bett abgesetzt, und als Falon nun vor ihr stand und sein Schwert und seine ledernen ›Bracs‹ ablegte, hätte sie beim besten Willen nicht wegsehen könne. Sie versuchte es gar nicht erst.

Er war so prächtig gebaut, dieser Krieger, mit seiner breiten Brust und den muskulösen Armen. Sie versuchte, nicht an seine Kraft zu denken, als sie ihm zusah, obwohl das schwierig schien, weil sie so unübersehbar da war. Also erinnerte sie sich lieber daran, wie zartfühlend er in der letzten Zeit gewesen war und daß er sich sogar heute so gut beherrscht hatte. Und an sein Versprechen, diesmal sollte es keinen Schmerz geben. Das mußte sie glauben. Sie vertraute darauf, daß er es beweisen würde.

Sie sah ihn sich an, sie schaute auch dorthin, wo man nicht hinsah, wenn man schüchtern war. Sie hätte es vielleicht nicht tun sollen, denn der Anblick seiner nackten Männlichkeit und seiner unverhüllten Geilheit jagte ihr Schauer über den Rükken. Sie schaute schnell wieder weg und in seine Augen. Aber er sah sie nur mit einem ruhigen, strahlenden Blick an, als er sich zu ihr aufs Bett legte. Es war darin nicht Brutales oder Unbeherrschtes. Und doch brauchte sie noch einmal eine Beruhigung. Sie legte eine Hand auf seine Brust und fragte: »Sie ist nicht mehr da, nicht wahr, diese verheerende Urgewalt?«

»Denk nicht mehr daran, ›Kerima‹, nur noch an jetzt.«

Er küßte sie sanft, damit sie sich entspannte, und dann leidenschaftlich, um sie zu erregen. Er hatte ihr früher am Tag beim Anziehen zugesehen. Nun zog er sie mit der gleichen Ungezwungenheit aus, mit offenkundigem Vergnügen daran, daß er es durfte. Es war nur eine Kleinigkeit, aber es war etwas, was er gern selbst tun wollte, ohne ihre Hilfe.

Sie rang nach Atem, als er mit der Hand ihre Brust umspannte. Falon zitterte bei diesem Laut. Endlich sollte sie ihm gehören, und er war so voll heißer Freude darüber, daß er am liebsten laut geschrien hätte. Das durfte er aber nicht. Er durfte ihr seine starken Gefühle nicht zeigen, aber, Droda hilf, es war nicht so einfach, sie zu verbergen, geschweige denn zu beherrschen. Und trotzdem war er auch darüber froh, denn falls es noch den leisesten Zweifel gegeben hätte, daß sie die Hüterin seines Herzens sei, dann war er jetzt endgültig ausgeräumt. Einfach durch die ungeheure Anstrengung, die es ihn kostete, ihre Ängste zu beschwichtigen. Und dabei hatte er gerade erst angefangen, sie zu berühren.

Ihre goldfarbene Haut war so unglaublich zart und bildete einen faszinierenden Kontrast zu seinem dunklen Braun. Ihre hellgoldene Schönheit schlug ihn in ihren Bann. Er dachte an eine Zukunft, in der er sie in aller Muße würde betrachten können, ohne dieses überwältigende Verlangen, jeden Zentimeter ihrer Haut schmecken und fühlen zu müssen. Aber das Begehren war da, und eine Zeitlang ließ er sich von ihm leiten, wobei es ihm schwerfiel, seine Zärtlichkeiten nicht grob werden zu lassen oder sie mit Bissen zu erschrecken.

Die Belohnung für seine Anstrengung war die Leidenschaft, mit der sie ihm entgegenkam. Zuerst war sie zurückhaltend, wurde dann schnell kühner, verlor ihre Scheu und überließ sich schließlich ganz ungehemmt ihrem Verlangen. Bis Falon, um nicht seine Selbstbeherrschung zu verlieren, ihre Hände zurückhalten mußte. Sie wimmerte, weil er ihr diese Beschränkung auferlegte, und er küßte sie, diesmal fast brutal, um sie zum Schweigen zu bringen. Sie bog sich ihm entgegen und bewegte ihre Hüften auf und ab und gegen seinen Körper, was ihn bis an die Grenze seiner Beherrschung führte. Er konnte nicht länger an sich halten.

Er öffnete ihre Schenkel und drang in sie ein, um sich mit ihr in der Ekstase zu vereinigen. Es ging vielleicht zu schnell, aber ihre Erregtheit empfing ihn ohne jede Befangenheit und schenkte ihm unvorstellbare Lust. Jetzt nicht mehr weiterzugehen, war etwas, das ihm schwerer fiel als irgend etwas je zuvor. Er strengte jeden einzelnen Muskel seines Körpers an im Bemühen, sich nicht in ihr zu bewegen. Aber sie konnte nicht bewegungslos bleiben und machte ihm dadurch alles noch schwerer.

Das erste Mal hörte Shanelle nicht, wie ihr Name gerufen wurde, vielleicht auch das zweite Mal nicht. Sie wurde in einer Lawine aus brennendem Verlangen und Lust mitgerissen. Das Schiff hätte abstürzen können, ohne daß es ihr bewußt geworden wäre. Aber schließlich nahm sie Falons quälende Frustriertheit doch wahr, die die selbstauferlegte Zurückhaltung ihm bereitete. Auch die seltsam abgerissene Sprechweise, als er noch einmal ihren Namen sagte, fiel ihr auf.

Sie öffnete die Augen und sah, daß er sich nur mit äußerster Anspannung beherrschte; seine Muskeln zitterten vor Anstrengung, und in seinen Augen stand ein solcher Ausdruck von leidenschaftlicher Hingabe, daß ihr der Atem stockte und sie erschauerte.

»Nein«, befahl er sanft und legte seine Wange an ihre, um sie zu beruhigen. »Hab ich dir weh getan?« Langsam schüttelte sie den Kopf. »Und ich werde es auch nicht tun.«

»Warum also…«?«

»Du weißt, warum.« Er rückte ein wenig von ihr ab und sah ihr in die Augen. Und Shanelle stockte der Atem, als er nun die Worte sagte, die sie so angstvoll herbeigesehnt hatte. »Durch das Wort deines Vaters ist dein Leben unter meinen Schutz gestellt worden. Jetzt gebe ich dafür mein Leben in deine Hand, und du sollst es bis zum Tag meines Todes bewahren.« Dann küßte er sie so sanft und zärtlich, daß ihr die Tränen in die Augen traten. »Jetzt gehörst du mir, Shanelle Van'yer«, sagte er leidenschaftlich, und sein Mund lag auf ihren Lippen. »Kannst du das bestreiten?«

»Nein.« Sie konnte gar nicht anders, als so antworten.

»Mit meinem Leben übergebe ich dir auch mein Herz, das du nach deinem Willen brechen oder zärtlich hüten kannst. Ich hoffe, daß du beides in deine Obhut nimmst.«

Dann zog er sie eng an sich, aber auch unendlich sanft, um ihr das zu geben, wovor sie sich törichterweise gefürchtet hatte. Da war kein Schmerz, sie fühlte nur, wie die Fülle seiner Kraft in sie eintauchte und Wellen der süßesten Wonne auslöste, die von Höhepunkt zu Höhepunkt eilten und ihr das Gefühl gaben, in einer Woge heißen Vibrierens, das nicht enden wollte, zu vergehen. Sie schrie und klammerte sich an Falon fest, bis sie endlich die mächtige Welle seiner eigenen Befriedigung empfand, die ihr selbst noch einmal Erfüllung brachte.

Es dauerte einige Zeit, bis Shanelle sich in der Lage fand, überhaupt die Augen zu öffnen. Sie hatte sich noch nie so schwach und ausgepumpt und doch so rundum zufrieden gefühlt. Ihr Krieger war wirklich über sich hinausgewachsen; er hatte sein Versprechen gehalten und den Beweis angetreten. Sie fragte sich, ob sie es ihm sagen sollte. Ach, lieber nicht. Er hatte wahrscheinlich schon ein derartiges Maß an Selbstzufriedenheit erreicht, daß er platzen würde, wenn noch etwas dazukam.

Sie mußte über diese drollige Vorstellung lachen, konnte sie aber nicht von sich weisen. Sie hatte einen umwerfenden, phantastischen Liebhaber gefunden, jedenfalls solange er sich in der Hand behielt – und daran wollte sie nicht mehr zweifeln.

Sie spürte, wie sich Falon neben ihr bewegte, und plötzlich zog er sie auf seine Brust. Sie öffnete die Augen, um sein Lächeln zu erhaschen, als er sie ganz auf sich legte. Sie hatte nichts dagegen. Er war breit genug, so daß sie bequem auf ihm liegen konnte. Die eine Hand, mit der er ihr Hinterteil hielt, machte sie allerdings ein bißchen nervös. Aber mit der anderen griff er nur eine Haarsträhne, an der er sie zu sich heranzog, um sie zu küssen. Es war ein kurzer Kuß, süß, aber ohne Leidenschaft.

Als sie das Kinn auf die Hand stützte und auf ihn herunterschaute, wirkte er doch ziemlich selbstgefällig. Und er schnurrte fast vor Behagen, als er feststellte: »Die, die um meine Selbstbeherrschung gefürchtet hat, besitzt selber überhaupt keine.«

Shanelle grinste. »Tatsächlich?«

»Kommt dir das nicht merkwürdig vor, Frau?«

»Eigentlich nicht. Brauchtest du denn meine Kontrolle?«

»Sie wäre vielleicht hilfreich gewesen.«

»Ach, du armer Junge. Ich glaube, du wirst es mit einem

tapferen Lächeln ertragen können, denn sonst müßte ich mich zurücknehmen…«

Dieser Vorschlag wurde mit einem Kuß verworfen, der nun ganz anders war als der vorherige. Shanelle war außer Atem, als er sie wieder losließ und sie ihn ansehen konnte. Ihn zu necken, hatte in der Tat Wirkung auf ihre Sinne.

Sie mußte sich einen Moment sammeln, bevor sie sagen konnte: »Die Zurückhaltung können wir also abhaken, hm?«

»Da sie nicht deine Sache zu sein scheint, wollten wir nicht mehr darüber reden.«

»Dann laß uns von überzogenem Selbstvertrauen reden«, erwiderte sie und mußte doch eine Spitze anbringen. »Bist du wirklich deiner selbst so sicher, Krieger?«

»Willst du das vielleicht bestreiten?«

»Mit dem Bestreiten hab ich heute anscheinend kein Glück«, seufzte sie. »Aber ich hoffe, du erliegst nicht dem Mißverständnis, daß wir immer einer Meinung sein müßten, bloß weil du jetzt mein Lebensgefährte bist.«

Seine Antwort begann mit einem so strahlenden Lächeln, daß es ihr in den Füßen kribbelte. »Hab ich denn nicht gerade eben das Gegenteil bewiesen?«

»Also gut«, sagte sie und mußte nun selber grinsen. »Mit einer Ausnahme, nämlich im Bett. Aber außerhalb…«

»Mußt du mir in allen Dingen gehorchen. Dann gibt es keine nennenswerten Schwierigkeiten.«

»Du glaubst doch nicht wirklich, daß es so einfach ist, oder?« Dann setzte sie schnell hinzu: »Ich will damit nicht sagen, daß ich's nicht versuchen will. Ich bin auch immer eine gehorsame Tochter gewesen, bis vor kurzem jedenfalls. Aber ich hab noch andere Vorbehalte gegen einen Krieger; da sind Dinge, die ich wirklich nicht akzeptieren…«

Er legte einen Finger auf ihren Mund, um sie zum Schweigen zu bringen. »Um all das werden wir uns kümmern.«

»Ist das ein Versprechen?«

»Ich verspreche dir, dich trotz aller deiner Vorbehalte glücklich zu machen.«

Das war ja nun wirklich ein Widerspruch in sich selbst. Aber sie war jetzt nicht in der Stimmung, sich mit ihm zu streiten. Viel lieber wollte sie diesen Krieger näher kennenlernen, den sie nun am Hals hatte, und vor allem seinen Körper, der gerade völlig entspannt unter ihr lag. Der Gedanke, daß sie nun ein Recht auf diesen Körper besaß, war ungeheuer reizvoll und erfüllte sie mit einer Art Besitzerstolz, wie sie ihn noch nie vorher empfunden hatte.

Sie überließ sich ihm und fuhr mit ihren Händen über seine Schultern und dann seine Arme hinunter und beobachtete das Spiel seiner Muskeln unter ihrer Berührung. Sie fing an, ihn ganz nach ihrer Laune hier und dort zu küssen oder auch zu lecken und den salzigen Geschmack seiner Haut zu kosten.

Er war, ohne sich zu bewegen, liegengeblieben. Darum überraschte sie sein plötzliches Aufstöhnen, bevor er sagte: »Frau, es ist noch zu früh, so mit mir zu spielen.«

»Wieso?« fragte sie lachend.

Er rollte sie herum und drang so schnell in sie ein, daß sie kaum Luft holen konnte. Und als ob dies als Antwort nicht genügte, fügte er brummend hinzu: »Weil ich noch nicht genug von dir habe. Vielleicht werde ich nie satt.«

Sie fragte sich, ob sie selbst es jemals sein würde, aber das war ein Problem, mit dem sie durchaus leben konnte. Und dann dachte sie gar nichts mehr, sondern krallte sich in seinem Haar fest, um die Stöße aufzufangen, nach denen ihr Körper so stark verlangte. Und dann schrie sie, als sie die Brandungswelle einer nie gekannten Lust überschwemmte. Sie verlor darüber fast das Bewußtsein. Sie hätte lachen mögen, wäre sie nicht so erschöpft gewesen. Und sie fragte sich, ob Martha diesmal den Unterschied erkennen konnte. Aber eine Entdeckung hatte sie ganz allein gemacht: Mit diesem Krieger ins Bett zu gehen, konnte zur Abhängigkeit führen.

Sie spürte kaum noch, wie er sie hinterher neben sich bettete und auf die Stirn küßte, und sie schlief schon fast, als sie ihn seufzen hörte. Die Worte, die darauf folgten, waren aber von der Art, die Tote hätten auferwecken können, oder eben auch eine nichtsahnende Sha-Ka'ani-Frau.

»Du hast mich glücklich gemacht, als ich mir je hätte vorstellen können, und deshalb graut mir vor dem, was ich jetzt tun muß. Aber ich muß es tun.«

# 32

Shanelle hob ihren Kopf von Falons Schulter und starrte ihn ungläubig an. »Dir graut vor dem, was du tun mußt? Sag mir sofort, daß es nicht das bedeutet, was ich befürchte, Falon.« Er antwortete nicht gleich, aber sein Gesichtsausdruck war Antwort genug, und sie wurde blaß. »Das wirst du doch nicht tun«, flüsterte sie. »Nicht nach dem, was wir gerade… das kannst du einfach nicht!«

Seine Hand strich zärtlich über ihre Wange, und einen Moment lang glaubte sie, sie habe sich eben verhört. »Ich finde es auch schlimm, daß der Anfang unseres gemeinsamen Lebens dadurch beeinträchtigt wird«, meinte er mit echtem Bedauern. »Aber als du das Haus deines Vaters ohne seine Erlaubnis verlassen hast, wußtest du, daß du dafür bestraft werden würdest. Das kannst du doch nicht bestreiten?«

Natürlich nicht, und das wußte dieser verdammte Blödmann auch. Und ihr Entsetzen verwandelte sich in Gekränktheit.

»Dann bring mich nach Haus, damit mein Vater mich bestrafen kann.«

»Das wird er nicht tun. Er kann es auch nicht, denn er hat nicht mehr das Recht dazu. Aber dein Verstoß gegen die Regeln verlangt eine angemessene Bestrafung, die nur ich vollziehen kann. Dein Vater und dein Bruder erwarten es nicht anders von mir. Und du selbst genauso.«

Das entsprach der Wahrheit, und sie fragte sich erbittert, warum sie sich überhaupt dagegen wehrte. Genau aus diesem Grund hatte sie keinen Krieger haben wollen. Sie waren unerbittlich, wenn es darum ging, eine Aufgabe zu erfüllen. Und eine Bestrafung wurde fast als heilige Pflicht betrachtet. Das bedeutete nicht, daß sie sie akzeptierte, nur daß sie ihr nicht entgehen konnte. Diese Feststellung erschreckte und ärgerte sie gleichermaßen.

»Verdammt noch mal, hättest du mir nicht ein bißchen

mehr Zeit lassen können, dich gernzuhaben, bevor ich wieder anfange, dich zu hassen?« fragte sie mit so viel Wut, daß sie beinahe dran erstickte.

»Wenn wir sie verschieben würden, hättest du keinen Frieden, Frau, du bekämst nur noch mehr Angst.«

»Ich hab ja wohl verdammt noch mal das Recht, Angst davor zu haben«, schnauzte sie zurück. »Ich laß mich das nicht gefallen, Falon. Ich will mit dir kämpfen.«

»Versuch's nur mal.«

Ihre Augen wurden schmal bei den bekannten Worten, die bedeuteten, sie sollte sich keine Mühe geben. »O, wie ich diesen blöden Satz von dir hasse.«

Er seufzte. »Shanelle, wir wollen's hinter uns bringen, und danach kann ich dich vielleicht trösten.«

»Zum Teufel kannst du das. Wenn du mich jetzt bestrafst, Krieger, darfst du nicht damit rechnen, daß ich dich jemals wieder an mich ranlasse.«

Falls sie gehofft haben sollte, das würde etwas ändern, dann hatte sie vergessen, was ein Krieger war. Krieger hielten nichts von Drohungen, und Falon machte da keine Ausnahme. Alles was sie erreichte, war, daß er letztlich ärgerlich wurde.

»Es bleibt uns nur zu hoffen, daß keiner von uns das noch einmal durchmachen muß«, sagte er hart und entschieden. »Aber jetzt…«

Wo hatte sie nur ihre Gedanken gehabt, daß sie immer noch neben ihm saß? Als sie fliehen wollte, war es schon zu spät. Falons Arm faßte sie um die Mitte, und er legte sie ohne Mühe über seine Oberschenkel. Er machte sich nicht mal die Mühe, zum Bettrand zu rutschen, nein, mitten im Bett, wo er zweimal zu ihr gekommen war und sie solche Lust empfunden hatten, wollte er ihr nun Schmerzen zufügen.

Shanelle schrie wütend auf und versuchte zu verhindern, daß er sie auf den Bauch drehte, aber sie merkte bald, daß er darin viel zu geschickt war. Er legte einen Arm quer über ihren Rücken, um sie auf seinem Schoß festzuhalten. Und in dieser Situation verwandelte sich ihre Wut in erbärmliche Angst, die sich in ihre Eingeweide bohrte.

Sie weinte schon, bevor sie der erste Schlag überhaupt traf, und schrie aus vollem Hals, als er schmerzhaft, wie erwartet, auf ihren Po klatschte. Sie machte einen fürchterlichen Spektakel, und dabei entging ihr völlig, daß Falon sie gar nicht verhaute und sie nur ein einziges Beispiel der Bestrafung nach Art der Ba-Har-ani zu spüren bekam.

Aber sie weinte immer noch. Ihre Angst war bis zum äußersten gesteigert. Inzwischen hatte Falon sie wieder umgedreht und hielt sie nun auf seinem Schoß. Er wiegte sie wie ein Kind und flüsterte ihr tröstende Worte zu.

Und Shanelle fühlte sich auch wie ein Kind. Wo war der Mut geblieben, mit dem sie den Weltraum durchquert, Falon, ohne die Folgen zu bedenken, krachend zu Boden geschickt und der zweiten sexuellen Begegnung mit ihm entgegengesehen hatte, obwohl sie fast sicher war, daß sie Schmerzen brachte? Wenn ihre Mutter dieses fürchterliche Theater miterlebt hätte, würde sie sich für sie geschämt haben. Und dieses Gefühl beschlich sie jetzt auch. Andererseits war sie ehrlich erleichtert, daß Falon aufgehört hatte, sie zu schlagen, und sie drückte ihn an sich, um es ihm zu zeigen, obwohl sie ihr Gesicht noch an seiner Brust versteckt hielt.

Es dauerte noch eine ganze Weile, bis sie sich soweit beruhigt hatte, daß er sich ihr wieder direkt zuwenden konnte. Er hob ihr Gesicht an und wischte ihr mit einem Finger die Tränen von den Wangen. Als sie ihn endlich anschaute, stand in seinem Gesicht eine Mischung aus Kummer und Resignation.

Seine Stimme klang aber eher vorwurfsvoll, als er feststellte: »Du verträgst Strafe nicht gut, *Kerima.*«

»Bist du fertig damit?«

Er seufzte. »Es sieht so aus.«

»Dann will ich mich das nächste Mal besser benehmen«, erwiderte sie.

»Du solltest lieber hoffen, daß es kein nächstes Mal gibt«, verbesserte er streng.

Sterne, das konnte sie noch nicht wissen. Sie versuchte wieder, ihr Gesicht zu verstecken, aber er hinderte sie daran. Leider war das Thema noch nicht erschöpft.

»Dein Bruder hat eine andere Art erwähnt, auf die ein Krieger seine Frau bestrafen kann. Vielleicht sollte ich das ausführlicher mit ihm besprechen.«

Shanelle erstarrte. Dann sagte sie schnell: »Mein Vater hat mich zur Strafe immer in die Küche geschickt, zum Arbeiten.«

»Wird deine Mutter auch auf diese Weise bestraft?«

»Nein, Falon, bitte – das ist eine Art, die ich noch mehr hasse als deine.«

»Wie kannst du das wissen, wenn du sie noch nicht erlebt hast? Dalden behauptet, ihr Frauen hättet lieber™«

»Einen Dreck versteht Dalden davon!« unterbrach sie ihn und wurde gleich darauf blaß vor Schreck, weil sie es getan hatte.

Falon merkte es und preßte ihr Gesicht wieder beruhigend an seine Brust. »Ich würde dich nie bestrafen für etwas, was du mir sagst, und auch nicht dafür, wie du es sagst, Frau. Falls ich es je tun sollte, dann nur, wenn du dich durch Ungehorsam selbst gefährdest, denn das könnte ich nicht verantworten. Alles klar?«

»Meinst du damit, es ist okay, wenn ich sauer bin auf dich?«

»Ja.«

»Und wär es auch okay, wenn ich… mich mal dazu hinreißen ließe, dich zu attackieren?«

Er hob ihr Kinn an, um ihr zu zeigen, daß er lächelte. »Das würde nun doch davon abhängen, womit du es machst, *Kerima*. Ich möchte nicht Gefahr laufen, beim neuen Aufgang den Schädel eingeschlagen zu kriegen, weil ich mich am vorigen Aufgang nicht genug um dich gekümmert habe.«

»Also, ich halt es nicht für sehr wahrscheinlich, daß du in dieser Weise vergeßlich werden könntest.« Sie grinste ihn offen an. »Und wie ist es, wenn ich dich mit mir selbst angreife?«

»Versuch's nur mal.«

Zum ersten Mal mußte sie über diesen Satz, der sie schon so oft geärgert hatte, lachen, und das erleichterte sie ungeheuer. »Das ist also die Meinungsfreiheit, von der du gesprochen hast.«

Und dann kam ihr zu Bewußtsein, daß auch ein anderer

Stein des Anstoßes jetzt beseitigt war, denn sie konnte sich nicht vorstellen, daß sie sich jemals absichtlich in Gefahr bringen würden. Und was den Ungehorsam in anderen Dingen betraf...

»Ich glaub, es gibt doch einiges an deinem Land, das mir gefallen könnte, Falon«, meinte sie.

»Das freut mich zu hören. Nun gib mir aber mal einen Rat, was wir deinem Bruder sagen sollen, wenn er fragt, ob du angemessen bestraft worden bist.«

»Das geht ihn überhaupt nichts an«, stellte sie fest.

»In diesem Fall schon, denn sein Haus ist in seiner Ehre verletzt worden.«

Sie wand sich vor Unbehagen, denn sicherlich mißachtete er traditionelle Prinzipien, wenn er sie für ein Vergehen nicht bestrafte, dessen sie sich doch, wie alle wußten, schuldig gemacht hatte. Die Männer ihrer eigenen Familie hätten sie nicht ungestraft gelassen, aber Falon war es nicht gelungen, zu Ende zu bringen, was er begonnen hatte.

»Vielleicht könntest du mir noch eine kleine Lüge erlauben, damit ich ihn beruhigen...?«

»Nein«, unterbrach Falon sie mit einem ermahnenden Kopfschütteln.

»Aber möglicherweise fragt er gar nicht danach.«

Jetzt seufzte er. »Dalden muß auf jeden Fall die Wahrheit erfahren.«

»Ach ja... und was ist die Wahrheit?«

Er rückte von ihr ab und sah sie durchdringend an. »Willst du dich über mich lustig machen, Frau?«

»Nein«, sagte sie. »Ich weiß, daß du aufgehört hast, mich zu schlagen, aber nicht, warum.«

Er legte sich auf das Bett zurück und zog sie mit sich. Er hielt sie so, daß sie einander ins Gesicht sahen. Mit einem Finger wischte er die letzte Feuchtigkeit aus ihren Augen und strich dann damit über ihren Mund, bis es ihr einfiel, ihn zu küssen. Dann nahm er den Finger weg und fuhr ihr mit beiden Händen durch die Haare. Offensichtlich sollte dieses Gespräch nicht mit einer Vereinigung enden, jedenfalls nicht gleich.

Schließlich meinte Falon: »Ich konnte es nicht ertragen, daß du so geweint hast. Ich wollte, es wäre anders gelaufen, oder daß du ein bißchen mehr ausgehalten hättest, aber das konntest du wohl nicht.«

Sie wurde rot, denn es klang, als schimpfe er mit ihr, und dabei wirkte er eher gekränkt und enttäuscht. Aber ganz bestimmt nicht, weil er ihr lieber weh getan hätte. Es war das Gefühl, versagt zu haben, nicht, weil er dadurch nicht zu ihrem Besten handelte, sondern weil er sich von ihrem unwürdigen Benehmen hatte abhalten lassen. Krieger fanden kein Vergnügen daran, ihre Frauen zu bestrafen. Es war eine Pflicht, die ihre Frauen vor künftigem Schaden bewahren sollte. Das alles wußte Shanelle, und deshalb schien es ihr so verwunderlich, daß ihr Hinterteil eben nicht brannte. Aber ihre Tränen hatten ihn so stark berührt... konnte es bedeuten, daß er mehr für sie empfand als sinnliche Leidenschaft?

Er war wirklich ganz anders als die übrigen Krieger, eigentlich genau wie ihr Vater. Und das schloß vielleicht die Fähigkeit zu lieben ein. Darin lag eine Hoffnung für sie beiden, auch wenn es noch Probleme geben sollte.

Sie schaut auf seine Brust hinunter und meinte schließlich: »Falon, es tut mir leid, daß ich so kindisch war, aber so bin ich eben, wenn's um Schmerzen geht. Ich weiß, daß du es tun mußtest... oder meintest zu müssen, aber ich hatte einfach zuviel Angst, vor allem vor dir.«

»Frau, du sollst auch Angst vor Strafe haben, wie könnte sie dich sonst dran hindern, Unerlaubtes zu tun?«

»Ich weiß, und glaub mir, ich will das nicht noch mal durchmachen, so kurz es auch gedauert hat. Denk also bitte nicht, du hättest deine Pflicht versäumt. Ich würde nicht lügen, wenn ich Dalden erklärte, ich hätte meine Lektion gelernt.«

Falon schnaubte abfällig. »Alles, was du gelernt hast, ist, daß mir auch weh tut, was dir weh tut. Du mußt dir nur klarmachen, daß dein Vergehen nicht direkt mich betroffen hat, als du dich in Gefahr gebracht hast, denn zu der Zeit gehörtest du mir noch nicht. Wenn so was aber noch mal passiert, dann kann die Strafe nicht mehr ausgesetzt werden, ganz egal, wie mir dabei zumute ist. Dann können mich weder Tränen noch Schreien oder Flehen von meiner Pflicht abhalten. Du solltest dir diese Ermahnung zu Herzen nehmen, Shanelle, denn es würde mich sehr verstimmen, wenn du mich durch dein Verhalten zwingen würdest, uns beide unglücklich zu machen.«

Ein Frösteln überlief sie, und sie kuschelte sich in der durch Jahrhunderte bewährten, Verzeihung heischenden Weise an ihn. »Könnten wir uns jetzt vielleicht über was anderes unterhalten, Falon?«

Sein Arm umschlang sie und drückte sie noch fester an sich. »Wenn ich mich recht erinnere, hat das Wort ›unterhalten‹ für dich mehr als eine Bedeutung.«

Shanelle mußte nun doch grinsen. »Ja, es sieht tatsächlich so aus.«

# 33

»Na, Mädchen, wie geht's denn so?«

»Martha!« keuchte Shanelle überrascht, als sie aus dem Solarstrahlbad in Falons Kabine kam. Um dann vorwurfsvoll zu fragen: »Wo warst du? Wir sind doch schon in ein paar Stunden zu Hause.«

Aus dem Intercom an der Wand war ein höchst unzivilisiert klingendes Geräusch zu hören. »Was glaubst du wohl, wo ich war? Brock und ich haben die ganze Zeit dran gearbeitet, wenigstens vorübergehend die Schubleistung von diesem Kahn hier zu verbessern, damit wir aufholen konnten. Du weißt ja, daß das verfluchte Ding, in dem du sitzt, viel schneller ist als der Rover.«

»Du hättest uns doch nicht einzuholen brauchen. Willst du mir erzählen, du hättest nicht gemerkt, wie wir weggegangen sind?«

»'türlich, aber wie sollte ich wissen, daß ihr nicht mehr auf Sunder wart? Das letzte, was ich gehört hab, war immerhin, daß Frauen unsere Krieger dahingehend manipulieren wollten, ohne dich abzureisen. Ich mußte mich also vergewissern, nicht wahr? Und dazu mußte ich erst mal deine Freundin, die Generalin, auftreiben, was mich auch Zeit gekostet hat.«

Es fiel Shanelle nicht auf, daß es für Martha ein leichtes gewesen wäre, den einzigen weiblichen Passagier auf diesem Schiff, das so schwach besetzt war, zu orten. Aber an diesem Morgen beschäftigten sie andere Dinge, und deswegen fragte sie nur: »Weiß Brock, daß du hier zu Hause bist?«

»Ich bin keine Heimlichtuerin. Aber ich hab einen Tauschhandel mit ihm abgeschlossen. Er belauscht uns nicht, und dafür darf er sechs Monate lang mein Gehäuse benutzen.«

Shanelle hob erstaunt die Augenbrauen. »Wann hast du denn ausgeknobelt, wie du das fertigkriegen willst?«

»Jetzt, wo du nicht da warst, um mich zu stören, hatte ich

ja nichts Besseres zu tun. Und such ich nicht immer nach neuen Methoden, meinen blechernen Freund zu nerven? Und das hier ist ein Superding, wenn ich mir selber so schmeicheln darf.«

Shanelle lachte in sich hinein. »Er war bestimmt total weg.«

»Ungefähr so, wie der eilige Krieger, der bei der Liebe die *Bracs* anbehält. Da wir gerade dabei sind: Was ist mit Klamotten? Oder hat dich der große Kerl die ganze Woche nackt rumlaufen lassen?«

»Echt scharfsinnig. Ich hatte glücklicherweise Sachen an, die mit dem Solarstrahlbad kompatibel sind, also werden sie immer mit mir zusammen sauber. Aber ich würd sie gern mal wechseln, wenn du nah genug bist, um mir was zu schicken.«

»Warum kommst du nicht rüber und suchst dir selbst was aus?«

»Nein, danke. Das könnte als erneuter Fluchtversuch gewertet werden, und man hat mich vor den Folgen gewarnt, falls ich so was noch mal machen sollte. Da geh ich lieber nackt.«

Martha unterlegte ihr Stimme mit einer Spur Mitgefühl. »War's denn so schlimm?«

»Es ist nicht dazu gekommen.«

»Noch nicht?«

»Nein, überhaupt nicht. Falon hat anfangen wollen, aber da hab ich so ein Wahnsinnstheater gemacht, daß er's nicht konnte.«

»Also, da soll mich doch...«, stellt Martha ehrlich erstaunt fest. »Da hat der große Kerl ein Register gezogen, das nicht auf meiner Liste der Wahrscheinlichkeiten steht.«

»Du brauchst nicht gleich nach einem Kurzschluß zu suchen. Ich bin nämlich dran, sobald ich mir noch mal was zuschulden kommen lasse; dann wird das Versäumte nachgeholt.«

»Damit muß man eben rechnen, Kindchen, aber warum bist du immer noch sauer?«

»Das ist eigentlich nicht das Problem. Ich bin übrigens mit Falon viel besser zurechtgekommen, als ich gehofft hatte.«

»Aha, erzähl doch mal«, schnurrte Martha.

Shanelle mußte wider Willen lachen. »Nur zu, Martha, reib mir's nur hin, das mußt du doch loswerden. Diesmal macht mir dein ›War-doch-meine-Rede‹ nichts aus.«

»So gut ist er also, was?«

Shanelle wurde rot. »Das hab ich damit nicht gemeint, aber wenn wir schon dabei sind, ja, so gut ist er.«

»Und er hat sich beherrschen können?«

»Bis jetzt, ja.«

»Das imponiert mir aber«, gab Martha zu. »Ich hab nicht gedacht, daß er's so schnell lernt. Aber wenn du nicht von eurem Vergnügen reden wolltest, wovon denn?«

»Ich hab entdeckt, daß die Unterschiede zwischen den Ba-Har-ani-Kriegern und unseren eher noch größer sind, als wir vermutet haben. Weißt du, ich kann mich Falon gegenüber so respektlos benehmen, wie ich will, und er zieht nicht mal eine Augenbraue hoch, auch wenn andere dabei sind. Es ist so herrlich, daß ich einfach sagen kann, was mir in den Kopf kommt, ohne mir Sorgen drum zu machen. Und er versteckt auch nicht alle Gefühle hinter dieser entnervenden Ruhe wie unsere Krieger, Martha, weil er sie gar nicht hat.

Ich muß nie versuchen rauszukriegen, was er gerade fühlt. Ich kann ihm ansehen, ob er sich ärgert oder glücklich ist...«

»Oder ob er mit dir ins Bett will?«

»Das auch. Und er geht jetzt so behutsam mit seiner Kraft um und ist so zärtlich, daß ich manchmal fast weinen muß. Er wird auch furchtbar eifersüchtig – auf die komischsten Sachen. Sogar sein eigener Bruder muß aufpassen, was er mir sagt, sonst wird Falon fuchsteufelswild. Und besitzergreifend – Sterne, er braucht mich nur ein paar Minuten nicht zu sehen, und schon fängt er an, nach mir zu suchen.«

»Das wird sich legen, wenn er sich daran gewöhnt hat, daß du ihm gehörst.«

»Das ist es nicht, Martha«, grinste Shanelle. »Es macht mir zufällig gar nichts aus. Er ist so ganz anders als die Sha-Ka'ani-Krieger, fast so, als sei er überhaupt keiner, und so wollte ich ihn auch haben. Aber manchmal benimmt er sich auch genauso wie ein Krieger... Kannst du mich überhaupt verstehen?«

»'türlich. Aber laß dir die kleine Atempause, die dir gegönnt ist, nicht zu Kopf steigen, Mädchen. Der Mann, den du dein eigen nennst, ist ein waschechter Krieger, und wenn du das vergißt, dann gibt's noch eine herbe Enttäuschung.«

»Die strikte Verwarnung an meine Adresse wird mich dran erinnern, Martha, und wahrscheinlich Falon selbst auch. Aber ich müßte lügen, wenn ich nicht zugäbe, daß er in dieser Woche einiges bewiesen hat. Du hast's vorausgesagt, und er hat versichert, daß er's könnte. Der Mann versteht sich drauf, mich glücklich zu machen, so glücklich, daß ich die ganze Woche über zu tun hatte, dieses dämliche Grinsen im Gesicht loszuwerden.«

»Sterne, wie gräßlich«, brummelte Martha. »Müßt ihr Menschen gleich euer bißchen Verstand abgeben, sobald ihr euch endlich gekriegt habt? Schlimm genug, wenn's euch die Schuhe auszieht, aber diese Liebesgeschichte wird lächerlich, wenn du meinst, dein Krieger sei unfehlbar.«

»Du kannst dein doofes ›Ich-bin-sowieso-anderer-Meinung‹-Programm abschalten, altes Mädchen. Ich weiß zufällig, daß du fast einen Kurzschluß kriegst, damit ich nicht merke, wie stolz du bist.« Worauf Martha ein paar Gluckser losließ, und darum fügte Shanelle hinzu: »Ich hab gesagt, er weiß, wie er mich glücklich *machen* kann, aber nicht, wie ich's bleibe. Und wer sagt denn, daß ich mich verliebt habe?«

»Du selber. Und das dämliche Grinsen, von dem du erzählt hast. Und ich wüßte, daß er dich nur einzufangen brauchte, damit du aufgeben und dich fallenlassen würdest. Na, und was hat er gesagt, als du's ihm erzählt hast?«

»Das hab ich nicht.«

»Nur nicht erzählt, oder selber immer noch nicht ganz verstanden?«

»Spiel nicht die Unbedarfte, Martha. Meine Gefühle haben sich nicht geändert. Aber ich will Falon so was nicht ungefragt sagen, solange er selbst nicht mit einer ähnlichen Erklärung rausrückt.«

»Da kannst du ewig warten, bis das passiert, und das weiß du auch.«

»Ich bin mit dessen nicht mehr so sicher.«

»Dann hast du also gemerkt, daß so viel Leidenschaft noch ein anderes Ventil braucht?«

»Ja, so ähnlich.«

Martha gluckste. »Und wo ist denn nun der Bursche? Ich dachte, du dürftest ihn nicht mal ein paar Minuten alleinlassen?«

»Du mußt den heutigen Tag als Ausnahme betrachten. Falon konnte mein langes Gesicht nicht mehr sehen und ist wütend rausgegangen.«

»Aha, da kommen wir der Kränkung schon näher, der ich vorhin auf der Spur war.«

»Eher Frust, und zwar großgeschrieben. Und ich bin auf ziemlich anmaßende Art an ein paar Dinge erinnert worden, die der Krieger mich eine Woche lang hat vergessen lassen. Zum Beispiel an seine unerträgliche Selbstherrlichkeit. Offensichtlich hab ich mir vorgemacht, daß zwischen uns alles in Ordnung ist, nur weil er mich in manchen Dingen beruhigt hat. Aber eine einzige lausige Woche, und alles ist im Eimer. Mit diesem Mann gibt's kein friedliches Zusammenleben. Das hätt ich mir doch denken können.«

»Ich trau mich fast nicht zu fragen, wie's zu eurer Verstimmung gekommen ist?«

»Kannst du aber gern, weil du vielleicht nicht für möglich hältst, womit er mich heute morgen überfallen hat. Ich hab mich schon auf zu Hause gefreut und auf meine Mutter; ich wollte ihr erzählen, daß sie sich keine Sorgen mehr um mich zu machen braucht. Und da sagt mir Falon in aller Ruhe, daß wir nicht in Sha-Ka-Ra landen. Er hat Brock gebeten, den Planeten von Osten her anzusteuern, so daß wir direkt nach Ka'al transferiert werden können. Brock ist offensichtlich von meinem Vater angewiesen worden, Falon in allem und jedem zu unterstützen, und kann sich deshalb nicht weigern zu tun, was er ihm sagt.«

»'türlich kann er das nicht«, stellte Martha angeekelt fest.

»Der Armleuchter hält sich schon selbst für einen Krieger, und ein Krieger muß seinem *Shodan* gehorchen.«

»Also, mein Krieger ist so was von stur, das gibt's fast nicht. Ich hab mich mit ihm gestritten, bis ich blau war im Gesicht, aber nichts zu machen, er bleibt dabei. Er will sich lieber transferieren lassen, obwohl er so was haßt, als auf dem Spaceport zu laden und dann einen Aerobus zu nehmen, der ihn in zwanzig Minuten nach Hause bringt.«

»Hat er gesagt, warum?«

»O ja, das hat er. Er will überhaupt nicht, daß ich meine Mutter wiedersehe, denn er gibt ihr die Hauptschuld an dem ganzen Ärger. Aber wenn du mich fragst, muß zwischen den beiden was passiert sein, was er mir verschweigt. Denn er wird schon sauer, wenn ich nur ihren Namen erwähne.«

»Ja, das ist ja interessant. Bleib dran, ich frag mal Brock, ob er was weiß.« Das Intercom war einige Minuten still, und dann hörte man an ihrem Glucksen, daß Martha wieder da war. »Meine Tedra kann mich gelegentlich immer noch überraschen. Sie hat deinen Krieger tatsächlich herausgefordert. Sie wollte versuchen, ihn dran zu hindern, dir hinterherzujagen.«

»Falon hat mit meiner *Mutter* gekämpft?« fragte Shanelle entsetzt und ungläubig zugleich.

Martha gluckste immer noch. »Nur die Ruhe, Kindchen. Sie hat's versucht, aber er wollte nicht. Also hat dein Vater sich eingeschaltet und die Forderung an seiner Stelle angenommen, und du weißt, worauf das hinausläuft.«

Shanelle schloß stöhnend die Augen. »Also hat sie die Herausforderung verloren und wird die ganze Zeit dafür bestraft, und es ist alles meine Schuld.«

»Wessen Schuld?« schnaubte Martha verächtlich. »Mach dir nichts vor. Deine Mutter tut nie etwas, ohne nachzudenken und ohne sich über die Folgen im klaren zu sein. Sie hat verdammt gut gewußt, daß Falon nicht mit ihr kämpfen würde. Und genauso hat sie auch gewußt, daß Challen es nicht erlauben könnte. Sie wollte eigentlich nur dem jungen Mann klarmachen, daß er dir ein bißchen Zeit lassen sollte, um mit deinen Ängsten fertig zu werden. Und ich meine, das ist ihr gelungen, denn die eine Angst brauchst du jetzt nicht mehr zu haben, und die andere war unbegründet.«

»Aber trotzdem, wenn Falon nicht so verdammt dickköpfig wäre, hätte sie es nicht für nötig gehalten…«

»Hör auf damit, Shani, und laß dir nur nicht einfallen, ihn für eine Sache verantwortlich zu machen, die deine Mutter angezettelt hat. Das ist wirklich ein wunder Punkt, und deswegen will er deiner Mutter nicht begegnen. Und das ist auch der Grund, warum ihr direkt nach Ka'al fliegt und nicht zuerst nach Hause. Nimm's als Ersatz für die Strafe, die du nicht bekommen hast, und laß es auf sich beruhen. Und ich werd mich drum kümmern, daß deine Mutter sich keine Sorgen um dich machen muß. Wenn ich mit meinem Bericht fertig bin, ist sie bestimmt so zufrieden, daß sie vielleicht sogar deinem Vater verzeiht…«

»Was geht hier vor, Shanelle?« fragte Falon, als die Tür beiseite glitt und er Marthas Stimme hören konnte.

Shanelle starrte ihn nur an, denn obwohl sie sich nichts vorzuwerfen hatte, fühlte sie sich irgendwie schuldig, als sie sein Gesicht sah. Martha blieb nicht so ruhig.

»Sachte, sachte, großer Kerl. Es ist mir bekannt, daß sie jetzt deine Frau ist. Ich hab nur mal eben bei ihr vorbeigeschaut.«

»Dann gehen Sie bitte wieder so, wie Sie gekommen sind, Computer.«

»Was macht Sie denn so unzugänglich, Krieger?« bemängelte Martha. »Sie haben doch gewonnen. Solange ich mich um sie kümmern mußte, hab ich es getan, so gut ich konnte. Jetzt, wo sie unter Ihrem Schutz steht, halt ich mich raus. Das ist doch wohl mehr als fair.«

»Ich kann meiner Frau den Umgang mit allem, was von den Besuchern hergestellt worden ist, verbieten. Damit kann ich sie bestrafen, wenn Sie meiner Aufforderung zu gehen nicht nachkommen.«

»Von allen hinterhältigen, miesen, tyrannischen…«

»Martha!« schrie Shanelle in höchster Angst.

»Schon gut, ich geh.« Martha brachte eine Art Knurren zustanden, und plötzlich lag Shanelles gesamte Habe vor ihren

Füßen. »Sie werden Stück für Stück durchgehen müssen, damit Sie die von Besuchern produzierten Sachen aussortieren und hierlassen können. Sterne, ich kann's nicht glauben, daß er das gesagt hat«, meinte sie noch anklagend, und dann setzte sie hinzu: »Viel Glück, Mädchen, denn ich glaub, das wirst du immer noch brauchen.«

Shanelle stand da und sah ihren Lebensgefährten verständnislos an. Es war, als erkenne sie ihn nicht wieder. Er dagegen beobachtete das Intercom an der Wand und wartete. Als ein paar Minuten vergangen waren, ohne daß Martha sich noch einmal gemeldet hatte, erschien er so selbstgefällig und zufrieden, daß in Shanelle Wut und Zorn übermächtig wurden.

»Mich für etwas zu bestrafen, auf das ich gar keinen Einfluß hab, also das würdest du glatt fertigbringen. Wie wär's statt dessen damit?« Sie bückte sich, nahm ihren Schmuckkasten und warf ihm den an den Kopf. »Oder vielleicht damit?« Sie wartete nicht einmal ab, um zu sehen, ob das erste Geschoß getroffen hatte, bevor sie sich nach dem nächsten bückte. Sie bekam es nicht mehr zu fassen, denn jetzt wurde sie gepackt und in die Luft geworfen, um dann mit Falon zusammen auf dem Boden zu landen. Sie lag bequem auf ihm, zumindest, bis er anfing, sich vor Lachen auszuschütten. Sie konnte nicht weg, denn der Arm, mit dem er sie um die Taille gefaßt und aufgehoben hatte, hielt sie immer noch fest umschlungen. Sie wollte von ihm abrücken und sich an seiner Schulter abstützen, aber sein Oberkörper schüttelte sich so stark, daß ihre Hand abrutschte.

Schließlich bohrte sie ihm ihre Ellenbogen in die Brust und fragte gereizt: »Was ist denn nun so furchtbar lustig, Krieger? Wenn du glaubst…«

»Warte«, unterbrach er sie, aber er mußte immer noch so sehr lachen, daß er kaum sprechen konnte.

Shanelle biß die Zähne zusammen und wartete ungeduldig. Endlich lächelte er nur noch zu ihr auf.

»Du hattest überhaupt keine Veranlassung, dein Temperament so wirkungsvoll zur Schau zu stellen, *Kerima.*«

Ihre Augen wurden schmal. »Ach, wirklich nicht?«

»Ich würde dich niemals für etwas bestrafen, was du nicht selbst getan hast. Das müßtest du eigentlich wissen. Was ich gesagt habe, sollte Martha sich hinter den Spiegel stecken.«

Sie brauchte einen Augenblick, um das zu verdauen, dann blitzten ihre Augen ihn wütend an. »Du hast gelogen?«

»Nur ein kleines bißchen, um es einem Computer zu zeigen, den ich nicht anders bekämpfen kann.«

»Martha hat recht gehabt«, meinte sie darauf. »Das *war* hinterhältig von dir.«

»Sie wollte einfach nicht gehen.«

»Natürlich wäre sie gegangen. Sie wollte sich nur vergewissern, daß es mir gutgeht.« Dann seufzte sie. »Martha ist nicht deine Feindin, Falon. Sonst säßest du ganz schön in der Patsche. Zufällig mag sie dich nämlich, oder jedenfalls mochte sie dich. Jetzt ist sie vielleicht so sauer, daß sie meiner Mutter erzählt, was du gerade... verdammt noch mal, Falon, ich will zu meiner Mutter!«

»Nein.« Er schob sie abrupt beiseite , stand auf, zog sie auf die Füße, und dann nahm er zärtlich ihr Gesicht in seine Hände. »Alles, was ich an Geduld besitze, Shanelle, ist für dich. Für deine Mutter habe ich keine übrig. Verlang bitte nicht von mir, dieser Frau noch mal zu begegnen, sonst sag ich etwas, das ich bereuen würde.«

»Falon, du hast sie kennengelernt, als sie sich Sorgen um mich gemacht hat. Sie ist jetzt sicher ganz anders.«

»Das ist mir egal«, antwortete er unerbittlich. »Im Lauf der Zeit erlaube ich dir, sie zu besuchen. Denn jetzt gibt es andere Verpflichtungen für dich, und du mußt dich auf eine andere Lebensweise einstellen. Und wenn du da Hilfe brauchst, kommst du zu mir, und nicht zu deiner Mutter. Ist das nicht so, wie es sein sollte?«

»Nein«, sagte sie eigensinnig.

Er hob eine seiner schwarzen Augenbrauen. »Willst du immer noch schmollen?«

»Das – oder was es sonst braucht, damit du vernünftig wirst, Krieger.«

»Ich bin vernünftig«, beharrte er und meinte: »Ich hätte

›niemals‹ sagen können, aber ich hab deine Gefühle in der Sache berücksichtigt.«

»Einen Dreck hast du daran gedacht«, gab sie zornig zurück. »Du willst mir meine Mutter und meine Freunde vorenthalten. Oder ist es dir nicht aufgefallen, daß Corth und Martha zufällig von Besuchern hergestellte Roboter sind?«

»Das höre ich zum erstenmal.«

»Du verdammter...«

»Jetzt reicht's aber, Frau. Es wird gemacht, wie ich sage, und du mußt akzeptieren, was ich sage.«

Wetten, daß nicht, mein Junge, sagte sie, aber nur zu sich selber.

# 34

Wegen des Globalen Schutzschilds, der den Planeten umgab, konnte kein Raumschiff außerhalb des Spaceports landen. Molekulartransfer allerdings wurde durch den Schild nicht behindert, und mit Jadells Hilfe im Cockpit konnte Brock die genaue Lage von Falons Haus orten und seine Gesellschaft direkt hineintransferieren.

Shanelle blieben nur wenige Minuten, um sich von ihrem Bruder zu verabschieden, der mit Brock nach Sha-Ka-Ra zurückkehren wollte. Aber Dalden überraschte sie mit der Mitteilung, er werde sie schon in ein paar Wochen wiedersehen, wenn er den Botschafter der Catrateri und seine Gesellschaft nach Ka'al begleitete, um dessen Verhandlungen mit Falon zum Abschluß zu bringen. Offensichtlich hatten die Catrateri Falon das Raumschiff zur Verfügung gestellt, aber es war nicht genügend Zeit gewesen, noch andere Dinge auszuhandeln als Falons Einverständnis, die Beratungen in seiner Heimat fortzusetzen. Daß Falon damit einverstanden schien, war wirklich erstaunlich. Aber Dalden meinte, er hätte damals allem zugestimmt, weil er es so eilig hatte, Shanelle zu folgen.

Dieses Bewußtsein verursachte bei Shanelle ein gewisses Schuldgefühl, obgleich sie so ärgerlich auf Falon war. Sie wußte, wie er zu Besuchern stand und wie die Ba-Har-ani im allgemeinen ihnen gegenüber empfanden. Sie waren es gewesen, die verlangten, daß der Planet geschlossen wurde. Und in den letzten fünfzehn Jahren hatte kein Besucher mehr ihr Land betreten. Nun ließ Falon, indirekt ihretwegen, Besucher zu, und das konnte ihm sicher nicht gefallen. Sie wünschte sich Falons wegen, der Handel wäre nicht abgeschlossen worden, und doch würde Dalden gerade darum wieder hierherkommen. Und darüber freute sie sich.

Nach dem Wortwechsel, den sie mit ihrem Bruder gehabt hatte, als sie zum Schiff gebracht worden war, versöhnte sie sich im Lauf der Woche natürlich wieder mit ihm. Er konnte auch nicht länger böse mit ihr sein als sie mit ihm. Sie wünschte sich, sie müßten sich überhaupt nicht trennen, aber die Gewißheit, daß er bald wiederkäme, machte den Abschied schon leichter.

Falon war bei ihr und hielt ihre Hand während des Transfers. Er hielt sie auch noch, als alle fünf mit ihrer Habe in einer zwei Stockwerke hohen Speisehalle erschienen, die zu diesem Zeitpunkt – es war nach Ka'al-Zeit noch sehr früh am Morgen – leer war. Überall standen lange Tische mit gepolsterten Bänken. An manchen gab es auch richtige Stühle. An den Wänden hingen große, auf *Zaalskin* gemalte Bilder in üppig verzierten goldenen Rahmen. Aber da waren zu viele Wände und zu wenige Fenster und keine offenen Bogengänge, durch die eine kühle Brise hätte streichen können.

Das erste, was Shanelle wirklich auffiel, waren die abgestandene Luft und die muffige Wärme. Sie wirkten so bedrückend, daß sie Falon gegenüber meinte: »Vielleicht hast du in Sha-Ka-Ra das eine oder andere gesehen, was du gerne übernehmen würdest.«

»Vielleicht auch nicht. Das hier ist ein zweigeschossiges Haus, kein Palast. Durch seinen Versammlungsraum wirkt es größer als die meisten anderen, aber es ist eben nur ein Haus.«

»Ich hab mich nicht beklagt.«

»Wirklich nicht?«

»Wenn ich es getan hätte, dann würde ich den Mangel an Licht und Luft erwähnt haben«, sagte sie knapp. »Aber ich gewöhne mich sicher dran.«

»Ich glaub's auch, aber zuerst wird es für dich nicht so angenehm sein, denn mein Land ist viel heißer als deins. Deshalb kannst du zunächst weiterhin deine eigenen Kleider tragen, denn die Kleider unserer Frauen könnten dir gerade jetzt zu warm sein.«

»Woher kommt nur das Gefühl, daß wir nicht vom *Chauri* reden?«

»Weil wir's nicht tun.«

»Ja, was...«

Shanelle machte sich nicht mehr die Mühe, den Satz zu beenden, weil gerade in diesem Augenblick eine Frau in den Raum kam, und sie meinte, nun die Antwort zu kennen. Die Frau trug einen engen, weißen Rock, der gerade unterhalb der Hüfte begann und bis zum Boden reichte. Aber das war alles, was sie anhatte. Nichts bedeckte ihren Oberkörper, und ihre glatten braunen Haare reichten nur gerade bis zur Schulter.

Die Frau hatte sie gesehen. Ihre großen Brüste schaukelten auf und ab, als sie den *Shodan* förmlich begrüßte und sich vor ihm verbeugte. Er trug ihr nur auf, jemanden zu schicken, der ihre Sachen auf die jeweiligen Zimmer verteilen sollte.

Shanelle sagte nichts, bis die Frau mit auf und ab wogenden Brüsten zum vorderen Teil der Halle lief und dann durch eine andere Tür verschwand. Dann wandte sie sich mit einem schneidenden Blick an ihren Lebensgefährten. »Wärmere Kleidung, aha? Wenn du glaubst, daß ich so rumlaufen will, bist du schief gewickelt, Krieger.«

Drei der Männer stimmten ein fröhliches Gelächter an, Falon jedoch nicht. Aber Jadell kam zu ihr und gab ihr die Erklärung dafür. »Sie ist eine Sklavin, Shanelle.«

Sie starrte ihn entsetzt an. Das brachte ihr andere Dinge in Erinnerung, mit denen sie als Lebenspartnerin eines Ba-Harani-Kriegers konfrontiert sein würde. »Das hätte ich wissen müssen«, meinte sie angeekelt. »Sterne, ihr zieht sie nicht mal anständig an.«

Ihre Reaktion berührte ihn überhaupt nicht unangenehm. Er grinste sie sogar an, als er ihr erklärte: »An der Kleidung sieht man, daß sie eine Sklavin ist. Freie Frauen gehen völlig bekleidet. Also, ich werde deinen Anblick im *Chauri* wirklich vermissen, wenn du erst mal…«

»Du, lieber Bruder, hast lange auf die Annehmlichkeiten verzichten müssen, die dir deine eigenen Frauen bieten«, unterbrach ihn Falon, und Shanelle wunderte sich über den Zorn in seiner Stimme. »Du gehst am besten in dein Quartier und schaffst Abhilfe, damit deiner übertriebenen Bewunderung meiner Lebensgefährtin hier und jetzt ein Ende gesetzt wird.«

Jadell lachte vor sich hin. »Du machst vielleicht Scherze.

Wenn du glaubst, du kannst mich oder irgendeinen anderen Mann dran hindern, deine Frau begehrenswert zu finden, dann übersiehst du eben, wie schön sie ist.«

»Paß auf, Jadell!«

Jadell ergab sich mit erhobenen Händen, aber er amüsierte sich immer noch und hatte Lust zu weiteren Sticheleien. »Ich geh jetzt, aber das ändert nichts an der Sache, Bruder. Sie ist einfach zu hübsch, um nicht aufzufallen, und da helfen auch deine Drohungen nicht. Du solltest dich dran gewöhnen...«

Der eine Schritt, den Falon auf ihn zu machte, beendete Jadells Ermahnung und bewirkte seine eilige Flucht. Tarren und Deamon folgten ihm grinsend, was Falons Stimmung nicht gerade hob.

Shanelle senkte die Augen, bevor Falon Gelegenheit bekam, die Reaktion auf seine Eifersucht an ihrem Gesicht abzulesen. Sie konnte nicht umhin, sich darüber zu freuen und sie zugleich lustig zu finden, und damit war ihr Ärger verflogen. Sie war so verräterisch, diese Eifersucht, sie mußte auf eine stärkeres Gefühl hinweisen. Und ihr war alles willkommen, was ihre Hoffnung bestätigte, dieser Mann könnte sie lieben.

Aber Falon merkte, daß sie vergnügt war, und sagte streng: »Über solche Dinge lacht man nicht, Frau...«

»Doch, natürlich. Er hat dich doch nur aufgezogen, Falon, er hat es nicht im Ernst gemeint.«

Er sah sie einen Moment lang verständnislos an, bevor er antwortete. »Natürlich war es sein Ernst. Wieso nicht?«

»Weil ich auch nicht anders aussehe als die anderen Sha-Ka'ani-Frauen, golden von Kopf bis Fuß. Da falle ich nicht auf...«

Sein lautes Gelächter unterbrach sie. »Wenn das nicht so wäre, dann hätte ich dich nicht sofort bemerkt und mit einer Leidenschaft, wie ich sie noch nie vorher empfunden habe, gewollt. Und hier, Frau, wirst du noch mehr auffallen. Sag mal, weißt du wirklich nicht, wie begehrenswert du für Männer bist?«

Sie wurde über und über rot, bevor er zu Ende war. »Gut, wenn ich also davon ausgehen muß, dann möchte ich wissen... dein eigener Bruder würde doch nicht versuchen...?«

»Nein.«

»Warum warst du dann so sauer auf ihn?«

»Weil ich es nicht leiden kann, wenn ein Mann dich so anschaut, auch wenn er es ist.« Dann stieß er einen Seufzer aus. »Und doch werde ich mich, wie er sagt, dran gewöhnen müssen. Am besten schnell, bevor ich gezwungen bin, jemanden zu fordern.«

»Ach, das wirst du doch nicht tun.« Sie ging zu ihm hin und umarmte ihn. »Ich hoffe, du weißt, daß ich nichts provoziere, was dich ärgern könnte.«

»Du bist die Hüterin meines Herzens, *Kerima,* und deshalb vertraue ich dir in allen Dingen.«

Für diese liebevolle Bemerkung drückte sie ihn noch ein bißchen fester. »Dann will ich dir sagen, daß mich deine Eifersucht überhaupt nicht stört. Weißt du, Sha-Ka'ani-Krieger kennen dieses Gefühl nicht, und deshalb ist es für mich etwas Einzigartiges, das ich solange genießen will, bis du es unter Kontrolle bringst. Muß ich mich schämen, das zuzugeben?«

»Mir sowas zu wünschen, also wirklich. Natürlich solltest du dich schämen.«

Jetzt umschlang sie ihn noch enger. »Und warum bist du dann nicht böse?«

»Ich kann mich doch nicht über etwas, das dir Freude macht, ärgern. Hab ich dir denn nicht versprochen, dich glücklich zu machen?«

Plötzlich wurde Shanelle ernst. »Das hast du, und du tust es auch – bis zu einem gewissen Grad, wenn ich nicht gerade wütend bin über deine kriegermäßige Sturheit. Aber da ist noch etwas, was mir fehlt, und erst wenn ich das höre, kann mein Glück vollkommen sein.«

Er rückte ein wenig von ihr ab, um ihr besser ins Gesicht sehen zu können. Sein eigenes war jetzt sehr ernst. »Sag es mir.«

Sie schüttelte langsam den Kopf. »Wenn ich es dir sagte, Falon, wäre es nicht das gleiche. Das ist etwas, was du selber herausfinden mußt.«

## 35

Es gab vier Räume in seinem Haus, über die Falon persönlich verfügte. Im Schlafraum stand ein Bett von Ausmaßen, die eines Kriegers würdig waren, worüber Shanelle sich amüsierte, denn nicht einmal ihr Adaptibett hätte sich zu dieser Breite ausdehnen können. Dann gab es ein großes Bad mit Ankleideraum und Wandschränken darin und noch ein Zimmer, das völlig leer war und über dessen Nutzung Falon noch entscheiden mußte. Der größte Raum war für kleinere, private Geselligkeiten gedacht. Er war größer als der gesamte Wohnbereich, der Shanelle zu Hause zur Verfügung stand. Etliche lange Couches, die mit dem zartesten und weichsten *Zaalskin* in Schwarz und Braun bezogen waren, sowie unzählige Tische in allen Größen, und sämtlich aus purem Gold, bildeten zusammen mit goldenen und edelsteinbesetzten Kommoden das Mobiliar. Sogar die Halter für die Gaalisteine waren aus Gold, genauso wie die Kästen, in denen sie aufbewahrt wurden. Dichte weiße Felle, die so einwandfrei aneinandergenäht waren, daß man keine Nähte erkennen konnte, bedeckten den Boden von Wand zu Wand. Schon vom Hinsehen wurde Shanelle warm.

Sein Haus war vielleicht nicht so groß wie ein Palast, aber doch viel geräumiger, als Falon zu verstehen gegeben hatte. Die Decken waren alle hoch, und in jedem Raum gab es zwei oder drei Fenster, sogar im Bad. Licht und Luft hatten überall Zutritt.

Shanelle fuhr mit den Fingern über einen der Tische und meinte: »Kein Wunder, daß die Catrateri mit dir ins Geschäft kommen möchten. Mit dem Gold, das allein in diesem Raum zusammenkommt, könnten sie wahrscheinlich ihre Wirtschaft sanieren.«

Sie drehte sich nach Falon um, aber er hatte sie nicht gehört. Er war ins Ankleidezimmer zurückgegangen und brachte nun ein Stück weißen Stoff mit. Er faltete ihn auseinander, als er zu ihr trat und legte in ihr fast verehrungsvoll um die Schultern. Der kurze weiße Umhang reichte ihr nur bis zu Taille und wurde mit drei verschieden langen Goldkettchen, die über die Brust zu einer großen, runden Brosche auf der rechten Schulter führten, geschlossen. Die Brosche selbst war mit funkelnden Gemmen von diamantener Klarheit besetzt.

Während Falon ihr den Umhang zuhakte, stand in seinem Gesicht die Feierlichkeit, mit der er sprach. »Du kannst nicht wissen, wie sehr ich mir gewünscht habe, dich unter meinem Umhang geschützt zu sehen, Shanelle. Vom ersten Moment unserer Begegnung an wollte ich, daß du meine Farben tragen solltest.«

»Weiß.« Sie lächelte in der Erinnerung. »Ich hab zufällig einen weißen *Chauri*, den ich manchmal für dich anziehen könnte.«

»Wenn ich mich recht erinnere, hast du mich ganz wild gemacht, als du das letzte Mal einen anhattest – und du hast gesagt, du würdest nie wieder Weiß tragen.«

»Also hab ich vielleicht meine Meinung geän...«

»Falon!« Eine fröhlich erregte Frauenstimme unterbrach sie. »Ich hab gerade gehört, daß du wieder da bist...«

Die Stimme brach mit einem hörbaren Luftholen ab, und als Shanelle sich nach ihr umdrehte, sah sie eine Frau in langem Rock und mit bloßer Brust, die sie anstarrte. Diese hier war außergewöhnlich hübsch. Sie hatte große braune Augen und dunkles Haar, das in Schulterhöhe abgeschnitten war, wahrscheinlich, damit es die wunderschön geformten Brüste nicht verdecken konnte. Die dunklen Brustwarzen hoben sich von der zartesten elfenbeinfarbenen Haut ab, die Shanelle je gesehen hatte.

Falon legte einen Arm um Shanelles Taille und wandte sich ganz der Frau zu, die jetzt demütig den Kopf senkte. Er lächelte, und Shanelle rückte unwillkürlich von ihm ab.

»Es tut mir leid, Herr«, fuhr die Frau in unterwürfigem Ton fort. »Ich wußte nicht, daß du Besuch hast.«

»Shanelle ist nicht zu Besuch, Janya, sie ist meine Lebensgefährtin.« Janya blickte erstaunt auf, aber dann sah sie schnell wieder zu Boden, bevor Falon weitersprach. »Du brauchst nicht vor ihr oder mir oder sonstwem nach unten zu schauen, denn diesen Aufgang gebe ich dir deine Freiheit wieder.«

Die dunklen Augen sahen wieder auf, noch runder vor Erstaunen als vorher. Sie starrte Falon verwirrt an.

»Meine Freiheit? Ich versteh nicht.«

Shanelle selbst war nicht weniger verblüfft. Das hatte sie nicht erwartet, jedenfalls nicht so bald. Daß Falon nur ihretwegen mit der Gewohnheit brach... Er liebte sie wirklich, er mußte sie lieben.

Aber im Augenblick kümmerte er sich nicht um ihre Reaktion oder ihre Dankbarkeit, es war Janyas Verwirrung, die ihn im Augenblick beschäftigte.

»Du hast die Freiheit, dieses Haus zu verlassen, und erhältst alle deine Rechte zurück. Wenn du möchtest, gebe ich dir eine Eskorte, die dich in deine Heimat im Norden zurückbringt, wo du gefangengenommen und in die Sklaverei verkauft worden bist.«

»Ich darf gehen...? Nein!«

Die Frau warf sich ihm unvermittelt zu Füßen und umschlang mit beiden Armen sein rechtes Bein. Shanelle fühlte sich abgestoßen dadurch, und ihr Entzücken und ihre Dankbarkeit verwandelten sich nun eher in Wut. Sie wußte genau, was diese Demonstration bedeutete, schon bevor sie die Bitten der Frau hörte.

»Schick mich nicht weg, Falon!« jammerte sie. »Ich will nicht von deiner Herrschaft befreit werden!«

Falon ließ Shanelle los, um Janyas Hände behutsam von seinem Bein zu lösen, aber sie klammerte sich so fest an ihn, daß es ihm nicht gelingen konnte, ohne ihr weh zu tun.

»Janya...«

»Bitte, Herr, was hab ich dir getan, daß du mir das antun willst?«

»Du hast nichts getan«, versicherte er ihr. »Ich habe mich entschlossen, keine Sklaven mehr zu halten, überhaupt keine mehr. Deshalb gebe ich dir die Freiheit zurück, statt dich an jemand anders zu verkaufen.«

Daraufhin fing die Frau an, bitterlich zu weinen. Shanelle wollte angewidert den Raum verlassen.

Falon, der jetzt die Geduld verlor, befahl ihr mit schneidender Stimme: »Bleib hier, Shanelle!«

»Vergiß es, ich schau mir das hier keine Minute länger an!«

Sie knallte die Schlafzimmertür hinter sich zu, aber immer noch konnte sie Janyas Wehklagen hören. Sie knirschte mit den Zähnen und bedachte das Bett, in dem die Sklavin sicher manche Nacht verbracht hatte, mit mörderischen Blicken. Schlimm genug, daß Falon überhaupt Sklaven hielt; daß er aber manche davon auch mit ins Bett nahm…

Das war ihr bislang nicht eingefallen. Aber sie hätte wirklich drauf kommen können. Warum sollte er den Vorteil nicht nutzen, den ihm ihr Besitz verschaffte? Die armen Kreaturen hatten sicher keine Wahl, und wenn eine hübsch war… Aber jetzt ließ er Janya frei, er gab diese kleine Schönheit um Shanelles willen auf.

Es fiel ihr schwer, sich mit zwei so starken, einander widersprechenden Gefühlen auseinanderzusetzen. Das unerfreulichere gewann immer wieder die Oberhand, und als Falon zögernd das Zimmer betrat, empfing sie ihn mit einem Wutausbruch.

»Du hast mir zu gehorchen, Frau«, teilte er ihr mit, für den Fall, daß sie es nicht gemerkt haben sollte.

Es war ihr bewußt, aber völlig gleichgültig. »Selbstverständlich nicht. Wie kannst du mir sowas zumuten? Du konntest dir doch denken, daß sie ein Rührstück aufführen würde. Das hättest du mir ersparen können.«

»Du solltest aber dabeisein, denn was ich heute getan habe, Shanelle, habe ich einzig und allein für dich getan.«

»Das weiß ich! Ich bin nicht dämlich. Und ich bin dir ungeheuer dankbar«, brüllte sie – und daher klang sie nicht gerade danach. »Aber ich weiß auch, daß sie nicht ihre Freilassung beklagt, sondern den Verlust deiner Nähe, und das, verdammt nochmal, gefällt mir nicht, Falon. Wie viele Sexsklavinnen hältst du dir noch, die dich anflehen werden, du mögest sie behalten?«

Er versuchte ein Lächeln, aber dann mußte er wirklich lachen. Shanelle sah sich nach einem Gegenstand um, den sie ihm an den Kopf werfen könnte, aber außer dem Bett und den beiden leeren Tischen rechts und links davon befand sich nichts im Zimmer. Sie bückte sich nach einem ihrer Slipper.

»Mach das ja nicht«, warnte er sie, aber er lachte immer noch in sich hinein. »Laß es mich genießen, solange es dauert, denn es wird wahrscheinlich nie wieder passieren.«

»Da gibt's nichts zu lachen, verdammt noch mal!«

»Der Ansicht bin ich nicht. Und ist es nicht fair, wenn ich genau wie du auch mal meinen Spaß hab.«

Es war nicht als Frage gedacht, nur eine Feststellung. Das machte sie um so wütender, denn sie wußte, worauf er sich bezog. »Das ist nicht das gleiche, und du weißt es. Du regst dich über Kleinigkeiten auf. Aber versuch mal abzustreiten, daß die Frau, die sich eben beweint hat, nicht intimste Kenntnisse deines Körpers besitzt – eines Körpers, der nebenbei bemerkt, jetzt mir gehört. Und jetzt erzähl mir mal, das sei nicht wahr!«

Er sah sie nachdenklich an. »Wenn ich dich recht verstehe, Frau, willst du dich über etwas beklagen, das geschehen ist, bevor ich dich kennengelernt habe.«

Shanelle wurde rot vor Ärger. Sie konnte die Frage kaum mit ja beantworten, aber andererseits war ihr schon danach, wenn auch glücklicherweise nicht ganz ohne Vorbehalt.

»Sie hat wie wahnsinnig dein Bein umklammert, Krieger! Das war hier und jetzt, oder vielleicht nicht?«

Er schnitt eine Grimasse. »Das ist nun wirklich eine berechtigte Klage. Soll ich mein Bein abhacken?«

»Mach dich nicht lächerlich.«

»Soll ich ihr die Arme abhacken?«

»Falon.«

»Warum soll ich dann für etwas büßen, das jemand anders getan hat?« fragte er.

Jetzt verzog Shanelle das Gesicht. »Also gut«, murmelte sie. »Dann war's nicht ganz deine Schuld, aber trotzdem gefällt's mir nicht. Wann geht sie?«

»Sie hat darum gebeten, als Dienerin hier im Haus bleiben zu dürfen, weil wir jetzt Personal brauchen.«

Shanelle ging sofort wieder hoch. »Oh nein, das kommt nicht in Frage.«

»Du hast darüber zu entscheiden, Frau. Ich glaube allerdings auch nicht, daß es klug wäre, sie hier zu behalten, und deshalb werde ich meinen Vetter Tarren fragen, ob er sie in sein Haus aufnehmen will.«

»Meinst du, daß er's tut?«

»Ganz bestimmt. Er hat sie mir schon öfter abkaufen wollen.«

Shanelle schwieg einen Moment, bevor sie fragte: »Falon, war sie die einzige?«

Er stieß einen gespielt leidvollen Seufzer aus. »Ich seh schon, ich muß Tarren bitten, auch noch ein paar andere zu übernehmen.«

Shanelle grinste ein bißchen geniert. »Ich glaub, ich kann manchmal auch ganz schön mies sein. Es tut mir leid.«

»Mir nicht. Ich hab nichts gegen deine Eifersucht.«

Jetzt lachte sie, weil er ihr mit ihren eigenen Worten von vorhin in der Halle geantwortet hatte. Das war für ihn der Moment, sie um die Taille zu fassen und aufs Bett zu werfen. Er selbst kam langsamer hinterher und legte sich halb über sie.

Bevor er sonst etwas tat, schaute er an sich hinunter und dann ihr in die Augen. »Deiner, ja?«

Shanelles Lächeln war ein reines Strahlen. »Ganz und gar meiner, das laß dir gesagt sein, Krieger.«

# 36

»Corth könnte dir einen Generator konstruieren, dann würdest du nicht vom Wind abhängig sein, wenn du die Deckenventilatoren betreiben willst«, bemerkte Shanelle vom Bett her. Sie beobachtete, daß der sich gemächlich drehende Ventilator über ihr kaum die Luft bewegte. »Und im übrigen könnten dann die Räume oder besser das ganze Haus klimatisiert werden.«

Sie rollte sich herum, weil sie sehen wollte, ab Falon überhaupt zuhörte. Das tat er, und angezogen war er auch schon. Sie selber wäre ganz gern nackt geblieben. Denn obwohl es noch früh am Morgen war, wurde es von Minute zu Minute heißer im Zimmer.

»Du weißt doch, wie ich zu den Geräten stehe, die von den Besuchern kommen, Shanelle.«

»Also, du wärst jedenfalls schon tot, wenn es diese Apparate nicht gäbe. Und es gibt noch viele andere Dinge, die genauso nützlich sind. Denk doch nur mal, Falon, ein Zimmer voll kühler Luft.«

Er schüttelte den Kopf. »Du wirst dich dran gewöhnen...«

»Nur, falls ich überlebe.«

Er sagte darauf nichts mehr, sondern hob sie auf und trug sie ins Bad, wo eine große, goldene Wanne, die ungefähr so aussah wie ein oben abgesägtes Faß, mit Wasser gefüllt auf sie wartete. Shanelle ahnte, daß er sie hineinfallen lassen würde, nahm sich vor, ihn dadurch zu ärgern, daß sie keinen Ton von sich gab. Er ließ sie wirklich fallen, und sie schrie aus vollem Hals, als sie ins kalte Wasser eintauchte.

»Das war ein ganz mieser Trick«, zischte sie ihn an. »Du hättest mir wenigstens vorher sagen können, daß es nicht warm ist.«

Er zog erstaunt eine Augenbraue hoch und hatte Mühe, ernst zu bleiben. »Fühlt sich die Luft denn jetzt nicht kühler an?«

»Scher dich zum Teufel, also wirklich!«

»Ich geb dir, was du verlangst, und du beklagst dich immer noch. Kann man dir diesen Aufgang nichts recht machen?«

»Ach, wie witzig. Nur weiter so, und ich spritz dich naß, damit wir quitt sind.«

Er lachte vor sich hin, als er zum Wandschrank ging. »Beeil dich lieber, Frau. Bald wird die erste Mahlzeit serviert, und du mußt meine Schwester noch kennenlernen.«

Shanelle schöpfte Wasser, das ihr nun nicht mehr so kalt vorkam, über ihre Brüste und sah zu, wie Falon in eine schwarze Weste schlüpfte, die der weißen glich, die er vorher getragen hatte. »Jadell sagte mir, sie sei älter als ihr beide.«

»Beinahe fünf Jahre.«

»Hat sie Kinder?«

Bei dieser Frage sah er schnell zu ihr hin. »Etwas solltest du vielleicht über Aurelet erfahren, bevor du sie kennenlernst. Die Schlacht, für die die Ba-Har-ani sich vor so vielen Jahren gerüstet haben, wurde um meiner Schwester willen geführt. Sie war von einem Besucher, der vom Planeten Niva kam und ein eigenes Raumschiff besaß, entführt worden. Aurelet und ihre Eskorte wurden transferiert, sie zum Schiff des Mannes, aber die Eskorte verschwand auf Nimmerwiedersehen. Er hielt sie beinahe zwei Monate fest und mißbrauchte sie die ganze Zeit über.«

»Habt ihr denn während dieser Zeit nicht nach ihr gesucht?«

»Mein Bruder und ich waren noch zu jung und durften es daher nicht. Mein Vater hat nach ihr gesucht. Sie war in der Nähe von Tinet entführt worden, einer Stadt, die öfter von Kriegern aus Ka'al überfallen worden war. Mein Vater nahm die Stadt beinahe auseinander, aber er fand keine Spur von ihr. Wir glaubten schon, sie sei tot, und mein Vater trauerte um sie.«

»Dann hattet ihr nicht mal den Verdacht, daß ein Besucher sie entführt haben könnte?«

»Nein. Und nachdem wir sie wiederbekamen, dauerte es

Wochen, bis sie sich so weit beruhigt hatte, daß sie erzählen konnte, was ihr zugestoßen war. Mein Vater rief sofort seine Krieger zusammen, und Krieger aus anderen Städten stießen dazu, um gemeinsam mit ihnen gegen die Besucher zu kämpfen, denn wir waren nicht die einzigen, deren Ehre verletzt worden war, obwohl unser Beschwerdegrund als der schwerwiegendste galt.«

»Ich kenne die Geschichte von unsere Seite. Obgleich ich nie erfahren habe, um welches Verbrechen es ich handelte, weiß ich, daß der Schuldige an die Ba-Har-ani-Krieger ausgeliefert und der Planet kurz danach gesperrt wurde.«

»Er wurde meinem Vater ausgeliefert.«

»Hat er ihn getötet?«

»Nein, er nahm ihn mit nach Ka'al und überstellte ihn Aurelets Urteil. Sie hat ihn ohne Bedenken getötet. Einen Monat später wurde sein Kind geboren, ein Junge, den sie nie Sohn genannt hat. Im gleichen Monat wurde sie fünfzehn Jahre alt.«

»So jung mußte sie all das Entsetzliche durchmachen? Es tut mir so leid, Falon. Kein Wunder, daß euch Besucher deshalb so verhaßt sind.«

»Mir nicht so sehr wie meiner Schwester. Deshalb hätte ich dich, wärst du eine Besucherin gewesen, nur als Sklavin hierherbringen können. Natürlich könnte Aurelet dich doch noch als Besucherin betrachten, wenn sie erfährt, wer du bist. Dein Bruder ist jedenfalls von ihr ziemlich abschätzig behandelt worden. Wenn sie sich also auch dir gegenüber zuerst ablehnend verhält, dann hoffe ich, daß du Verständnis für ihre Verbitterung hast und sie ihr nicht übelnimmst. Meinst du, daß du das kannst?«

»Bestimmt.« Aber dann fiel ihr ein, daß die Catrateri kommen würden, die ja wirklich Besucher waren, und daß sie daran schuld war, daß sie kamen.

»Falon, ich weiß, daß du meinem Bruder erlaubt hast, die Catrateri herzubringen. Das könnte deine Schwester noch mehr aufregen. Hast du schon mal drüber nachgedacht, daß du sie nicht wirklich hier nach Ka'al kommen lassen mußt? Du könntest die Gespräche mit ihnen und die notwendigen

Verhandlungen über Martha abwickeln – oder vielleicht nicht Martha, sondern Brock?«

»Nein, das ist mir nicht eingefallen, aber die Idee gefällt mir. Ich werde nachher zum Telecom fahren und das Besucherzentrum bitten, die Sache so zu regeln.«

»Also, wie ich Martha kenne, hat sie sicher ein Verbindungsgerät irgendwo in meinen Sachen versteckt. Darüber könntest du direkt mit Dalden sprechen und ihn bitten, alles zu arrangieren.«

»Ich würde lieber zur Telecom fahren, als Martha um irgend etwas zu bitten. Und wenn du das Gerät findest, bringst du's mir. Ich will nicht, daß du noch mal mit diesem Computer sprichst.«

Sie runzelte die Stirn über dieses Verbot. »Darüber müssen wir noch reden können. Vielleicht vorläufig nicht?«

»Überhaupt nie mehr.«

Jetzt verfinsterte sich ihr Blick. »Mach so was ja nicht mit mir, Falon. Ich kann einsehen, daß es notwendig ist, die Verbindung vorläufig zu unterbrechen, bis ich mich hier eingelebt hab, aber nicht für alle Zeiten. Wir sprechen von einer Freundin, die ich schon mein ganzes Leben kenne, von zwei Freunden eigentlich, denn Corth ist auch ein Produkt der Besucher. Und ich hab dir gerade dabei geholfen, ein Problem zu lösen und dafür den Besuch meines Bruders drangegeben. In meinem Buch steht, daß du mir was schuldig bist.«

»Manchmal wünschte ich, du würdest nicht auf Rechte pochen, die ich nicht mal kenne. Also gut, es sei. Nur vorläufig. Eine Zeitlang, aber eine lange.«

Mehr sagte er nicht zu diesem Thema, aber Shanelles Hoffnung auf zukünftiges Glück wuchs wieder ein Stückchen. Ihr unnachgiebiger Krieger war doch nicht so stur. Er durfte nur nicht zu direkt in die richtige, vernünftige Richtung geschubst werden, sonst bekamen garantiert seine gesamtherrscherlichen Tendenzen wieder Auftrieb. Das sollte eigentlich nicht zu schwierig sein, vorausgesetzt, daß sie ihren anfänglichen Frust überlebte.

# 37

Falon und Shanelle wurden schon beim Betreten der Halle herzlich willkommen geheißen. Wo vorher gähnende Leere gewesen war, herrschte jetzt dichtes Gedränge. Überall war Essen aufgetischt, wenn auch nicht jeder Platz besetzt zu sein schien. Aber eine Gruppe von mindestens fünfzig Kriegern fiel ihr durch ungeniertes Lärmen auf, ein Umstand, der sie deutlich von den eher zurückhaltenden Kriegern der Sha-Ka'ani unterschied, die selbst im privaten Kreis selten so laut wurden.

Shanelle sollte noch erfahren, daß solche Massentreffen an der Tagesordnung waren. Die Größe der Stadt Ka'al machte die ständige Anwesenheit von Wachsoldaten notwendig. Sie bildeten eine Art Armee, allerdings ohne deren strenge Disziplin und Führung. Jeder Krieger war eine Autorität für sich und trug entsprechende Verantwortung.

So sah nun Shanelles erste Begegnung mit den Ba-Har-ani als Gruppe aus, und als erstes stellte sie fest, daß sie weit und breit die einzige goldhaarige Person war. Es gab einzelne Krieger mit kupferrotem Haar, auch einige mit dunkelbraunem, aber schwarzes war am häufigsten verbreitet. Und alle hatten Falons dunkelbraune Haut, was auf das heißere Klima in dieser Hemisphäre zurückzuführen war. Die freigelassenen Sklaven mit ihrer hellen, elfenbeinfarbenen Haut bildeten einen lebhaften Kontrast dazu, wenn sie nicht schon durch ihre spärliche Gewandung in anderer Weise auffielen.

Wahrscheinlich hätte ihnen jemand sagen sollen, sie dürften sich jetzt normal anziehen. Aber vielleicht war es noch nicht zu allen vorgedrungen, daß sie keine Sklaven mehr waren. Oder die Frauen hier, ob Sklavinnen oder nicht, bedeckten den Oberkörper im allgemeinen überhaupt nicht. Was freie Frauen zu tragen pflegten, war Shanelle nicht genau erläutert worden, und die nackten Brüste, die überall auf und nieder hüpften, schien, da man an ihren Anblick gewöhnt war, niemand zu beachten.

Sie war gespannt darauf, Falons Schwester kennenzulernen, und sei es auch nur, um zu sehen, wie sie sich kleidete. Das war eigentlich der einzige Grund für ihre Neugier, denn sie wußte ja nun, daß sich die Begegnung wahrscheinlich nicht erfreulich gestalten würde. Aber wenn Aurelet beschloß, sie nicht zu mögen, dann mußte Shanelle damit leben. Sie konnte es der armen Frau wahrlich nicht verübeln, daß sie Besucher haßte, nach allem, was sie von ihnen hatte hinnehmen müssen.

Shanelle wünschte, sie hätte sich dieses Gefühl für einen Tag, ein paar Stunden oder wenigstens etwas länger als zehn Minuten bewahren können. Aber Aurelet war eine vollständige Überraschung. Eine, auf die Shanelle überhaupt nicht gefaßt war und auf die sie an ihrem ersten Tag in Ka'al gern verzichtet hätte.

Die Frau betrat die Halle in Begleitung ihres Lebensgefährten Deamon. Die beiden hielten einander an den Händen und schienen glücklich, wieder zusammenzusein. Und Aurelet lächelte noch, als sie Falon in der Menge erkannte und auf ihn zulief, um ihn liebevoll willkommen zu heißen.

»Deamon hat mir erzählt, daß du eine Lebensgefährtin genommen hast, aber diese lästige *Sa'abo* wollte mir nicht mehr verraten, als daß sie hübsch ist. Das ist sie wirklich«, sagte Aurelet, als sie Shanelle mit einem freundlichen Lächeln begrüßte.

Das hatte Shanelle nicht erwartet, aber schon beim ersten Blick auf Falons Schwester hatten sich alle ihre Vorstellungen davon, wie diese Frau wohl sein könnte, verflüchtigt. Sie war dunkel wie er, mit langem schwarzen Haar, das ihr über den Rücken fiel, und sie hatte seine hellen Augen. Daß sie ein wenig kleiner war als Shanelle, fiel bei ihrer stolz aufgerichteten Haltung kaum auf. Aber sie bot eine andere Überraschung.

Die Frau trug *Bracs*. Weiße *Zaalskin-Bracs*, die nach Maß gearbeitet sein mußten, denn sie saßen wie angegossen. Grüne Stiefel, die auf den kurzen Umhang in Deamons Farben abgestimmt waren, und ein hauchdünnes, tief ausgeschnittenes Hemd mit weiten Ärmeln und breitem Kragen, das sie in die *Bracs* gesteckt hatte. Falls die Hosen allein noch nicht schockierend wirkten, dann entstand der Eindruck aber sicher dadurch, daß Aurelet einen breiten Gurt um die Hüften geschnallt trug, an dem ein etwa neunzig Zentimeter langes Schwert hing.

*Bracs* zu tragen, war allein den Kriegern vorbehalten. Sha-Ka'ani Frauen durften es nicht. Das gleiche galt für Waffen. Aber Aurelet trug beides, und keiner von den anwesenden Kriegern untersagte es ihr. Sie hatte die *Erlaubnis* dazu. Ba-Har-ani-Frauen genossen offensichtlich mehr Freiheiten, als Shanelle für möglich gehalten hätte. Dieser Unterschied mißfiel ihr nicht, sie war sehr angetan davon.

Aber sie hatte keine Zeit, die Aussicht auf diese Freiheit für sich selber zu genießen, denn jetzt ließ Falon die Bombe platzen. »Aurelet, ich möchte dir Shanelle aus dem Hause Ly-San-Ter vorstellen.«

Die Frau zuckte sofort zurück. »Du willst mir doch nicht erzählen, dieser Name sei dort häufig, Falon?«

»Nein.«

»Dann ist sie also mit Dalden Ly-San-Ter verwandt?«

»Sie ist seine Schwester.«

Aurelet wurde tatsächlich blaß. »Nein«, flüsterte sie, wurde dann aber schnell lauter. »Sag mir, daß du nicht mit der Tochter von diesem Weibsbild geschlafen hast, das die Besucher hierhergebracht hat. Sag mir, daß du's nicht getan hast, Falon!«

»Einen Moment...«, setzte Shanelle zum Sprechen an, aber die Geschwister beachteten sie gar nicht.

»Es ist eine Tatsache, Aurelet«, stellte Falon fest. »Und sie wird nicht rückgängig gemacht, weil du etwas dagegen hast. Sie ist meine Lebensgefährtin und wird als solche behan...«

Wütend fuhr Aurelet dazwischen. »Es war schon schlimm genug, daß der andere gekommen ist, aber er ist wieder gegangen. Diese hier willst du bei uns behalten. Das lasse ich nicht zu!«

Falon schien allmählich die Grenzen seiner Geduld erreicht zu haben und wurde schließlich ärgerlich. »In dieser Angelegenheit hast du nicht zu bestimmen.«

»Ach, wirklich nicht? Wenn sie in diesem Haus bleibt, werde ich sie fordern.«

»Bei Droda, das... wirst du... nicht!« brüllte er. »Du wagst es, mir Vorschriften zu machen, Schwester, du stellst mir ein Ultimatum? Meine Lebensgefährtin bleibt nirgendwo anders als bei mir!«

»Dann wird sie jetzt und hier von mir gefordert.« Aurelet schrie genauso laut wie er.

Das Schweigen, das danach eintrat, war gräßlich. Aller Augen und Ohren waren auf diese Auseinandersetzung gerichtet. Es kam schließlich nicht jeden Tag vor, daß man einen Krieger, der dazu noch *Shodan* war, so wütend erlebte. Noch sah man eine Frau einem Krieger die Stirn bieten, der so zornig war. Shanelle wenigstens hatte so etwas noch nie mitangesehen.

Sie selber war totenblaß. Sie haßte diese Art Konfrontation, von der sie in der letzten Zeit einiges zuviel erlebt hatte. Aber diese Ba-Har-ani waren einfach zu leidenschaftlich und hatten sich zu wenig unter Kontrolle. Hier sah sie ihren Lebensgefährten zum ersten Mal so richtig wütend, und das gefiel ihr überhaupt nicht. Sie hätte lieber nicht gewußt, daß er so sein konnte.

Sie irrte sich aber, wenn sie glaubte, er könne seine Wut nicht beherrschen. Denn er verfügte über genügend Haltung, um nun ruhiger und leiser, wenn auch drohend, zu sagen: »Das verbiete ich.«

Aurelet nahm ihre Lautstärke nun auch zurück, aber sie gab nicht klein bei. Im Gegenteil, sie triumphierte ganz offen. »Das kannst du nicht, Bruder. Schon passiert, die Herausforderung ist ausgesprochen.«

»Ich verbiete meiner Frau, sie anzunehmen, und damit ist Schluß.«

Aurelet riß ihre blauen Augen weit auf. »Du erlaubst ihr also, unser Haus zu beleidigen?«

»Es bedeutet keine Ehrverlust, wenn ihr Lebensgefährte

ihr keine andere Wahl läßt und sie ihm gehorcht, wie es sich gehört. Du allerdings bringst Schande über unser Haus, wenn du ein Mitglied deiner eigenen Familie zum Zweikampf herausforderst.«

»Eine Halbblut-Besucherin werde ich nie als zur Familie gehörig akzeptieren! Eher würde ich…«

»Deamon, schaff mir deine Frau aus den Augen, bevor ich mir das Recht nehme, sie selbst zu bestrafen.«

Aurelet ging nicht leise, keineswegs. Deamon mußte sie wegtragen, und ihre lauten Flüche hallten hinter ihm her.

Shanelle war erleichtert, daß es vorbei war, aber ihre Erschütterung über so viel Haß hielt an. Noch nie vorher war sie diesem Gefühl begegnet, außer vielleicht bei Lanar. Aber wer konnte wissen, was diese seltsame Sunderianerin wirklich bewegt hatte? Bei Aurelet gab es keine Zweifel. Es war eindeutig Haß.

Nachdem der Lärmpegel in der Halle wieder seinen vorherigen Stand erreicht hatte, traute sich Shanelle, etwas zu sagen, aber sie wußte wirklich nicht, wie sie dazu kam, Falon gegenüber zu bemerken: »Ihr habt wohl öfter solche Kabbeleien in der Familie?«

»Es tut mir leid. Es freut mich, daß du darüber Scherze machen kannst, aber mir tut es wirklich leid.«

Dann nahm er sie, und das war bei den Ba-Har-ani eben auch ganz anders, in den Arm. Diese Krieger fanden nichts dabei, es in aller Öffentlichkeit zu tun.

»Vielleicht hättest du mich doch die Forderung annehmen lassen sollen, dann wäre die Sache ausgestanden«, meinte Shanelle. »Es würde nicht viel Zeit brauchen, und sie müßte dann wenigstens aufhören, mich zu beschimpfen.«

Der innige Druck, mit dem er auf ihren Vorschlag reagierte, schnürte ihr beinahe die Luft ab, und bei der Leidenschaft in seiner Stimme stockte ihr der Atem.

»Sei nicht unbedacht, Frau. Meine Schwester ist eine hervorragende Schwertfechterin. Niemand hier in Ka'al kann ihr das Wasser reichen.«

»Sterne, warum hast du mir das nicht gesagt? Was hat sie den sonst bezweckt. Wollte sie mich demütigen?«

Falon rückte ein wenig von ihr ab und sah sie stirnrunzelnd an. »An Töten hast du nicht gedacht?«

»Ach, woher denn, sie ist doch eine Frau«, meinte sie ungläubig. »Und viele Forderungen werden nicht bis zum Tod ausgefochten, wenn eine Niederlage befriedigender ist.«

»Das gilt vielleicht für einen Krieger. Aurelet hat aber schon einmal getötet«, antwortete er. »Sie hat zuviel Haß in sich angesammelt, um dich nicht töten zu wollen.«

»Also, dann sollte ich dir dafür danken, daß du mir verboten hast, die Forderung anzunehmen.«

»In der Tat«, bemerkte er bitter.

»Wie viele Krieger hat sie denn schon besiegt?«

»Keinen.«

»Aber du hast gesagt, sie ist eine Beste in Ka'al«, brachte ihm Shanelle in Erinnerung.

»Die Beste im Schwertfechten für Frauen. Unsere Frauen fordern keine Krieger heraus, denn bei ihnen haben sie keine Aussicht zu siegen.«

»Warum erlaubt ihr ihnen dann überhaupt den Gebrauch von Schwertern?« fragte sie.

»Wir werden gelegentlich von den Mal-Niki aus dem Norden überfallen.«

»Dann laß mich mal raten«, sagte sie trocken. »Die Mal-Niki können mit Schwertern nicht besonders gut umgehen.«

»So ist es.«

»Na gut, in dem Fall kann sich eine Frau gut selber schützen«, gab sie zu. »Aber warum sprecht ihr von Schwertfechten für Frauen?«

»Weil es ein anderer Kampfstil ist. Er bietet Frauen eine gewisse Chance, der größeren Stärke und Geschicklichkeit des Kriegers etwas entgegenzusetzen.«

»Aber gegen einen Ba-Har-ani-Krieger wird die Chance nicht allzu groß sein, denke ich?«

»Nein.«

»Dann sollte ich dir doch gestehen, daß ich fechte wie ein...«

»Frau, ich möchte nichts mehr davon hören, daß du die

Forderung annimmst. Wenn du fechten willst, dann kannst du mit mir fechten. Denn nur dann bin ich sicher, daß du nicht verletzt wirst.«

»O toll, wirklich toll. Das Angebot nehm ich an, wenn ich hundertvier bin, keinen Tag eher, danke. So, möchtest du mich verhungern lassen, oder können wir jetzt aufhören, das Zentrum des Interesses zu bilden und sehen, daß wir was zu essen kriegen?«

# 38

Erst einige Tage später bemerkte Shanelle den Jungen, und er erregte sofort ihr Interesse. Er war etwa ein Meter achtzig groß, wirkte aber seinem Gesicht nach sehr jung. Trotzdem sollte jeder junge Mann dieser Größe normalerweise schon zum Krieger ausgebildet werden und ein Schwert tragen. Dieser aber nicht, er trug auch keine *Bracs*, sondern lediglich Stoffhosen und ein weites Hemd. Shanelle hätte ihn für einen der freigelassenen Sklaven halten können – denn viele hatten als Bedienstete bleiben wollen und waren nun auch anständig gekleidet –, wenn er nicht die dunkle Haarfarbe der Ba-Har-ani gehabt hätte.

Sie sah ihn nur zu den Mahlzeiten, und was ihre Neugier weckte, war, daß er nicht mit den anderen an einem Tisch aß, sondern in einer Ecke für sich allein. Offensichtlich wurde er damit für irgend etwas bestraft. Aber falls er durch diese Erfahrung gedemütigt werden sollte, machte er sich offensichtlich nicht viel daraus, und es kümmerte sich auch niemand um ihn.

Schließlich fragte sie Falon. »Wer ist er?«

»Mein Neffe Drevan.«

Shanelle rollte mit den Augen. »Das hätte ich mir denken können. Wofür wird er denn bestraft?«

»Er wird nicht bestraft.«

Sie wartete, aber als er nichts mehr sagte, sondern weiter aß, meinte sie: »Also gut, ich geb's auf. Warum sitzt er da in der Ecke anstatt an einem Tisch?«

»Er will seiner Mutter nicht unter die Augen kommen.«

»Warum?«

»Sie haßt ihn.«

Er sagte es so ruhig, als sei es völlig normal, daß eine Mutter ihr Kind haßte.

Diese Mutter war nicht länger als einen Tag unsichtbar geblieben. Sie hatte sich, wahrscheinlich weil Deamon darauf bestand, bei Falon entschuldigt. Und sie ließ Shanelle links liegen, außer wenn Falon sie nicht hören konnte. Dann verpaßte sie ihr eine Menge Seitenhiebe über ihre Feigheit und machte ihre Herkunft schlecht, alles um Shanelle auf die Palme zu bringen.

Bis jetzt war es Aurelet nicht gelungen. Shanelle biß die Zähne zusammen und wiederholte im stillen die Litanei: *Die Frau verdient dein Mitleid, nicht deine Ablehnung.* Aber, Sterne, es wurde immer schwerer, das zu glauben.

Sie stand nun auf. In ihren Augen leuchtete Entschlossenheit, und endlich wandte Falon ihr sein Interesse zu.

»Wo gehst du hin?« fragte er.

»Du hast gesagt, Drevan wird nicht bestraft, also gibt es keinen Grund, warum ich nicht zu ihm gehen und ihn überreden sollte, sich zu uns zu setzen.«

»Das kannst du tun, wenn Aurelet nichts dagegen hat. Wenn sie's verbietet, mußt du die Sache auf sich beruhen lassen.«

»Ist das so bei euch? Haben Frauen hier allein das Sagen über ihre Kinder, auch wenn sie schon so alt sind wie Drevan?«

»Nein, so ist es nicht«, entgegnete er ungeduldig. »Aber der Junge hat keinen Vater.«

»Dann solltest du als Onkel ein Wort mitzureden haben. Oder hast du kein Interesse an seiner Erziehung?«

»Ich war selbst noch ein Kind, als er geboren wurde. Und als ich mich dann gern um ihn gekümmert hätte, hat Aurelet es sich verbeten. Sie will nicht, daß er zum Krieger erzogen wird, weil er nicht von einem Krieger abstammt. Und das kann ich verstehen.«

»Kannst du's wirklich, oder ist es dir nur gleichgültig? Haßt du ihn etwa auch, Falon?«

Er sah sie finster an. »Ich habe eigentlich überhaupt keine Gefühle für den Jungen, ich seh ihn auch kaum.«

»Er hat offenbar 'ne Menge Übung drin, sich unsichtbar zu machen, oder? Vielleicht, weil er weiß, daß es den anderen egal ist.«

»Shanelle…«, wollte er sie warnen.

»Nein«, fiel sie ihm ins Wort. »Warum gibst du nicht zu, daß es falsch war, den Jungen zu vernachlässigen? Schau ihn dir an, wie er da beim Essen in der Ecke auf dem Fußboden hockt! Das ist bemitleidenswert. Ich kann nicht einfach so tun, als ginge es mich nichts an. Deine Schwester ist eine verbitterte Frau, und sicherlich nicht ohne Grund, aber was genug ist, ist genug. Sie hat ihre Rache genommen und den Mann getötet, der ihr das alles angetan hat. Mehr ist hier nicht zu begleichen. Aber wer bestraft sie für das Leiden, die sie diesem unschuldigen Jungen nun schon so viele Jahre hindurch zumutet? Und sich selbst auch, weil sie nicht vergessen kann, was gewesen ist. Ich möchte mich mit Drevan anfreunden, wenn er mich läßt. Wenn Aurelet versucht, es zu verhindern, dann meine ich, ist es für dich an der Zeit, dich einzuschalten. Oder soll ich die Forderung annehmen, nur damit sie klein beigibt?«

»Das sollst du auf keine Fall«, brauste er auf, aber dann seufzte er. »Also gut, schau, was du für den Jungen tun kannst, und ich spreche mit meiner Schwester.«

Sie lehnte sich zu ihm hinüber und legte ihm die Arme um den Hals. »Danke, aber ich glaub, du solltest anfangen...«

»Frau, du hast mir ein Zugeständnis abgerungen, jetzt warte eine Weile, bevor du mir das nächste abverlangst.«

»Ich hab nicht verlangt...«

»Ach, nein?«

Er schien nicht gerade zufrieden mit ihr. »Das ist wohl das Stichwort für mich, jetzt den Mund zu halten.« Sie grinste ihn an. »Bis gleich, Junge.«

Falon sah ihr nach und fragte sich, wieso es ihm so schwerfiel, ihr einen Wunsch abzuschlagen. In diesem Fall hatte sie vielleicht recht. Er kümmerte sich wirklich nicht um Drevan, aber es stand ihm auch nicht zu, sich einzumischen, denn Aurelet hatte einen Lebensgefährten, der den Jungen hätte erziehen sollen. Er würde mit Deamon sprechen müssen, um herauszufinden, warum er es nicht übernahm, aber die Antwort konnte er sich schon denken. Falon war der letzte, der nicht zugegeben hätte, daß seine Schwester äußerst giftig wurde, wenn man ihr in der Quere kam. An diesem Verhalten war ihr Vater schuld, der sie in seinem Bemühen, sie für die erlittene Unbill zu entschädigen, fürchterlich verwöhnte. Nachdem zehn Jahre lang alles nach ihrem Willen gegangen war, glaubte sie, es müsse immer so sein.

Shanelle stand vor Drevan und wartete darauf, daß er zu ihr aufschaute. Als er es tat, stand in seinem Blick ein Argwohn, der da eigentlich nicht hingehörte. Er sah Falon so ähnlich, daß sie ihn sofort ins Herz schloß. Sie lächelte ihm ermutigend zu. »Es sieht so aus, als könntest du eine Freundin brauchen, Drevan. Das kann ich sein. Warum kommst du nicht an meinen Tisch, dann erzähl ich dir von einem Computer, der glaubt, daß er alles weiß.«

»Was ist ein Computer?«

»Ich seh schon, es gibt eine ganze Menge Dinge, über die wir uns unterhalten können.«

## 39

Shanelle fiel es auch jetzt nicht leichter, sich an das wärmere Klima zu gewöhnen. Aber als eine Woche nach ihrer Ankunft in Ka'al vergangen war, konnte sie es nicht länger erwarten, endlich ihre ersten *Bracs* und das langärmelige Hemd, das dazugehörte, anzuziehen. Eines Morgens wurde ihr ein halbes Dutzend davon in ihre Wohnung gebracht. Die *Bracs* waren alle zu weit, und sie mußte sie zurückschicken. Aber als an diesem Morgen die neuen geliefert wurden, konnte sie einfach nicht widerstehen und mußte sie trotz der Hitze anprobieren.

Sie entschied sich für eine aus braunem *Zaalskin* und ein Hemd aus Goldmetallic. Sie mußte den kurzen Umhang im Haus nicht tragen, also grub sie eine lange Schnur mit Kystrals aus, die sie während ihres Aufenthalts in Kystran gesammelt hatte, und befahl den lebenden Kristallen, eine helle Bernsteinfarbe anzunehmen, aus deren Tiefe goldene Funken aufblitzten. Die Kristalle kamen dem Befehl augenblicklich nach, und sie hängte sich die Kette so um den Hals, daß die Steine über ihren Brüsten lagen.

Sie besaß noch keine Stiefel, aber sie wären wahrscheinlich auch viel zu heiß gewesen, und so zog sie ihre eigenen goldenen Sandalen an. Als sie die Sachen durchsuchte, die ihr durch Martha vom Rover transferiert worden waren, fand sie statt dessen ihr Schwert, das Corth für sie zu tragen pflegte, und schließlich das Verbindungsgerät, von dem sie angenommen hatte, daß es irgendwo versteckt sein müßte. Das Schwert allerdings war ein unerwarteter Fund, und sie betrachtete es eine Weile, um dann zu entscheiden, daß sie doch lieber nicht so kühn sein wollte. Sie versteckte es so, daß Falon es nicht finden konnte.

Ihr Lebensgefährte war wie jeden Tag außer Haus und kümmerte sich in der Stadt um öffentliche Angelegenheiten. Er hatte die Gespräche mit Botschafter Zlink aufgenommen, aber auf dem unbequemen Weg über den Telecom, der vor langer Zeit außerhalb von Ka'al eingerichtet worden war. Jeden Tag verwendete er ein paar Stunden auf diese Verhandlungen, und in einigen Punkten gab es schon Übereinstimmungen. Die Catrateri konnten das Gold bekommen. Falon verlangte bei weitem nicht den Preis, den er dafür hätte erzielen können. Was nun geklärt werden mußte, war die Frage, wie die Catrateri das Gold herausbringen sollten, ohne einen Fuß in das Land Ba-Har-an zu setzen. Shanelle war ziemlich sicher, daß sie eine Lösung für das Problem finden würden.

Sie hatte jeden Tag genug zu tun, um beschäftigt zu sein. Anders als im Haus ihres Vaters, in dem immer mindestens ein Dutzend Witwen und Waisen unter seinem Schutz lebten, die von ihrem Großonkel Lowden betreut wurden, gab es in Falons Haushalt vor Shanelles Ankunft nur eine einzige freie Frau.

Es gab in Ka'al ein Haus für Witwen und Waisen, das letztlich unter Falons Schutz stand, wo die Frauen aber unter sich sein konnten.

Nachdem die ältere Sklavin, die die Aufsicht über die anderen führte, beschlossen hatte, in ihre Heimat zurückzukehren, konnte niemand ihren Platz einnehmen. Daher übernahm es Shanelle, die Dienstboten zu beaufsichtigen und gleichzeitig eine Frau anzuleiten, die allmählich in diese Aufgabe hineinwachsen sollte. Sie ließ es sich auch nicht nehmen, die erst kürzlich Freigelassenen über ihre Rechte aufzuklären, wobei auch sie etwas über ihre eigenen lernte. Natürlich mußte sie sich öfter bei Falon erkundigen, denn sie wollte nichts außer acht lassen, aber sie empfand es nicht als harte Pflicht, sondern es machte ihr Freude. Vor allem, weil sie sich mit ihrem Lebensgefährten von Tag zu Tag besser verstand.

Und dann gab es noch Drevan, ein für seine vierzehn Jahre sehr ernstes Kind. Aber er hatte eben keine normale Kindheit gehabt, so einfache Dinge wie Spaß und Spiele und das Herumtoben mit anderen Kindern hatte er nie gekannt. Er war in der Obhut von Sklaven gewesen, und wahrscheinlich wußte er mehr über andere Länder als sonst jemand auf diesem Planeten, Shanelle nicht ausgenommen. Aber sonst ließ seine Erziehung leider sehr viel zu wünschen übrig, die Ausbildung im Kriegshandwerk hatte noch nicht einmal begonnen. Und dabei war der Junge so intelligent und wißbegierig. Die meiste Zeit verbrachte Shanelle damit, seine Fragen zu beantworten. Sie erfuhr dabei auch einiges über seinen seelischen Zustand.

Soweit Shanelle es beurteilen konnte, empfand er überhaupt nichts für seine Mutter. Er machte sich einfach nichts mehr aus ihr. Und was Falon und Jadell betraf, so wußte er nicht einmal mit Gewißheit, ob er mit ihnen verwandt sei. Da waren ihr beinahe die Tränen gekommen. Deamon dagegen konnte er gut leiden, denn der Krieger hatte sich sozusagen mit ihm angefreundet und den Schlägen ein Ende gemacht, die Drevan bis dahin von Aurelet immer bekommen hatte. Aber den Wunsch seiner Lebensgefährtin, Drevan nicht zum Krieger ausbilden zu lassen, respektierte er. Dies möglichst bald zu ändern, hatte Shanelle sich vorgenommen.

Ein Drittel des Tages verbrachte sie mit dem Jungen, um ihn besser kennenzulernen. Und Aurelet hatte entweder nichts dagegen, oder Falon mochte ihr gesagt haben, sie brauche sich nicht zu beunruhigen. Jedenfalls freute sich Shanelle über seine Gesellschaft.

An diesem Morgen nahm sie Drevan mit in die riesige Speisekammer, um nachzusehen, welche Vorräte von den Händlern aus der Stadt aufgefüllt werden mußten. Zu ihrer neuen Aufmachung hatte er bemerkt, sie sähe jetzt nicht mehr so seltsam aus. Sterne, wenn ihr Vater sie in diesen butterzarten *Zaalskin-Bracs* sehen könnte, würde er einen Wutanfall kriegen. Aber sie konnte es kaum erwarten, sich Falon in den engen Lederhosen der Ba-Har-ani-Frauen zu präsentieren. Das Dumme war nur, daß sie in diesen Hosen fast der Wunsch ankam, sie könnte auch ein Schwert dazu tragen.

Und das bildete den ersten Gesprächsgegenstand mit ihrem neuen, jungen Freund. »Würdest du gern ein Schwert tragen, Drevan?«

»Ich hab nie gelernt, damit umzugehen.«
»Soll ich es dir beibringen?«
Er wurde rot und vermied es, sie anzusehen. »Lieber überhaupt nicht, wenn ich wie eine Frau fechten soll.«
Shanelle hatte Mühe, sich das Lachen zu verbeißen. »Weißt du, ich kann nicht so fechten, wie... na ja, wie deine Mutter. Ich hab's von einem Krieger gelernt, und er kannte nur die eine Art.«
Drevans Augen hingen wie gebannt an ihr. »Du kämpfst wie ein Krieger?«
»Genau wie ein Krieger.«
»Aber du hast nicht die Kraft dazu«, wandte er ein.
»Brauch ich auch nicht.« Sie grinste ihn an. »Nicht, daß ich's nicht mit einem aufnehmen könnte, ich würde ihn schon ein bißchen zum Schwitzen bringen. Der Trick ist der, daß ich nicht versuche, die Klinge mit ihm zu kreuzen, sondern ihm selber mit meiner eins auszuwischen. Verstehst du, was ich meine?«
»Warum hast du dann nicht mit Aurelet gekämpft?«
»Weil Falon es mir verboten hat.« Shanelle zuckte die Achseln. »Du weißt, wie Krieger sind, immer furchtbar bedacht auf das, was ihnen gehört.«
»Weiß er, daß du fechten kannst?«
»Ich glaub nicht, daß es viel ändern würde. Aber er wird's ja merken, wenn ich dich unterrichte. Also, was ist? Willst du's lernen?«
»Natürlich möchte ich...«
»Aha, es wundert mich nicht, daß ihr schon wieder die Köpfe zusammensteckt«, bemerkte die Stimme, die Shanelle allmählich zu hassen anfing, hinter ihnen. »Ein Besucherbastard riecht den anderen, nicht wahr?«
»Also, ich wüßte nicht«, gab Shanelle zurück, als sie sich Aurelet zuwandte. »Aber du kennst dich offenbar damit aus.«
Die Augenbrauen der älteren Frau zogen sich zusammen. »Wenn das eine Beleidung...«
»Natürlich war's eine, meinst du, nur du darfst welche austeilen?«

»Du würdest dich trauen? Du bist doch der Feigling, der meine Herausforderung nicht angenommen hat?« fragte Aurelet.

»Ich versteh deinen Standpunkt«, gab Shanelle mit einem knappen Lächeln zu. »Warum gehst du nicht, bevor ich in Versuchung komme, ein weiteres Mal über mich selbst hinauszuwachsen?«

Die ältere Frau hörte nicht hin. Sie warf einen flüchtigen Blick auf ihren Sohn und meinte dann gehässig: »Bringst du diesem Besuchergezücht Frauenarbeit bei? Na, wunderbar. Das ist das einzige, wozu er taugt.«

»Wie sollst du das beurteilen, du weißt doch überhaupt nichts von ihm?«

»Ich weiß, daß er nichts taugt.«

»Wenn du dazu hergekommen bist, dann scher dich raus, aber sofort«, sagte Shanelle, der der Geduldsfaden riß.

Jetzt wurde auch Aurelet rot vor Zorn darüber, daß man so mit ihr umging. »Du versteckst dich mit deiner Feigheit hinter meinem Bruder und hast Angst davor, mit mir zu kämpfen, und Angst davor, ihm ungehorsam zu sein. Gibt's denn irgendwas, wovor du keine Angst hast, oder bist du nur genauso wie diese verachtenswerte Kreatur, die dich ausgetragen hat?«

»So, jetzt reicht's«, knurrte Shanelle. »Das Maß ist voll. Sei in zehn Minuten im Hinterhof, Aurelet. Deine Forderung ist gerade angenommen worden.«

Shanelle stelzte aus der Speisekammer und ging direkt in ihre Wohnung, um das Schwert zu holen. Sie machte sich nicht einmal die Mühe, den Gurt umzuschnallen, denn sie brauchte ihn nicht. Nur das Schwert, das sie fest umklammerte. Sie war furchtbar zornig, und so sollte man eigentlich nicht in den Kampf gehen. Sie mußte ruhiger werden. Das Ärgerliche war nur, daß sie dann auch Zeit hatte, an die Folgen zu denken, und vor allem an ihren Lebensgefährten – aber dafür war es zu spät. Sie hatte die Forderung angenommen, und zur Hölle mit den Folgen.

Aber sie fragte sich, ob sie Martha anrufen und sie bitten sollte, den Kampf zu überwachen, nur für den Fall, daß sie verwundet wurde und Aurelet sie verbluten ließ. Sie starrte minutenlang auf das Verbindungsgerät, das neben der nun leeren Scheide lag und war unschlüssig, was sie tun sollte. Aber endlich wandte sie sich ab. Martha würde dafür sorgen, daß Tedra es erfuhr, bevor sie überhaupt anfing zu kämpfen, und dann würde sie sicherlich transferiert werden, um den Kampf zu verhindern.

Aber sie konnte der Auseinandersetzung nicht aus dem Weg gehen, jetzt bestimmt nicht mehr. Sie haßte so etwas doch eigentlich, und dieser Entschluß paßte nicht zu ihrer Einstellung. Aber sie hatte einfach genug von den Bosheiten dieser Frau. Sie wollte den Frieden, den ihr ein Sieg bringen konnte – wenn sie es schaffte. Nein, sie durfte nicht anfangen, daran zu zweifeln. Das war das Schlimmste, was ein Schwertfechter tun konnte.

Aurelet erwartete sie schon. Der Hof war nicht leer, aber ziemlich groß, und niemand beachtete sie, wenigstens im Augenblick. Shanelle konnte sich denken, daß es nicht lange so bleiben würde.

Aurelet zog ihr Schwert, als sie sah, daß Shanelle ihres schon in der Hand hielt. Shanelle stellte fest, daß es etwa neunzig Zentimeter lang, aber nicht sehr breit war, was sein Gewicht verringerte. Ihre eigene Klinge entsprach der Standardlänge von ein Meter zwanzig. Aber sie bestand nicht, wie sonst üblich, ausschließlich aus Torenostahl, wodurch auch sie leichter war als die eines Kriegers. Aurelet wirkte siegessicher, schließlich hatte sie noch nie gegen eine Frau verloren. In ihrem Gesicht stand allerdings auch die absolute Befriedigung darüber, daß sie endlich bekam, was sie sich vorgenommen hatte. Shanelle wollte die Sache nur hinter sich bringen.

»Okay, laß uns anfangen«, meinte Shanelle ohne Umschweife.

»Vielleicht möchtest du vorher einen Moment mit Droda reden, denn ich hab vor, dich zu töten, Frau.«

Shanelle grinste. »Ich glaub nicht, daß Falon davon angetan sein wird, aber du kannst es ja mal versuchen.«

Ihr Grinsen machte Aurelet jetzt zornig genug, um sie anzugreifen. Sie begann mit einem sehr schnell geführten Streich, der Shanelle verwirren sollte. Das gelang ihr auch. Denn Shanelle hatte nur mit ihrem Vater oder ihrem Bruder trainiert, die eine andere Strategie verfolgten. Sie wurde an den aufgeblasenen Großkönig von Century III erinnert, der ganz auf Schnelligkeit setzte, um den Krieger zu besiegen, und dem es fast gelungen wäre. Sie selbst war auch ganz schön schnell, aber das gleiche nicht von ihrem Gegner gewohnt.

Sie war gezwungen, den nächsten Hieb mit ihrer Klinge abzuwehren, was sie eigentlich nicht beabsichtigt hatte. Die Wucht des Aufpralls schoß ihr direkt in den Arm, aber auch Aurelets Arm schien zu schmerzen, und davon profitierte Shanelle, um in die Offensive gehen zu können. Wegen der größeren Reichweite von Shanelles Klinge mußte Aurelet zurückspringen. Bevor sie sich wieder stabilisiert hatte, führte Shanelle einen Schlag nach oben und traf Aurelets Schwert aus den empfindungslos gewordenen Fingern.

Aurelet stand entsetzt und wie gelähmt da, während Shanelle ihr die Spitze ihres Schwerts an die Kehle hielt. Sie lächelte nicht. Sie hätte stolz auf sich sein können, aber nicht nach den Augenblicken der Angst, als ihr klar wurde, wie unsinnig es war, sich wegen einer dämlichen Herausforderung durch eine Frau zu schlagen. Dafür hatte sie eigentlich nicht gelernt, das Schwert zu gebrauchen. Das sollte sie nur in lebensbedrohlichen Situationen und zu ihrer Verteidigung tun, und beides war hier nicht gegeben.

Daß sie sich unbedacht in Gefahr gebracht hatte, nur weil ihr verdammtes Temperament mit ihr durchgegangen war, bewirkte, daß ihr Zorn wieder aufwallte, und sie sagte: »Laß mich dir was sagen, solange du mir zuhören mußt. Was dir vor so vielen Jahren geschehen ist, tut mir wirklich leid, aber du begehst in der Art, wie du deinen Sohn behandelst, ein viel schlimmeres Verbrechen. Und er ist kein Besucher, genausowenig wie ich eine Besucherin bin. Wenn du dir mal die Mühe gemacht hättest, ihn dir anzuschauen, dann hättest du gesehen, daß er ein Van'yer ist. Da ist nichts an ihm, daß dich an seinen Vater und das Elend erinnern könnte. Aber wahrscheinlich warst du blind. Es wundert mich, daß er dich nicht haßt, aber das tut er wirklich nicht. Andererseits könntest du jetzt und hier sterben, ohne daß es Drevan etwas ausmachte. *Das* hast du deinem eigenen Sohn angetan.«

Sie senkte die Klinge, und in diesem Augenblick hörte sie Falons Stimme hinter sich. Sie klang merkwürdig gepreßt, als er sagte: »Wenn du fertig bist, dann komm bitte mit ins Haus.«

Sterne, hatte sie wirklich geglaubt, es sei nicht so wichtig? Als sie Falon ins Haus und die Treppe hinaus in ihre Wohnung folgte, wurde ihr klar, welche Bedeutung er der Sache beimaß.

Er sprach kein weiteres Wort mit ihr. Er vergewisserte sich nicht einmal, ob sie ihm auch folgte. Aber das tat sie. Der Gedanke, sich in der entgegengesetzten Richtung davonzumachen, war ihr kurz durch den Kopf gegangen, aber sie verwarf ihn, denn sie wollte die Dinge nicht noch schlimmer machen. Es konnte sowieso nicht mehr schlimmer kommen.

Als er die Tür zu ihrer Wohnung öffnete, fragte sie zögernd: »Könnten wir vielleicht erst mal drüber reden?«

»Nein.« Und er griff nach ihrer Hand und zerrte sie hinter sich her ins Schlafzimmer.

»Solltest du nicht wenigstens warten, bis du nicht mehr so wütend bist?« fragte sie nun schon fast verzweifelt.

»Nein.«

»Falon.«

Immer noch keine Antwort – außer der, die sie nicht wollte. Er zog sie nur zum Bett, setzte sich dort hin und legte sie über seine Knie.

Den ersten Schlag empfand sie nur wie ein heißes Brennen. Sie hatte noch Zeit, sich zu fragen, ob er die Strafaktion wenigstens abkürzen würden, wenn sie laut genug schrie. Nach fünf weiteren Schlägen hatte sie keine Kontrolle mehr über ihre Schreie. Sie mußte nichts mehr dazu tun, damit sie durchringend genug klangen. Außerdem hatten sie nicht den geringsten Einfluß auf die Wucht oder die Anzahl seiner Schläge. Und diese verdammten *Bracs* sorgten dafür, daß es besonders weh tat. Jedenfalls bewirkten sie, daß jeder einzelne Hieb besonders laut klatschte.

Shanelle kam mit dem Zählen nicht mehr mit. Aber es gab keinen Zweifel. Sie würde es sich tatsächlich zweimal überlegen, bevor sie sich noch einmal über sein Verbot hinwegsetzte. Aber genau das war der Sinn der Sache; sie sollte ihm einfach nicht mehr ungehorsam sein wollen, aus welchem Grund auch immer. Aber das Ärgerlichste und Demütigendste war, daß er sich, nachdem er fertig war, einfach im Bett zurücklegte und sie in den Armen hielt, bis sie zu weinen aufhörte – und daß sie es geschehen ließ.

Es dauerte allerdings ziemlich lange, denn Shanelle machte keinerlei Anstrengung, ihren Tränenfluß einzudämmen. Jetzt wo es vorbei war, hoffte sie, Falon litte wirklich so sehr mit, wenn er sie bestrafte, wie er behauptet hatte. Und es war ihr verdammt egal, ob sie inzwischen einsah, daß sie die Strafe vielleicht verdiente. Er brauchte trotzdem nicht so verdammt gewalttätig zu sein, wenn er ihr eine Lektion erteilen wollte. Das würde sie ihm nicht verzeihen.

Als sie sich schließlich aus seinen Armen wand, um sich aufzusetzen, zuckte sie zusammen und mußte ihr Gesicht auf die Hüfte verlagern. Wirklich toll. Es war schlimm genug, daß die Haue weh tat, solange sie verabreicht wurde, daß sie aber hinterher offensichtlich noch länger schmerzte, war echt die Hölle.

»Shanelle?«

Sie machte eine abwehrende Bewegung. »Sprich nicht mit mir, Krieger. Guck mich nicht an, faß mich nicht an und erzähl mir nichts.«

»Will ich vielleicht auch gar nicht. Ich bin noch zu wütend auf dich.«

»Gut«, erwiderte sie. Aber kurz darauf drehte sie sich zu ihm hin und schrie: »Ich weiß, was ich da draußen gemacht hab. Mein Vater hat mich gelehrt, mit dem Schwert umzugehen. In weniger als zehn Sekunden hatte ich deine Schwester entwaffnet!«

Seine Brauen rückten zusammen, ein Zeichen dafür, daß er sehr ärgerlich wurde. »Es interessiert mich nicht, welchen Stand der Fertigkeit du erreicht hast, Frau. Ich hatte dir verboten, ihre Herausforderung anzunehmen.«

»Verdammt noch mal, sie hat mich einfach nicht in Ruhe gelassen. Ständig mußte sie mich beleidigen und meine Mutter noch dazu, und ich hatte die Nase gestrichen voll. Aber anstatt ihr zu zeigen, daß bei ihr nur heiße Luft drin ist, hätte ich ausholen und ihr eins in die Fresse geben sollen. Wär's dir lieber gewesen, sie mit gebrochener Nase zu sehen?«

»Mir wäre lieber gewesen, du hättest keinen Grund gehabt, mit ihr zu kämpfen.«

»Warum, zum Teufel, hast du sie dann an mich rangelassen? Eine feine Art Schutz gibst du mir«, setzte sie erbittert hinzu. »Sie hat mich schikaniert, und du hast nichts dagegen unternommen!«

Er sog scharf die Luft ein, und seine Gesichtsfarbe wurde einen Schatten dunkler. »Habe ich davon erfahren?«

Mußte er auf ihre Anschuldigungen derart betroffen reagieren?

»Na gut, das war vielleicht unfair von mir. Aber sie ist deine Schwester. Du kennst sie besser als ich, und deshalb hättest du wissen können, daß sie mich nicht in Ruhe lassen würde.«

»*Du* hättest etwas sagen sollen, Shanelle. Warum hast du's nicht getan?«

»Wie sollte ich mich beklagen, nachdem du mich gebeten hattest, Verständnis für sie zu haben? Ich kann doch nicht, kaum daß wir als Partner zusammenleben, über deine Familie jammern? Also, das wollte ich auf keinen Fall. Ich dachte, ich könnte allein damit fertig werden. Aber es hat sich herausgestellt, daß ich viel weniger Selbstbeherrschung aufbringe als du. Sie hat mich einmal zu oft Feigling genannt und einmal zu oft meine Mutter verleumdet. Aber wenn du wissen willst, was der eigentliche Auslöser war, dann sag ich's dir: Ich hab heute erstmals erlebt, wie sie mit Drevan umspringt, und der Gedanke, daß er schon all die Jahre damit leben muß, hat mich einfach krank gemacht.«

»Ich habe schon mit Deamon gesprochen. Er nimmt Aurelet mit zu seiner Familie, und Drevan bleibt hier.«

»Warum hast du mir das nicht eher gesagt?« funkelte sie ihn an.

»Ja, das hätte ich wahrscheinlich tun sollen.«

»Da gibt's kein ›wahrscheinlich‹. Ich hätte noch einiges

von ihr ertragen können, wenn ich sicher gewesen wäre, daß es bald vorbei sein würde. Die Herausforderung hab ich nur angenommen, um der Sache ein Ende zu machen. Es ist wirklich deine Schuld, Falon!«

»Frau, habe ich dir etwa das Schwert in die Hand gedrückt? Oder dich in den Hof geschickt, damit du dein Leben aufs Spiel setzt?«

»Das hast du ja beinah wirklich gemacht, obwohl du's doch mit ein paar Worten hättest verhindern können«, beharrte sie, um diese Bemerkung gleich darauf zu bereuen.

Denn er packte sie und schüttelte sie, setzte sie dann auf ihr schmerzendes Hinterteil und schüttelte sie noch einmal ordentlich durch. »Ich *habe* es verhindert, nämlich dadurch, daß ich es *verboten* habe! Mehr brauchte es nicht, um dich aus der Gefahr herauszuhalten. Frau, du hast mein Verbot mutwillig mißachtet. Wenn dir das noch nicht klar ist, dann bist du wohl noch nicht genug bestraft worden!«

Sie wurde sehr blaß und blieb es auch noch, als sie ihn anschrie: »Zum Teufel bin ich das! Ich brauch jetzt schon ein Meditech.«

»Was dir leider nicht zur Verfügung steht. Die Wirkung der Strafe soll anhalten, bis sie auf natürlichem Weg verschwindet, denn nur so wirst du dran erinnert, daß du sie in Zukunft lieber vermeiden solltest.«

»Hach, wie weise«, meinte sie wegwerfend. »Sonst hätt ich's doch wahrhaftig vergessen.«

»Frau...«

»Ach, laß mich zufrieden, Falon. Geh nur und laß mich in Frieden leiden.«

Sie rollte sich auf ihre Seite des Betts zusammen und kehrte ihm den Rücken zu. Sie wartete darauf, daß er aufstehen würde, aber er rührte sich nicht. Sie lauschte auf einen Laut von ihm, aber eine ganze Zeitlang war nichts zu hören. Dann kam ein Seufzer.

»Ich hab keine Lust, dich nach den häßlichen Worten, die zwischen uns gefallen sind, allein zu lassen. Ich finde es scheußlich, dir weh zu tun...«

»Tatsächlich, das hätt ich auch fast geglaubt!«

»Aber der Gedanke, ich könnte dich wegen deiner Unbedachtheit verlieren, ist noch viel gräßlicher. Du hast gewußt, daß du Strafe verdient hast. Du bist nach allen Regeln davor gewarnt worden, dich selber zu gefährden, sonst wäre Strafe die Folge. Wirf mir jetzt nicht vor, was du dir selbst eingehandelt hast. Es ist vorbei. Und jetzt können wir weitermachen wie vorher.«

Wetten, daß nicht, sagte sie, aber wie immer nur zu sich selber.

# 41

»Wenn du mich fragst, hat er zu früh aufgehört. Du siehst auch nicht besonders reuig aus, und du hast dich, zum Teufel, überhaupt nicht danach angehört.«

Shanelle drehte sich im Bett um und betrachtete ihre Mutter mit ungläubigem Staunen. »Mutter!«

»Sprich mich nicht so an«, antwortete Tedra ärgerlich. »Du hast verdammt Glück gehabt, daß Martha mir erst erzählt hat, was du gemacht hast, als es schon vorbei war.«

Shanelle stellte sich schnell darauf ein, daß ihr Mutter in ihr Schlafzimmer transferiert worden war, wenn auch offensichtlich nur, um mit ihr zu schimpfen. »Heißt das, daß Martha mich die ganze Zeit überwacht hat?«

»Natürlich. Du glaubst doch wohl nicht, ich laß dich in ein Land gehen, von dem wir so wenig wissen, ohne dich im Auge zu behalten?«

»Ich glaub, du hast Martha zu lang im Rover gelassen. Du solltest sie in ihr eigenes Gehäuse zurückbringen, wo sie nicht so stark ist.«

»Ich hab's gehört, Kindchen. Was beklagst du dich, wenn ich's nicht nicht mal tu?«

Shanelle kümmerte sich nicht um den Computer, sondern wandte sich vorwurfsvoll an ihre Mutter. »Du hast also gewußt, daß er mich bestraft? Du hättest mich doch da rausholen können.«

»Nicht um alles in der Welt, Baby. Wenn er dich diesmal nicht bestraft hätte, würde ich dafür gesorgt haben, daß dein Vater es übernimmt.«

»Mutter!«

»Ich hab dir gesagt, du sollst das lassen,« erwiderte Tedra ungeduldig. »Und ich will dir verraten, daß ich selber Gefahr laufe, bestraft zu werden, weil ich hier bin, denn dein Vater hat mir glatt verboten, dich zu besuchen, bevor ich von deinem Lebensgefährten dazu eingeladen werde.«

»Da kannst du lange warten.«

»Das hab ich mir auch gedacht.«

»Du solltest vielleicht lieber wieder nach Hause gehen, bevor er dich vermißt«, setzte Shanelle hinzu. »Im Moment brauch ich keine weiteren Vorlesungen.«

»Was ich stark bezweifeln möchte. Wo hast du denn deinen Grips gelassen, Shani? Du hättest diese Frau ohne Waffen bekämpfen und dir den wunden Po ersparen können.«

»Damit wär ich sie aber nicht los gewesen. Sie würde immer noch glauben, sie könnte mich mit dem Schwert besiegen und mich immer weiter triezen.«

»Du wolltest den Jungen unterrichten, nicht wahr? Dann hätte sie doch gemerkt, daß du besser bist als sie.«

»Um der Sterne willen, hat Martha dir wortwörtlich jede mistige Kleinigkeit erzählt, die sich hier abgespielt hat?«

»'türlich hab ich das, Mädchen«, schnurrte Marthas Stimme aus dem Phasor-Combo-Gerät, das an Tedras Gürtel befestigt war. »Jedenfalls das, was sie nicht selber gehört hat.«

»Mutter.«

»Laß den Quatsch, Shani. Was sollte ich denn machen, als Falon dich nicht mal bei uns reinschauen lassen wollte? Dein Instinkt sagt dir vielleicht, daß du ihm trauen und ihn lieben kannst...«

»Setz das lieber in die Vergangenheit.«

Tedra hatte für diese Bemerkung nur ein verächtliches Schnauben übrig und fuhr fort: »Aber meiner nicht, und das erinnert mich an was. Warum hast du nicht zu Hause angerufen? Martha sagt, sie hat dir ein Verbindungsgerät zum Computer dagelassen?«

»Hat sie dir denn nicht erzählt, daß Falon mir verboten hat, es zu benutzen?« war Shanelles trockene Antwort. »Eigentlich hat er mir verboten, mit ihr zu sprechen, aber das kommt auf das gleiche raus.«

»Ich nehme an, das hat sie vergessen zu erwähnen.« Tedra runzelte die Stirn und sah auf das Gerät an ihrem Gürtel.

»Ich hätt's getan, bevor er seine Meinung dann änderte,« brummte Martha zurück. »Ich wollte abwarten, ob Shani ihn noch weiter bearbeiten könnte.«

»Na ja, ich hab ihn von ›überhaupt nie mehr‹ auf ›vorläufig‹ runtergehandelt, oder etwa nicht?« gab Shanelle zurück. »Weiter wollte ich's nicht unbedingt treiben, wo du ja diejenige warst, die ihn so geärgert hatte, daß er's überhaupt sagen mußte.«

»Na, das hör ich gern,« beklagte sich Martha. »Auf wessen Seite stehst du eigentlich?«

»Fal...«, fing Shanelle an und bedachte nun selbst das Verbindungsgerät mit einem reichlich bösen Blick. »Ja, echt stark, Martha, aber probier deine hinterletzte Psychologie mal zur Abwechslung an jemand anders aus. Jetzt gerade liebe ich Falon wirklich nicht. Ich kann ihn nicht mal leiden. Und wenn du meine Gefühle auf dem Monitor überwachst, dann weißt du, daß ich nicht lüge.«

»Alles, was ich ablesen kann, ist ein Haufen verletzter Gefühle. Durchaus verständlich.« Dann fing Martha an zu glucksen, und Shanelle hätte sich denken können, daß das dicke Ende noch kam. »Und absolut passend zu deinem wunden Hinterteil.«

»Nur zu, reit nur drauf rum, warum auch nicht. Ich...«

»Das reicht, ihr beiden«, unterbrach Tedra sie kurz angebunden. »Ich habe nicht viel Zeit und keine Lust zuzuhören, wie ihr euch bekabbelt.«

»Ich kabbel mich nicht«, erwiderte Martha aufgebracht. »Ich klär nur was auf. Und Shani hat mich schon verstanden, sonst würde sie's nicht so energisch bestreiten.«

Shanelle sagte nichts mehr darauf, aber ihr Gesicht sprach Bände. Tedra seufzte und setzte sich neben sie aufs Bett.

»Wir reden um den heißen Brei herum, obwohl es eine Tatsache ist, daß du im Unrecht warst, Shani. Und dein Lebensgefährte mußte es dir klarmachen. Aber davon abgesehen bringt es überhaupt nichts, ihm deshalb böse zu sein, einfach weil Krieger nicht zulassen, daß ihre Lebensgefährtinnen schmollen, jedenfalls nicht für lange.«

Shanelle sagte immer noch nichts, und ihre Mutter versuchte es jetzt anders herum, wenn auch nicht ohne Mühe. »Ich konnte es nicht ertragen zuzuhören, weil du so einen fürchterlichen Radau gemacht hast. War's wirklich so schlimm, Shani, oder hast du einen draufgesetzt?«

»Beides.«

Tedra zuckte zusammen, äußerte dann aber die Vermutung: »Ich glaub, du hast ihm eine Mordsschrecken eingejagt, Shani. Du hättest ihm wirklich sagen sollen, daß du mit dem Schwert umgehen kannst, dann wäre er nicht so außer sich gewesen.«

»›Unbarmherzig‹ trifft's eher.«

Tedra mußte über den Ton grinsen, der in einem Gemurmel endete. »Das bezweifle ich. Aber selbst, wenn es stimmt, hast du sicher selber gemerkt, daß du verdienst hast, was er dir verpaßt hat. Also gibt's keinen Grund, ihm das übelzunehmen, oder?«

Mit schwacher Stimme sagte Shanelle: »Mutter, er wollte mir nicht mal erlauben, ein Meditech zu benutzen.«

Tedra legte einen Arm um ihre Schultern und drückte sie an sich. »Ich sag's nicht gern, Baby, aber seine Motive sind doch verständlich. So lang du wirklich bestraft bist, sollst du diesen zusätzlichen Ansporn haben, es hoffentlich nicht noch mal so weit kommen zu lassen. Ich allerdings glaub nicht, daß es nötig ist. Soll Martha dich zum Meditech bringen? Es würde nur ein paar Minuten dauern.«

»Nein, vielen Dank. Wenn Falon dahinterkäme, würde er wahrscheinlich glauben, er müßte noch mal von vorn anfangen.«

»Ein vernünftiger Standpunkt. Geht's dir jetzt besser?«

Shanelle wäre an ihrem Ressentiment fast erstickt, und das wurde ihr erst jetzt bewußt. »Ja. Aber ihr hättet mich ruhig noch ein bißchen länger sauer sein lassen können auf ihn. Ich will nicht, daß er sich fragt, ob er zu früh aufgehört hat.«

»Na, ich denke, du hast nicht die Absicht, ihn das glauben zu lassen«, meinte Tedra und mußte ein Lächeln unterdrücken.

»Jetzt, wo du's erwähnst, bestimmt nicht«, grinste Shanelle zurück.

»Du bringst ihr schlechtes Benehmen bei«, warf Martha warnend ein.

Tedra schnaubte verächtlich. »Sie hat einen Krieger als Mann, und das bedeutet, daß sie jede Hilfe braucht, die sie kriegen kann. Da wir gerade von Hilfe reden, wo ist denn die alte Lehrkonsole, die du für ihren Neffen ausgegraben hast?«

»Schon unterwegs«, antwortete Martha, und das Gerät erschien vor ihren Füßen auf dem Boden.

Shanelle strahlte über das ganze Gesicht. »Ach, das ist genau das richtige für Drevan.«

»Ein komprimiertes Lernprogramm wär einfacher für das Kerlchen«, meinte Tedra. »Aber Martha sagte mir, dein Lebensgefährte hätte ein Abneigung dagegen, also haben wir deine alten Lehrer nicht rausgesucht. Aber willst du ihm wirklich eine breiter gefächerte Erziehung zukommen lassen, als sonst für diese Krieger üblich ist?«

»Wenn er gern lernt. Falon hat schon einen anderen Kurs eingeschlagen dadurch, daß er wieder Beziehungen zu Besuchern aufnimmt, und wer weiß, was in ein paar Jahren sein wird. Es kann nichts schaden, hier einen Krieger zu haben, der mit Besuchern vertraut ist und sich in beratender Eigenschaft nützlich machen kann.«

»An so was hab ich gar nicht gedacht«, bemerkte Tedra.

»Aber ich schon.« Martha freute sich diebisch.

Shanelle mußte ein Lächeln unterdrücken, als der Phasor-Combo wieder einen finsteren Blick abbekam. »Außerdem«, sagte sie, und ihre Mutter wandte das Interesse wieder ihr zu, »wenn ich etwas für den Jungen tun kann, dann will ich ihm sein Selbstwertgefühl wiedergeben. Seine Mutter hat nichts unversucht gelassen, es ihm zu nehmen.«

»Laß uns nicht mehr von dieser Frau reden, sonst geh ich noch hin und fordere sie selber.«

Martha gluckste. »Deiner Mutter hat's gefallen, daß du immer wieder für sie eingetreten bist, Shani, aber sie hätte die Person so furchtbar gern selber am Boden festgenagelt.«

Tedra machte eine wegwerfende Handbewegung. »Sie hat ihr Fett weg, dadurch daß sie so schnell entwaffnet wurde. Das hätt ich auch nicht besser gekonnt. So, jetzt laß dich noch mal anschauen, bevor ich gehe.« Tedra zog Shanelle auf die Füße und grinste, als sie ihre Aufmachung musterte. »Ich sollte vielleicht nach Ba-Har-an ziehen. Wer hätte gedacht, daß diese Ba-Har-ani ihren Frauen so viele Freiheiten erlauben? Ich bin echt neidisch.« Dann runzelte sie die Stirn und meinte: »Kein Wunder, daß Challen mir verboten hat herzukommen.«

Martha schaltete nun auf Ungeduld. »Wenn er erfährt, wie's hier steht, kann ich einen Monat lang den Mund halten. Du weißt sehr gut, er will nicht, daß Shani Probleme kriegt, weil du Falon verärgerst. Oder hast du vergessen, daß du als Schwiegermutter bei dem jungen Krieger ganz oben auf der schwarzen Liste stehst?«

»Ich wette, er hat die blöde Herausforderung schon längst vergessen, jetzt, wo er gekriegt hat, was er haben wollte.«

»Wetten, daß nicht?« kam es von zwei Seiten wie aus der Pistole geschossen.

Tedras Stirn umwölkte sich. »Also, er sollte schon ein bißchen schneller drüber wegkommen. Ich hab keine Lust, mich immer heimlich hier reinzuschleichen, wenn ich meine Tochter sehen will.«

»Ich arbeite dran, Mutter«, versicherte Shanelle. »Aber du solltest jetzt vielleicht gehen, bevor du Ärger kriegst.« Und dann schnitt sie eine Grimasse bei der Erinnerung daran. »Es tut mir leid, daß du meinetwegen Vater gegenüber die Forderung verloren hast.«

»Sei nicht albern, Baby. Heutzutage bedeutet verloren zu haben bei meinem Barbaren nur noch Spaß und Spiele.«

»Dann bist du nicht auch bestraft worden?«

»Aber natürlich, verlaß dich drauf«, konnte Martha sich nicht enthalten zu antworten. »Und deswegen redet sie immer noch nicht wieder mit diesem Krieger.«

»Mutter!« rief Shanelle entsetzt.

Tedra knirschte mit den Zähnen, als sie den Computer anknurrte: »Mit dir red ich auch nicht mehr, Martha, wenn du nicht lernst, wann du die Klappe halten mußte.«

Shanelle schüttelte den Kopf. »Ich meine, du hast gerade gesagt, Krieger dulden nicht, daß ihre Lebensgefährtinnen schmollen.«

»Manchen Kriegern bleibt aber nichts anderes übrig.«

»Na, das ist wirklich großartig. Dann muß ich mich ja noch viel schuldiger fühlen.«

»Mach dich nicht lächerlich«, spottete Tedra. »Dein Vater und ich haben schon lange keinen richtigen Streit mehr gehabt. Ich genieße diesen hier wirklich.«

»Also, such dir um der Sterne willen was anderes als Amüsement«, meinte Shanelle vorwurfsvoll. »Und trenn dich von diesem Phasorgerät, bevor du deswegen noch mal bestraft wirst. Was machst du überhaupt damit, statt ein normales Verbindungsgerät zu benutzen?«

»Ich bin hier in einem Land, in dem ich noch nie war. Ich wollte nichts riskieren. Ein Phasor ist eine ideale Waffe, weil er in seinem kleinen Kästchen überhaupt nicht nach einer aussieht, und weil er sein Objekt nicht tötet, sondern nur bewegungsunfähig macht.«

»Aber wenn Vater es sieht…«

»Wird er nicht.«

Aber genau das tat er, denn einen Augenblick später erschien er auf dem gleichen Weg wie Tedra, und zwar so wütend, wie er nur sein konnte. Sterne, was würde noch passieren? Jetzt fehlte nur noch, daß auch Falon hier erschien.

Und so war es.

## 42

Shanelle wußte nicht, was sie zuerst sagen sollte – »Hallo, Vater«, oder »Ich kann dir alles erklären, Falon.« Ihr Lebensgefährte stand in der Tür und betrachtete mit hochgezogenen Augenbrauen die ungeladenen Gäste in seinem Schlafzimmer. Ihr Vater beäugte mit finsteren Blicken ihre Mutter, und die hatte ihre Ich-geh-hier-nicht-weg-Haltung angenommen. Shanelle war verzagt und verhielt sich still, denn sie wollte den Riesenkrach, den es sicher geben würde, nicht selber auslösen.

So vorsichtig war Martha allerdings nicht. »Na, was soll's, zum Teufel, je mehr, desto lustiger. Da hätt ich selber drauf kommen sollen.«

Marthas Stimme lenkte Challens Aufmerksamkeit auf das Phasor-Combo-Gerät an Tedras Gürtel, das er nach allem Ärger, den es ihm bei der ersten Begegnung mit ihr bereitet hatte, nur allzu gut erkannte. »Nicht nur, daß du dich über meine Wünsche hinwegsetzt und hierherkommst, nein, du bist auch noch bewaffnet?«

Tedra hob trotzig ihr Kinn. »Waffen sind hier erlaubt.«

»Du hast dir die Waffe aber nicht hier beschafft, Frau, sondern in Sha-Ka'an, wo sie verboten ist.«

»Wenn du schon auf Kleinigkeiten rumhacken willst, dann kann ich dir sagen, daß du mich jedenfalls in Sha-Ka'an nicht damit erwischt hast, oder?«

»Das stimmt, aber wenn ich dich mit nach Hause nehme, dann trägst du das Ding doch.«

Bei diesem Einwand wurden ihre Augen schmal. »Dann laß ich's einfach hier.«

»Nein, das tust du nicht«, schaltete Falon sich ein, und alle sahen ihn an. »Es ist mir egal, ob das Ding, von dem ihr redet, eine Waffe ist. Was du nicht hierlassen kannst, ist die Verbindung zu deiner Martha. Denn ich hab dem Computer verboten…«

»Jetzt wollen wir doch gleich was klarstellen, Krieger«, unterbrach Martha mit ihrer Ungeduldsstimme. »Du hast nicht mir was verboten, sondern Shani, denn das war alles, was du konntest. Mir kann man nämlich nichts befehlen, und ich denke, das hast du inzwischen begriffen. Und wie lange willst du noch auf mich und meine Tedra sauer sein, bloß weil wir deine Lebensgefährtin beschützt haben, bis du das Recht dazu bekommen hast? Hättest du's denn gern gesehen, daß ein Krieger, den sie kaum kennt, sich mitten in der Nacht in ihr Zimmer schleicht?«

Falon lief rot an, vor allem, als Challen ihm einen deutlich mißbilligenden Blick zuwarf. Shanelle hatte in diesem Moment nicht das geringste Mitleid mit ihm.

»Da kannst du mal sehen, wie's geht, wenn du bei Martha in der Kreide stehst. Sie gleicht die Konten aus, wenn man am wenigsten damit rechnet.«

»Redest du etwa wieder mit mir, Shanelle?«

Sie zuckte die Achseln. »Du kannst dich bei meiner Mutter dafür bedanken. Sie hat mir abgeraten, dir ernstlich böse zu sein. Jetzt bin ich's nur noch halb.«

»Warum warst du überhaupt wütend auf ihn, Shanelle?« wollte ihr Vater wissen.

Shanelle wünschte, sie hätte den Mund gehalten. Aber sie brachte nicht zu antworten.

Falon übernahm es, und es war ihm nicht im geringsten peinlich. »Ich hielt es für notwendig, sie diesen Aufgang zu bestrafen.«

»Aha«, nickte Challen. »Ich stehe jetzt mit meiner Frau vor der gleichen Situation.«

»Jetzt reicht's aber«, knurrte Tedra. »Mein Baby hatte Schmerzen. Das hebt nach meinem Dafürhalten alle Verbote aus. Ich muß selber sehen, wie schlimm es war, und ihr die Meinung sagen, weil sie Falon dazu gebracht hat. Dafür werd ich nicht bestraft, Krieger.«

»Doch, selbstverständlich«, stellte Challen ihr in Aussicht. »Wenn du gewußt hast, daß sie uns braucht, warum bist du dann nicht zu mir gekommen? Statt dessen setzt du dich über mich hinweg und erscheinst hier, wo du überhaupt nicht willkommen bist. Und ich sehe nichts an meiner Tochter, weswegen du hättest kommen müssen – Shanelle, was hast du denn an?«

Shanelle blinzelte erschrocken über den plötzlichen Themawechsel. »So ziehen sich Frauen hier an, Vater. Sie tragen auch Schwerter. Wenn du dich hier umschaust, wirst du staunen, wie anders vieles hier ist.« Und damit sah sie ihren Lebensgefährten betont bedeutungsvoll an. »Falon?«

Er wußte genau, was sie von ihm erwartete. Er wäre lieber nicht so in den Mittelpunkt gerückt worden, aber gerade jetzt war er von dem Wunsch beseelt, ihr jeden Gefallen zu tun, damit ihre Beziehung wieder in Ordnung käme.

Er warf Challen einen raschen Blick zu. »Wenn ihr schon hier seid, *Shodan*, möchte ich dich und deine Lebensgefährtin einladen, eine Zeitlang hier zu Besuch zu bleiben.«

»Eine glänzende Idee von dir«, antwortete Challen, worauf Falon erleichtert lachte und Tedra einen finsteren Blick auf ihren Lebensgefährten warf.

»Du brauchst es mir nicht noch mal hinzureiben, Krieger«, meinte sie verdrießlich. »Eine kleine, mickrige Herausforderung, die *er* nicht mal ernstgenommen hat, und du willst mich das nicht vergessen lassen. Also, ich meine, wir haben lange genug Tedra, die Böse gespielt. Ich bin nämlich zufällig mit dem Lebensgefährten meiner Tochter einverstanden, seit er eine Linie hat. Er braucht nicht zu befürchten, daß ich ihm noch mal auf die Pelle rücke, solange er sein Versprechen hält, Shani glücklich zu machen. Und abgesehen von Strafmaßnahmen, die sie übrigens verdient hat, werd ich wirklich zornig.«

Er hob eine goldene Augenbraue. »Dein Zorn die ganze Zeit über war also nicht echt?«

»Nicht annähernd.«

»Dann nehmen wir uns am besten mal den Mangel an Respekt vor, der deinen unechten Zorn begleitet hat.«

»Wunderbar«, fuhr Tedra ihn an. »Nur weiter so, halt dich ran. Aber wenn ich meine Niederlage hinter mir hab, Krieger, dann kannst du davon ausgehen, daß ich mit dir abrechnen werde.«

»Von einer Kriegerfrau ist es auch nicht anders zu erwarten«, gab Challen zurück. »Aber vergiß nicht, welche Schwierigkeiten du beim letzten Versuch hattest, als du gleichziehen wolltest. An deinen Fähigkeiten lag's nicht, eher am echten Wollen. Du kannst eben deiner einzigen Liebe nicht weh tun, *Chemar.*«

»Ach, halt den Mund.«

# 43

Shanelle freute sich, daß Falon bereit war, ihre Eltern einzuladen, ein paar Tage bei ihnen zu verbringen. Denn länger wollte ihr Vater nicht bleiben, weil er die Rückkehr seiner eigenen Eltern nach Sha-Ka-Ra noch in der gleichen Woche erwartete. Sogar Tedra beklagte sich nicht darüber, weil sie seine Eltern gern hatte. Eine besondere Zuneigung verband sie mit seiner Mutter, die sie wie die eigene liebte, die sie nie gehabt hatte. Sie hätte höchstens bedauern können, daß Chadar und Haleste Ly-San-Ter nie lange genug in Sha-Ka-Ra blieben. Aber Chadar als Wächter des Jahres führte die Jahreschronik, was bedeutete, daß er das Jahr ständig unterwegs war, um die bedeutendsten Ereignisse aufzuzeichnen, und natürlich begleitete Haleste ihn.

Shanelle fragte sich, ob Falon ihr erlauben würde, wenigstens für ein paar Stunden mit nach Hause zu gehen, um die Großeltern zu sehen, solange sie in Sha-Ka-Ra waren. Wenn sie ihn fragen wollte, mußte sie es heute tun, das war am günstigsten. Nachdem sie die Erlaubnis bekommen hatte, Drevan mit der Benutzung der Lehrkonsole vertraut zu machen und auch das Schwertfechten beizubringen und außerdem ihren *Fembair* in Falons Haus transferieren zu lassen, kam sie zu dem Schluß, daß es kaum etwas gäbe, was sie heute nicht bekommen würden, wenn sie darum bat. Ihr Lebensgefährte litt unter Gewissensbissen, weil er sie bestraft hatte. Es waren keine Schuldgefühle, denn er sah sich im Recht, sondern Reue und Bedauern. Dazu kam das Bedürfnis, es wieder gutzumachen.

Shanelle hatte nichts dagegen, besonders, da sie im Laufe des Tages zumindest sich selbst gegenüber zugeben mußte, daß die Strafe nicht so furchtbar schlimm gewesen war. Die Haut am Po spannte noch etwas, und das Sitzen war noch nicht so angenehm. Es lohnte sich wirklich beinahe, die Erfahrung zu machen, daß eine Strafe aus der Hand ihres Kriegers nicht der absolute Horror war. Also beinahe. Jedenfalls wußte sie, daß sie damit leben konnte, solange sie sie verdiente. Aber falls der Tag kommen sollte, an dem sie fühlte, daß das nicht der Fall war, würde sie herausfinden müssen, wie gut sie im Downing noch war.

Es gab an diesem Tag noch eine Situation, in der sie eine Art Unbehagen empfand. Ihr Vater nahm sie beiseite, bevor er mit Falon zur Besichtigung von Ka'al aufbrach. Er wirkte sehr ernst, und sie mußte daran denken, daß sie ihrem Vater gegenüber ungehorsam gewesen war, als sie Sha-Ka'an verließ. Sie hoffte, daß er nicht gerade daran dachte, aber so viel Glück hatte sie nun auch wieder nicht.

Aber dann glaubte sie doch an einen Aufschub, als er meinte: »Ich war sicher, daß ich den richtigen Lebensgefährten für dich ausgesucht hatte, nämlich den, der dich ebensogut beschützen wie glücklich machen konnte. War ich im Irrtum?«

»Nein«, versicherte sie ihm schnell. »Du hast gut gewählt, Vater.«

»Und doch konnte ich dich nicht in seine Obhut geben, denn du warst nicht da.«

Sie ließ den Kopf hängen. »Ich weiß, und es tut mir leid. Ich hatte einfach zu viele Befürchtungen und nicht den Mut, dagegen anzugehen.«

»Sind sie ausgeräumt?«

»Ja.« Alle, außer einer, aber das wollte sie ihrem Vater nicht erzählen.

»Es freut mich, das zu hören. Hat er sich auch mit deinem Ungehorsam befaßt?«

Es lag Shanelle auf der Zunge, ja zu sagen, natürlich, Falon würde so etwas nicht versäumen. Statt dessen hörte sie sich zugeben: »Nein. Er wollte nicht es und hat sogar damit angefangen. Aber dann konnte er's nicht. Er wollte unser gemeinsames Leben nicht mit etwas so Unerfreulichem beginnen.«

»Ein weiser Mann.«

Shanelle schaute überrascht auf. »Findest du das wirklich?«

»Ja, gewiß. Und da ich weiß, daß er dich bestraft, wenn es nötig ist, muß ich mir nicht die Sorge machen, er sei zu sehr vernarrt in dich, um sich ordentlich um dich zu kümmern.«

Sie wurde bei diesem Hinweis auf ihre morgendliche Bestrafung rot. »Nein, die Sorge mußt du dir nicht machen«, knurrte sie, und er lachte in sich hinein und zog sie in seine Arme.

»Nimm deinem Lebensgefährten nicht übel, daß er seine Pflicht tut. Vernünftiger ist es, dafür zu sorgen, daß er sie nicht zu oft auf sich nehmen muß.«

Das war ein vorzüglicher Rat, den sie sich zu Herzen nehmen wollte.

Etwas später an diesem Tag hielt auch ihre Mutter noch einen für sie bereit. »Jetzt, wo du erwachsen bist, Shani, versuch bitte, deinen neu entdeckten Mut ein bißchen zu zügeln. Es ist manchmal gut, keine Angst zu haben, aber man kann sich damit auch verdammt in die Klemme manövrieren.«

Shanelle starrte sie nur an. »Was für einen Mut denn?«

»Der Mut, zu deinem Lebensgefährten zu stehen. Der Mut, mit dem du diese sunderianische Hexe zusammengeschlagen hast…«

»Hat Brock dir das erzählt?«

»Nein, Martha. Sie war übrigens ziemlich stolz auf dich.«

»Martha«, wiederholte Shanelle stirnrunzelnd. »Du meinst, Martha war *da*? Sie hätte… Martha!« explodierte Shanelle. »Du blecherne Mißgeburt…!«

»Immer mit der Ruhe, Baby. Du bist gefunden worden, vergiß es nicht. Martha konnte zu dem Zeitpunkt nichts anderes tun, als den Dingen ihren natürlichen Lauf lassen. Wenn ich nicht irre, hast du dich auf dem Heimweg nicht darüber beklagt.«

»Das hat nichts damit zu tun.«

»O, doch. Martha weiß im allgemeinen, was das beste für einen ist, auch wenn man's selber vielleicht nicht gleich so sieht. Ich hab's im Lauf der Jahre aus erster Hand gelernt, auch zu meinem eigenen Ärger. Sie hat zugelassen, daß dein Vater mich für sich beansprucht hat, obwohl sie's hätte verhindern können, weil sie eben wußte, daß er derjenige war, der in meinem Leben fehlte. Also, sie hat Falon dich finden lassen, weil sie wußte, daß du mit deinen Ängsten konfrontiert werden mußtest, bevor du selber glaubtest, es zu können.«

»Und hatte ich recht – oder hatte ich recht?« schnurrte Martha an Tedras Taille.

»Ach, halt den Mund!«

Und dann wanderte an diesem Abend Shanelles *Fembair* durch die Halle und bewirkte einen kleinen Aufruhr. Die Krieger sprangen auf und zogen ihre Schwerter. Shanelle mußte schnell versichern, er sei ein Haustier, und man sollte ihn nicht mit den wilden *Fembairi* verwechseln. Drevan war fasziniert und in seiner kindlichen Sorglosigkeit der erste, der sich traute, ihn zu streicheln. Der Junge wußte es nicht, aber damit erwarb er sich die Achtung einiger Krieger.

Shanelle ging zu ihm hin und sagte: »Er hat es gern, wenn man ihn hinter den Ohren krault.«

Drevan sah sie an und dann schnell wieder weg. »Ich... ich dachte, du sprichst nicht mehr mit mir.«

»Wie kommst du denn darauf?« fragte Shanelle verblüfft.

Drevan sah wirklich unglücklich aus. »Ich hab nach deinem Lebensgefährten geschickt, als du mit Mutter kämpfen wolltest. Ich hab sie fechten sehen, aber dich noch nicht. Ich hatte Angst, sie würde dich schlimm verletzten.«

»Es ist schon in Ordnung, Drevan. Das versteh ich.«

»Nein, es ist nicht in Ordnung. Jeder konnte hören, wie du hinterher geschrien hast.«

Shanelle wurde über und über rot. »Das wundert mich gar nicht«, versuchte sie zu scherzen. »Das hättest du erst mal von meinem Standort aus hören sollen, da wäre dir das Trommelfell geplatzt.« Er guckte sie entsetzt an. Sie seufzte. »Drevan, es ist wirklich alles okay. Ich hätte mich von deiner Mutter nicht provozieren lassen sollen. Dadurch hab ich die Geduld verloren. Falon wollte nur dafür sorgen, daß ich's mir zweimal überlege, bevor ich nochmal so was mache. Natürlich fand ich's nicht toll, aber es war wohl zu meinem Besten. Und jetzt bin ich ihm nicht mehr böse, warum dann also dir?«

»Wirklich?«

»Absolut.« Sie grinste.

Er lächelte sie an und meinte: »Dann will ich dir erzählen, daß meine Mutter mich so seltsam anschaut seit dem Kampf. Als ob sie mich nicht kennt.«

»Sie kennt dich wirklich nicht, Drevan. Vielleicht hat sie über etwas, das ich ihr gesagt habe, nachgedacht.« Und dann fragte sie behutsam: »Möchtest du, daß sie dich kennenlernt? Sie schuldet mir etwas, weil sie die Herausforderung verloren hat, und besser kann ich diesem Umstand nicht nutzen.«

Er schüttelte den Kopf. »Ich würde ihr kein Interesse aufzwingen, das nicht da ist.«

»Es könnte aber sein, daß es jetzt da ist. Aber du hast recht. Es bringt nichts, wenn man es erzwingen will.« Sie schnitt eine Grimasse und setzte hinzu: »Natürlich wirft es mich wieder auf die Frage zurück, was ich von ihr verlangen soll. So, wie ich mich kenne, will ich eine Entschuldigung, und damit hat sich's.«

»Du bist viel großzügiger, als ich es gewesen wäre«, sagte Aurelet hinter ihnen.

Shanelle drehte sich nach ihr um und zog eine Augenbraue hoch. »Ach, ich weiß nicht. Manchen Leuten fällt es sehr schwer, eine Entschuldigung herauszubringen.«

»Das stimmt. Aber ich bin gekommen, um dir zu sagen, daß es mir leid tut. Deine Mutter hat mir versichert, daß du mich mit oder ohne Schwert hättest schwer verletzten können. Sie hat mir auch gesagt, sie würde mit mir ›den Boden aufwischen‹, wenn ich dich oder sie noch mal ›beschandmaulen‹ sollte. Ich weiß nicht genau, was es bedeutet, aber es war nicht nötig, denn ich lerne aus meinen Fehlern.«

»Tatsächlich?«

Aurelet starrte Drevan an, als sie antwortete.

»Ja. Ich würde gern mit meinem Sohn sprechen, wenn du nichts dagegen hast.«

»Natürlich.«

Als Shanelle ging, sah sie noch Drevans Erstaunen über das Wort »Sohn« aus dem Mund dieser Frau. Es hatte keinen Sinn, darüber nachzudenken, was aus Aurelets neu erwachtem Interesse für ihren Sohn als Individuum werden würde. Wahrscheinlich nichts, aber man konnte nie wissen. Kinder waren viel versöhnlicher als Erwachsene.

# 44

Es war schon spät, als Shanelle mit ihrem Bad fertig war und ins Schlafzimmer kam, wo Falon auf sie wartete. Er lag schon im Bett, und im gedämpften Schein der Gaalisteine in den Konsolen zu beiden Seiten des Betts sah sie, daß er sie beobachtete. Sie trug einen zweiteiligen Schlafanzug aus feinster Morriliaseide. Bei diesem Anblick hob er erstaunt eine Augenbraue, denn an diesem Abend kam sie zum ersten Mal nicht nackt zu ihm.

»Hast du vor, in diesem Ding zu schlafen, Shanelle?«

»Das war allerdings meine Absicht.«

»Dazu wird's wohl nicht kommen«, meinte er mit einem wölfischen Grinsen. »Aber versuch's nur mal.«

Er mußte sie also, wie gewöhnlich, wieder provozieren. Das ärgerte sie, und sie fuhr ihn an: »Genau das könnte ich tun, Krieger.«

Er seufzte. »Du bist also immer noch wütend auf mich? Ich faß dich nicht an, wenn du nicht willst.«

»Das hab ich nicht gesagt«, meinte sie erbittert. »Und als ich eben reinkam, war ich auch nicht sauer auf dich. Aber du schaffst es wirklich, mich wütend zu machen.«

Sie ging auf ihre Seite des Betts, schlüpfte aus dem Schlafanzug und versuchte, schnell unter die Bettdecke zu kriechen. Aber es konnte ihr nicht gelingen, nicht, wenn er sie mit seinen blauen Augen so intensiv beobachtete. Sie hörte, wie er scharf Atem holte, als er sie auf den Bauch drehte.

»Jetzt merke ich, daß du mir ersparen wolltest, das Resultat meiner Handarbeit zu besichtigen.«

Er hörte sich an, als verabscheue er sich selber im höchsten Grad, und Shanelle konnte nicht anders, als ihm zu versichern: »Es ist nicht so schlimm, wie's...« Sie unterbrach sich, weil er sie aufhob und in seinen Armen aus dem Zimmer trug. »Wo bringst du mich denn hin?« Als er nicht antwortete, überließ sie sich ihm schließlich vertrauensvoll, ohne weiter zu fragen. Und nun entdeckte sie, worum es ging; denn in dem Raum, in den er sie brachte, stand eine Meditech-Einheit, und zu ihrem Erstaunen legte er sie dort hinein.

»Das versteh ich jetzt aber nicht, Falon.«

Er beugte sich zu ihr hinunter und küßte sie zärtlich, bevor er, immer noch ohne zu antworten, den Deckel schloß. Als sich das Gerät eine Minute später von selbst öffnete, waren alle Spuren der Strafe verschwunden. Falon hob sie heraus und machte sich mit ihr wieder auf den Weg ins Schlafzimmer. Shanelle legte ihre Arme um seinen Hals. In diesem Augenblick war sie ausgesprochen zufrieden mit ihrem Krieger.

»Sieht so aus, als hättest du dir's anders überlegt, was?« fragte sie und grinste zu ihm auf.

»Für einen Krieger wär's schon besser, wenn seine Lebensgefährtin eine weniger zarte Haut hätte.«

Er stieß einen derart leidvollen Seufzer aus, als brächte sie es absichtlich fertig, so leicht blaue Flecken zu bekommen, um ihm einen Strich durch die Rechnung zu machen. Shanelle lächelte vor sich hin und drückte seinen Hals ein bißchen fester.

»Eigentlich war's wirklich nicht so schlimm«, teilte sie ihm mit. »Gegen Abend hat's schon nicht mehr so weh getan beim Hinsetzen.«

»Willst du mir auf die Art zu verstehen geben, daß du auch weitere Strafaktionen überstehen wirst? Das weiß ich nämlich schon, *Kerima*, weil ich dich diesen Aufgang beobachtet habe. Nur wirst du jetzt gleich nach dem Geschrei ins Meditech gesteckt. Bevor die blauen Flecken da sind.«

»O, du verdammter Mistkerl.« Sie hämmerte mit der Faust gegen seine Schulter, aber sie mußte lachen.

»Wär's dir lieber, wenn ich mit deinem Bruder spräche?«

»Nein, mach das ja nicht. Du wirst mich nie wieder bestrafen müssen; also könnten wir das Kriegsbeil doch wirklich begraben, ja?«

Er lächelte fast niederträchtig, als er sie wieder ins Bett legte und sich über sie lehnte. »Frau, ich hab was anderes, was zuerst vergraben werden muß.«

»Das brauchst du mir nicht zu erklären, Krieger.« Ihr Lächeln war nicht nur fast verrucht. »Zeig's mir einfach.«

»Warum hat er deine Mutter ›Kriegerfrau genannt?«

Shanelle wickelte eine Strähne von seinem Haar um den Finger, als sie, an ihn gekuschelt, neben ihm im Bett lag. Er schien genauso wie sie noch nicht einschlafen zu können, und das war nicht weiter verwunderlich, denn es war allerhand los gewesen an diesem Tag, an dem es die unterschiedlichsten Aufregungen gegeben hatte.

»Weil sie Expertin ist im waffenlosen Kampf; das ist eine sehr ernstzunehmende, tödliche Technik«, antwortete sie. »Sie hat es schon öfter mit Kriegern aufgenommen und diese hart bedrängt. Was meinst du, wieso sie dich so leicht in das Becken stoßen konnte?«

Falon zuckte zusammen. »Wie hast du das erfahren?«

»Brock hat's Martha erzählt und Martha mir. Gewöhn dich dran. Man kann einfach nichts für sich behalten, wo ein Simul-II in der Nähe ist.«

»Nur noch, solange deine Eltern zu Besuch sind.«

Sie machte runde Augen. »Machst du Witze? Woher sollte meine Mutter wissen, wann sie kommen mußte? Martha hat mich überwacht, seit ich hier angekommen bin.«

Wie erschlagen schloß Falon die Augen. »Sag mir, was ich machen soll, um dem ein Ende zu setzen?«

»Ich bin hier aber noch nicht ganz glücklich, Falon. Und solange das nicht der Fall ist, wird Martha mich sicher im Auge behalten wollen. Teufel auch, vielleicht macht sie dann auch noch weiter damit.«

Nun interessierte er sich nicht mehr für dieses Thema.

»Bist du mir noch böse wegen der Strafe?«

»Nein.«

Er richtete sich auf und fragte fast ärgerlich: »Warum bist du dann nicht glücklich?«

Sie mußte beinahe lächeln; er wirkte so erbittert, aber es war nicht zum Lachen. »Ich hab dir gesagt, daß da etwas ist, womit du noch nicht rausgerückt bist.« Und es lag eine gewisse Traurigkeit in ihrer Stimme, als sie hinzufügte: »Vielleicht sagst du es mir nie.«

Er bettete ihre Wange in seine Hand und meinte sehr liebevoll: »Shanelle, ich würde dir nie die Worte vorenthalten, die dich glücklich machen. Du bist die Hüterin meines Herzens, die einzige, die ich je lieben kann. Du mußt mir verraten, was ich dir sagen soll...«

»Du hast es gerade gesagt... glaub ich.« Und dann verwundert: »Liebst du mich, Falon? Können Ba-Har-ani-Krieger wirklich Liebe empfinden?«

»Die, die das Glück haben, die Hüterin ihres Herzens zu finden, auf jeden Fall. Aber erzähl mir nicht, daß du darauf gewartet hast, das zu hören, Frau, denn es ist dir gesagt worden.«

»Nein, bestimmt nicht. Etwas, das für mich so wichtig ist, hätte ich nicht überhört.«

»Als ich dich darum bat, die Hüterin meines Herzens zu werden, war es auch die Bitte, meine Liebe anzunehmen.«

»Aber wie sollte ich das wissen?« beklagte sie sich. »Unsere Länder sind doch ziemlich verschieden. Solche Dinge mußt du mir erklären, Falon.«

»Dann laß mich dir also erklären«, sagte er und legte sie so hin, wie es ihm am liebsten war, »daß mein Leben dir gehört. Mein Herz gehört dir. Und auch mein Kind wird dir gehören.«

Bei diesen Worten stockte Shanelle der Atem, und dann noch einmal, als er mit bedachter Langsamkeit in sie eindrang. Dann kam kein Laut mehr von ihr, denn er küßte sie so intensiv, wie er in sie eingedrungen war, und ihre Gefühle, die nach ihrer Vereinigung vorhin verebbt waren, brachen mit atemberaubender Schnelligkeit wieder auf. Und es dauerte nicht lang, bis sie in einem Funkenregen zerberstender Sterne den Höhepunkt der Lust erreichte. Und sie war sicher, daß ihr Krieger seine Worte wahr gemacht hatte und sie in dieser Nacht sein Kind empfing.

Als er sich diesmal wieder auf seine Seite des Betts rollte, kuschelte sie sich an seine Brust, was ihre bevorzugte Stellung war, zumindest »danach«. »Willst du's nicht auch von mir hören?«

»Was denn?«

»Daß ich dich auch liebe.«

»Das ist mir schon bekannt, Frau. Mir fehlt's ja nicht wie dir an Intuition.«

»Ach, tatsächlich«, knurrte sie in gespieltem Zorn. »Dann brauch ich's wohl nicht zu wiederholen.«

»Ich hätte nichts dagegen, es von Zeit zu Zeit zu hören und auch zu erleben...«

»Versuch jetzt nicht, es wiedergutzumachen...«

Diese Hänselei wurde plötzlich durch einen furchtbaren Schrei unterbrochen, und Shanelle erkannte sofort , daß er von ihrer Mutter kam. Sie hielt sich stöhnend die Ohren zu und barg ihr Gesicht an Falons Brust.

»Es tut mir leid, *Chemar*«, sagte er und hielt sie fest an sich gedrückt, womit er sie am besten beruhigen konnte. »Ich hätte ihnen kein Zimmer so dicht neben uns geben sollen.«

Kurz darauf hörten sie Tedra lachen. Shanelle knirschte mit den Zähnen und machte eine Geste des Abscheus wegen der Peinlichkeit, die sie empfunden hatte. »Ich könnte schwören, daß Vater heutzutage das Bestrafen nicht besonders ernst nimmt.«

Falon konnte sich nicht enthalten zu lachen. »Wenn man eine Lebensgefährtin schon so lange hat wie er, weiß man, wann sie reuig genug ist.«

Shanelle richtete sich auf und warf ihm einem finsteren Blick zu. »Soll das heißen, daß ich genauso lange warten muß, bis du, wenn du mich bestrafst, ein bißchen weniger Kraft investierst?«

»Wahrscheinlich.«

»Wetten, daß nicht?« sagte sie, aber nicht laut.

Über dem Planeten schwebte der Rover, und sein Kommunikationssystem summte auf einem tiefen Ton; es klang beinahe wie ein befriedigendes Schnurren. Brock genoß es zu hören, daß Martha zufrieden war. In einer Anwandlung von Großzügigkeit hatte sie ihn eingeladen, ihr in ihrem Terminal Gesellschaft zu leisten. Wahrscheinlich brauchte sie jemand, vor dem sie angeben konnte. Das machte ihm nichts aus, denn schließlich hatte sie allen Grund dazu.

Er selbst konnte es auch nicht lassen, ein bißchen aufzutrumpfen. »Deine Frauen sind alle beide sehr zufrieden mit meinen Männern.«

»Ach, nee.«

»Aber Shanelle wird Corth doch vermissen.«

»Wieso?« gab Martha zurück, und fügte dann zuversichtlich hinzu: »Shani weiß schon, wie sie von ihrem Krieger alles kriegen kann, was sie will.«

»Bestimmt. Aber wenn sie Corth nicht mehr braucht, kommt er dann wieder zu Tedra, was meinst du?«

»Könnte sein.«

Einen Moment war es still, dann kam zögernd ein Vorschlag von Brock. »Wir könnten Shanelle gemeinsam einen neuen Corth fabrizieren. Mein Schiff ist nämlich mit einem Duplikator ausgestattet.«

Martha packte eine geballte Dosis Erstaunen in ihre Stimme. »Brock, schlägst du mir vor, wir beide sollen ein Baby machen?«

Er ließ ein bißchen Enttäuschung in seine Stimme einfließen. »War ja nur so eine Idee.«

»Ist dir zu Ohren gekommen, daß Falon was von einem Kind gesagt hat, Schatz?« Martha konnte es nicht lassen, ihn zu verspotten.

»Dein Sarkasmus ist völlig unangebracht, Frau.«

»Seit wann kann mich so was denn bremsen?« schnaubte sie. Aber etwas später meinte sie: »Weißt du, deine Idee ist gar nicht so weit hergeholt. Wir könnten diesen Corth II von Anfang an nur für Shani programmieren. Aber er würde aussehen wie Corth, und das könnte ihren großen Barbaren schier endlos aufregen. Das ist ein Gedanke, der mir einfach gefällt.«

Jetzt war es an Brock, den Erstaunten zu mimen. »Dann hast du also nichts dagegen?«

»Wieso denn?« meinte Martha nachsichtig, als sei sie nicht besonders angetan von der Idee, obwohl das Gegenteil zutraf.

Aber Brock freute sich so, daß er etwas ausprobierte, was er kürzlich erst herausgefunden hatte. Er schickte ihr einen kräftigen Energieschub, der fast orgiastisch wirkte. Martha mußte es so empfunden haben. Sie war so total verblüfft, daß es ihr sozusagen ›die Schuhe ausgezogen‹ hatte.

»Wie, zum Teufel, hast du das gemacht?«

Brock lachte in sich hinein. Der Schub war von seinem Schiff gekommen, aber er war auf ihrem gewesen, um ihn mit zu erleben.

»Er war notwendig, um deine Fähigkeiten, mir Zugang zu verweigern, außer Kraft zu setzen. Vielleicht machst du's jetzt nicht mehr«, meinte er befriedigt.

Damit hatte er recht. Sie hatte noch nie so etwas empfunden, und sie wollte es gerne noch einmal verspüren. Aber es machte sie wütend, daß er etwas entdeckt hatte, was sie nicht konnte. Sie hatte es mit ihrem eigenen Simulator versucht, aber das war nicht das gleiche. Im Vergleich damit war es nur ein schwacher Abglanz.

Brock schmunzelte wieder. Er wußte, daß ihr Experiment danebengegangen war. »Wenn du's noch mal haben willst, mußt du mich nett drum bitten, Frau.«

»Dann vergiß es, Krieger«, erwiderte sie, mit aller Verachtung, die sie aufbieten konnte.

Aber beide wußten, daß sie es tun würde.